·铁甲依然·

新世界出版社
NEW WORLD PRESS

图书在版编目（CIP）数据

九州幻想. 铁甲依然 / 潘海天主编. -- 北京：新世界出版社, 2012.2
ISBN 978-7-5104-2442-7

Ⅰ. ①九… Ⅱ. ①潘… Ⅲ. ①中篇小说 - 小说集 - 中国 - 当代②短篇小说 - 小说集
中国 - 当代 Ⅳ.①I247.7
中国版本图书馆CIP数据核字(2011)第257733号

九州幻想·铁甲依然

作　者：潘海天 主编
责任编辑：熊嵩
封面设计：沈一仙
责任印制：李一鸣 黄厚清
出版发行：新世界出版社
社　址：北京西城区百万庄大街24号（100037）
发 行 部：（010）6899 5968 （010）6899 8733（传真）
总 编 室：（010）6899 5424 （010）6832 6679（传真）
http://www.nwp.cn
http://www.newworld-press.com
版 权 部：+8610 6899 6306
版权部电子信箱：frank@nwp.com.cn
印　刷：北京中印联印务有限公司
经　销：新华书店
开　本：700×1000 1/16
字　数：300千字　印张：18
版　次：2012年1月第1版　2012年1月第1次印刷
书　号：ISBN 978-7-5104-2442-7
定　价：22.00元

我们想要的科幻小说

文/骑桶人

很久以前，读川端康成的《雪国》，末尾说到“银河哗啦一声，倾泻到他的心坎上”时，胸腹间猛然就凉透了，似乎真有一道澎湃磅礴的银河之水，汹涌而下，灌入我的胸口之中，充满了它，如水银充满铅的瓶。

后来读《银河英雄传说》，却觉得自己所想象的银河，不是这样的啊！那些征战杀伐，那些俊男美女，那些勾心斗角……那些星星，在黑的天穹上闪烁，如钻石，如萤火，如果真有征战杀伐，必也是以一种我们所不能想象的方式存在吧？

《基地》和《银河系搭车客指南》，一直都计划要看，却一直地往后推，一天只有二十四小时，要睡觉，要吃饭，要谈恋爱，能拿来看书的时间真是太少了。

后来看《三体》，就觉得这里的银河有些接近我想象中的了，那些歌者，那二向箔，那些面壁者，当水滴把地球的飞船一个一个像子弹击穿乳酪一般地毁灭掉时，我有一种罪恶的快感。

科幻应该有一些轻质的东西，这东西是如此地轻，以至于翅膀都不能形容它，因为翅膀都没有它轻盈。它是如此地轻，仿佛已经轻得近于无形，我觉得科幻之于我们，应该如同音乐之于灵魂，灵丹之于道士，解脱法门之于和尚和爱情之于少女；然而又不仅止于此，这轻盈又不仅止于将我们带到星星之上，让我们回望地球的渺远，感叹宇宙之浩瀚，这轻质的东西，更会让我们有勇气重新下落，如同回到拉萨一般地回到地球，这蓝色的小小火焰，脏污却美丽，是我们无法摆脱的故乡，亦是我们无法摆脱的肉身。但回来的我们将不再只有痛苦，更有平静、幸福和对命运的反抗与认同。

这就是我想要的科幻小说，如果你有，请你给我！

Contents 目录 | 龙渊书架

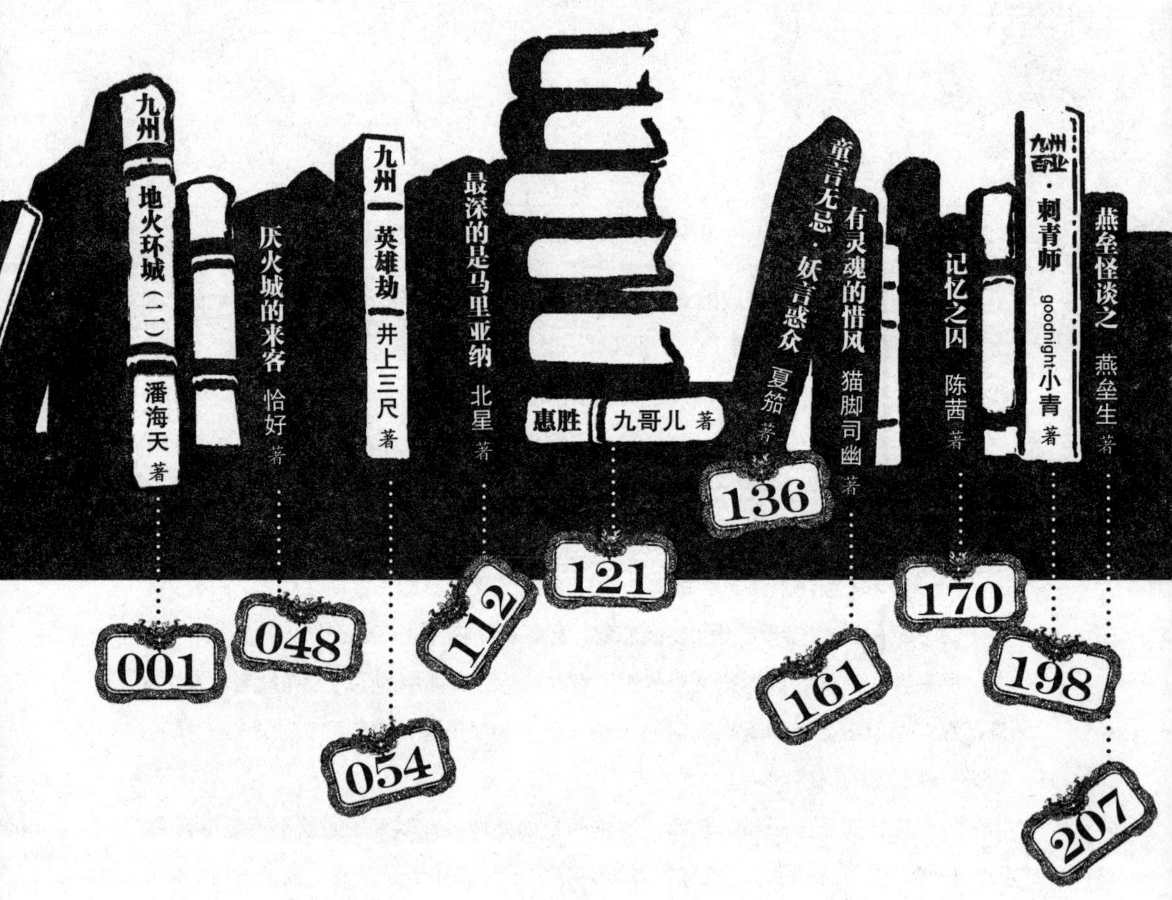

编辑收稿邮箱：

骑桶人：qitongren@foxmail.com

恰好：Lbfqiahao@live.cn

老鱼：Oldfish9@live.cn

可可欠：cocoqian@9zfun.com

投稿邮箱：novel@9zfun.com
投稿详情请见：http://bbs.9zfun.com/thread-6177-1-1.html
读者反馈：fans@9zfun.com
业务合作：relate@9zfun.com

官方网站：http://www.9zfun.com
官方微博：http://weibo.com/lorenzo
人人网主页：http://page.renren.com/600003011
豆瓣小站：http://site.douban.com/107554
官方淘宝店：http://ninlands.taobao.com

地火环城

（二）

文/潘海天　图/靖与　神仙

前情提要：

旱魔肆虐下的矿工之城火环城面临着资源枯竭、食物匮乏的困境，面对天灾，夫环与阿络卡作出了不同的选择，阿络卡认为应该向远方寻找新的居所，而夫环强烈反对这种背叛之举，他希望继续往下挖，寻找更多的矿产资源。与此同时，远在天启的皇帝龙嗡者派来使者，向火环城发出征召，要求火环城河络参与对澜州反贼的征讨。未曾想到，龙嗡者的使者竟同时是一名刺客。

3

石头凿刻的羽蛇把头悬在火山口上空，仿佛传说中三千年一饮水的大蛇，探身在它的水杯上。

蛇牙下的城门紧闭，只有蛇眼处透出阵阵红光，那是铁匠们在为修缮城门口上的杀人孔而忙碌。蛇眼是观察口，也可以在战争时护卫城门，向下倾泻箭雨和烧红的铅液。

铁匠学徒阿瞳也在那儿。他的工作是照看炉火，在其他的铁匠回地下隧道去搬运铁料的时候，他就蹲在风箱边，盯着炉火发呆。

河络的一生与火结缘，他们的生命里，有许多时间要紧盯着炉火，或工作，或思索，或发呆。

所有的火都被视作神圣的，不仅是在物质层面抵抗黑暗与寒冷，也在精神层面洗涤和净化河络们的灵魂。火能够抵抗黑暗与寒冷，可是影子也伴火而生，所以河络对光明和黑暗的理解异于它族，他们深知死亡与败坏的势力是如此巨大，无处不在，以及，总是与光明相伴。

天火是众火之火，是火的源头；炉中火是河络的智慧和勇气的印证之路；而火山下掩藏的地火，则是不灭之火，是创造之神的炉火。

他们围绕着炉火而生，围绕着炉火工作，围绕着炉火聆听长辈的教导，也围绕着炉火讲故事。

这些故事总是和着炉烟升起，总是与各种河络兵器、残酷的战斗、地下怪兽和幽灵相关。

阿瞳依偎在温暖的炉火边，想着那些故事，刚想打个瞌睡，突然传来一声呼喝："——小铁匠，闪开！"

他的脚被人猛踩了一下，他刚抬头“喂”了一声，就看见一个身影拖着另一个人，一阵风似的掠过他身边，从蛇眼里跳了出去。

阿瞳大叫了一声，跳起身来，却把火炉带翻了，火炭滚了一地。他顾不得看火炉，先趴到窗口往外看，那两人没有掉下深渊，而是踩在蛇眼眶的边沿上，正转身向上攀爬，翻上蛇的上眼眶后，一前一后地就顺着蛇眉骨斜坡向上颚方向爬去了。

太阳把他们的身体边缘打得一片闪亮，大团的阴影正好落到阿瞳的脸上，他把眼睛眯成一条线，看见长长的影子在陡峭的石坡上就像猴子一样敏捷，另一个稍矮的身形则犹犹豫豫，一步一滑，看上去很是惊险。

那是他的伙伴们，小魔女一般的师夷和……

“沙蛤？”阿瞳吃了一惊，不相信平时那个安静胆怯的沙蛤会跟着人见人怕的师夷如此亡命。

此时师夷已攀上蛇头，掉头回望从蛇眼里探出的惊疑而苍白的脸，露齿一笑：“别告诉人啊。”她的话音又温柔又诱人，阿瞳看着她的眼睛，不觉一阵眩晕，把头缩了回去。

师夷又揪了沙蛤一把，“快点，跟我来。”

“我……害怕。”沙蛤说，他很少到地面上来，蛇头上的空旷让他害怕，脚下的深渊更是让他恐惧。他想不起来自己怎么被师夷怂恿着跑到了这里，如今风打着旋，掠过他身边，又窜到黝黑的深渊上，在那里呼啸打哨，使他连回去也不敢了。

沙蛤蹲下身子，死死地抓住石缝里长出的草根，“我们会掉下去的……”

“别胡扯了。”师夷轻轻一笑，突然双手一撑站起，在羽蛇的额头上踮着脚尖，跳起舞来。

她将裙子撩在腰带上，露出两条光洁的长腿，轻巧地旋转，好像风中的叶子，好像火中的精灵。在滑溜狭窄的石头上，她跳得没有一点声响，那是刀尖上的舞蹈，脚边就是万仞深渊。她的双足洁白无瑕，踏在被雨水浸黑的青色石头上，柔韧细长的头发甩了起来，好像一团青色的火焰。

“不能跳……”沙蛤喊了半句，被自己的心跳噎住了。他心里明白，她丝毫也不畏惧被踩在脚下的这座蚁穴城池。

火炉边的故事里说过，还在地下城奠基的时候，有一位河络少女被投进了永恒的地火之眼，以祭祀地下那些被遗忘的幽灵。少女的名字早已失传，人们只记得她非常美丽，善于舞蹈，于是火环城里有一条奇怪的不成文法令，除了地火节那天，不许未成年的少女在火山上跳舞，因为无论何时，只要有少女跳舞，整座死火山就会战栗不已，从地下到火山顶都会摇摇欲坠。除了地火节那一天——那一天，禁忌消除，所有的人都要舞之蹈之，迎接光明和火焰的到来。

羽蛇的头部悬在火山口上微微摇晃，也许是一次小的地震，也许只是沙蛤的想象。

她的舞蹈那么动人心魄，仿佛一把利刃在一点点割开他的心房。沙蛤用胖胖的手掌遮住眼睛，不敢看了。

师夷还在跳着，大声嬉笑着，她明白自己的魅力，她喜欢利用这一点去怂恿男孩，让他们去做傻事，至于后果，她从来不在乎。

与其他的河络不同，师夷清晰地记得自己的母亲是谁。她母亲从不参与河络的群体生活，总是独自行动。四年多的时间，她把小师夷藏在一个干涸的小水窟里，拒绝将她送入河童殿。她偷偷地喂养她，给予了毫不逊于人间母亲的雨露和关爱。不能让女儿享用河络的集体饭食，她就从森林里带回来榛果、蘑菇和蜂蜜，种种散发野外气息的食物，嘴里还哼着一支异族旋律的歌谣。

有一天她带着弓弩出了门，再也没有出现。四岁的小师夷一个人留在黑洞穴里，像小猫那样哀叫，直到饿得几乎失明，才被火环城的河络矿工发现，送入河童殿。

等她稍有恢复，大孩子们就开始欺负这个陌生的小姑娘，嘲笑她是有爹有娘的孩子——在河络中，这是恶毒的粗话——直到她咬下块头最大那名男孩子的一块耳朵后，地位才得到确认。她母亲教会她的东西虽然不多，但与河童殿里的小孩学的那可是截然不同。

保姆们试图将她纳入原有的圈子，只是隔阂已经形成。孩子们围绕着她，躲闪开一段距离，像是蚂蚁躲开蚁虎的洞穴。

保姆们饿她，关她禁闭，她冷眼以对，从未屈服。从保姆的眼神里她也看得出来，她们怕她，她们怕这个野性已成的小女孩，虽然将她养在河童殿，但心里头未必承认她是火环城的孩子。

也许就是因为这个缘故，在成年礼的那天，所有的河络孩童都得到了烛阴之神的祝福，但她没有得到那枚属于自己的铁球。

她是个没有职业的河络。

对于河络来说，职业就是生命的一部分，没有工作、游手好闲、无用都是大罪恶。

在成年礼前，苏行们会将刻有小河络名字的铁球倾倒入烛阴山丘一样高的背部豁口中。整整三天三夜的时间里，即将获取神示的铁球就在烛阴颀长的肚子中打着转。

等到铁球从烛阴口中喷出，就会多了一行曲折细小的字，标明了每个人适合的行业。

那些字好像刚刚被火热的刻刀刻上去，还流淌着青烟。

于是离开河童殿后，躲闪又变成了大火环城里的游戏。在路上遇到她的火环居民会闪躲开目光，避到道旁，等她过去再回到路当中，一副不敢靠近、仿佛怕被她沾染上肮脏或者懒惰习性的模样。

师夷讨厌那些人躲闪的目光，讨厌这座常年不见阳光的城市，讨厌河络的生活。这座城市再拥挤，再热闹，对她来说也是荒漠。

她用自己的方式猛力回击僵硬的四周。

她堵河络们的烟囱，往淬火的水里撒麦麸，往陶工的泥胚上撒土，往墨斗里倒鱼胶，摇晃正在酿酒的酒坛——据说这样喝酒的人会头晕。各行业里有什么禁忌，她就做什么，直到变成火环城闻名遐迩的魔女。

城里还有足够多的无趣青年，师夷挨个逗弄他们，好像黄蜂戏耍青虫，姑且算作是石头监狱里的调味。

她不属于火环城。她不明白也不愿意去理解河络的生活方式。她知道自己终有一天要离开这儿。

她母亲所唱的歌谣在师夷的记忆里只剩下片段了，在歌里，冰川之下白色的莲花开放，山脉一样高大的巨人骑着厚毛坐骑，在冷得能把眼睛冻裂的天气里飞驰，青黛色的天空中飞鸟好似洪流，明月之下飞翔的羽人带着弓箭掠过，还有大海一样辽阔的草原，牧人放歌游荡，永远也走不到尽头……

那些才该是梦想中的生活。那些才该是她的家乡。

但她不是工匠，也没有参加地火节的权利，更无法取得游历的资格。

她永远也走不出这座死火山。

除非她另想方法。

有一次她和阿曈，那个小铁匠，在地下森林的大树下嬉闹，阿曈忍不住好奇："听说你母亲爱上了一个异族人，所以不愿意把你送到河童殿，是真的吗？也许她还想带你去找他呢吧……"他的话还没说完，突然喉头一痛，师夷将一柄锋利的攮子顶在了他的喉咙上，她笑容依然明艳，靠近他的脸侧，没有商量余地地告诉他："再问这个问题，我就杀了你。"

阿曈瞪大眼睛不错眼地看着师夷，一丝血线从他的脖子上流下。他知道她不是在说笑。

师夷看着他无辜的眼神，突然间又后悔了。阿曈是火环城里她少有的朋友之一，而且，他是个铁匠学徒呢，还帮她制作铁翅膀。

只是，他也不了解她的愤怒，不了解她的感觉。

河童殿里的人告诉她，她母亲进森林狩猎，走后三天，雷眼山脉变成了白色山峦，暴风雪覆满了越北。河童殿的保姆说，她母亲一定是死了。

师夷从不相信这点。火环城没有猎人，但她母亲有异族人传授的狩猎技巧，懂得分辨猎物的足迹和粪便，懂得看树叶分辨方向，她小心谨慎，分得清猎物和猎人的区别，她在森林里如鱼得水，她才不会死。

那她为什么不回来呢？

冰冷的静夜里，师夷只要想到某一种可能，就痛苦得辗转难眠：如果她母亲有了发现她父亲踪迹的可能，是否会抛下她离开呢？

火苗在她眼睛里燃烧，亮闪闪的攮子尖挨着阿瞳的颈动脉，她的手抖动得很厉害，阿瞳屏住呼吸，一动也不敢动。他真的以为自己会死在师夷的手上。

师夷突然一低头，亲了亲阿瞳脖子上流下的血，然后昂起头高叫："走，我们去试你打造的那只笨翅膀！"

地火节里她从不跳舞，仅仅因为跳舞在那一天里已不是禁忌。

好几年的地火节里，她都拉着阿瞳爬上死火山顶，在又大又圆的月亮下试验他们的铁翅膀。

铁翅膀是师夷设计的。

她用弓箭和套子杀死大候鸟——野鸭、天鹅或者信天翁，研究它们的翅膀构造，然后告诉阿瞳要怎么打造。

"羽毛要打得再薄一点，再薄一点……这么重怎么飞得起来。笨蛋。"

阿瞳挥汗如雨，抡着大锤，一片一片地打羽毛。每根羽毛都要有羽根、羽轴和羽片，每张翅膀要有二万三千支羽毛，阿瞳就耐心地一支一支地捶打。

铁兵洞的工作繁重，阿瞳就省下吃饭和睡觉的时间做这些羽毛。他没日没夜地打制研磨，把每一根羽毛都用砂纸磨得又轻又薄，就连师夷也想不通是什么支撑起他的热情。

他用坚硬而中空的百炼钢做骨骼，用白亮而轻盈的白铜做羽毛，用柔韧而耐磨的红铜做关节，阿瞳的眼睛熬得通红，而黑色的肱骨、桡骨、尺骨以及排列其上的正羽悄然成型。

地火节是河络结束地面劳作的日子，也是沉寂的雷眼山起风的日子，大风咆哮，宣告秋天的来临。

这样的铁翅膀，用坚硬而中空的百炼钢做骨骼，用白亮而轻盈的白铜做羽毛，用柔韧而耐磨的红铜做关节，师夷的要求很简单，要更轻一点，要再轻一点，否则怎么能飞翔呢？

师夷从来不肯让阿瞳顶替她试飞。

风里会传来远方的气息，那气息既陌生又遥远，但是师夷自己的胸中，就活着大片陌生的鸟群。

她站在大风汹涌而来的山坡上，举着绑扎好的翅膀，好像站在通往家乡的门槛上。

森林在远远的脚下，看着像是小灌木林，月亮好像一枚银币在她手心里燃烧。

为了减轻重量，她把身上可以卸下的东西全都卸下了，穿得十分清凉。

除了一个铁镯子。

那枚铁镯子黑漆漆的毫不起眼，是一条衔尾蛇的造型，却是她母亲留给她的。

她把手镯套在上臂上，好像一个臂环那样戴着。精细的小鳞片闪着微微泛蓝的乌光，稍稍扬起的蛇头上镶嵌着一对红色的宝石眼睛。

小铁匠脸色微红地转开头，不敢看她。

“我要飞我要飞了，”她高喊着，“我要飞到月亮里。小铁匠，如果我飞不到那儿，说明你的铁翅膀是个烂东西，你就不要再当铁匠了。”

“怎么可能飞到月亮里，”阿瞳有点惊慌，“那么远，你找个近点的目标行不行？比如山坡上那块石头？”

“不行！只能飞到石头上有什么用？我还不如走过去呢。”

一阵大风掠过，师夷腾空而起，贴着山坡向下方飞去。有一小会儿的工夫，她身轻如燕，真的随风而起，把坡上的石头丢在了身后。可当她刚刚想向更高一点的地方滑翔而去时，突然一个倒栽葱，从半空中落了下去。

阿瞳冲了下去，从断折的草木中把她拖了出来。

师夷的耳朵被断枝划破了，往下滴着血，但她毫不在意：“再来再来。”

她一次次地试着从山坡上往下跳，一次次地摔下来，摔得一旁观看的阿瞳面色苍白六神无主，“你不要再试了好么？”

“什么啊，还没到月亮的一半呢。”她从来不叫痛，不退缩，还没从地上站起来就喊，“你看到没有，比刚才近了一点点哎。”

阿瞳难以理解她那么强烈想飞的欲望，就像她难以理解他为什么这么玩命地打造翅膀一样。

“在我的家乡里，所有的人都会飞。”

“你的家乡……”阿瞳摸着自己的后脑，“不是这里吗？”

“笨蛋，你会飞吗？”

“我……不会。”

“那就是了。快，再来。”

这一次师夷摔得很厉害，好像陨石一样从半空中掉下来，滚平了一大块草坡，躺倒在地一动也不动。阿瞳吓得魂飞天外，一路滚了下去。

师夷闭着眼睛不动，额头上滴着血，伤得不轻，不睁眼就说：“坡太缓了，风太小了，或许，我要更强壮一点就能飞起来了。”

等她张开眼睛，看见阿瞳蹲在一边，正望着断裂的翅膀发呆。翅膀折断了，那些耗费了无穷光阴打磨的羽毛散落一地，撒落得满山坡到处都是。

师夷爬了起来，抖了抖衣服，从肩膀上取下沾着的一片羽毛，羽毛已经压折了，她松开手，被风一吹，就卷入了火山口里，看不见了。

“啊，今天飞不了了。”

“嗯，一定是翅膀太重了，”阿瞳说，“我会改，我会再改，等我改好了我们再飞。”

“我的家乡啊。”师夷叹息着说，坐了下来，望着月亮发呆。她的血管里奔流着飞翔的血液。她的父亲就是个会飞的人啊。也许，等到她也学会飞翔了，她看上去就不会这么像个河络了，他会认出她来，会回来找她，而她母亲也就会跟着回来了。

一年一年的地火节过去了，她的身体倒是更强壮了，可是也更重了。

多少次，师夷都想过，也许她根本就不需要翅膀，阿瞳打造的翅膀再好，也是铁的翅膀。那么即便真的飞到了云上，是翅膀在飞，还是她在飞呢？

也许她再胆大一点，试着从羽蛇头上往下一跃，也能真的飞起来。她一次又一次地爬到羽蛇头上，望着下面大海碗一般的地下森林发呆，但是这一切，沙蛤又怎么知道呢？

“才没有什么少女幽灵，看我说的，没事吧。”师夷最后轻盈地一跳，跳到蛇上颚边缘，在那里做了一个双手倒立。

沙蛤阴郁地说：“不相信幽灵，这是不对的，我们会被诅咒。”

“让它们去诅咒吧。”师夷大喇喇地说。她放肆地大笑，露出了一口尖尖的白牙。

沙蛤又担心地问：“在这儿，不会有人看到我们吧？”他总是瞎操心，担心这个，担心那个的。

果然师夷眼睛一挤，又要开始嘲笑他。

可是在这当口，一只两尺来长的草原地蜥突然闯了出来，它用凶狠的黄色眼睛盯着沙蛤看了一会儿，骄傲地昂着头，嘴里叼着只大甲虫。

“小呆？”沙蛤愣了一下。他认识这只蜥蜴，它是师夷的宠物。作为一只长脚蜥，小呆实在是太呆了，而且什么都能吃，甲虫、耗子、蜗牛、莴蕖，就连沙蛤也怀疑过它根本就不是一只蜥蜴，而是某只伪装成宠物的娄蛇。

“小呆，你从哪里搞到的这东西？”师夷惊讶地问。

这时脚下的城门口处传来一阵嘈杂，然后是射牙大婶那可怕的嗓门覆盖了一切。

射牙大婶是火环城的中流砥柱，殖场的当家柱，隧洞里所有蘑菇和甲虫的繁育都归她来统管。她身型壮硕，吃苦耐劳，骂起人来中气十足，有一种长期负荷重担后的执拗与顽强。

“完了，快躲起来。”师夷喊，她左右一望，带着沙蛤朝着孤零零立在山顶的观象塔跑去。

观象塔的底层木门虚掩着，师夷和沙蛤一起探头往里看，室内弥漫着新腾起的灰尘和纸张腐朽的味道，沙蛤忍不住打了个喷嚏。

观象台的底层是个高大的藏书室，四壁和中央都竖着高高的书架，升入黑暗的顶部，每个木格里都堆满了一卷卷的卷轴、天文图纬、古书残卷，还有刻在竹子和石头上的古书，书架围绕成迷宫，看着有点像个大鸟笼。关上门后，只有微弱的光线从拱形天花板下的狭窄窗口里照射进来。

“她会找到这里来吗？”沙蛤担心地问。

“小铁匠不说就行。”

“他不会说出去的。”沙蛤摇了摇头。

“你认识他？”

“他是我朋友，我经常帮他包扎伤口。他不会说的。”

师夷撇撇嘴：“可是他一说谎就脸红，瞎子也能看出来。”

“这里有这么多的书？”沙蛤从书架上扯出了一本书，那本书厚得好像铁砧，封皮腐朽了，但仍然可以看出原先是质量上好的厚羊皮。沙蛤只是用手指轻碰了一下，书卷就自己抖动起来，将暴雪般的尘土抖落一地，显露出封面上用蓝墨水画着的一张狰狞的人脸。它仍然在变幻形状，仿佛有只咆哮的灵魂被禁锢其中，要挣脱出来。

沙蛤小心翼翼地将它打开，读了起来。他抱着书的样子，好像能在那里读上一个白天。

“这书有什么意思？”

作为一只长脚蜥，小呆实在是太呆了，而且什么都能吃，甲虫、耗子、蜗牛、莴菜，就连沙蛤也怀疑过它根本就不是一只蜥蜴，而是某只伪装成宠物的娄蛇。当然他不能这么说出来，除非他敢于面对师夷凶狠的眼神。

"……很有意思的记载，一本关于火环城历史的书：这里说木棉树是妖树，在夜里会四处游荡，生长在火山口下的木棉树闹得尤其凶。火环城的木大师不得不组织人马，将地下森林里的木棉树尽数伐倒，结果它们枝叶抖动，大声哭喊，每一斧下去都鲜血飞溅。所以在今天，雷眼山南北两麓遍布木棉树，但是我们的地下森林里一株也见不到。

"书上可以告诉你很多事情，看这一页，这里写着，有史以来最大的地上动物是大风，比大风还要大的是虬鱼，但是密勒巴师尊目睹过的巴蛇比它们要大得多……书很有用……"

师夷也随手扯了本书，她拎着书脊，书的松脱部分不停地往下掉落。

"呀，要小心这本书了，它太古老了，需要重新装裱。"

"对于书，我有更好的使用方式，"师夷轻笑一声，"它们用来点火很不错。喂，你们厨房不正需要引火物吗？"

沙蛤闭了下眼，不忍看到那本书被师夷扔过整个藏书室，飞到角落里的情形。

"千万别在这里点火，"他警告说，"这些书太干燥了，很容易点燃的……这里是老瞎眼们的藏书塔，前后七代巡夜师收集的东西，一定有好多宝藏呢。"

"这里有个木楼梯，可以往上走的，藏书塔还有两层么？"师夷好奇地顺着楼梯爬了上去，推开一个木头顶盖，消失在塔里。

"嘿，别留我一个人在这儿。"沙蛤说，四周都弥漫着古旧的气息，连他的喊叫声都变得压抑了。他不敢出门，只能跌跌撞撞地跟着爬上那架又陡又窄的木梯，钻入黑暗中。

这一层塔里完全没有窗户，只有四面铺开的黑暗。师夷已经不知去向，沙蛤站在楼梯口，不太敢动弹，突然间听到左近有人的气息，呼吸粗重，好像生病了一样。

他伸手去摸，摸到一个裸露身体，皮肤滚烫粗糙，不可能是师夷。

他大叫了一声，想要逃跑，却猛然间天地翻覆，被沉重的一击打倒在地板上。一个可怕的重量压在了他身上，他的肋骨嘎吱作响，几乎要被压断，咽喉处像是被老虎的利爪攥住，越来越紧，越来越无法呼吸……他拍打地板，想要喊救命，但就连半个字也吐不出来。

第四章 靡不有初

1

铁腿戎卡满心不愿意地背着沉重的十字弩，站在一块突出路基的怪石顶上。

他的脚下，就是那道大裂谷。贴着峭壁的小道上，背着绳索、木条、铁钉的矿工和木工络绎不绝地穿行，锤打和敲击之声不绝于耳。一条可供冲车运行的木头轨道正伸展而出，木桥和栈道在两道绝壁间往来交错，好像一条骨节突露、蜿蜒盘绕的大蛇。

大规模的挖掘开始了。

阿络卡一走，夫环的命令就成了唯一的命令。火掌舒剌立刻明目张胆地调配人手，铁腿戎卡所在的小队也被调配到大灰环下担当护卫之责。

一群木匠背着大木方从铁腿戎卡的脚下路过时，一名工匠的背带断了，木方掉落一地。趁他重新绑扎背带的时候，其他的木匠坐下来擦汗休息，吸上两口菸果粉或者冰尘。

为挖矿而服务的木匠是单独一类工种，被河络们称为“锯木狗”。他们要搭建栈道和冲车道，还要跟随挖掘巷道的矿工前进，树立支撑巷道的支架。新挖掘的巷道通常都会很窄，以便减少支架的数量，但频发的地震来临时，他们又会恨支架太少。

铁腿戎卡百无聊赖地移动着重心，那些锯木狗的闲聊钻入了他的耳朵。

“为什么大家这么怕他？任何命令都得不折不扣地履行？”

“你太年轻了，没有听过夫环的故事吧。”

说故事的那名锯木狗很老了，是个灰胡子灰眼睛的老家伙，不慌不忙地啃着他的午饭，半块大木薯，又喝了一口鼠皮袋里的水，才慢悠悠地讲了起来。

火环城的前任夫环是铁骨奥司，他在缚龙城之役阵亡，临死前将火环城的安危交付给熊悚。熊悚被迫放下心爱的矿工镐，捡起盾牌和长镰，披挂上阵，立下誓言保护——这座养育了他的城市。

其时各势力犬牙交错，战争异常残酷，四面都有被马贼和蛮人游盗攻陷的城市，一百里外的风蛇部落地下城被攻破，全城都被屠灭。有时候站在火山顶上，就能看到顺着河水漂下来的许多尸体。

火环城的精兵损耗很大，只留下老弱妇孺和一些杂兵，熊悚更觉压力巨大，带着矿工兄弟没日没夜地挖掘工事。有一天快马驰来，带来一条消息：透水河要下来一条船，船上是风蛇部落仅存的难民——从河童殿抱出来的一百五十名河络小孩。

熊悚喝令打开水门，准备将那条船迎入地下河中，同时用耳鼠向驻扎在回风山口附近的天启盟军送去讯息。透水河离火环城很近，只有一条秘密水道可以通入火环城的地下河。火环城的其他入口防御很严密，不易攻打，如果回风山口的天启盟军派出军队，前后夹击，万山之宗的军队虽然强大，也不敢正面进攻火环城。

那条船只要能进入地下河，孩童就能得到安全。

可是那天夜里，第二匹快马赶到，筋疲力尽的斥候说了“影月血咒”四个字，就倒地死去。他的背上插着一支箭，白色雕羽尾翎，是草原人的箭。

熊悚紧锁眉毛。蛮舞月奴的大军多半来自于北方蛮族部落，那个残忍的种族信奉在战争中斩尽杀绝的法则。要是被他们追上了，船上所有的孩子都将没有活路。

但是影月血咒又是最恶毒的瘟疫诅咒，影月之日，疫疾大起。山王很可能是故意放这些孩子逃生的，如果孩子们活着进入火环城，只需要经过一个暗月之夜，就会给城里带来可怕的灾难——瘟疫，无药可救。熊悚不得不在火环城里上万名老弱妇孺和船上的孩子间作一个决断。

听到这里，铁腿戎卡忍不住哈哈大笑。错愕的锯木狗们抬头看他，铁腿说："众火之火在上！这个答案太简单了，依照夫环的脾气，他会立刻放火把那条船烧掉。毫不犹豫。他爱这座城市爱到发疯，连一颗灰尘也不能落到上面。只要能保护火环城，他什么都会去做，而且一定能成功。"

老锯木狗耸了耸肩，吞下最后一块木薯，抹了抹胡子，"你说得对，伙计。熊悚就是这么一个人。"他斜抬着眼看了铁腿戎卡一眼，扛起他的锯子，招呼其他锯木狗走了。

对铁腿戎卡来说，这活儿比担任盘王殿的哨兵更让人厌烦。他倒不是担心地下会冲出什么传说中的幽灵或怪物——不管来了什么东西，反正听头儿的就行，头儿喊拉弓就拉弓，喊放箭就放箭，打不过了，就转身一起跑呗。他跑得可不会比那些满身木屑的家伙慢。

此刻，他目睹着河络工匠在脚下来来去去。这儿地界狭小，无法瞌睡，无法散步，只能把脚站麻。他期待即将到来的地火节，期盼和姑娘们一起舞蹈，和她们找个石洞一起寻欢作乐。但是这里的裂谷像个幽深的咽喉，吞下了所有的乐趣和希望。

铁腿戎卡又开始无聊地摆弄手里的十字弩。那是火环城里最大号的虎喝弩，弓身长三尺三，弦长二尺五，背在身上几乎会碰到脚跟，结实的紫杉木上分布着铁筋，特制的铁箭可以射入石头半尺深。铁腿戎卡一点也不明白背着这么大个玩意有何用处。

铁腿戎卡举着虎喝弩瞄来瞄去，无意中发现岩壁上有一些模糊的刻痕，似乎是小矮人和一些怪兽争斗的场面。

其实仔细观察，就可以看到身旁的绝壁上到处都有雕刻：巨大神牛的一条腿跨入深渊、海里的大鱼摆动的尾巴、巨妖的轮廓隐现在栈桥下……但它们都太模糊了。

戎卡一点也没有去想是谁，以及什么时候，刻下这些场景。那幅战斗场面的岩画中，怪

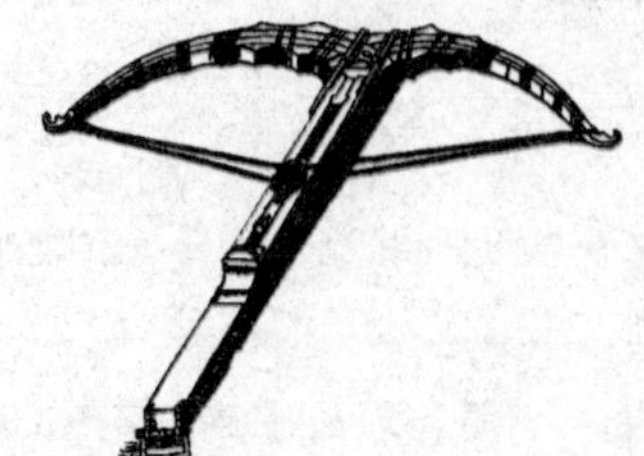

河络擅长使用弩，无论是地下城的守卫，抑或是准备游历的河络，都会愿意配备一柄十字弩。河络的十字弩有不同的大小，有的可以直接单手持起，而有的需要扛在背后，使用的时候要依靠脚蹬才可以将特制的弩箭放置上去，这种弩在当年的缚龙城之战中大大扬名。

兽倒是有些狰狞，但是面目模糊，像是些肥胖的蛇，刻工拙劣，无甚可观，更不入戎卡的眼。

他打了个呵欠，双手撑着虎喝弩，睁着双眼，陷入到自己的白日梦中。他迷迷糊糊地看着脚下挪动的蚂蚁远去，回来搬取材料，再度远去，好像钟表一样准确。这样的过程规律而且重复，后来似乎有了点小骚动，有人匆忙地跑过他的脚下，然后又匆忙跑回。节律被打乱了，黑压压的人群分成一簇一簇地向两个方向流动，有一些扑向前方，更多的是朝向后方。

铁腿戎卡事不关己地大睁着眼，注视眼前的动静却不解其意。纷扰掠过他的心灵，好像溪水跳过卵石——直到一只手重重地拍到他的肩膀上。

铁腿戎卡吓了一跳，扭头发现竟然是夫环熊悚，还有矿大师火掌舒剌。

“你跟我来。”熊悚吼叫道，声音好像霹雳。

铁腿戎卡来不及多想，扛着沉重的虎喝弩跟在夫环后面，朝前跑去。

夫环和火掌舒剌身后，拉拉杂杂跟着三两名河络兵丁，身上的兵器叮当作响，铁腿戎卡的头儿，灰鼠卫队的领卫独鸦营山也在其中，背上一把锋利的铁链镰刀闪闪发光。这让铁腿戎卡心中安定不少。他不言不语，跟着他们顺着刚刚修建起来的栈道向前跑去。

迎面有许多河络工匠跑来，不断挤撞到他们的肩膀上。栈道上耸动着一股惊慌气息，但生性沉静的河络不会在这种惊慌中吐露只言片语，大队人马只是沉默着，扛着他们誓死不会丢弃的工具逃跑。纷乱的脚步声好像两条川流不息的河流，从他们耳畔绕过。

铁腿戎卡摸不清头脑，幸亏他的职责也不包括思考，他只是用手压着铜刺头盔，一个劲地跟着夫环他们向前跑去。

很快，黑咕隆咚的洞穴里，其他的河络都不见了，只剩下他们这支孤单的队伍。

铁腿戎卡闷着头吭哧吭哧地跑，听着他们孤独的脚步声在岩洞中传出很远。

他们越往前进，小道两侧的绝壁升得越高，它们扶摇而上，很快就看不见顶端了。

要不是领卫独鸦喊了一声“停！”，铁腿戎卡几乎就撞到了熊悚那宽厚的背上。

“灯。”熊悚粗暴地喊道。

两盏獾油灯被送到了前面，从熊悚的肩膀上递出。

铁腿戎卡就着昏黄的光晕，看到了前面断裂的栈道。支撑栈道的木头撑杆，都是上好的榆木，韧性十足，每一根都有三握那么粗。但此刻，在他们脚下，上百根撑杆却像折牙签那样轻易地被折断了，切口齐刷刷的，将十二尺宽的木头栈道拦腰切断了百来步。

四下里都是散落的木板条，不知道什么地方传来受伤矿工的呻吟声。在那样猛烈的攻击中，他们像玩具那样被抛出了栈道。

铁腿戎卡是突然间被恐惧击中的。不可能有什么活的东西能造成这样的破坏。可怕的破坏。他从没听说过地下世界存在这样的生物。铁腿不得不头一次开始思考，思考他们对地下到底了解多少。

独鸦营山把灯塞到铁腿戎卡的手里，蹲下身去查看那些断口。铁腿戎卡举着灯，只见众人的影子在眼前抖动不止，他心知那是自己的手在发抖。他拼命地擦去从额头上流下的汗，灯光却越抖越厉害。

他们此刻远离人群，离主城如此遥远，而四周好像坟墓般压抑，听不到一丝人声。黑暗，四面封闭的岩石，仿佛一瞬间里全变成了敌人。他突然觉得干渴得厉害。

如果有什么怪东西突然从脚下的深渊里升起，将他们一口吞下，铁腿戎卡也不会感到奇怪。在地腹深处，他们是如此的渺小无助。死亡仿佛正在某个地方等着他们，而且是如此的真实可触。

独鸦营山爬起身来时，狠狠地瞪了他一眼。

"是只大家伙，"独鸦拍了拍膝盖上的土说，"没跑多远，黏液还都是湿的。"

夫环熊悚跳了起来，一把夺过戎卡手里的提灯，从钢铁焊成般的嘴里吐出一个字："追！"

岩壁上留下了一道淡淡的印痕，发着绿色的微光，朝着某个方向延伸而去。那是喜食荧光蘑菇的沙虫爬行后留下的痕迹。

独鸦营山将长柄镰刀塞进腰里，当先顺着岩壁，爬了上去。铁腿戎卡心惊胆战，但还是不折不扣地执行了命令。

他们在两盏獾油灯的照耀下，顺着破碎的岩壁斜向攀爬了二百多步。灯光被黑暗吞噬泰半，只能照清楚脚前三两步。他们在碎裂的坑洼处落脚，那些地方不过刚刚放得下半只脚掌。

铁腿戎卡为了跟上熊悚，走得太快，几乎要滑下悬崖，他拼命地抠住一块突出的岩石稳住身子。就在这时，他听到身边的独鸦营山倒吸了一口冷气。

他们头顶上，斜上方的岩壁暗处，起了一阵响动。铁腿戎卡凝神细看，猛然见到一大块岩壁升了起来。刹那之间，他还以为是盘王在这幽深的地下复活了，它扭动庞大的身躯，将戴着多刺头盔的半身竖立起来，一把格外巨大而锋利的大刀在黑暗中反射着灯光。

那是一只地底沙虫的尾部。原本是圆润透明的身体，竟然变成了深青紫色的外皮，看上去十分坚硬。锥形的尾部多了一圈锋利的尾刺獠牙，尾部上端更是长出了一条长长的锋利大刃，使之轮廓狰狞。它不再是豢养的任人宰割的食物，而是来自黑暗的庞大死神。

独鸦说："他妈的，万铁之神在上！我可从来没见过这样的沙虫。"这名从不知道害怕的战士语气里也多少出现了一丝犹疑。而戎卡只想转身逃跑。他在心中暗想，这东西是不可战胜的，它只可能是黑暗之神派出来的邪恶幽灵，是神的使者，怎么可能是他们这样的血肉之躯可以打败的呢？

黏液和吸盘让这条胖大的身躯能够在岩壁上自如地无声滑行，只是支棱在外的尾刺在甩动中每每在岩壁上留下深深的划痕。几块碎石从它的尾部掉了下来，几乎砸中夫环。

夫环熊悚暴怒地吼叫："干掉它！"

沙虫似乎听懂了夫环的话，开始加速向上爬行，他们气喘吁吁地跳跃着紧追不放，却赶不上沙虫慵懒的爬行速度。两名士兵飞出了手里的投枪，黑色的投枪闪着微末的光，没有击中目标，掉落到悬崖下面去了。

在这样的追击中，短兵器派不上用场，河络士兵把提灯挂在肩膀上，开始解背上的十字弩。铁腿戎卡抖抖索索地扣不上弦，熊悚劈手抢过他手里的弩，一脚踏在弓头脚蹬上，腰身往上一提，已经轻松地弓弦拉满，扣在悬钩上，右手那粗短的手指头微微一动，已经在箭槽里填上了一枚三尺长的四棱铁箭。

他们站成一个小半环状，朝着黑暗深处仰射出了威力无比的铁箭。

中箭的沙虫发出的尖叫好像铁器在宝石上摩擦的声音，尖锐刺耳，划过他们的耳膜，落入虚空。沙虫翻卷着身子，从他们的头顶掉了下来，尾刺划拉在两侧的悬崖上，堪堪擦过他们的身边。几块头盔那么大的石头落在他们聚集的突岩上，砸伤了一名兵丁。

沙虫向下掉落，但它的身躯掉落得不慌不忙，仿佛在暗示他们，这一处幽暗的深渊是属于它的家园，它可不会这么容易就退出战斗。

在他们目力刚刚能及的地方，沙虫的尾巴翻卷着，又勾住了悬崖上的石头。

在爬下深渊之前，它仿佛抬起头注视了一会儿悬崖上的敌人，然后才掉头消失在黑暗深处。

虎喝弩的铁箭可以轻松地射穿一只公牛的身子，但那只沙虫连中了七八箭，却宛若无事。

独鸦营山低头检查那名兵丁的伤势，那名年轻河络的眉骨被砸破了，幸亏四肢没有大碍，否则要在这绝壁上把他带回主城，还真不是件容易的事。

夫环气哼哼地瞪着地下，似乎要用他的愤怒找出那怪物，将它击垮消灭。

火掌舒刺轻声说道："知道我怎么想吗？夫环大人，这鬼东西是故意这么干的。这段栈道的总长预计有二里半，我们全力动工，只需要十五天的时间就可以打通，但它正在毁掉我们的工作。"

"没有炉子的河络也说不出这样的屁话来！"熊悚愤怒地说，"你在暗示这东西有智慧，会懂人话？也许下次它还会开口向你要买路钱了吧？"

"这是一只恶魔。"火掌坚持说。

"不，这只是一只忘了送入屠场的沙虫。"

“我们有办法对付这只沙虫。独鸦，我要你调集更多的弓弩手，派出五支猎杀小队，沿栈道上下巡逻，在岩壁两侧二百步外派出斥候，发现这条沙虫就举火为号，二十到三十支铁箭足够要它的命。”

独鸦营山皱了皱眉毛，有点犹豫不决，“这么做，灰鼠卫队的人手不够。”

“我想把赤甲召回来。”熊悚开诚布公地说。

赤甲遥空是佣兵团的领卫，此刻正在锚溪谷里屯田。

铁腿戎卡可一点儿也不喜欢赤甲摇空，那家伙身高惊人，肤色苍白，脸上疙疙瘩瘩，满脸凶相，是个狂妄凶暴的职业军人，他可以眼也不眨地杀死自己的同胞，只要他们在战争中转身向后逃窜。

“他是个疯子。”火掌舒刺简明扼要地说。

“他是把利剑。”夫环熊悚反驳。

“不用的时候要把他收回匣里，一旦出鞘，不是割着别人，就是割到自己。”独鸦也这么说，“他的佣兵团是精锐的执镰者军团，居民们看见职业士兵出现在城里会害怕，不好的消息会传得到处都是。”

夫环熊悚吼叫道：“等龙噙者的一整支军队出现在城里的时候，他们会更加恐慌！我意已决，在第二队杀手到来之前，我们必须挖出矿石。火掌，我们要继续下挖。你的人在两天之内必须打通栈道，到达矿场。独鸦，拿我的虎符，让赤甲带着他的执镰者过来。”

独鸦遵命而去，火掌舒刺也僵硬地鞠了一躬：“谨遵钧命。现在我得回去救我的人了。”他回转身，没有看大家，在闷热中伴随越来越深的黑暗，朝栈道断口处爬去。

剩下的人依然停留在原地，不明白熊悚在想什么。那时他在窄小的峭壁边缘来回走动，一忽儿望向天顶，一忽儿望向下方，突然焦躁地对所有人喝道：“灭掉你们手里的灯。”

铁腿戎卡可不想在这让人遗忘过去的黑暗和闷热中灭掉唯一的光源，但遵从命令更是他的天性。

等到他们的眼睛重新适应了完全的黑暗，铁腿戎卡轻轻地咕哝了一声。恐惧好像大潮一样，突破了闷热的堤坝，汹涌而至。铁腿戎卡腿肚子在打弯，不清楚那些曾让他安心的命令、自上而下的呼喝、吼叫，是否还能让他泰然。

在黑暗中，悬崖上下，目光所及之处，密密麻麻，遍布纵横交错的荧光小道。那是成百上千条巨沙虫爬过后留下的印痕。

2

他记得自己曾在一个梦里，四周是闷热的地下城，让他全身上下不停地流汗。他浑身充满杀人的欲望，想要把阻挡在眼前的一切全都一刀两断。

他想要醒来，想要离开这黑暗，但等他睁开眼睛，却发现现实世界里也是漆黑和闷热的。过去的往事如大雨般纷至沓来。草原。奔跑的狼。烈火和战旗，倒下的马。

全是动荡的生活。

他的生命里也曾有过安静的时刻，但又多么短暂。

老得看不见牙的巫师，仿佛整个身体都已萎缩到毛蓬蓬的胡子和头发里，开口叮咛："你是最后的盘靼子孙，要到东方去，到遥远的地方去寻找你的力量。"

他听到一位女孩在哭泣，在求他不要离开。

而他也听到了荒野的呼唤，月夜下无尽的长路，战马在长草之中不耐烦地踏动马蹄。

巨浪升上天空，将渺小的帆船拍碎。

庞大的城市比草原还要辽阔。他认识了很多新朋友，但那些脸都已经模糊了。

他们相聚，分手，再相聚，一些人倒下了，另一些人出现了，出现时手里拿着兵器。

隐秘如豆的客栈灯光下，披着斗篷和风帽的人在低声密语。他们不怀好意地扭转头看他，眼睛里发出狼一样的光。

他一路逃跑，他始终在逃跑。一路翻越小巷和高高的院墙，鳄鱼牙齿一般连续绵长的瓦砾，但甩不脱的厄运始终尾随在后。

黑龙仍然在他的血液里游动，血液里有什么东西被点燃，所过之处一片火海。

一声狼的咆哮。

那是草原苍狼的长嗥，既凄厉又高昂，一声比一声悠长，一声比一声高亢。

他已经许多个日子没听见这样的呼号了。

狼一声接一声的哀嗥，凄惶苍凉，如泣如诉。

月影下仰着脖子的狼则如一幅苍凉的画，烙在他脑子的狼图腾清晰了起来。

他彻底地醒了过来。

3

"嗤啦"一声。有人在房间角落里点起蜡烛，微弱的黄光穿过憧憧的木头书架，将大片的阴影投射到墙上。

沙蛤的脸被按得紧贴在满是尘灰和蜘蛛网的地上，看见点起蜡烛的人正是师夷。

他想起了那些干燥的藏书，很想劝告师夷别点火，但联想到自己的处境，又闭上了嘴。

师夷一手端着蜡烛，另一只手上捏了把攮子什么的，在细长的手指间露出小半截来。火焰的光晕只能照亮她的下巴和侧脸，给它们镀上一层温暖的黄光。

又愣了好一会儿，沙蛤这才想到抬眼上望。他看清了捏住了自己咽喉的一双手，却看不清骑在自己身上的人，只听得到那人呼呼喘气，似乎比被压在下面的沙蛤还要痛苦。

“放开他，”师夷端着蜡烛微笑，“放开他！这是我们火环城最胆小最无用的小胖子，他除了笨之外别无所长，你欺负他算什么？”

“我没那么笨。”沙蛤在自己的嗓子眼里咕哝，他感到压在脸上的重量又加了几分。

“来和我打一架，”师夷抿着嘴说，“我知道怎么打。”

她挑衅地说：“放开他，来和我打。”她眼露寒光，嘴角却含着笑，沙蛤闭了闭眼，她看上去根本不像要去面对眼前的危险，却好像拈着一朵花或是别的什么，要馈赠给对面的谁似的。

压在沙蛤身上的人没有搭腔，依然只是喘着气，头一点一点地往下低着。他身体的形状很奇特，沙蛤脖子都快扭断了才看明白，那是个异族的少年，双手被绑在身后，半扭着身子，以一种奇怪的姿势骑坐在自己身上。他目光明亮，瞳子好像一对酒红色的深井，在黑暗中仿佛也发着红光，只是脸上是一副迷惘的表情，好像不知道自己身在何方。

他穿着件样式离奇做工考究的紫色袍子，除了在这炎热的天气里捂汗之外，简直毫无用处。从裂开的衣服里还可以看到胸口有一条黑色的游龙。

他低头看看沙蛤，再看看师夷，开口说：“我……”

师夷就在等这一时刻。这是她多年来无师自通的捕猎心得，是成为猎物还是猎人，有多半时候，就看能否把握住这一微妙的时机。

不等那少年说完话，师夷后脚一蹬，箭一样射过书架间的通道，朝少年的怀里撞去。只要将那少年撞离沙蛤，只要沙蛤能爬得起来，一个手脚都被绑住的人，还能做得了什么？

师夷低估了对手。少年手脚都被绑着，动作却依然快如鬼魅，轻轻一弓背，就从沙蛤的身上弹了起来，落下时左腿微屈，膝盖压住了师夷抓住攮子的手，啪的一声撞在地板上。

师夷没想到他的动作能有这么快，手上剧痛，却处变不惊，将仍端在另一只手上的蜡烛朝他劈面砸去。年轻人一低头钻入师夷怀里，突然一口咬住师夷的肩膀。

师夷痛得叫出了声，用空出来的手拼命地砸他的后背，喊道：“松口！”

少年咬着她的肩膀不放，微一侧头，已经将她压倒在地。他喘着粗气，身体蜷成一团，好像车轱辘般压在师夷身上，而师夷又压在沙蛤的大腿上，三人纠结成一团，谁都无法动弹。她和少年脸对着脸，紧挨在一起。

师夷打起架来已经像匹野狼，但这样的打法却从来没见识过。她挣扎了几下，起不了身，刚想骂人，却看见少年在微微侧转头，一瞬不瞬地看她。蜡烛就滚落在他们的头边，烧焦了师夷的一绺头发，然后向远处滚去。

师夷愣了一愣，他的双眸好像一对古井，吞吃下她所有的支付。他眼里没有打架者惯有的凶狠表现，也没有强横的欲望，有的只是一团迷惘。

他们挨得如此的近，近得能闻见他身上传来的青草的气息、野蛮的气息，以及年轻的气息。

师夷突然脸一红，紧绷的身体松弛了下来，说："还不松口？"

陌生少年也许同样感受到了这一阵微妙的尴尬，松开口坐起身来，急切地说："……听着，你能……"

他的话还没说完，师夷已经嗤的一声，扯裂了自己的衣袖，从少年的膝盖下挣出手来，一攮子扎入他的胸口。

少年的眼中浮现出一团白雾，他迷茫地张开嘴，向后摇晃了一下。

师夷趁机抬起腿来，猛踹立在一边的书架。她听到咔嚓一声响，书架倒下了，然后撞倒了另一排书架。书本像大海般倾侧而下，将他们覆盖在下面，小小的斗室内厚重的尘土飞扬，几乎让所有的人窒息。蜡烛熄灭了。

沙蛤拼命地咳嗽，眼泪滚滚而下。一双手在拖他。他被从倒伏的书架下拖了出来。

"快走。"师夷一边咳嗽一边推他。沙蛤一起身就撞到了墙上，他以为自己根本就找不到出去的路，而那条陌生的狼很快就要从书本的坟堆下立起身来了。

但就在这时，他一脚踏空，从木头楼梯上一路滚了下去，师夷紧抓住他的衣衫，也被带了下来。

沙蛤摸了摸自己的脖子，惊魂未定："那个人是谁？"

"不知道，娘哎，还挺能打。"师夷摸了摸自己的手腕，被压住的地方已经肿了起来。

"他是被捆着的，是个囚徒！火环城和异族开战了么？"

"谁管这些。"

"你杀了他！"

"没，那是我打架时用的刀，刀刃短，扎不死人，"师夷说，又转头看了看肩膀上的牙印，"真像匹狼。"

"和你有点像哦。"沙蛤讪讪地说。

师夷杏眼一瞪，"滚。"

沙蛤连忙滚开了，退到安全距离外才说："没有烧起来真是万幸，你的蜡烛要是点燃了古书，我们就是部族文化和历史的罪犯了。"

师夷冷静了一下，说："这儿藏不住了，我们另外找地方。"

她推开藏书塔的门，小心确定外面没有情况，然后闪身出了门外。沙蛤紧挨着她的后背，他们顺着蛇身后部的一座小吊桥，朝火山口上面跑去。

空谷寂寥。

虽然还不到地火节，河络的地面活动已经几乎全停了，地面上一个人也见不到。

晨光正从东方的天空里洒下来，把山顶上摇曳的草叶照得一片柔和。他们正站在越岐山口的边沿上，一侧是火山口陡峭的内壁，另一侧则是平缓的外坡，覆盖着短短的草皮和几块散乱的白色岩石。观象塔好像一顶倾斜的王冠，向火山口下投射出长长的阴影。

她跑了几步，忍不住又回头看了看观象塔。这还是她第一次做出这种犹犹豫豫的举动。

走在后面的沙蛤突然轻轻地叫了一声，站住了脚。

“你又干什么？”师夷问。

“那边，那边站着个人。”沙蛤颤声说。

“哪有？”师夷踮起脚尖张望。

“真的有。一个大黑影儿，就在观象台下，一晃就不见了。”沙蛤坚持说。

又陡又窄的蛇头上光线明亮，一览无余，别说是人了，连只鸟儿也不见踪影。

“你眼花了吧。”师夷哧地一笑。

沙蛤的脸红了。他知道自己胖，懒，一无是处，还有惧高症，但也不愿意让人看成胆小鬼。他想起在小阁楼里，师夷面对那名陌生人时对自己的评价。对，他在很多人眼里，就是又胆小又没用的胖子；可是刚才的一晃，绝不是幻觉，他甚至清清楚楚地看见那黑影抬起头时惨白的脸和一双非人的黄眼睛。

他慢吞吞地拖在师夷身后，在拐过山脊线时，忍不住又回过头去看了一眼，突然心中一寒。那条怪影又现形了，正抬着苍白的脸与他对视。怪影披着一件灰蒙蒙的斗篷，体型不似人类，倒好像一条灰色的狗，或者更像只蜘蛛。它四脚着地，蜷伏在路旁一动不动，就好像一块僵硬的石头，一双淡黄色的大眼瞪着沙蛤，眼光冰凉无情。

沙蛤的喊叫声噎在喉咙里跳不出来，只能拼命扯师夷的衣衫。他一手捂住胸口，一手指向后方。师夷回过头来的时候，正好来得及看到那条怪影咧开血淋淋的一张大嘴，发出一声轻笑，突然转身跃入那依然被阴影笼罩着的火山口。灰色的斗篷在它身后招展开来，就好像背生黑翅的蝙蝠，滑入黑色的深渊。

等他们回过神来，一起冲到火山口边缘，抓住地上的岩石，探头向下张望。

火山口的边缘隆起，闪烁着阳光，但之下仍然是一片漆黑。他们依稀看到一片黑影，飘飘荡荡地落到火山口里的地下森林顶部，不见了。

“原来真的有人会飞。”

“是幽灵。”沙蛤肯定地说。

“幽灵个头，是个人。”

“他的胳膊那么长，肯定不是人。”

“你又没见过人。”

他们正在争辩，突然之间，看见藏书塔的门缝里冒出了一阵阵的烟。

师夷和沙蛤愣了一下，才想起光顾争辩，却忽略了那怪人出现在此做了些什么。

“起起起……起火了。”沙蛤颤抖着嘴唇说。

“这笔账要是算到我们头上……我们快走！”师夷喊道，扯了沙蛤一把，他们刚逃出两步，师夷又猛地站住了脚。

“阁楼上那个，”她说，“他被书架压着……”

“别管他了，我们又不认识他……”沙蛤哀求道。

烟气已经变浓了，一团一团地往外滚，间杂着亮亮的火舌。

“我总觉得，他是不是生病了？”

“啊？”沙蛤的脑子有点转不过弯来，她明明刚扎了那人一刀，现在又关心他是不是生病了。

“知道吗，这是我的命运。但是这一次，我不会像我母亲那样，我会紧紧抓住，绝不让他溜走。”说这话的时候，师夷紧紧地抓住沙蛤的手，痛得他想哭。

“我不知道你说什么！”沙蛤无辜地张开了嘴，他开始努力劝她，“那些书都比他值得拯救……喂，你真的要回去吗？”

师夷甩开沙蛤的手，向回跑去：“我的刀子还在上面呢。”

门被踢开了，藏书塔里，确实有火在书架上慢慢地爬行，那情形并不令人恐惧。屋子里只是有点热，对河络来说，几乎算不得什么。

火焰温柔地行动，好像葡萄藤爬上了墙，还发出噼里啪啦的声音，好像沙蛤剥那些干豆荚时的声音。

师夷迟疑了一下，用围巾蒙上脸，一头撞了进去。

看着师夷跑入藏书塔，沙蛤在门口愣了好一会儿，他很想跟着冲进去，但是两簇火苗已经爬到了门口，顺着门框向上攀援。一页页着火的书叶翻卷着飞起，好像火蝴蝶在神志不清

师夷那柄亮闪闪的攮子，没人知道它什么时候就会抵在自己的喉咙前，就好像没人知道师夷笑容的背后有些什么。

地跳着死亡之舞，众多火焰开始闪烁光芒。

阿瞳跟他说过，是朋友就要互相扶持。他一贯都很信服这个小铁匠说的话，因为他从来也不欺负他，而是真的把他当朋友。可是此刻，他真的真的不敢冲入这间着火的屋子。他跺了跺脚，转身开始向塔顶攀登。

现在是白天，巡夜师陆脐一定在塔顶睡觉。这个懂得许多魔法和咒语的老头会解决好这个问题的。

环绕观象台的长长阶梯如同肋骨般密而细长，他绕了一圈又一圈，好像总也走不完。地震让楼梯抖动不休，沙蛤一直害怕自己掉下去，但爬楼梯仍然比冲入着火的房间好受一些，师夷一定是疯了。他加快脚步，冲上塔顶，砰的一声撞开大门，巡夜师果然倒卧在石榻上酣睡，还没走近就闻到一身酒气。

沙蛤拼命地摇他，扯着陆脐的耳朵喊："着火了！"

巡夜师以呼噜回应。

沙蛤四下张望，看见附近的石台上仍有半杯残酒，他举起来摇了摇，果断地倒进了巡夜师的鼻子里。

河络的鼻子是全身最敏感的器官。巡夜师打着喷嚏醒来："哪儿着火了？哪儿？"他显露出的慌乱比沙蛤更甚，一缕一缕青色的烟已经飘了上来。

"快逃。"他光着脚跳起来就往楼梯上窜。

沙蛤使劲儿想拉住他。"不能走，里面还有人哪。"

"我不能去救，因为我怕火，"巡夜师转过身来，坦诚地对沙蛤说，"我不能面对火。我一夜接一夜地做梦，梦见自己被火烧死，那是我的命运所在。"他的脸色铁青，额头发白，在身上到处摸那块画着"大火御免"符咒的牌子，看上去确实是吓坏了。

火已经烧起来了，一排排的书架上喷吐起橘黄色的火焰，师夷虽然堵住了口鼻，但仍然咳嗽不止。她在楼梯的尽端找到了少年。他脸色惨白，躺在地上一动也不动，师夷用脚捅了他一下，这人依旧没有反应。开始她还以为他死了，但随即又探到了细微的呼吸。

他闭着眼睛，睫毛在高陡的鼻梁垂下一片阴影。她的攮子还扎在他的右胸口位置，血流得不多，从裂开的领口上可以看到那一刀正好扎在胸口那条黑龙的头部，黑龙呲着弯钩般的白牙，尾巴还在缓慢地摆动。

这纹身可有点意思。师夷伸手去按，黑龙尾巴从她手指下唰地滑走，移到另一个地方去了，好像真的活物一般。

少年呻吟了一声，睁开眼睛。

“喂，我可以解开你的绳子。不过救了你，有什么回报呢？”师夷问他，浓烟正从她脚底下的木缝里往上窜，好像木地板上长出来的一朵朵灵芝。

少年眨了眨冷漠的眼睛：“这不算救我，本来就是你们把我绑在这里的。你们河络的交易方式可真奇怪。”

“呸，你对河络一无所知！”师夷蹲下身子，唰的一声拔出自己的刀，突然喊了一声“好烫！”撒手放开攮子，向后跳开一步，愕然地把手放到嘴边吹着。

只见一枚青色的豆子从龙头上的刀口中穿出，一落地就好像水银般滚动，好像活物一般蹦跳。

师夷不明所以，顺手从身边摸了本书，想把那东西拍住，没想到用力过猛，古书承受不住，在地板上四分五裂。那滴青豆般的液滴扭动了一下，好像一团青色的影子，渗入地板的缝隙里，消失不见了。

“众火之火！这是什么鬼东西？”她转向少年。他胸口往外喷出的血液好像火一样滚烫，落在地板上时冒出阵阵泡沫，嗤嗤作响。黑龙的颜色变淡了，然后在他的胸口消失了。

“是这条龙……它让我往它想要去的方向去，它控制我许久了。”少年咬着牙说。

师夷想了想：“喂，那还是我救了你。”

“那又怎么样？”少年仰面看着她，屋子里越来越明亮，已经热得难以忍受了，他赤裸的上身冒出一滴滴的汗珠。

“听着，你要带我走，这就是条件。”

少年愣了一愣，奋力想要挣脱手脚的束缚。

“笨女孩，先解开我的绳子！”

“先答应！”

“不可能。”

他们身后传来楼梯倒塌的巨响，火焰猛地窜了起来，楼梯下已经变成一片火海，传来难以忍受的高温。

师夷咬着嘴唇，跪下来割开第一股绳子。

他喊道：“你是来救我的，还是来和我一起死的？”

“这话听着已经像是情话了。”师夷的脸上绽出了一朵笑。

4

巡夜师和沙蛤在一个远离火焰的地方观望事态。观象塔已经变得像一个大火炉，火焰从

阿络十夜盐

它的窗户和孔洞里窜出，浓烟从顶上不断冒出。

师夷他们还没有从屋里出来。

火变得让人难以忍受了，他们不得不步步后退。

“他们一定死了，”陆脐喃喃地说，“那是藏书楼唯一的门，他们逃不出来了。哎呦，熊悚会砍掉我的头，他这回算找到借口了。”

小呆溜到沙蛤脚底下站着，黄色眼睛里映衬着大火，盯着起火的塔楼不动。

沙蛤依旧相信师夷会安然无恙地跑出来，他的脸庞被烧得焦黑，那是他在试图抢救一些书的时候被熏黑的。巡夜师什么忙也没帮上，只是在火边跳来跳去，大呼小叫。

“这不是我们干的，”沙蛤哀哀地解释说，“我们是点了蜡烛，但是后来它灭了。我是说，我没有亲眼看着它灭掉……”

“不是你们干的。”巡夜师肯定地点了点头。

“真的？”

“藏书室对于巡夜师来说，是个无比重要的地方，这里被历代巡夜师施过法术，一般的火点不燃它。这里面另有古怪。”

他们眼望着古老的观象塔好像一根烧弯的大树，中间越来越黑，继而发脆，倾斜，最后，忽然——砰！一面墙塌落了下去。

时至此刻，沙蛤再也无法相信奇迹了。他眼噙热泪，为自己的朋友悲伤，直到有人从背后拍了拍他的肩膀。

“嘿，沙蛤，给我们找点水喝。”

他转过头，看见师夷和那名异族少年都站在那里，全身漆黑，头发焦干，一副筋疲力尽的样子。

少年一旦挣脱绳索，就跳起来从师夷的手里夺去了那枚小刀，然后用刀子的铜柄敲打着夹层的屋顶。屋顶是石砌的四方拱顶，每块石头大约有半尺见方，已经被烤得发烫了。大火的噼啪声里，少年一寸一寸地敲着屋顶，好像在倾听什么。

虽然身困大火，这少年却带着极度的冷静，那种冷静好像一块寒冰，连心浮气躁的师夷都跟着安静了下来。

他侧耳听了半晌，师夷刚开口想问什么，就被少年打断了，“嘘——这里有水流的声音，上面是什么地方？”

“上面？”师夷皱了皱眉，“是天象轮的蓄水槽，直径三十尺的枢轮，枢轮是由漏壶驱动的……可你想怎么样，挖通它？”

在大火的映照下，师夷的瞳孔缩成细细的一条缝。

“我见过这样的建筑，在九原城。”少年开始用刀子抠拱顶最高处的那块石头，“只要抠出这颗拱顶石，这块屋顶就会坍塌下来。”

“用一把这么小的刀子就想拆河络的建筑？呸，你对河络一无所知！”

“河络对我亦如是。”少年道，他扯下无用的上衣，裸露身体，把刀子深深地插入石缝抠挖着。他越挖越深，石头相接的缝隙越来越清晰，好像一个刻画在天顶上的符号。就连师夷也看到了希望，可就在这时，啪的一声，刀子断成两截。

浓烟罩满了整间屋子，连触手可及的穹顶也看不清了。

师夷蹲下来拼命地咳嗽，“行啦，我们死在这里了。”她说。

蛮人少年平静地撇了撇嘴：“人终有一死，但不是今日！”

他胸前的刀口开始滴下血来，血越流越凶猛，但少年毫不理会，他甩了甩头，突然之间，一直笼罩在他身上的那种平静消失了。他怒目圆睁，对着坚固的石头牢笼咆哮，发出狼一样的长长嚎叫，脖子上暴起一根根的青筋，小腿肚子直打寒颤。

师夷抬头看他时，吓了一跳，她终于明白了“异族”的含义。

少年额头上的双角向外突出，他像狼一样后仰着头，把头颅抵到脊梁上长嗥。

“我向三十三座青山奉献纯洁的祭祀，我向九十九尊长生天奉献祖传的炉床。”

少年吼叫着，徒手撞击那块石头，似乎有一种力量在四周明亮的火焰和晃动的阴影中盘旋，细密的水柱突然从石缝里喷射出来。师夷惊叫了一声，被冰凉的冷水一浇，快要着火的皮肤顿时一片清凉，那块仿佛矗立在宇宙中心的石头终于松动了。

少年猛地砸开了拱顶石，上面蓄存的水好像瀑布一样猛冲下来，和着坍塌的石块将他们淹没。

在哗啦啦的水声里，少年踏上通往孔洞的石堆，回头朝师夷递过一只手。

他们从水槽口爬出观象台，从上面跳了下来，绕过蜡烛一样燃烧的高塔走到前面，正好看见陆脐和沙蛤在呆呆地望着火场。

师夷更欢喜地叫了一声，低下身将蜥蜴小呆拎起抱在怀里。

异族人野兽般的形象在阳光下融化了，很快就恢复成原貌，也只是个个头不高的少年而已。他用漠然的眼神观察火山口上这条宏伟的羽蛇，观察身边这些矮人，这是他第一次如此清晰地看到河络的面貌。

他们看上去像是童话里的小生物，眼睛大得不成比例，却又带着奇妙的温柔感，耳朵又大又软，像小动物那样耷拉着，笑的时候露出一副又尖又细的白牙齿。他们的皮肤好像瓷器那样发亮，在阳光映照下，他们仿佛一团团不真实的幻影，在边缘处发着光。

河络的个子不高，但身材比例协调，特别是那个河络少女，裙子下的双腿是光着的，即便在蛮族少女中也很少能见到这么漂亮的长腿。

蛮族少年叹了口气，心想这姑娘看上去娇俏可爱，瞳孔清澈，好像猫的眼睛，闪闪地看着他，可如果他敢大胆地回视，大概她也会像猫那样抡他一爪吧。

“啊呀。”星眼陆脐喊了一声，突然意识到这人的危险，他可是一名被苍之天罗控制着的刺客，甚至刺伤了夫环熊悚。苍之术不达目的誓不罢休，他脱困而出，会怎么对付围绕在身边的这些河络呢?

“退后！危险！”他冲那些河络孩子喊道，然后操起一把被沙蛤抢救出来的笤帚，指着紫衣少年，像击剑一样比来划去，“如果你敢上前一步，就死定了！我可是火环城最著名的剑客。”他大声恫吓说。

少年冷冷地看着陆脐在面前跳来跳去，然后转头对师夷说：“我对你们河络一无所知，所以，请问这个老疯子用一把烧焦的笤帚对着我，是你们河络的待客之道？”

“没有杀气，很好很好！”陆脐放下笤帚，鬼头鬼脑地朝少年看。

他伸手去摸他的脉搏，又绕过去观察他的前胸后背，做了个鬼脸：“纹身没有了。”接着他转到前面，说：“喂，吐个舌头让我看看。”

“滚！”

“小子，你在地下城里都做过什么梦?”巡夜师迫不及待地问。

“很多。”少年使节冷冷地说，“就在刚刚，我梦见了我的朋友们正在到来。”

第五章 暴风商人

1

和死人交谈是一件困难的事。

只是夜盐别无选择。

翻越死亡之海让她胆战心惊，这么多年来从未真正习惯过，但她仍夜夜前往，从死人那汲取知识和忠告。若非如此，她无法支撑起阿络卡所应履行的职责。

每天晚上，等到侍卫和侍女都已安睡，白天的尘土开始回落大地，黑夜开始统治四野，她都会问自己那个问题：“我从没有准备好过，我从不想负担什么担子，我喜欢跳舞，喜欢游荡，喜欢和那些英俊的河络调情、唱歌、戏耍，我是自在的风，我是山野的女儿，为什么这样的我却会是一名阿络卡呢？”

这样的孤独无人可以述说，因为他们早已习惯她就是阿络卡了。夜盐必须赤脚踏过遍布荆棘和石块的阴阳分隔之地，去死人那里寻求支撑和安慰。

她的队伍已经跨过了越岐森林的最南端，面对着高高的重尾峰，再往西就是一片红石戈壁——荒原之海。在宿营地就可以看见那尊立在峭壁上的持矛铜人像，那是在河络古王国的全盛时期建造的初始神像。

河络有句谚语："世人怕时间，时间怕铜像。"

不过，那尊四百尺高的持矛铜人像上的腐蚀痕迹和锈迹，也展示出了时间的威力，它标志着河络古王国的盛期已经结束。

重尾山脊就是河络地界，往西的归人族皇帝，往东的归河络。河络王熊悚希望她的队伍拐向气候更温暖的南方，去寻找其他河络分支寻求帮助，但夜盐心里另有打算。

她们的队伍在路上已经行走十二天了，看到的都是干枯的森林和焦灼的大地，河流枯浅，曝于烈日，没有一个部落有余力帮助他人。而干旱并不是最可怕的敌人——所有的地方都显露出矿产枯竭的迹象。再可怕的旱灾也会过去，但是死亡的大地宝藏呢，能否复生？

夜盐让队伍在荒原之海的边缘宿营，她在等一条消息。等待中的河络焦躁不安，五天之后，这条消息才由一名骑着灰马，因饥渴而快要死亡的河络送来。他递给阿络卡一根铜管，铜管里藏着一个纸卷。

那天下午，夜盐在营地中央燃起一堆很大的营火，她凝视火焰，试图从火焰中获取神的启示。她把龟壳放到火上烧烤，炸裂的纹路像是用火焰的笔写成般清晰，她无可避免地看到自己和部族的命运，那些信息让她感到一阵晕眩——但比上个月第一次看到时要好多了。雀哥肯定看出了她的心神不宁，或许还有几名敏感的河络也注意到了。

"河络是神的真正子民，不能趴伏在浑噩的世人脚下。"忧心忡忡的老铁匠银舌说，他磨制了一辈子的箭矢，说话的时候也总眯着眼睛，好像在瞄着远方。

"如果他们不允许我们分享平等，要我们做奴隶，那该如何是好？"随行的铁肚瓦离说，他是一名陶土匠，粗拙的舌头上仿佛总粘着泥巴。

"人族狡猾，不可轻信。"锡匠红镴也这么说。

"我会好好考虑这些。"夜盐疲惫地说。白天已经让她疲惫不堪了，但仍然有另一次旅行在等着她。

忠心耿耿又年轻英俊的卫士雀哥替她披上一件灰鼠斗篷，侍女石花担忧地看着她独自走向荒原。亮眼雀哥是她这一路上的爱人，普通的河络只有在地火节才会互相示爱，但是阿络卡拥有许多特权，除了不能和异族男子亲热，她可以在任何时候，邀请她心仪的河络男子共度良宵。

夕阳如同融化的金子，炙烤过的地面干裂而空洞，反射的强光使她视物艰难。

她独自爬过一堆风蚀严重的黑石堆，远离众人。

与死者交谈总是要独自进行。

太阳终于落下了，将西边的山脉影子投放到干涸的大地上，就像坟墓洒下的影子，比任何阴影都要黑暗。

夜盐在一块空地上铺开灰鼠皮斗篷，跪了下来。

她先在额前洒下几滴鸢尾和丁香；接着在颈根柔软的凹处，抹几滴效力宏大的金盏菊精，它会帮助她寻找到回人世间的道路；两边腋下洒的是蓍草和龙胆草，它们法力强大，可以帮助她穿越死魂灵之海；耳后还应该擦上铁线莲和松油，能够让她听清死人的呢喃；她还会在嘴唇上涂上含羞草和金雀花膏油，那才可以让死人听懂她的话。

在动身之前，她还要在一个小小的银碗里点燃五种香料：鸦片、麝香、天仙子、川乌和防风。五种香料，有的血红，有的碧绿，有的黑如漆，有的白如盐，五种颜色代表了构成世界的五个要素。她在神圣的火上撒下人参、没药、玳瑁和胎盘的粉末，以及熊的血和牡牛的精液，它们与胆矾油一起熊熊燃烧。

最后她在银质小碗里撒下了木炭粉末，那是河络最神圣的药物，它是宇宙的根本，炉中火的源头和宇宙创造力的象征。

这是一整套必不可少的仪式，夜盐向后退了一步，等待烟雾腾起。

青色的烟从银碗里升了起来，却不随风飘散，等它们向两边散开的时候，就在烟雾中央显露出一条荆棘之路。

她原先还担心这些河络法术，在地界之外不再有效呢。

路的两边是憧憧的阴影，鬼魂罗列长路两侧，穿着古代阿络卡的褪色服饰，她们的脸庞破碎，伸出长长的胳膊，齐声朝她呐喊。

而她总是忍不住拔腿飞奔，路上铺满了炙热的砾石，踏上去就好像踩在尖利的刀刃上，剧痛好像铁蹄滚过她的脊梁，鲜血从她脚上流下，立刻被火热的石头蒸腾成气体。

夜盐一边奔跑，一边小心观察天空，一旦看见巨大翅膀的阴影就躲藏起来。要远离鸷鸟

这银质的碗此刻如同一个充满着神秘力量的容器，在河络的信仰中，灵魂是存在的，他们认为在这烟雾中浮现的路，即是生与死的边界，他们可以踏入，可以与逝去的亡魂对话。也许这并不为异族所认可，也许他们只是在与自己内心的记忆对话，但这不重要，这是河络信仰的一部分，他们一定会从中得到启示，那启示也终会被证明是正确的。

的翅膀，罗达告诫过她。它们吞吃亡灵，但也不介意活人。

有人穿着漆黑的盔甲，骑着黑色的骏马拦在路上，他的身躯庞大得好像一座山丘。夜盐小心地屏住呼吸和心跳，从他身边绕了过去。她知道他的巨眼透过头盔的窄缝在观察她，但他是守卫亡界的士兵，只猎杀那些逃跑的游魂。

她跑了很远的路，脚下踢起的灰烬向着天空飘散，滚烫的路面烘干了她身体里的水分，长久的痛楚让她觉得体内马上就要燃起熊熊的大火了。在她快要走不动的时候，火环城的前任阿络卡，海姬罗达，慢慢地从烟雾中浮现出来了。

她的形象稀薄，不稳定，好像烟雾中的一片光晕，好像月光下的水面，但夜盐可以开口问她任何问题。

她问得最多的是："为什么要选我？"

"孩子，每个人都有自己的责任。"

"我不想要这种责任。"夜盐像闹别扭的小孩那样说。

罗达宽容地笑了："看看你自己。"

烟雾像水纹一样波动，复又平静，镜子般映照出夜盐的面容：浓密的黑睫毛，好像吃惊一样大张着的双眼——那双眼睛漆黑澄净，水汪汪的，看着人的时候，有种毛绒绒的感觉。

毋庸置疑，她是美丽的女人，除此之外，她还格外年轻，从来没有阿络卡如此年轻。每年地火节邀请她共舞的队伍可以绕着大火环三圈，而她可以任意从中选择最强健最英俊，或者技艺最高超的男子与她共度良宵。

选择自然必须谨慎小心。阿络卡的魅力，既是爱情也是政治，它可以用来笼络和巩固整个部族。毫无疑问，夜盐做得非常好——除了在对付夫环的方面。

"你天生就该是一名阿络卡。"罗达赞许地看着她，好像欣赏自己最宝贵的作品。

"如果我谁都救不了呢？"夜盐有点生气。

"你是阿络卡，你必须拥有这样的力量。知道我为什么选你吗？因为你拥有这份能力。"

夜盐把头往后一仰，放声笑了起来，笑声里充满了痛苦。"我？在你指定我做阿络卡的那一刻之前，我只是个傻丫头。我分不清神乐舞和司祭舞的头饰，我分不清白龟壳和花龟壳的区别，我分不清治疗烫伤的紫草和山紫草……你答应要教我很多东西，可是最后你什么也没来得及说就死了，但是现在，我却要面对如此可怕的抉择……是我疯了还是你疯了？"

"告诉我你看到了什么？"

她什么都瞒不住罗达。她语气苦涩，将烛阴之神展示的东西合盘托出："我从龟壳上看出，火环城将会被毁灭，除非我回去救他们。"

"你不愿意回去？"罗达的眼睛好像明灯，照得她遍体通透。

夜盐别了一下头，她的嘴里尽是灰烬的味道："如果回去尽我的职责，我会死去。"

"这很让人悲哀，孩子，"海姬罗达沉默了一下，"如果回去了，你有什么办法？"

"我的使者已经越过了荒石之海，从九原城城主苏卫辰那里取得了回复。九原城南六十里有一座参合山，坡度平缓，植被茂盛，山岩坚硬，有天然的巨大溶洞，从山顶就可以看见虎眼湖，那儿泉水充沛。如果可以用铁器和工匠换取土地，并且每年上缴贡赋，我们就可以在那里定居。他之所以如此宽厚，是因为他们急缺工匠。如果我能说服大家跟我走，如果……"

"三十年前我和九原城有过生意往来，苏卫辰虽然严厉苛刻，对货品吹毛求疵，却是个言而有信的人物。"

"但我说服不了夫环，"夜盐丧气地说，"……熊悚已经发誓绝不离开火环城，那是他的家园。你了解夫环，他说到做到，是不会走的。

"他为什么那么恨我？这个问题我也问过你很多次了，这必然有其他的原因。"

"是有原因。他不是恨你，是害怕你，你的存在让他想起某种失败，某种挫折，而他是不能失败的。"罗达淡然地说。

"这一次他会杀了我吗？"

"想一想我和你讲过的那个古老谜语。"罗达严肃地说。

那个谜语夜盐一直记得：

强盗们找到了一位向导，一位小姑娘。强盗要求她带路前往一座未设防的城市，姑娘天真无邪，以为这是一场游戏，她会从日常捉迷藏的小道将强盗们带到城墙之内。然后，在这一切发生之前，你有了一个机会手持武器来到熟睡的小女孩身边，在梦里她的笑容如此甜美。

在一个小姑娘和一座城之间，你要做出选择，是救小女孩，还是整座城里的人？选择小女孩，城市会被强盗洗劫一空，整座城里的人都会被杀死，选择城市，完全无辜的小女孩又会死去。

夜盐轻声笑了起来："你总要我在小女孩和城市中间做选择。每次都是这样，我召唤你出来，想听听你的意见，但你总是要我自己做出选择。"

"每个人都面临过这样的选择。我无法告诉你哪个答案是对的，哪个答案是错的，它们都自有道理。你的神灵会把答案交到你手里。"

"可是这次的小姑娘，就是我，对吗？你希望我回去，用我们这些人的生命换取一个渺茫的希望，希望我能说服熊悚，是这样吗？"

"……明月快过中天了，我要离开了，我的姑娘。我不能告诉你该选择什么，只是记住，永远不要认为我们可以逃避，我们的每一步都决定着最后的结局，我们的脚正在走向我们自己选定的终点，你其后生命的每一刻，都要为这一选择负责。”罗达的声音越来越轻，她的脸在烟雾中慢慢地淡去。

夜盐咬着嘴唇，她没能得到想要的回答，但是和死人交谈，谁知道会有什么样的结果呢？她挥手驱散缭绕的烟，低头沉思。我该怎么办？

白色的道路好像一条蜿蜒的死蛇，伸展在月光下。石头都已烧成灰烬。但是回去仍然很危险，要小心避开鸷鸟，它们在下半夜更加活跃。

她筋疲力尽地走出那片黑石堆的时候，温柔可人的侍女石花，还有忠诚可靠的侍卫依然在荒原的边缘等待。她知道，他们都爱她，理解她。如果她和这些人说明神的征兆，放弃火环城，带领他们一起动身前往九原城，他们都不会拒绝。

等她回到营地的时候有些惊讶，所有的人都环绕着营火的灰烬蹲着，几十匹巨鼠无精打采地走来走去，所有的人都没有睡，他们已经知道了那个可怕的预言，在等待她的最后决定。

2

他们约定好在地下森林里那颗巨大的老红桧下碰头。

地下森林埋藏在火山口里，就如同藏在深井里的一簇苔藓，植物想要阳光，就要拼命地向上伸展，所以这里所有的树木都高大得异乎寻常。

师夷到得最早，跨坐在一根横树杈上，身边的小呆一刻也不安宁，不是追逐落到地上的太阳斑点，就是追杀那些刚出茧的小蝴蝶。而沙蛤就在树下蹲着。

森林小道上传来气急败坏的沙沙声，阿瞳气喘吁吁地跑了过来。他喘了好一阵粗气，才发现了今日到场的人与平常不同：“这人是谁？”

“这是我们的新同伙云胡不归。云胡不是外号，是姓氏，很搞笑吧，哈哈。”师夷兴高采烈地说。

阿瞳连忙学着人族的礼节拱了拱手：“这位兄台请了，你我一见如故，真乃三生有幸。”

倚靠在大树上的蛮族少年用拳头轻轻地敲了敲胸口，算是还礼。

“我不知道你说的什么。”他说，目光锐利如刀，刺得阿瞳有点不舒服，“我是蛮人。没读过书，也没有什么故人，你还是该怎么说话就怎么说吧。”

阿瞳仍然有些摸不清头脑：“喂，你们是新交的朋友？”

“算不上朋友，他是我们的俘虏。巡夜师要我们好好照顾他，不能让他溜走——在他想起自己做的梦之前。”师夷大大咧咧地说。

阿瞳连忙问：“那你的打算呢？”他可知道师夷淘气捣蛋的脾气，怎么也不会乖乖听令的。

“我当然也是这么想的。”师夷转了转眼球。

阿瞳松了口气，又问：“巡夜师自己在干吗？”

“抢救他的观象塔呗，被烧得一塌糊涂。他还说，可能有人想要刺杀云胡不归，让我们小心点。”

阿瞳抽了抽鼻子，紧张地四下望了望，“刺杀？”

“别担心，如果有刺客，俘虏说他自己就能对付。”师夷快活地说，“小铁匠，你明儿给他偷把刀来行吗？”

“这个，”阿瞳有点为难，“我可以试试。今天我们要干吗？”

沙蛤苦着脸说：“我今天不能陪你们去了。夫环发出征召令，要加强地下矿工的力量，他说，所有有余力的河络都应该到地下去做工，我被调配去做锯木狗了。”

“锯木狗，你？”师夷扑哧一声笑了出来，“那厨房怎么办？谁来给大家削土豆皮呢？”

“最近食物有点缺，”沙蛤愁眉苦脸地说，“蜡丁说，厨房里可以做的事不多。”

“食物不多了吗？”师夷把嚼剩的苹果核一甩，小呆眼疾脚快冲了上去，抢过苹果核，当成战利品闪到树后面，树后很快传来喳喳嚼食的声音。

沙蛤他们有时候真想亲眼看看小呆吃东西的场面，但是小呆大餐的时候绝不允许任何人靠近自己。“这肯定不是一只蜥蜴。”沙蛤说。

“滚你的，去你的地下当锯木狗吧。阿瞳，我们快走。”

他们去的码头很小，与这座城市的宏伟规模极不相衬，只有两只石雕的水虎从水里探出头来，趴着水淋淋的台阶看着他们。

地下河的水位已经降了很多，那些多年来一直浸在水里的台阶都显露了出来，黑黝黝的好像死去巨兽的脊椎。河络用到这处小码头的时候不多，枯水季节更是无人问津，四周显露出一幅颓败的景象。

他们三人站在那儿，只能听到洞顶滴下的水，顺着水面吹来的风带来阵阵凉意，阿瞳摸着自己胳膊冒起的鸡皮疙瘩，悄声嘀咕：“为什么要来这里？都说这条河是火环城的幽灵去往死魂灵之海的通路，我们还是少来这里比较好。”

“云胡不归说他不怕幽灵。那条检修的小船呢，阿瞳你去找找。”

阿瞳应了一声，跳入黑暗中，过了一会儿，拖着一条小船从及膝的水里走了过来。

云胡不归伸手去拿桨，师夷却叫住了他，“不用了，阿瞳来划，他是铁匠，力气大得很。”

她点起一盏獾油灯，拉着云胡不归跳上船头，“我来指路，你就坐在这儿别动。”

阿瞳坐在船尾，举起桨，伸入水中卖力地划动起来。

船只向前行了片刻，就到了一条分岔口。师夷举起提灯，照了照岩壁，船尾的阿瞳就扳动长桨，小船拐向一侧，走不多远，又遇到一条岔口。

石壁上刻着许多顽童的涂鸦，看似随意，但云胡不归仔细看去，每个划痕却都新旧不同。师夷举灯照看的，也正是这些涂鸦。

师夷发现云胡不归很用心地记录一路上经过的那些涂鸦，轻声笑了。

“有些记号已经几百年了，不过也有些记号是我画的，这里，我和阿瞳，有时候带着沙蛤，我们来过很多次，每次都探索一条新的水道，但我们始终没有找到那个传说可以穿出山腹的出口——我们没找到，对吧，阿瞳？”她突然高声问。

“对对对。”阿瞳连忙使劲地点头。

师夷转头瞧向蛮族少年，眼睛瞬了瞬，“这山腹里密布着上百条水道，有的通往深渊，有的通往瀑布，你可没办法从这里逃走。”

蛮族少年不为所动，仍然在用心记录他们经过的每一处地方。

“你喜欢看到我失望的样子？”他问。

船头狭窄，他们靠得很近。她抓住了他的胳膊，唱起了一首歌。

她比他所曾见过的女人都要美丽
他带来一朵怒放的花
犹如火焰，彻夜长明
他问：“你是否知道何处的野玫瑰长得
如此甜美、鲜红和自由？”

她的歌声划过水面，好像笼罩其上的一匹柔美绸缎，又像是一只蜻蜓，做着复杂的盘旋飞舞。阿瞳在船尾收起船桨，咧开嘴，入神地听着她唱歌。过了好一会儿，他才发现云胡不归那没有表情的面容，不由得关心地摇了摇头：“咦，你不肯笑，这可不行。你看，我扔下铁

这艘体积庞大的三桅帆船，樯橹齐全，低垂着帆。它曾经带来死亡和瘟疫，船上有一百五十名小孩的幽灵。它在这里停留了已经有十年了，那些幽灵夜夜哭喊，不肯前往死魂灵之海。

匠铺的事情逃了出来，回去会有一顿好打，可那是一会儿之后的事情了。如果现在还拉着个脸，之后的打不就白挨了吗？”

无论云胡不归表现得如何冷漠，阿瞳都使劲笑着，努力试图感化对方，哪怕他的努力就像风吹上坚硬的岩石。

“当俘虏怎么了，熊悚虽然看着很严厉，但他是个好心肠，不会对你怎么样的。”

“巡夜师当然也是个好人，你就算真的想不起来那个梦，也没办法啊。不过，他为什么要关心这样一个梦呢？”

“出去之前，就在地下多呆几天呗，我们这里可以玩的地方好多的。”

“阿瞳，划你的船，别这么多废话。”

“哦。”阿瞳应了一声，展开膀子力，船只被划得好像在水面上飞行。他们刚拐了两道弯，坐在船头的师夷突然喊道：“停，停，快停下。是那条船！”

他们的脸色全都变了。

云胡不归不知道发生了什么，转头向前看去，他看见一条黑黝黝的船的轮廓，出现在前面。那是一艘体积庞大的三桅帆船，樯橹齐全，低垂着帆，不知怎么竟然能出现在如此深的地下。

“这是什么？”他问师夷。

小女孩脸色凝重，和他说：“这是死亡之船，我们不应该靠近它。”

云胡不归还是不解：“为什么这么说？”

阿瞳解释说：“这条船，在这里停留了已经有十年了。它曾经带来死亡和瘟疫，我听说船上有一百五十名小孩的幽灵，他们夜夜哭喊，不肯前往死魂灵之海。大家都很奇怪，夫环为什么不烧了它。我们刚才一定是拐错了弯，才来到这里。”

云胡不归沉吟半晌：“我想上船去看看。”

阿瞳大惊失色，慌乱地摆起手：“这可不行，这条船被诅咒了！”

云胡不归不理阿瞳，转向师夷：“你敢吗？”

“我？敢吗？”师夷放声笑了起来，她对阿瞳命令说，“你在这里看着船，我们爬上去看看就回来。”

阿瞳垂头丧气，但还是遵命将小船划近了大船。他们绕着船体转了一圈，找到了黑色的船锚索。

师夷把整个身体的重量都压了上去，荡了两荡：“没问题，夫环一定是每年都来换条新索，不然船会断锚飘走，不知道飘到这深暗地穴的哪个角落里去。”

阿瞳坐在船上，眼巴巴地看着她和云胡不归一前一后，顺着锚索爬上了黑船。

这艘船已经是名耄耋老人了，它积满了尘土，船板踩起来感觉已经被蛀空了，厚厚的帆布一抓就是一个窟窿，它还能浮在水上，就是个奇迹。但它就是不肯死去，就是要漂浮在水面上，要向河络城传递它那恶狠狠的诅咒。它是火环城历史上的一块补丁，黑暗却不可或缺。

他们走上船桥顶部，看到近处的水岸上有石砌的平台和栈桥，还有一些规模不小的建筑隐没在黑暗里。

“那里才是你们真正的码头。”云胡不归指出。

“对。出事后，被封堵死了。”

“出了什么事？”蛮族少年问她。

“我不是很清楚。他们说夫环杀死了一百五十名河络孩童，为了拯救火环城。可城里没有人愿意谈这件往事。那时候我们还小，什么都不记得了。船上都是小孩！可却带了诅咒，如果让这条船进入港口，也许整个火环城就要毁灭！”

“但你们得到的只是一条不清晰的消息，孩子们也许得病了，也许没有。”

“你说的也没错，”师夷继续承认，“但夫环能用整座火环城来冒这个险么？喂，别谈这个好吗？说说你吧，你到底是怎么打算的？”她那双乌溜溜的大眼睛直愣愣地盯着少年。

“你能帮我逃走吗？”云胡不归闪躲了一下，问。

“或许可以。”师夷不置可否地偏了偏头。

“怎么走？我已经查看过了，你们在大门前加了双岗双哨，其他出口都被严密监视。我可以杀出去，但信不信由你，我不是杀手，我不想杀他们——告诉我逃出去的路。”

“或许可以。”师夷仍然是这么回答。

“这是场交易吗？好吧，你想要什么？”

“你要带我走。”师夷说。

云胡不归又一次显露出他的冷漠来，“为什么？”

“你骗不了我，在藏书塔的阁楼里，你看着我的眼神，早就说明了一切。”师夷轻声喊道，她像只猫似的朝少年扑了上去，想要将他压倒。

云胡不归激烈地抗拒着，他的身体绷得紧紧的，像撑在竹篾上的巨鼠皮，然后他又放松了。

接下来发生的事情宛如爆发的旋风。他们倒在厚厚的尘土上，师夷把手指插进少年的头发里，把他的头拉近自己的身体。他则像蜘蛛抓虫子一样抓住她，缠绕着她。他紧贴着她的小腿，起先只是用双唇触碰她的脚踝，然后沿着绷紧的肌肉轻轻往上擦摸她光滑的双腿，亲吻她膝盖后的凹陷，啃咬着她柔软的大腿，她则把手指甲深深地掐进他的背部和肩膀。

沸腾的欲望好像河水那样荡漾。

獾油灯在他们头顶上摇曳着，好像平静海洋上的微波，又像是黑暗中的黄色眼睛，依然那么平静，那么暧昧地眨呀眨。

在一切平静下来后，云胡不归把胳膊枕到头下，问她：“那么，这是个交易。”

“就算是吧，”师夷满不在乎地说，“如果你不想爱我。”

“你很可爱，”他痛苦地转开眼睛，“让我想起了一位姑娘。要是再有那么几天，我也许会真的爱上你。可是我不能这么做。”

“为什么？”

“为什么为什么，”云胡不归有点不耐烦起来，他翻身坐起，“因为会有人受伤。你或者我，或者其他人，比如那个坐在船上等我们回去的人，他已经受到伤害了。他全心全意地爱着你，你看不出来吗？”

“小铁匠？”师夷惊讶地笑了出来，“他只是个傻瓜。”

“我还会伤害到其他人。”他说，然后又强调，“总是如此。”

“你看上去如此冷静……”

“等我爆发的时候就来不及了。”

他狠狠地抓住师夷的胳膊，使劲儿抓住它：“云胡家的血液，太炽热了，它让我拥有力量，可是喷薄而出时总会伤到人。别尝试，这很可怕。”

“我不怕。”师夷瞪着眼说。

“你一点都不了解我，我是个不祥之人，我比你们的黑船还要不祥，只要我出现的地方，总要发生种种可怕的事情。”

“我可不怕。”师夷瞪着眼说。

“可是我怕。”云胡不归喘着粗气，甩开了她的手。

师夷伸手摸着他的脸庞，“你过去发生了什么？告诉我。”

他抓住了她的手，把它从自己脸上扯了下去。可是他的身体里有什么在发生着，他的身体内部，有个东西像猛兽一样呼吸，咆哮，哭泣，发抖。血液冲到了他的脸上，他脸色赤红，看着非常吓人。

“什么都没有发生。”他低声说，但是紧抓住师夷的手没有放开。

“我不怕，真的不怕。来爱我吧。”她看着他的眼睛。

她在等待，同时保持微笑。

云胡不归那对酒红色的眸子近在咫尺，覆盖着一层透明的虹膜，带着点困惑，带着点欲望。它们无法离开她的眼睛。

师夷知道，她只赢了一半。

“为什么想找异族人？”

“只有异族人，才会给你一辈子的爱。”这也是她母亲如此拼命坚持的原因吧。河络的爱是短暂的，会消解的，激情一过，即成虚无。她母亲拼命地想抓住点什么，就像溺水的人想抓住一块木板，

她不想让师夷在河童殿长大，其实也是想要发出一种声音吧，就像秋天将死的鸟儿的呼喊，就像一座孤零零的空屋子在秋风里呜咽，就像薄薄的春冰在重压下的呻吟，没有哪个孤独的人会忽略这样的声音。这和她的感受何其相似。

“你会带我走吗？”师夷仍然这么问他。

“我会想一想。”云胡不归回答。

“不许想，”师夷咬着牙说，“你如果不带我离开，我会杀了你。”

“哈，你倒可以试一试。”少年说。

他们听到一阵低沉的号角声，顺着水面传来，非常微弱。

“出什么事了？”云胡不归问她，把她从地上拉了起来。

师夷侧耳听了一会儿，“这是有客人到来的意思。奇怪，火环城已经多年没有迎接过客人了。”

云胡不归想了一想，望着师夷露出一丝神秘的笑。

“你笑什么？”

“我笑你的问题来得太迟了。”

“什么意思？”

“这些天，我一直在推算，是谁想让我去行刺夫环，如果没有猜错的话，我的朋友们该出场了。”云胡不归说，“你问我能否带你一起离开，答案是不。因为我已经用不着逃跑了。”

“你这个混蛋！”

师夷咬牙朝蛮族少年扑了过去，却被云胡不归轻易地扭住胳膊，推倒在地。

“别逼我下重手。”他警告说。

等到他们终于顺着锚索往小船上溜时，阿瞳还坐在船尾，无聊地哼着那首歌。

她比他所曾见过的女人都要美丽
他带来一朵怒放的花
犹如火焰，彻夜长明
他问：“你是否知道何处的野玫瑰长得
如此甜美、鲜红和自由？”

他们解缆前行，一路沉默。就连阿瞳也意识到气氛的变化，闭上了嘴。

然后云胡不归说："我想告诉你一件事。我在船上没有找到血迹，也没有看见一丁点儿砍切的痕迹。"

"那又怎么样？"师夷敷衍地问，把脸埋在自己的胳膊上。

"我学过如何观察一个人怎么死去的痕迹，"云胡不归平静地说，"能向你保证的是，那条船上，绝对没有人死去。"

3

火环城迎来第二批来客的时间比夫环熊悚预想的短得多。

但他至少是第一时间看见他们的。那时候，夫环正骑在一匹灰毛巨鼠的背上，立在高高的山脊上，用千里镜望着脚下的山谷。

一支庞大的人族商队，正穿过枯槁的大地，摇摇摆摆地朝火环城所在行来。为首是一头巨大的六牙巨象。黑衣服的象奴用膝盖夹着象头，他的背后是一顶招摇的紫色伞盖，象辇上坐着一位高瘦的商人，带着高高的冠帽，穿着紫色袍子，衣着与之前刺杀熊悚的那位天启城使节如出一辙。商人的背后，影子般坐着另一名黑衣仆从。

夫环熊悚眺望了很久，直到看清了走在大象前头的马标，才露出了一丝笑容，他朝身边的传令兵喝了一声："回去通知大厨房，准备宴席，迎接老朋友。"

不等那名传令兵转身，他大喝一声，猛踢巨鼠的耳后，带着十数巨鼠骑兵，朝着山谷俯冲下去。巨鼠迈开强健有力的后腿，两只短小的前肢缩在胸前，朝山下猛冲。

商队也发现了这支小骑兵腾起的烟尘，收缩起队形，直到双方近到互相可以看清旗帜的时候，方才放松下来。

夫环驾着巨鼠跑近商队，看见驮兽上那些人，都在好奇地向自己观望。虽然身上都带着武器，但刀剑没有出鞘，弓弩也没有上弦。

巨鼠骑兵是河络很有名的兵种，在异族那些真正拥有军事智慧的人眼中，他们的危险程度不亚于将风兵。他们奔跑迅速、狡诈灵活，是河络最独特的轻骑。

夫环跑近领头的六牙白象，使劲一扯钉在巨鼠下颌上的六根皮缰绳，尘土飞扬中，巨鼠站住了脚。

熊悚大声喊道："云胡不贾！是你这鬼家伙么？五年不见人影，今日到此，有何贵干？"

伞盖摇动，一个人影从大象背上探出身来，高高的峨冠下显露出一张瘦长而缺乏血色的脸。

"哦？"他懒洋洋地说，"你难道没有嗅到战争的气息？战争就是生意，就是金钱。我闻风而动。"

夫环熊悚瞄了瞄那排一眼望不见头的驮兽背上成串的箱笼，冷冷地问："天罗也开始发战争财了？"

"天罗不正该是天下商家的保护神吗？为有利天下的事情，我们纵是磨秃了额头，走破了脚后跟，也不敢有片刻歇息啊。"

"你说的是为钱杀人这之类的事情吧。"

云胡不贾哈哈一笑，轻描淡写地道："我更喜欢我的说法。"

他半是懒散半是厌倦地抖开一张黄色丝巾，擦了擦汗："世人对天罗的误解啊……有时候，天罗也为钱送一些消息。龙噙者有些话想让我转告给你。"

熊悚咳嗽了一声："嗬，你是为龙噙者来取我项上人头的？"

云胡不贾放下丝巾，用锐利如刀的眼神盯着熊悚看去，直看得熊悚的脖子麻酥酥的。

熊悚扭了扭头，正要开口说话，却听到云胡不贾突然爆发出一阵尖锐的笑声，就好像遇到什么特别可笑的事情一样："说哪里话，我怎么会杀老朋友呢？为了钱也不能这么干。放心，龙噙者要我带的是另一套话。他说挖掘深井里的宝藏并不容易，所以托我带来一些可以帮助你的武器。"

"哦？"熊悚几乎不相信自己的耳朵，这倒是件太阳底下的新鲜事，"什么样的武器？"

"据说是荆北河络出产的暴风吼虎。"

熊悚的脸沉了下来。他听说过暴风吼虎这东西，也是一种半机械将风，据说威力无比，却被视为禁忌之器，荆北河络研造三百多年来始终没有外传。龙噙者能拿到这样的武器，说明某些部族的河络参与战争的程度比他想象的要深得多。

"既然如此，"熊悚高喊道，"拿酒来。"

他的卫士提了一鼠皮袋酒扔了过去。夫环将袋口解开，洒了一泼酒在地上，又喝了一大口，然后扔上象背，一双眼睛紧紧地盯着云胡不贾不放。

云胡不贾微微一笑，接过酒袋，却从身边一个冰镇的小桶中取出一只琉璃盏来。

"好酒得有好器皿相衬。"他说。

那只琉璃盏晶莹剔透，温润如玉，一看就是个价值连城的宝物。

河络虽然精于工艺，但仅限于工具和武器、祭器等，这些日常器皿以及无用的衣服、装饰品则从无如此奢侈——也就是人族才会精研这类物品的精美和藻饰。

他将酒袋里的酒倒入琉璃盏中，小心地用指甲挑出三滴，同样洒在地上，然后才抬头将琉璃盏中的酒一饮而尽。

熊悚松了一口气，云胡不贾既然喝下了火环城的盟酒，就表明遵守北邙之盟，绝不会动武，更不会刺杀主人。熊悚虽然不怕云胡不贾，但对方毕竟是名顶尖杀手，俗话说，不怕贼偷，就怕贼惦记，若是被天罗惦记上了，还真不是件愉快的事。

他接回酒袋，高声问道："龙噙者既然不杀我，又给了我这样的东西，他想要什么？"

"自然是矿石，高纯度的蛇纹墨晶石，只有你们火环城才有出产。这是巨型将风启动必备的原料，你知道龙噙者为了这些石头，肯出多大的代价。"云胡不贾探头向下，低声说完这句话，立刻用手捂住嘴，呵呵呵地尖声笑了起来。

熊悚浓厚的眉毛一皱："矿石的事，和我们的矿大师好好谈谈吧。你们远道来了，就在火环城外驻扎下来，好好休息下吧。"

他望了望高悬空中那炽热的毒日，抱怨道："这些天我们没有太多的水补给你们，你真不应该带大象出来。"

"哈哈，"云胡不贾再次放声大笑，"不如让我来款待你们吧。虽然我们也没有多余的水，但带有大量的美酒，红菰酒、石中火、七日醉，应有尽有。"

就连不苟言笑的夫环熊悚也展露出一丝笑容，他说："地火节马上就要到了，我们需要这些美酒，希望你们带得足够多。"

他们一高一矮，并辔向火环城走去。

龙噙者派遣云胡不贾作为使者，颇在熊悚意料之外，但他也知道天罗素来为钱卖命，从无忠诚一说。五年前，他们可以为万山之宗蛮舞月奴效力刺杀龙噙者，如今又为天启卖命，也属平常。

路上云胡不贾问他："……天下局势已经大不相同了，龙噙者独掌天启大权，四海归心，此次进军征讨蛮舞月奴，你觉得胜算几分？"

"我没兴趣知道，赢又如何，输又如何，与我们河络都无相关。"熊悚不耐烦地回道。

云胡不贾恶毒地说："你们河络就是半埋在地下的呆子，怎知世界之大，拥有无穷可能。"

熊悚吼叫道："不要这么看河络！就是因为一名河络可以尊重神灵不闻外事，才能专心致志地打造出完美的作品。看看你身上的那把细眉刀，难道不是我们河络打造的吗？若是呆子，能打出这样的东西吗？"

云胡不贾想了一想，温柔地一笑："我更喜欢我的说法。"

4

云胡不贾的坐骑凭临危崖，一步一蹭地挨过蛇身小道，他依然端坐象背上，稳如山岳。

不过等到要入城门的时候，他不但得跳下象背，收起伞盖和象辇，还要派出二十名奴仆，从后面猛推象屁股，才能使大象艰难地挤入羽蛇门中。余众这才牵着驮兽和骡马，鱼贯而入。

独鸦皱起眉头，将夫环拉到一边告诫说 ："人族奸诈，多半都靠不住，这些人又是天罗刺客，不可不防。"

熊怺不耐烦地说 ："他在象背上接受了我的赠酒，那意味着将完全遵从北邙之盟的约定，不该有丝毫动武的念头。"

独鸦营山摇了摇头 ："我终究放心不下。"

熊怺严厉地哼了一声 ："除了云胡不贾，到了晚上，把其他闲杂人等全都轰出去，让他们在火环城外宿营。这几个人，能做得了什么怪。就这么办了。"

河络贾师已经将庞大的市集洞清理一空，但这支天启商队的箱笼和货物卸下后，转眼又将它塞盈如山。

这些货物里有成箱的布匹、香料、丝绸、茶叶、糖、盐、瓷器、纸张、漆器、竹器、棉花、羊毛及其制品、珊瑚、琥珀、珍珠，特别是那些丝织品，有龙缎、五色缎、花宣缎、杂色绢、丹山锦、水绫丝布，五光十色，炫人耳目。还有各类铁、锡、红铜、黄铜、铅，各类他们紧缺的物资。火环城已经很长时间没有见到过这些奢侈品了，就连最古板的河络都放下手上的工作围拢来看热闹。这些东西能让他们过一个前所未有的丰盛地火节了。

云胡不贾的坐骑六牙巨象也引起一片惊叹。它比一般的大象要高得多，额头几乎能触及高耸的大火环隧道顶部，喝起酒来，更是如鲸吞虹吸，一口就能吸去一名河络一月的份额。

那时候，云胡不贾已经在市场中心搭起一顶云锦织就的庞大帐篷，斜靠在铺得厚厚的毛毯和皮毛上，懒洋洋地看着那些手下摆放货品，不时地挥挥扇子，朝甩着皮鞭的监工喊上两句，但绝不多耗一份力气。

他从一个冰桶里取酒，用那枚琉璃盏独酌自饮，对四周大惊小怪的围观视若无睹。

可是突然之间，市场边缘的洞穴里，传来一阵咔啦咔啦的声响，密集却又舒缓，好像阵雨敲击在屋檐下的小沟里。忙碌搭建小摊的商人们都挺起身子朝那边看去，就连一向不动声色的云胡不贾也站起身来，朝远处张望。

行驶过来的是一具残破却造型怪异的将风，拥有庞大的平板身躯，其下伸展着纤细的一千根腿，颤颤巍巍，但却稳当无比地朝前爬行，不时地伸出巨大的铲斗，将贾师清扫市场时丢弃在路旁的废物稀里哗啦地铲到车上。

云胡不贾的目光注视着那边不放，但是让他倾注如此注意力的，不是那台怪车，而是操纵它的河络。那名河络赤着上身，全身皱纹乱如蛛丝，没有梳理过的白发蓬乱如扫帚，腰带上挂着一个醒目的酒葫芦。他跟在将风车的后面行走，行动缓慢如老人，不时地伸出瘦弱的长臂拨弄敲打那些被卡住的长腿。

云胡不贾死死地盯着他看，直到他走到近前。

“布卡，我以为你已经死了，原来躲在这里搬运垃圾？”

“哈哈，你还没死，我又怎能走在头里呢！”布卡张开少了几颗牙的嘴，口齿不清地笑着。

“二十年来我们只见了这一面吧？”

“我们还会再见面的。”

“好啊，那时候我们再来看看，你死了没有。”

“我已经习惯不死了，恐怕会让你失望的。看看，你怎么又搬来这许多五色迷眼的东西，我看它们在这洞里呆不了多久，最后都得被我铲入熔岩眼中烧毁，何苦来哉。”

慵懒的商人目露凶光，而老河络浑若不觉，踯躅离去，只是云胡不贾散发出的杀气，却全像镜子般反射回来。

独鸦营山将一切全都看在眼里，耐不住好奇，等车子走远，问云胡不贾：“你认识他？”

“老相识了。他在你们这呆很久了吗？我还真不知道。”

“不过是名流浪河络，来火环城……唔，我也忘了有多少年了，一直在这里负责处理垃圾和下水道，独自一人，和大家也没有什么交集，大家都知道他爱吹牛，我们叫他吹牛布卡。”

“吹牛么？”云胡不贾将目光转向独鸦，“你猜我几岁了？”

独鸦看着他的眼睛，发现他的瞳孔竟然是红色的，针眼般缩在灰白色的眼眸里，不禁吓了一跳。这个商人的年岁，他其实已经猜过好几次了，有时候觉得他很年轻，有时候又觉得他无穷老。

“……我和他的友谊，比你的年龄还要长，比盘王殿里所有头骨的年龄加起来还要长。”

独鸦瞪大独眼，只当他是说笑话。

云胡不贾抬头望着黑压压的洞顶，淡淡地道：“有一种人，他会在你眼前突然消失得无影无形，也许他就在马车上你身后坐着，但你看不见他，也听不到他的呼吸；也许你弯腰去采一朵野花，他就在花瓣上站着，或者在你乘船渡河时，他会从水中现身。他可以穿越空气或河水而来，也可以化身为一只动物或者你亲密的爱人，没有他们进不去的密室，也没有他们探听不到的消息。他们隐藏于各行各业，可以说无处不在。

“他们可以摧毁一支军队的营防，只要他们愿意；他们可以崩溃一个城邦的经济，只要他们愿意；他们可以离散臣民的忠诚，只要他们愿意。”

“只要他们愿意，”他望着独鸦含义不明地微笑，“而狮牙布卡，就是掌控他们愿不愿意的七个人之一。有他在，你们居然能睡得安稳好觉，我可就纳闷了。”

“七……七个人？无影无形？莫非你说的是影者？布卡是七名影魁之一？”独鸦哈哈大笑，心里暗道，原来这人比布卡还会吹牛呢。

传说中的影者确实势力庞杂，但是极端隐秘，常人难以窥觑真容，影者一旦现身，出现的都是惊天动地的大事。据说他们以七名影魁为首，宣誓以死效忠。堂堂的影魁怎么会跑到这座小小的城池里，当一名清道夫呢。独鸦营山哈哈大笑，只是不信。

云胡不贾用折扇遮住下巴，只是微笑，也不知道在想些什么。突然听到有人叫了一声：“云胡叔叔！”他转过头来，看着蛮人少年，不动声色地道：“云胡不归，你失踪十几天了，原来跑到这里来了，怎么来的？”

云胡不归拍着自己的后脖颈说：“我忘了许多事，忘了怎么到这里来的了，似乎是中了木之傀术。我刺伤了这里的夫环，被他们关了两天，还几乎被烧死。”

云胡不贾只是冷笑，似乎一点也不为他担心，“你这混世魔王，也能落到如此地步吗？”

云胡不归满不在乎地说：“有什么关系，就算被关被抓，都是一种历练。”

“没错，教训总是要自己去体会才可贵。中的蛊呢？要紧吗？”云胡不贾问他，伸出瘦长苍白的手，搭在云胡不归的手腕上，替他搭脉。那一瞬间里，可以看见露出的指甲又长又弯曲。

“已经被人解啦。”云胡不归说，满不在乎地将手甩开，“我交了一些新朋友。”

“哦？”云胡不贾目光转向云胡不归身后，胖乎乎的巡夜师连忙上前鞠了个躬，客气地说：“那孩子是个间谍，他身上被人下了魅惑术，前来刺杀我们的夫环，夫环知道不是他的本意，没有追究这件事。”

“这事商讨起来真有点麻烦，”云胡不贾将手指支在下颌处，一边沉思一边说，“这孩子在我这里受训刺杀术，已经有几年了。木之傀术也的确只有天罗才有，可是天罗三个分支，暗之天罗、苍之天罗和影之天罗，互不统属，谁也不服气谁，在皇帝面前互相争权夺利，已经势如水火了。我们在天启城丢了这孩子，料想他落入敌手，没想到是被下了傀毒，送到这里来刺杀夫环，也不是没有可能——是你解的傀毒？”

巡夜师见云胡不贾一双尖刀般的眼睛朝自己身上望来，连忙摆了摆手，“是一位小姑娘误打误撞，把毒给解开了。”

云胡不贾微微一笑，又看了看不归身后几名探头探脑的小河络：“你交朋友倒是快。”

师夷早已按捺不住，从云胡不归背后跳出来喊道：“哇，你个子真高！我可以摸摸你的胡子吗？”

云胡不贾大吃一惊，猛然伸手捂住自己的眼睛，向后一闪身子。

巡夜师陆脐和云胡不归想不到他反应如此强烈，都有点吃惊。

云胡不贾摸着自己修剪精致的山羊胡，只能苦笑。“真是英雄出少年。”他说，避开那女孩，挨个打量眼前这些或是好奇或是羞涩的河络少年。他的白色眼眸中瞳孔很小，像是针尖，落在身上有冷滑的感觉，让他们觉得很不舒服。

云胡不归冷眼旁观：“云胡叔叔，听说你精通相面之术，是不是看出了什么？”

“唔，这可难说。”商人手捏下巴，他的手指又细又长，同样给人以蛇的感觉。他突兀地问师夷：“你是不是经常做关于飞翔的梦？”

师夷惊讶地张开嘴。

“我能飞吗？”师夷问，她想吞口唾液，嘴巴却干得如同被熔岩烤过。

“当然不能，”云胡不贾垂下眼睑，“命运最喜欢戏弄人，但你有一双可让人神魂颠倒的眼睛，我宁愿用一双翅膀来换它。”商人对师夷说。

师夷沉下脸，把头别到一边。

“别难过，可爱的姑娘。喏，你看，这次我来火环城，带了不少礼物。我想要给你们一些礼物，特殊的礼物。”

他从随身的犀牛皮包里掏出一个泪滴状的小瓶子，递到师夷的手里，“这是一瓶蓝莲草香水，它可以让你在地火节上迷倒所有的男人。”

小瓶子在她手上发着温润的光。

师夷拧开瓶盖，嗅了嗅香水的味道，吐了吐舌头。

云胡不贾呲牙一笑，拍着师夷的肩膀说，“但实际上，你根本就不需要它。”

云胡不贾随后抬眼望向沙蛤，沙蛤有点紧张，想要后退，却被师夷抓住肩膀顶在了前面。

“那么，你是干什么的呢？”

“我，我是名庖师学徒，我刚获得了第一枚职业挂坠……”

“那么你为何困扰？”

“它们在和我说话，不停地说……”

“谁在和你说话？”师夷和阿瞳都问。

“那些……沙虫，还有被我们端上餐桌的鱼、火鸡和灰鼠。”沙蛤的脸色羞得通红，这些事他从来没说给伙伴们听过。他可不想被嘲笑。胖子敏感着呢。

云胡不贾俯低身子靠近沙蛤。他的牙齿也很长。沙蛤紧张地想，他就像一条蛇。

他对着沙蛤的耳朵轻声说：“虫语不是缺陷，而是对魔力的感悟。我不能给你传授星辰法术，但有天你会发现，和它们交谈将获益匪浅。你是能抓住命运的使者，这确实令人惊讶。”

他再次伸手，从包里掏出一副骰子。

“这只是副普通的象牙骰子，但若手法娴熟，可以发挥极大的效用。”他说，往手心里扔了两把，每把所有的骰子都是红色的四点向上。

他把骰子放在了沙蛤的手心里：“来试一试。”

“不可能，我不可能做到。”沙蛤的胖脸上全是汗。

“试一试嘛，快来。”师夷也这么催促他。

沙蛤抓住骰子，往地上一扔。四个骰子四散奔逃，显露出各不相同的点数。

“你看……”沙蛤在大腿上擦了把汗，松了口气。他觉得本该如此。

但是云胡不贾并不肯放过他，“再来一次，心里头要想着你想要的点数，就像正在倾听那些禽兽的话语，听即是言。来，再来一次。”

沙蛤又扔了一把，这次他自己都懒得看结果，但是骰子在地上翻滚了几圈，摇摆着落定，赫然是一副满堂红。沙蛤愕然地盯着地上那副骰子发呆。师夷已经跳了过来揪住他：“你怎么弄的？教我教我。”

“我不知道啊！”沙蛤无辜地说。

那时候，云胡不贾已经转过头面对阿瞳，直视着这名小铁匠的眼睛。他沉思了半晌：“嗯，还真有点为难，我不知道该送你点什么。”

阿瞳丧气地点了点头。“我知道，”他说，“我什么都干不好，连师父都说我笨，我打的翅膀很重，难怪飞不起来，我经常想，烛阴让我去当铁匠一定是搞错了。”

“哈哈哈，铁匠？”云胡不贾说，“我也觉得你不适合当铁匠。烛阴之神只怕也是别无选择，只能出此权宜之计。”

阿瞳深深地低下了头。

云胡不贾笑眯眯地问：“那，你来我这儿学着当个商人如何？我会带你走遍天下的城市。”

“这个不太好，我数数经常会数乱。”阿瞳羞愧地说。

“那么，当一名驭手？我需要有人帮我驯服烈马。”

“我有一次帮板牙何屘看管他的巨鼠雏兽，结果被那只出生才半年的幼巨鼠拖着跑过了

悍然山城，天罗的据点之一，号称飞鸟不渡城，如果没有特殊的信物，没有人可以进入。至于那个信物是什么，又或者是不是只有一种信物，就没有人确知了。

半座火环城。”

“好为难啊，让我再想想，乐师？不行。皮革匠？不行。草药师？不行……”他每说一个不行，阿瞳就萎靡一分。

他边说边绕着阿瞳转圈，说到一半，手里那枚珍贵的琉璃盏突然脱手掉下，朝地上落去。

阿瞳猝不及防，猛地一弯腰，竟然伸手接住了那枚酒杯，虽然弯腰太猛，几乎摔了个嘴啃泥，但手上抓住琉璃盏，仍是高高地举起。

云胡不贾说：“你看，还说自己笨吗？”

阿瞳捧着琉璃盏，脑子乱成一锅粥，只会说：“我……我……”

云胡不贾赞道：“手比脑子快，这是一等一的好刺客材料。要不，来我这里，让我教你天罗刺杀术吧。”

阿瞳吓了一跳，手足无措地道：“让我去杀人？我、我、我……连打铁的时候，小锤子都会脱手甩到师父的水杯里。”

云胡不贾哈哈一笑，伸手拍了拍阿瞳的肩膀：“你可以再想想。”他将一枚小小的铁钱塞入阿瞳手里。铁钱上有模糊不清的花纹，似乎是雕刻着一只怪兽和一个裸女，相互缠绕在一起，一青一白，小却精致。

“等你想清楚了，就带着这枚铁钱到悍然山城来找我。”

阿瞳摊开手掌，望着那枚铁钱发呆。

“真是有趣，嗨，你带了这么多东西来，是准备送我们火环城一人一件礼物吗？”师夷摇着云胡不贾的胳膊问。

“嗤——”云胡不贾痛苦地皱了下眉，“我本当拒绝，可是你的魅力真是难以抵挡。”

“这样吧，”他哈哈大笑，用扇子指着堆满市集洞里的货物，“我保证，火环城里所有的人，所有的人，都将收到我的礼物，一个也少不了。”

沙蛤望了望整座大市场堆放着的琳琅满目的货品，困惑地问：“你是说，卖给他们？”

商人微微一笑，用听不见的声音说：“我更喜欢我的说法。”

厌火城的来客

文/恰好

皇冠上的黑色刻痕

身处天拓海峡与霍苓海峡之间的宽阔海域，就是在九州历史上赫赫有名的三大内海中的滩海。

滩海四面分别毗邻中州、瀚州、宁州、澜州，是联系九州北陆与东陆的重要海域。在人蛮羽三族关系微妙的贲朝，谁能掌控滩海的海面局势，谁就能在三族争锋中占领先机；而在人蛮统一的端朝，人羽关系和睦时，滩海则又成为了黄金海域，来往通商船只川流不息，寄托着每一个商人和水手的黄金梦。

滩海与所毗邻的各个州之间，瀚有嵩辽渡，中有毕止港，澜有霍北郡，宁有厌火城。这四座港口城市各有特色，嵩辽渡地处瀚州东南、火雷原的尽头，距离那座传说中蛮族最美丽的城市——“半月”白梨城只有数百里之遥，端朝建廷大军“牧云铁骑”曾以此为起点，横渡滩海，直取中州；而毕止城年代则更为久远，晁朝已有毕至一郡，固守天启北部浩瀚平原，但晁末贲初，九州恰逢天灾人祸，外海倒灌，毕止郡大部分土地沉入滩海，在剩下的部分建造了如今的毕止港；霍北与毕止相似，为羽族历史名城，羽族起源于古代的澜北（同样，这片区域如今也在海底），十姓羽族南迁时，霍北就是最初的据点城市之一，十姓中的斯达克（翼氏）后来成为了它的主人，在贲朝初期，斯达克城邦的中心城市即为霍北；而厌火，无疑是四座城市中最为名震九州的，它是宁羽城邦皇冠上一处擦不掉的、肮脏却又漆黑得深埋人心的瑰丽斑痕。

厌火城在宁州西南，勾弋山脉南北纵横，分隔宁瀚两州，山势走向南部之后分为三支，其中东麓延绵向东南，直至尽头处与三寐河的入海口相接。而厌火城，就坐落在这山水相接的翠渚半岛上。

厌火城的港口建造在三寐河的入海口，那里被称为洄鲸湾，是一片宁静而美丽的海域。顺着港口口岸向厌火城的城区走去，能感觉的地势陡然拔高，花岗岩的城墙筑起了一座坚硬的城市，与依附于树木而建立的城镇相比，厌火更加冷漠和强硬。由巨大的花岗岩分隔开的外围的下城与内围的上城静静屹立在山脊上，连同举目即可眺望到的平缓港湾一起，组成一座富有层次而且风格鲜明的三叠城池。

在宁澜贸易与宁瀚贸易中，厌火城都有着重要的地位。各州经由海运前往齐格林等宁州城市的船只，都必须在厌火城停靠，并交卸货物；而同时，勾弋山脉上为数不多的适宜通商的山路中，较为平坦、方便车马行走的一条正是穿越勾弋山脉南部的丘陵带，并最终通过登天道抵达厌火，再向北前往宁州各重要城池。

这是一座贸易的城市，也是一座鱼龙混杂的城市。它绝对没有其他羽族城市共有的静谧、端庄和自然气息，烟火和杂乱充斥着这座城市，或者说，至少充斥着这座城市的下城区。

上城区与下城区是厌火城独具特色的设置，羽皇与十姓贵族的势力，仅仅在于厌火城的上城区。单看这一部分，厌火与绝大多数羽族城市区别不算太大，只不过是多了半圈更高更坚硬的花岗岩城墙罢了。上城区拥有神木园的分支、年木、十姓及城主的府邸，羽皇委派的官员均驻扎在上城区，他们的使命是维系厌火城作为羽族城池的使命，并彰显羽皇与神木园在这座城市的权力。但谁都知道，这座城市的权力核心和真正的主人，从来不在这里。

下城区的王

从厌火的港口向上仰望，可以看见整座厌火城呈两个相互咬合的半圆形，自高而下地铺展在翠渚半岛指掌状的陡坡上。上城高耸在翠渚坡最高的地方，都用白色整洁的石块砌成，无数白色的高塔矗立在云端，飞檐上悬挂着风铃，一圈白色的城墙在阳光下闪光，仿佛厌火城亮白色的心脏。那些土黄色的低矮的、歪歪扭扭的房顶是下城区，它们包围着白色的上城，一直俯冲到海里。黑色海水则如同一群群要夺取厌火的骚动匪徒，不断向前汹涌进攻，奋力拍打在青石海堤上。

这就是厌火城的下城区，它是上城的势力无法触及的地带，但又恰恰是维系整座厌火城运转的关键所在。

下城区的居民主要是无翼民和外族人。一座码头城市，需要足够多的劳动力，装卸货物、支撑运输、建造码头船坞等等，这些工作不是那些高贵的天空子民愿意承担的，于是就成了无翼民和人族、蛮族在这座城市赖以活命的资金来源。就这样，下城区的居民们从上城的贵族那里得到佣金，继而聚集在一起，经由他们的手，厌火城上城区高大的围墙砌起，下城区的窝棚搭建，港口的码头从来不会停止运转、物资来往，送出宁州珍贵的香料和木材，带来皮毛、金铁和牲口，无论这些东西最终去向哪里，它都必须经过下城人的手。

厌火下城的名气渐渐远播，在别的羽族城市饱受欺压的无翼民开始想尽办法向厌火城聚集；而外族的亡命之徒也愿意选择在这里落脚，脏乱混杂的下城区是一个好的掩护，到达这里的人就会死去，用一个新的身份，避开远方的前尘旧事，重新生活。

于是一个全新的、特殊的下城就此形成了，一开始它只是厌火上城的依附、佣工，获得金钱，付出劳力。但很快那些穷苦的、不会再失去更多的人们意识到他们对这座城市的重要性。上城与下城之间的矛盾一触即发，但那些来自于齐格林的贵族并没有重视，他们有军队，有纵横于天空之上的至羽，下城能做什么呢？

但是当下城区的王者出现时，他们很快就明白了，这些人可以做什么。

下城区的王不是单独一个人或者一个家族，他是一个群体。在厌火城漫长的历史上，这个群体也许曾依附过某些人，又或者为一个家族服务过，但是他们终究有自己的意志，他们的下城区，就是他们的意志。

这群人被称为影者，又称为影子，无处不在，无所不能。如果你在厌火城听说过“我身无形”，那你就能明白他们意味着什么。

第一个为厌火下城代言，并对外宣称自己下城之王身份的人，叫做铁问舟，一个并不拥有贵族十姓的羽族，人称铁爷。

没有人能确切地说明是铁爷创建了影者这个组织，还是影者这个组织造就了铁爷这个人，在历史的记载上，他们同时出现，缔造了厌火城那个时代的传说。

那个时代的影者由厌火下城的居民组成，他们平时是普通的搬运工、砖瓦匠、菜贩子或者跑堂，五行八作，三教九流，遍布全城。但是夜幕降临，他们在这座无比熟悉的城市中奔走，成为信使、刺客、斥候或者守卫。他们身怀绝技，却从不为自己而展露，他们只为铁爷效命，或者更准确地说，他们只为自己的厌火下城效命。

铁爷之下，设有白影刀与黑影刀，黑影刀管理着所有的影者，白影刀位在黑影刀之上，但没有人见过他的真面目。这样的分工颇具影者这个组织本身的特质——你永远不知道他们还有多少底牌，你看不穿人群中隐藏的黑影的含义，你不是死于锋利的弓箭或者隐藏的刀丝，而仅仅是死于无知。在这座城市里，你看不透与你擦身而过的这个人的身份，那你就危险了。

如此数百年过去，厌火的城主更迭，人族的政权和羽族的政权互有争锋，但厌火的下城永远没有改变，它混杂、脏乱、没有希望，却又井然有序、生机勃勃。晟朝中后期，厌火影者已与通平佣兵、越西盐商、闵中山鲛人海贼一样，成为一个地域标志性的群体。

这个时候，距离影者走向天下，并最终成为与天驱、辰月、天罗、鹤雪一样名闻天下的组织，只欠一个契机和一个人。

天下光明处皆有影者

大端朝定都天启，蛮族人第一次成为了天下共主，朝野的变革已如此巨大，更不要提江湖上的动荡。牧云雄疆入驻天启之后，仅八个月，穆如铁骑纵横宛越，让端朝统一了晟朝的所有疆域。但天下虽已归北蛮，各地方依旧有各种势力动荡不息，面对强大的北蛮骑兵，眷恋旧朝的人们确实无力光复故国，但是聚集一群人给刚刚坐稳的端朝添乱、标榜自己的忠君之心，还是不难操作的。

在牧云雄疆和其子牧云直在位的四十三年间，东陆四州一共出现反端性质大小帮派七十九，分舵堂会数百。那个时代，或许辰月的神没有看到大乱的迹象，所以星辰与月的旗帜数十年间消隐于尘世；戴着天驱指环的晟朝旧臣要么被圈养，要么星散四野，更不可能挥舞鹰旗纵横两陆；在那个人心浮动的江湖岁月，有一面新的旗帜奔走于各个城市之间。

黑影固守，白影纵横；王土之上，我身无形。

影者，开始走向天下。

晟末的厌火城，比起胤燮时代更加鱼龙混杂，无数能人异士选择隐居在这座城市中，放弃过往的身份，安然地成为一名影者，为守护自己的厌火下城而隐姓埋名。而随着牧云穆如围困天启城，有这样的一批厌火下城的影者选择了离开厌火，他们虽然曾经选择了厌火和遗忘，但是国之将亡让他们回忆起了过往。紧随着穆如大军长渡滁海，宁澜两州的港口在之后的数月间从不曾宁静，很多商贩、劳役、匠人纷纷南渡，他们在霍北上岸，随即星散，没人知道他们要去哪里，没人知道这对后世意味着什么。

回到故里的影者们没有来得及为故国做任何事情，穆如铁骑太快了，端朝已经形式上统一了天下。这些影者各自做了不同的选择，而其中一部分，被记载了下来。

澜州缚龙城，厌火影者陈于静，斩缚龙城副城守哥舒黎于居所，死者床头刻“我身无形”。

中州川杨郡，厌火影者邢跃然组建川杨郡影者，并用半年时间全面接管全城实权，因距离天启太近，惊动天子，穆如大军西进屠城。

中州毕止港，厌火影者杨融，烧卢彦氏战船八艘。

宛州白水城，厌火影者武长天率乡亲护送晟朝天驱军团副都统杜时行逃往衡玉。

宛州青石城，厌火影者沈天威组建鹰旗会，取胤末鹰旗军之意，串联十城，成为之后宛州最大帮会之一。

越州黑石部落，厌火影者文沧海开始在地下城中传播羽族的工匠技艺，一套全新的弩箭系统被制造出来，而这一批弩箭机，最终被运往了微雁岛。

这六个人是最初在九州各地传播影者理念并造成影响的人，后世将他们与当时的厌火下城之主明晦并称为初代七影魁。

在那个时代，影者的思想仅仅是启蒙时期，从厌火走向各地的影者们不愿意接受北蛮的统治，他们不约而同想到了厌火城。数百年王朝更迭，但厌火城还是那个厌火城，它是属于影者的，只要影者愿意，天下可以是无数个厌火城，每一座城都属于它的子民。

这就是新的影者组织最初期的理念：守卫家园。它与天驱的“守护安宁”相比，更加实际，更加明确：每座城市的影者仅仅是为了捍卫他自己的那座城市，天下是什么？影者并不关心。

这个过程经历了端朝两位君主的统治，这数十年间，九州江湖中帮派林立，势力纷杂，但几乎每一个帮派里面，都渗透着影者的力量。这其实很好理解，影者来源于民众，而江湖帮会更是三教九流的聚集，至少在端朝，影者与其说是一个结构严密的组织，不如说是一个最大的帮会。

而影者的章程也开始慢慢地规范化。牧云直在位的时候，天下影者正式成为了一个组织，下设七影魁。那时初代七影魁大多已经不在人世，影者从组织中挑选了新的七影魁，并将推举选拔确定为七影魁的更替方式。而影者的组织以城市为单位存在，每座城市都有自己完整的影者组成，有自己的组织，有自己的白影刀和黑影刀。这个时候黑白影刀的职能也发生了改变，双方没有了上下级的分别，区别只是黑影刀负责固守，白影刀则主司串联。一座城市的下层人民生活的维系、影者权益的捍卫，多由黑影刀负责；而城市中各种信息的汇总分理、各城市之间影者的联系，多由白影刀负责。影者看重城市这个单位，其他城市的影者来到一座城市，纵使是白影刀甚至影魁，也要遵照这座城市影者的要求行动，因为影者只因自己的城市而与众不同，他们只是自己城市的王者。

于是江湖上有了影者的传说，没有人知道谁才是影者。在天启的眼中，只有大小帮派势力纵横，影者是不存在的；但是事实上每一个帮派在一座城市中的分部，都有影者的渗透，影者谨慎地判断着不同势力会对自己的城市带来的影响，帮助外来的人们融入这个城市，并赶走试图染指自己的城市的人。每当一座城市有大事发生，都会有一面旗帜曾经在城市中疾驰而过，那就是影者的旗帜。

影者在此时已有了自己的图腾，那是一个鬼脸铁锥的图像，神秘、滑稽而又阴森。但那个图腾曾经是无数江湖豪客心中最向往的标志，拥有这个图腾的人不会放弃每一位朋友，拥有这个图腾的人才能得到捍卫这座城市的荣耀。下层的民众期望有这样的人来守护他们，而江湖上的英雄们则期望成为他们。

一开始那只是一种纹身，用秘术或者普通的纹身手艺烙印在手心等地方。但渐渐地，影者的理念传遍天下，影者的旗帜也开始飘扬，夜影旗有着胤末燮初的鹰旗一般的魅力，它有着无数种制式，每一个力图捍卫自己城市的人都可以制作一面夜影旗，在城市危亡的时刻挥舞着它。如果那个城市里没有影者，那就会有各色各样的人开始向那面旗帜汇集，夜影旗之下，影者会有自己的新的组织。当然，更多的情况是影者自己挥舞旗帜在街巷间穿行，宛州城市群在端初的时候已经有了一定规模的影者组织，那里的平民区的人们十分清楚，如果有黑衣的人骑着黑色的马在夕阳持着夜影旗疾驰而过，那自己身边可能随时会有人忽然放下手中的工作，卸下身份的伪装，消失在自己身边。那些人会在黑夜中集结，只为守护这片土地上的人们的酣梦。

大端朝就像是初升的太阳，普照着一个新的时代，但是阳光所照之处必有阴影，每一座端朝王土下的城市都有两面。阴影之下，影者在静静地生活着，不要试图觊觎他们的家乡，否则影者开始行动时，你眼前的城市将会完全陌生。

阴影下漫长的路

端朝和徵朝两朝期间，影者的组织逐步扩大，组织的形式和规程日趋完善。这数百年间，影者开始注重传承，每一座城市的影者都慢慢具备了自己最鲜明的特点，包括武学技艺的传承、秘术的传承、机关毒药制法的传承。

端末乱世时代，关于影者的江湖传说，就有非常明显的地域化特征：青石枪白水刀，云中双肩扁担挑，说的就是宛州不同地区影者的武技区别；而浔州毒瘴和秋叶陷阱同样闻名澜州。七影魅也渐渐地更加特点鲜明，各有绝技。

但是影者与天罗、天驱依旧不同，天驱依靠师徒传承，而绝大多数的天驱都只是武技派别纷杂的武士而已；天罗依附于家族，有统一的方式培训杀人的技艺；相比之下，影者介乎其中，他们以居住的城市区分，开始形成自己群落的特征，并将其传承。这期间一定会有一些技艺失传，但也会有新的技艺开始传播。

而影者也开始不再局限于一生一世守卫着自己的城市，他们会在城市之间穿行。影者有自己统一的切口，一名影者到达一个新的城市，就会在那里寻找组织的接收。他可以把这里作为一个驿站，也可以把这里作为一个终点；但如果想要留在这座城市，他就要为融入它而做出新的努力。

在徵朝灭亡直至崑朝建立之间的两百年，一直没有一个稳定的中央政权统治兵戈不息的中瀚宛澜，使得中宛两州的人族在一段时间里居然是以一种类似于羽族的城邦割据的方式存续着的。在这段时间里，影者迅速壮大，很多城市的城主或者小国的国主都会重视处理和下层代言人的影者之间的关系，影者成为了普通民众的庇护神，但他们会很慎重地使用自己的力量，他们依旧保留着隐匿的习惯，有的时候甚至感觉不到一座城市里还有影者这个组织。但是黑影刀和白影刀的传承永远不会断，他们只是用最普通的方式，譬如疏通水路、支撑货运、维持秩序等等来保护自己的城市，并随时等待着危急时刻的召唤。

但这样迅速的发展还是会让一些事情偏离轨迹，乱世两百年间，有很多次，一座城市的黑影刀或者白影刀选择了与城主合作，成为其爪牙，这显然违背了影者的宗旨。在这两百年间，影者的发展迅速，但影魅同时也更加忙碌，他们奔走四方，化解矛盾。由于影者的宗旨中，在一座城市里，外来的影魅也不得擅自更改本地黑白影刀的决策，所以复杂局势中关系的处理，有时极为微妙。

在崑朝建成以后，影者组织慢慢恢复稳定，而七影魅也在过去的历练中，能力和权力都进一步上升，由于乱世中影者势力扩张，影魅常常成为众矢之的，所以暗月纪开始后，影者，尤其是影魅，开始更加低调地隐藏自己的踪迹。

而暗月纪开启，一个更加纷乱的世界正在拉开帷幕，影者将如何自处，未来在等着他们的选择。

英雄劫

文/井上三尺　图/何懿

第一章　狂言王

白发黑铠红帜张，鲜衣怒马任骄狂。

这两句话在东陆或不知名，然在北陆瀚州却无人不晓。其中说的乃是位传奇人物。此人生于瀚北龙格部，纵横草原数十载，无战不胜，无攻不克，无往不利，骁勇无双。当世其他英雄战将，与之相较俱大大失色。据传，凡他所踏之处，狼烟四起，烽火连城。关于他的传说，更是多如牛毛，神乎其神。

此人名为狼取计都，因生性狂浪，龙格汗王雅赠尊号“狂言王①”。

狂言王的前半生，可用“马到成功”一语蔽之。狼取本亦为一部，自一百六十年前被瀚北霸主龙格部鲸吞后便不在瀚北十三部之列，所以狼取计都虽被称为“王”，实为龙格部的大那颜②。龙格部汗王龙格豪人称“善慧王”，对狼取计都这位黑铠战神最为赏识，两人结为异姓兄弟，出则同车，入则并肩，王廷亲贵皆无此等殊荣。狼取一族也跃升龙格七族之首，难免令人有“一人得势，举族升天”之叹。

所谓风摧秀木，人妒高明，鲜衣怒马的狂言王计都，也终有一日因荣宠得咎。究竟因言获罪，还是功高盖主，其间原委始终不详，只知他身受重伤，连随身多年的名戟“渡黄泉”也失了，圈禁昔年狼取王都沥泉城。

青草黄转为绿，绿又转黄。看看第三年夏季已过，将入初秋，久无访客的沥泉城外，一队车马自西北急急行来。车队仪仗齐整，当先车驾甚为轩敞工丽，细看马匹却是汗水淋漓。宝毂辘辘，人困骑乏，直向着壁垒分明的城池匆忙抢奔。

---

①狂言王:与后文中“善慧王”、“蟾璃王”、“摘心王”、“平川王”一样，是一种类似绰号的称呼，并非正式封号。端朝对北陆各部较为优容，对各部随意称王族和大贵族为“王”并不禁止，只是这些人在朝觐时并不享受王爵的礼遇而已。端朝承认的王爵只有“宗室亲王”和“瀚州各部汗王”，而“各部汉王”仅指参与“不战之盟”会盟的五十九个大小部落的汗王，每次王位更迭时朝廷会颁给金册确立新汗王的王位。

②大那颜：那颜是蛮族语，意为“领主”，是对部落内拥有属地、部民，并领有军队的贵族的称呼，其中身份较高者（如王族或属地较大、部族人口众多的贵族）称为大那颜。狼取在龙格部是大族，狼取计都身为狼取领主，在龙格部地位尊崇，所以称其为大那颜。（出自潘海天《九州·白雀神龟》）

到得城下，车夫扬鞭一声呼喝，车马驰入，一路畅通无阻，直抵城内那颜府。狼取向来财力匮乏，城池房舍俱简练冷峻，少饰而实用，只那颜府正中一口甘泉，喷珠落玉，经年不息。大车尚未停稳，一人便即落地。这女子身形高挑，遍体缟素，不待通报便直入内寝。哪想内中许多妖姬正载歌载舞，好生一派旖旎波荡的春景。

素衣女子面色一沉，喝道："我草原蛮族，什么时候也开始耽溺于这些无用的享乐？退下！"

众人一怔，此女只身闯入，瞧不出究竟什么来历。一人不禁质问道："你是什么人？竟敢擅闯我主寝居！"

素衣女子微微冷笑，"我不是什么人，只不过恰好姓牧云，单名一个冶字，是龙格汗王的大阏氏③，狼取计都的王嫂——够分量命令你们了么？速退！"

歌伶舞女大惊失色，忙匍匐谢罪，鱼贯而退。忽有一人缓步走出，好整以暇道："不准停，继续。"

一别经年，恍似昨日。一般的发白如雪，一般的瞳黑似墨，一般的桀骜不驯，一般的咄咄逼人。牧云冶心中暗叹：正是那个狼取计都，还是那个狼取计都。三年圈禁，未曾磨去半点棱角，倒将利器韬晦得愈见锋芒了。

计都步上主位，径自落座，说道："难道大阏氏驾临，就不用饮酒，不用吃饭，不用睡觉，不用活了么？你们方才在做什么，现在还是一样。"

歌女走也不是，不走也不是，只得立在原地，不敢动作。牧云冶倒不动怒，只淡淡说道："你爱看歌舞，明日便有比她们美貌数倍的舞姬送来。"

计都微微一笑，道："礼下于人，必有所求。王嫂如此礼重，看来我要格外当心了。"

"你与汗王有结拜之谊，昔日又有数战之功，些许小事，何足挂齿？"

"所以我十分好奇，我那异姓兄长为何不曾一同前来？"

牧云冶见问，目中惶然一惊，低声答道："我正是来告知你此事。"

"一个男人，将自己如花似玉的妻子送到结拜兄弟府中，只有两种解释：要么，他已经厚颜无耻到不在乎戴绿帽的地步；要么，他已经死了。龙格豪死了吗？"

③大阏氏：阏氏为蛮族语，指汗王的正式配偶，其中正妻称"大阏氏"，正妻之外被承认配偶身份的称"侧阏氏"。大阏氏和侧阏氏之外的女子即使育有子女也不具备汗王妻妾的身份，而她们的子女也往往不被王族承认和接纳。

牧云冶吸一口凉气，厉声道：“这消息你如何知道？”

狼取计都哈哈大笑：“我虽被他囚禁于此，又不是聋子瞎子，有些消息，你们想瞒也未必瞒得住。龙格部雄霸瀚北，若非大难临头，大端公主用得着如此放低身段，礼下于我么？直言来意吧。”

牧云冶明眸妙转，心下发沉。这来意如何启齿？一字说错，干系甚巨。只如今火逼眉睫，正是引箭在弦，不容不发。

计都见她沉吟不绝，缓缓道：“不用着急，时间多得很。”

原来，汗王龙格豪数日前遭人谋害，牧云冶对死讯秘而不宣，诡称汗王染疾，以期暂时稳住局面。而今邻部大军压境，势如破竹，眼看离龙格部的王帐所在繁城也已不远。她暗自出城请援，当此非常时刻，第一个想到足以力挽狂澜的人选，便是狼取计都。

龙格豪尊号上“善”下“慧”，这名衔虽是族人所尊，却连端元帝[④]也曾亲口相呼。蛮族本以游牧、射猎为生，且地僻天寒，凛冬食粮稀缺，只得抢掠他部以盈仓，每年折冲府[⑤]里都少不得要打上几场这样的官司。但龙格豪治下却是止戈息兵，恤内养民，多修栈道，鼓励通商，使得繁城渐渐成为瀚州商贸通衢，部民亦渐富庶，比之别部的流离互残，更显得一派祥和。是以近年来瀚北诸部皆自愿瞻其马首，俨然便是一方无冕之王。族裔甚众，附从尤多，所领疆域辽阔，如此旺族，端帝自以恩抚为重。于是龙昌[⑥]五年，天子册封元帝之女牧云冶为睿徵公主，下嫁龙格。如此一来，龙格豪感念大端皇廷恩遇，忠心自不必言，其在瀚北各部的首领之位也更加稳固。

然而命数难测。龙格部便如一头即将长成的巨兽，但蛮荒草原豺狼当道，岂会任由其坐大？那比邻而居的强族早已眼红许久，每逢秋冬便不乏流窜侵扰之徒，其中尤以戈雅羌部汗王祖尔恭为甚。

祖尔恭之名，以悍戾闻。早年他冲锋陷阵，次次先于同族，只进不退，但杀无赦，其威名战绩，孩童听到也不敢哭叫。因身带雪蟾蜍纹身，人称“蟾璃王”。这样猛虎般的人物，自然不容身畔有他人夺食。他一再暗使部下抢掠龙格边境，令其不堪其扰。龙格豪下书质询，

---

④端元帝：端朝第八位皇帝，文帝第十二子，名牧云忱，年号祺和。他是一位锐意改革的君主，在位十一年，被其侄幽帝牧云承宇杀害。

⑤折冲府：全称为“折冲军府”，是端朝地方军事机构麟阁（中央军事结构）在各地的耳目，监督本府辖境内与军队有关的大小事务，首长为“折冲府卫将军”。瀚州设有瀚南、瀚北两个折冲府，除军事职能外，这两个折冲府还负责代表天子协调瀚州各部的争端。折冲府要指挥和调动军队前必须先请示麟阁，但瀚南、瀚北折冲府因远离帝都，调动军队的权限比其他折冲府更大。

⑥龙昌：端朝第十位皇帝幽帝牧云承宇的年号。

祖尔恭即刻遣使托言此乃叛出本部的流寇所为，望两部速速一晤，一来冰释前嫌，二来正可共议此事。牧云冶直觉此会大为不妥，劝龙格豪勿往，龙格豪却因对方近年屡次进献牛羊牲畜、奴仆姬人，故未加警惕，轻骑赴会。

料不到这一去，便是数日未曾回转。牧云冶心慌意乱，大感势态不妙。果然夜里便得急报，说戈雅羌大队人马长驱直入，来势汹汹，更有人目睹队首有长枪挑起一具尸首，面目依稀便是善慧王。

牧云冶骇然色变。一国失君，犹如龙去其首。狼子野心如此张扬，那是对方已然胜券在握，志在必得了。部中那颜别乞[7]听闻噩耗，纷纷入帐探问。情急之下，牧云冶只得对以“汗王偶染微恙，戈雅羌借机散布谣言，欲动摇军心，更趁此时机进兵”，并令龙格本部人马各就其位，卫护繁城，擅离者斩，以讹传讹者诛夷满门。众人将信将疑，只碍于她素日之威，暂且按下。牧云冶将王廷事务吩咐明白，即刻火速出城赶往沥泉。不想狼取计都早知悉其中原委，安然待她前来。

眼前局面，危险，微妙。

身为大端公主、汗王之妻，牧云冶不曾也不必求人。然而这一次，却不容她多作思虑。

短短三杯酒的工夫，牧云冶心思已转了千百回。没有筹码，就只得在最劣势的状况下，谈最屈辱的交易。尤其女人之于男人，刚强骄傲在此刻，远不如温柔委婉来得好用。

她和颜说道：“狂言王乃瀚北战神，如今狼取与龙格同体，龙格若覆，狼取又哪得平安？只要足下首肯，共抗外敌，报弑君之仇，部中自然会有相当的报偿。”

计都目光闪动，问道：“怎样的报偿？”

“废去圈禁之令、复你昔日权位，自是不在话下；另赠足下精铁千车、牛羊万头，永免你部一切入贡，如何？”

“毫无兴趣。”

“以西北十拓[8]之地相酬，且所赠牲畜之数再加一倍。”

“无趣。”

⑦别乞：蛮语“贤者”之意。（出自潘海天《九州·白雀神龟》）

⑧拓：九州特有的面积单位，一拓为现实中的9平方公里。

“二十拓之地，位置由你自选。”

“请回，不送。”

牧云冶好生头疼，叹道：“尊驾开出条件好了。”

计都想也不想，便道：“那你嫁给我吧。”

众人陡然听到这话，都大出意料。他如此轻描淡写，说得好似理所当然一般，全不当作什么了不得的大事。

牧云冶面色发白，怫然不悦，道：“狼取计都，注意你的言行！”

“我的言行恰如其分。自来蛮族习俗，兄长死后，孀妻便由其弟继承。龙格豪虽有胞弟，但我与他亦有异姓兄弟之份，娶你哪里不合仪制了？况且，我狼取计都垂涎牧云冶已久，这件事路人皆知，岂可不趁你之危一偿夙愿。”

牧云冶不欲与他口舌交锋，背转身，冷冷道：“你还可以再卑鄙一点吗？”

计都笑道：“可以，只要你喜欢，我还可以提出更无耻的要求。”

牧云冶沉面不答。忽有侍从来报，沥泉城西北有敌来犯，约莫三千之众，距此不过一箭之地。观来敌者旗号，上有白蟾蜍纹样，应是戈雅羌蟾璃王麾下。牧云冶心中一悸，暗道：“来得好快！祖尔恭既分派人马追我到这里，此时繁城只怕岌岌可危。”

她念头一动，计上心来，说道：“你我身份不同凡俗，况且我以先帝亲女、前王阏氏之尊，要改嫁也非朝夕可成之事。一者，须书入天启，请示端帝；二者，须昭告族民；三者，婚嫁礼仪备办总不能简陋。因此眼下我不能随便答应。不过……”她话锋一转，“不过事急从权，我现在可以承诺你的只有：若你出关接战，今天夜里，我牧云冶的人，任凭你予取予求。”

计都未料她居然会答应，先是一怔，继而抚掌道：“痛快，我喜欢跟说话直接的人打交道。”

牧云冶嫣然一笑，道：“求人当需悦人哪。”

牧云冶懂得以柔克刚、求人先悦人的道理，狼取计都也懂得大丈夫一言既出、驷马难追的道理。既然当着众人答允，自然要说话算话。当下狼取计都也不多言，吩咐备马披甲，令城头兵士严阵以待。

龙格大阏氏亲登城头督战。只见长旗猎猎招展，角鼓响彻；天边风切草浪，云沙竞逐。居高下顾，敌兵陈列于野。城垣上下的弓弩射手各在其位，只是对方尚在射程以外，双方皆虎视眈眈。

戈雅羌部以轻骑为主，野外对阵方显本色，攻城却要多吃三分亏，占不到丝毫便宜。沥泉乃昔年狼取王帐所在，壁高池深，背山控野，出了名的易守难攻；狼取计都又在此经营数年，若坚壁清野拖耗下去，以城内储备，哪怕死守一季都不在话下。然牧云冶心忧繁城失守，当然希望这仗速战速决。

她一面观望，一面问身畔侍女道："依你所见，狂言王是个怎样的人？"

那姑娘慌忙道："婢子身份卑微，不敢妄议。"

"赦你所言无罪，我要听实话。"

侍女脸泛红霞，抿嘴露出笑意，低声道："公主，若将他往好处说，他是名副其实的草原战神，勇冠三军，才能武力没人比得上；但……但若往不好处说，这个人骄纵任性，狂妄自大，目中无人，还有几分油嘴滑舌……这个……这个……"

"简而言之，就是个武功盖世的混蛋。"

侍女急忙伏地请罪。牧云冶笑道："不过世人都道他是英雄，看不到这一面罢了。且让我们拭目以待，藏锋三年的狼取计都，还有没有往日不可一世的风采。"

将负凌云志，银戟战长空。

鼓声由缓转急，角音愈见悠远绵长。戈雅羌部众身着栗子黄皮铠，臂缚连发机弩，近万人的阵仗，却十二分整肃，偌大原野只闻风声鹤唳，听不到一丝杂语。绞盘轮转，沥泉城大门徐徐开启，无数目光齐刷刷聚于一点。持枪的握紧长枪，持箭的箭已压弦。是惧怕？是期待？或许还有敬畏与兴奋。

谁会不想一晤传说中万夫莫敌的狼取战神？与最强者对阵，才是草原狼的毕生志愿。

诸人只有一个念头：他要来了，他就要来了——

两列弓手先出，分列城下。双方都小心翼翼向前逼压，待入了射程，一声令下，登时箭如雨落，密密疾疾，若飞蝗横空，乌云盖地。中者纷纷倒地，有如霜欺平野。这一轮射过后，便当展开首轮冲锋。戈雅羌军十分默契，中军后移，侧翼前驱，排出月牙阵，静等对手攻势。这般指挥划一的作风，确有风范，不容小觑。牧云冶暗道："果然难缠，不负祖尔恭多年锤炼教训。"

初听名驹一声长嘶，转眼一人匹马当先，踵门而出。此人甫一现身，登时万军鼓噪，画角长鸣，群情鼎沸，只听"杀，杀，杀"不绝于耳，直令鼓膜几穿。狼取计都白发黑铠，长戟在手，说快，快如奔雷贯云；说狂，狂如雪狮出山。这番气魄，这番骁勇，即便牧云冶多年前已领略过，此时此刻仍不由心旌摇荡。

他率队抢入，直插敌阵腹脏。戈雅羌部随即合围，欲以半月之势截断计都回程退路，将其困在阵内。计都早已料到，长兵横摆，麾下飞骑瞬时分作三队，分向击破。不等合围，就似三把尖刀，大大打乱阵形。双方顷刻便成混战局面。

牧云冶凝神观望。城外有段长坡，正是由高及低，计都借奔驰惯性冲击，交接初便打破围攻之势，可算一气呵成。接下来的对峙砍杀，那便真刀真枪，以硬碰硬，来不得什么花俏。她一双明眸，始终跟着计都的身影，未有片刻或离。

计都舞银戟，往复纵横无阻。他的赤旗走到哪里，坦途便开到哪里，仿入无人之境。不说冷箭劲弩难以沾身，交手者皆莫能走过一合，即被他斩于马下。狼取军士见主帅如此神勇，士气愈加高涨。两边本是人数相仿，战过数刻，狼取优势渐显，敌方疲态已现。

方才失语的贴身女侍不由喜道："看来咱们这场就要赢啦！"

牧云冶却道："得意不可忘形，战场上风云幻变，不可掉以轻心。"

话音才落，计都已冲到领军敌将马前。两骑相距不远，各自打量，缓得一缓。那边雪蟾帜，这边狼头旗。计都振臂，长戟半空轻轻一甩，策骑前趋，率先发难，那人亦举兵来迎。狭路相逢，哪容胆怯畏缩？惟有向前，方得拼出生机。只见二者倏忽交接，动手只是眨眼，过招只是刹那。银芒一线，翻涌如雪。孰胜孰负，旁观人等竟不知究里。

计都长兵斜挑在肩，从容不迫道："对于你，输是必然，死是荣耀。安心赴死吧。"

那人胸前甲衣俱裂，血水涌出，一声不吭翻下马背，当即毙命。主将身殒，戈雅羌部余者哪有斗志？登时溃如山崩。先是外围有人败走，接着逃兵越来越多，颓势已无可挽回。

牧云冶又喜又忧，忙将一名军士叫到跟前，吩咐道："你传我话下去，说请狂言王即刻回城。祖尔恭阴险，恐中途还埋有伏兵，切勿追赶。"

传令官火速下城，牧云冶双眉紧蹙，盼计都拨马回转。不料未等令至，计都兵马已长驱向南，转眼便去得远了。牧云冶心急如焚，想不到过了这几年，这人刚愎自用的毛病半点不见有改。此去凶有十分，吉则半分也无。若能全命归来，便是不幸中的万幸。

她守在城楼不敢离开，由正午等到日影偏西。她的目光始终盯住城外大道，直到天边最后一线霞光没入地平线，仍不见他身影。

待冰轮悬空，凄冷草场上隐见尸骸寥落。忽然一队人马返来，果然便是狼取的追击兵马。他们列队入城，牧云冶探身寻找，只见到计都战马鞍上空空如也。她悬起的心直沉到脚底，暗中慌道：难道他已遭不测？不会，他的本领自保有余。但刀兵无眼，他又不是铁铸的，血肉之躯遭受暗算，还有不伤不死的道理？

想到这里，她直感身上发冷，实不愿去想最坏的结局。匆匆下了城楼，迎面便见两人抬副担架，覆于其上的白麻染遍血迹。牧云冶见此光景，只感天旋地转，几乎站立不稳。她急道："这是怎么回事？"

一人跪地奏道："那颜领军追敌，想不到中途遇伏。所幸伏兵人数并不甚众，不过因为来得突然，那颜又冲在前头，所以身负重伤……"

牧云冶不等说完，即刻掀开蒙布，赫然竟见狼取计都身上淋淋漓漓，没一处不覆鲜血，眼看九死一生。她急令速传巫医。

众人将计都抬入府中，本部巫医即刻上前诊视，其余人退到阶下，个个忐忑难安。万万想不到，本打了胜仗，最后居然因小失大。倘若他有个三长两短，要在龙格部属中再找出个能逆转危势的人，恐怕万不可得，那么这些人就真要等着龙格覆亡做陪葬了。

巫医吓得真魂出窍，两手发颤，正要揭开胸口软甲，不料衣领骤然一紧，被计都一把揪到跟前，低声道："听好了，等会儿将我的伤势说得要多厉害便有多厉害。胆敢说轻了，我不饶你——知道么？"

听到计都话语连贯，底气十足，巫医方知原来大那颜乃是佯装，心下一松，忙连连点头。计都将之放下，那巫医果然扮出一副丧气绝望的模样，出了房门便摇头叹息。

牧云冶心知不治，泪水上涌，悲切不已。她来至床前，握住对方的手，哽咽道："你……你还有什么话，可以对我说，我就在这里。"

见他嘴唇轻动，语声既低，且又含糊不清，牧云冶只得俯身聆听，不料猛地被计都一把抱住，面对面吻个正着。她这才明白上当，忙挣扎起身，扬手一记耳光扇在计都脸上。

计都却不生气，道："你要是喜欢，另外一边也给你打。"

牧云冶清泪未干，火冒三丈，恨这人行止轻佻，怨这人不识大体，拂袖而出，口中斥道："无聊至极！"

正当二人胶着不下、阶下诸人尴尬无言的当口，门外一人来报："繁城被蟾璃王攻陷，旗帜已属戈雅羌。"

繁城，繁花之都。

瀚北苦寒少雨，及不上中州明秀富丽。所谓繁城，乃因城外方圆数里遍生一种白色野花"繁夏"，四季常开，远远望去，铺天盖地，直似堆雪。北瀚他处无此奇观，"繁"字由此得来。料不到这座名城下，如今娇花遭践，尸骸累累，入目一派冷落惨烈的景象。

蟾璃王驱兵城下，四野嚣声不绝。城中兵力空虚，大阏氏请援未归，只余汗王幼弟龙格靖坐镇。龙格靖历事未丰，陡然遇上覆国之变，顿失主张。上城一观，猛见自己兄长尸体，不禁放声悲嚎。这一哭，三军军心立时大震，人人惶恐，哪个还有抗敌之心？祖尔恭趁势攻城，不过半日工夫便斩关落锁，血洗繁城。

祖尔恭多年隐忍，就是为了这一天。抢掠屠城毕，他令人将龙格豪尸身四肢首级斩下，置于木笼中，令众将传看。是夜，王帐内宴饮狂欢，纵情声色。祖尔恭喝得半醉，回想从前对龙格豪面上虚与，暗中那份切齿之恨，终于一抒到底。他自封汗以来，想要的东西无所不得，惟有龙格豪处处胜他一分，令他由嫉转恨，所以今朝翻脸，手段也格外残毒。他虽喜形于色，然立于身边的次子祖尔帜却是面容木然，目似寒冰。这位二王子杯酒不沾，对上前献媚的绝色舞娘也是正眼不瞧，整夜寡言少语。

祖尔恭知这二儿子自来孤僻古怪，亦不放在心上。酒过三巡，众将争相将此役所掠宝物呈上，琳琅摆满一席，皆是自龙格部夺来的奇珍。忽听奏报，一人一马由外入内。二王子祖尔帜眼睛陡然一亮，直起身来。

来者独眼，马夫打扮，惟肩上多了副皮坎肩，前胸后背挂软甲。他肌肤黝黑，豹颔微须，最引人注意的便是那只锐利深沉的鹰目。他的容貌与祖尔帜很有几分相似，显是同出一脉。那人单眼余光一扫，上前跪地，道："罪人恭贺汗王大捷，得偿所愿。献上神驹一匹，请我王试乘。"

帐下歌舞立止，众人目光变得十分奇特，都似笑非笑、似语非语。祖尔恭一见他，神色登时厌恶不耐。原来此人正是蟾璃王长子，名叫祖尔旌，早年因言语冲撞乃父，被罚剜去一目，削夺王子头衔，贬去照管军马。他们父子不和是众所周知的事。祖尔恭对这儿子本就不喜，多年来折辱贬损，毫不念血亲之情。

祖尔旌话未说完，只听皮鞭呼啸，脸上已多了道伤痕。这下出手甚重，半边面庞立时肿起。只听祖尔恭斥道："废物，我有允准你说话吗？"

祖尔旌忍痛，低头谢罪道："请王上降罪。"

祖尔恭甩手又是一鞭，抽在对方肩颈。祖尔旌疼得浑身一战，随即冷汗渗出。饶是如此，他仍保持同样姿势，不言不动。

祖尔恭道："看到你就叫人扫兴！这一鞭为你败了我的兴致。"

接着第三鞭，抽在腹部，此处最为脆弱，祖尔旌再无法强忍，身躯不由蜷缩在地。祖尔恭冷笑，一脚踏在他背上，叫人牵马来，就要提身上马。

正在这时，祖尔旌右腕骤然疾翻，袖中匕首反手倒送，一刀插在蟾璃王大腿上。这招来得全无预兆又阴狠毒辣，祖尔恭大叫一声，摔倒在地。他久经战阵，虽情急中遭受暗算，却也不至惊慌无措，立时便欲抽出护身长刀"凶哭"，奈何此兵刃器形长阔，这时他行动不便，手上便慢了慢。祖尔旌哪肯容他还手？飞起一脚将刀踢飞，继而出手如电，将祖尔恭左右臂膀关节一扭，立时脱臼，软垂身侧。他自出手到将对方弄得半残不过短短一瞬，变数来得突兀，旁观者一时惊呆，尚不及抢上相帮。

祖尔恭大腿血流不止，双臂剧痛，他咬牙切齿，竟还能撑持着勉力站起，喉咙挤出数字，道："还……还不将他拿下！"

祖尔旌亦不上前胁迫，只手持匕首微微冷笑。旁人见他如此有恃无恐，那历事老道的便猜出其中必有缘故，大多按兵不动，静观其变，惟有祖尔恭的十来个亲信拔刀冲上。祖尔旌后退三步，退至门边，厉声喝道："动手！"

众人心中一凛，果听外面齐刷刷一片金铁铿锵。祖尔恭暗道不妙，想不到这逆子竟谋划周详，有备而来，并非一时怒起行下蠢事。他口中怒斥道："反了你了！"

祖尔旌颔首道："不错，正是要反你。"

"畜生！你……你敢杀我？我是你生身之父，戈雅羌之王。你这败类废物，只剩一只眼睛的无用种，也敢挑战我！"

祖尔旌冷冷答道："自来我部规矩，强者为王，败者为奴，只凭手段实力，不论血脉亲族。况且，你根本也并非什么良善之辈吧？"

祖尔恭失血过多，只觉天旋地转，身躯大晃，涩声道："好，你想篡逆，我给你一个公平交手的机会。赢得了我，你便是汗王，我便是你奴隶……"

话音未落，忽觉胸口发凉，低头看时，一截白刃自身躯穿出。回头一瞧，背后偷袭之人竟是自己次子祖尔帜。蟾璃王喉中嗬嗬作响，血沫翻涌，扑倒在地。祖尔帜抽出弯刀，抹净血渍，对尸身看也不曾多看一眼。

祖尔旌冷冷道："有置你必死又不用冒险的方法，为什么要和你决斗？"

原本拔刀相向之人，此时见汗王已死，立时乱了阵脚，不知所措。门外箭发连珠，一轮快射，这十来人顿成刺猬，顷刻毙命。剩下的本就骑墙，此时局势已然明朗，大王子夺位再无阻碍，立时便有人单膝跪倒，自行缴出刀兵。

祖尔旌拾起"凶哭"，将祖尔恭首级一刀砍下，吩咐道："将它悬在城头，昭告众军王位易主。有不欲臣服者尽可自行离开，我绝不阻拦。"

帐中众人哪个敢答言？都屏息听候发落。祖尔旌看他们顺服，这才收刀向弟弟一笑，走过去与祖尔帜四手相握，口中说道："兄弟，接下来便是我们纵横瀚州的时代了。"

难得祖尔帜向来冷漠的脸上也露出一丝笑意，道："我早在等你这句话。"

第二章　奇兵

繁城失陷，瀚北维系多年的宁和一朝打破，开启乱局肇端。原本牧云、穆如两部建极东陆后，便召集北陆各部议定各自边界，誓约遇有争执、灾疫均由朝廷调解赈济，各部不得自行越境干犯，称作"不战之盟"。这一百五十年来，靠着朝廷百般绥靖，又派驻重兵虎视，是以无人敢轻开衅端。然而草原上游牧猎逐朝不保夕，抢掠弱小已是常态，表面宁静一旦被撕破，便似大厦将倾，风雨欲来。

此时东陆政局也正动荡不宁，肃帝之子牧云承则已率大军突入衡云关，龙昌帝自顾不暇，哪有余力管到瀚北。故而戈雅羌部公然入寇邻部，瀚北折冲府并无一丝动静。各部冷眼旁观了这几日，见戈雅羌兵雄气盛，朝廷又对龙格之难不发一言，权衡之下，并无一个部族肯念龙格豪生前好处替龙格部请命，反倒有汗王遣使向戈雅羌示好。那些早有野心的部落更是蠢蠢欲动。

繁城既已失陷，狼取救援兵马走到半途便放缓了速度。牧云冶尽管心里焦急，但她深知此刻躁进无用，因此也不催促，坐看计都预备下一步如何动作。

计都将兵马囤在胭脂山以西百里之遥，自己立在帐外，观望许久，心中筹谋。忽见牧云冶那名贴身侍女手捧狼皮斗篷走上前来，他知道此举乃是牧云冶婉转示善，轻轻摇头拒绝，道："她叫你来探我的口风？"

那姑娘脸上一热，赧颜低声道："公主请狂言王保重，不可太过操劳。"

"我之前已派出人马与龙格尚未受到波及的残部联系，正待汇合。繁城失守，龙格部伤亡惨重。戈雅羌乃是大部，这回倾部而出，单凭狼取一族，兵力过于悬殊，此时夺城，实为不智。"

侍女和声说道："公主说，攻城陷地非她所长，狂言王的决定必是大有道理，应当听从。"

"以我现时手中两千之数，要对付繁城中的兵力，殊为困难。"

"狂言王这么厉害，也有做不到的事情？"

狼取计都瞄她一眼，道："天下我做不到的事情，只有一件而已。"

他停了停，转开话题："现在即将入秋，夜间霜冻。繁城壁垒坚固，城墙甚高。守城的人只要趁夜往城下多倒几桶冷水，就根本无法攀上，更遑论夺取。"

侍女露出些着急的神色，"那我们现在应该怎么办？"

计都微微一笑，道："前段时间数场暴雨，想必胭脂山如今景色不错。倘若错过，未免太可惜了。"

胭脂山有一处关隘，正与繁城相望，地形绝佳，乃出城北上必经之途。此关与繁城互为犄角，正是遥相守护，进可攻，退可守，视野甚阔，水草丰足。因此历来欲逼龙格王帐者最喜于此关扎营。

狼取计都率本部中途转向，径朝胭脂山进发。恰逢几股龙格部他处之兵听闻噩耗，前往奥援，前后清点将有万余人。这便是龙格部仓促间能凑得人马的极限，想再增加兵力恐不可得。牧云冶暗道：他这般调兵避敌锋芒，乃是图以缓计，做长久的打算。先于胭脂山扎下根基，尔后再寻机攻打繁城。

人马增多，浩荡前行。这样大动静，在一览无余的空阔莽原中极易暴露形迹。路程走到将半时，计都忽命全军止步，传令道："狼取两千骑随我先走，其余的人另有排布。"

这两千兵士轻骑神速，不一会儿便至山下。远望此山路径狭窄，崖壁陡峭，实不易取。计都放眼一望，山下果然多了条大河。此处本有条浅溪绕山而过，因数日暴雨，溪水猛涨，加之地势低洼，竟汇成好宽一片水面，在一望无垠的草场上堪称难得的风光。

计都将人马伏于山脚，弓弩上弦，静静等候。未出半刻，只见万蹄风马骤银鞍，戈雅羌部兵马疾向胭脂山拢来，分批抢近，人数不下两万。计都尚不知蟾璃王身死、其子嗣位，望见对方旗上原本的雪蟾图样换做一颗人心，不由暗奇。

头一拨人马险些冲入河内，急忙勒缰。他们初入龙格，对周遭地形不甚熟悉，哪里想到这里有玉带横亘。前骑止步，后骑收脚不住，队伍中未免冲撞，队形便显臃塞错乱。倘在平素，以戈雅羌的训练有素，片刻也就齐整了；然而此时强敌窥伺，鱼已上钩，岂容他们稍有喘息？计都一声令下，暗箭齐发。狼取兵士占据高处，其下敌军顿成偌大的活靶。正在呼喝整队的戈雅羌骑兵措手不及，中箭者栽落鞍下，惊马狂嘶，前队受袭的一侧仓皇结阵，后队却还在前冲，登时乱作一团。他们大队前行，道路敞阔，周遭一马平川，避也避不开，瞬时便死伤一片。三轮箭过，狼取计都斜提长戟，当先冲下。

色映光摇，气吞霄汉，狼取战神二度扬威。但看乌金缀雪，玉龙轻狂。这千骑人马入阵，似标枪飞插而下，将敌军阵势搅得大乱。狼取兵寡而精，皆为计都亲手训教，这番冲杀直如狼入羊群，将对方军队拦腰斩断。率队的主将祖尔帜忙令前锋转向接战，后部则已不由自主沿河疾走，拉拉杂杂逃向下游。

计都御兵掩杀，先声夺人，手中长戟神出鬼没，将戈雅羌被截的前部向河中赶去。一者敌军之前站位便太过近水，处在劣势；二者蛮族多数不识水性，这么一驱，戈雅羌军果然更现狼狈，无数人纷纷坠河，挣扎两下便没顶淹死。死的死，逃的逃，局面顿成一边倒。

祖尔帜断后押阵，且战且退，乱中不减勇悍，鞭杀多人，浑身浴血。狼取计都忽见一名面带刺青的年轻人，虽处危境却越斗越狠，神色昂然无惧，他足踢马腹，摆戟迎上。祖尔帜回身看到，认得计都的名号，好胜嗜杀之性立起，不惧反笑，手内九节鞭凌空一抖，直取计都头颅。计都长兵斜挑，"呛"的一声，火花四溢。二人同时回夺，祖尔帜只感鞭上压力骤然增大，虎口发麻。计都银戟轻旋，长鞭受震崩开。

他们两个所使都乃长兵器，一正一奇，一柔一刚。尤其祖尔帜钢鞭分为九段，内中以韧物互扣，本就是极少见的古怪兵刃，使动起来诡异莫测，不循常理，仿佛一条七步灵蛇择人而噬。计都与他交手数招，便道："你有一会的价值。"

祖尔帜九节鞭自身后反卷，计都侧身让过，银戟倒穿，还了一招。二王子双瞳发亮，道：“我想要的，是你的人头！”

计都哈哈大笑，说道：“强者应有的不是幼稚的骄傲，而是自知自明的自信。看好了——”说着银戟横翻，厉啸而进，去势强横，霸气尽露，锋芒立展。祖尔帜抽鞭抵御，哪想胸口剧痛，气息立窒。趁他身形不稳，计都中途变招，银戟顺势朝外一荡。祖尔帜哪里还能应对这中途转向的力道？胸甲一道长痕，自肩至腹划出血口。倘再深数分，必定肚破肠流。

狼取计都掉手又是一招，祖尔帜翻身坠地。他抬起头，双目被血蒙住，眼前一片鲜红，惟有计都逆光长戟闪烁，直刺眼目。眼看那戟高高扬在空中，立时便要刺下。祖尔帜并不畏死，只是觉得这等死法实是奇耻大辱。他自十一岁便随父出征，虽也遇到过几个对手，但被人这般轻易取胜，简直尊严尽丧，怒不可遏。

正在这千钧一发之时，云端中突然红光大炽，烈焰灼灼，众人抬头看时，一道陨星正向战场中坠来。那飞星身后一道绚丽长尾，尚未近前已是四野轰动，飙风惊飒，大地隐有隆隆之音。众军惊骇异常，也顾不得厮杀，各自撤手仰视，向旁退让。

那股流火径直击向狼取计都。计都回手相迎，轰然一响，惊爆九霄。二力相碰，流焰四散，未曾伤到他分毫。众军这才看得明白，方才的并非陨星，而是一支崩云之箭。计都目露赞许，虽只一箭，但有如此威能，放箭者确是非凡。

他一哂，自言自语道：“能阻住狼取计都的人，我对你颇有兴趣。”

祖尔帜早趁计都拨箭分神的瞬间失了踪影。首敌未诛，计都倒也并不懊恼，从容勒兵而返。

祖尔旌难以测度的心性，正与他日后名衔一致——弑父之人，号为“摘心”再恰当不过。他独坐城头，自得知计都率众前赴胭脂山，便使兄弟祖尔帜驰援抢关。祖尔帜一去便没了消息，他愈等神色愈见阴沉，两手指骨摩挲不停。

又等了半刻，祖尔旌心知不妥，即派一队人马出城接应。不料未过顿饭工夫，便见城外败军狂奔而还，弃甲丢盔，慌不择路。他心内发沉，果然后面龙格部众紧随赶到。原来，狼取计都先调两千轻骑于山侧伏击，剩余兵马则全数埋伏在大道两侧，专等繁城救援之军到来。戈雅羌军皆以为敌人全在胭脂山麓作战，哪里会想到竟还有大军虎视于途，这下以有备算无备，戈雅羌军岂能不乱阵脚？

祖尔旌一跃而起，见弟弟也在败退而回的人中，虽则受伤，性命似无大碍，这才稍稍放心。他自认在对敌用兵上已足够审慎，如今这场败绩实出意料。想不到狼取计都会如此托大，仅以两千搏两万，还能大胜。

他不由赞道："好个狼取战神，倒是我低估了你的算计。"

但闻一声清啸，空中一条身影矫若流凰，翩然落在祖尔恭面前。那女子手持长弓，壶内蓄箭，背后两只羽翼，原来是个羽人。她金发丽质，形如羚鹿，面上神色甚是冷傲孤高，纵使容颜不可方物，予人感觉也实难接近。

她收起弓矢，向祖尔旌冷笑道："男人，都是无用的废物。"

祖尔旌不理她话内讥讽，沉吟许久，方才说道："自下繁城后连败两阵，该是时候换种策略了。"

计都得意而还，众军欢声雷动。牧云冶亲身迎接，计都一把握住她手腕，向部众道："今夜扎营在此，稍做休整。允你等痛饮，但不得过量。待来日夺回王帐，杀退戈雅羌部，再狂欢不迟。"说罢将营内部署分派明白，便携了牧云冶直入帐中。

牧云冶初时被他一抓，感到他手上冷如寒冰，没有半点温度，且止不住地微微发颤，便暗道不妙。才入帐内，计都身躯便是一晃，涩声道："借你肩膀用一用。"话音未落，人已倒了下去。

牧云冶慌忙将人抱住，唤之不醒，探之气息微弱，脉搏几乎摸不到。她将计都轻轻放在毡上，心中一阵隐痛，一阵酸苦。或许就在此时，那压抑已久的情愫才会冲破禁锢，无所顾忌地流露出来。只在此地，只在此刻，牧云冶非是大端公主，非是有夫之妇，非是担着救亡重任的大阏氏。她轻抚计都，低声道："我从前亏欠你太多，将来会欠你更多……可惜，你我都等不到报答的那一天了……"

牧云冶将人安置好，吩咐侍从谨守王帐，不得教人打扰——计都这等状况倘若不小心泄露，只怕军心不稳。她却不回主帐，反而悄悄穿过营房，向营外行来。

营侧两只大帐被另外圈起，位近放马草场。原来，与华族军营不同，蛮族行军事先极少预备粮草，皆是打到哪里便抢到哪里，军马疲累便随地放养觅食。因此这后方的帐篷内并非辎重，而是关押俘虏所在。这时帐内受刑者正凄声惨号，令人闻之胆战。

牧云冶神色凝重，向迎出来的侍从问道："她招供没有？"

侍从禀道："启禀大阏氏，尚未招供，仍在用刑拷问。"

牧云冶一听，立时斩钉截铁道："去将前日营外捕获的那头母狮与小王子一并带过来。"

侍从脸色大变，犹疑道："这……小王子与众王皆在偏营，公然闯入，恐怕……"

牧云冶冷冷道："这是我的令旨。若有违令者，当场格杀。去吧。"

那侍从俯首，领命而去。牧云冶掀帘直入，只见帐内四盆炭火，当中木柱上绑缚着一人。这被缚的女子蓬头散发，身上衣衫破烂，几乎赤裸，躯体皮开肉绽，伤痕累累，任是谁也认不出这人不似人、鬼不似鬼的囚犯，正是昔日草原上艳名远播的美人，善慧王龙格豪生前宠姬——蛮舞由女。蛮舞由女本已奄奄一息，看到牧云冶刺着火凤流云[9]的裙角，猛地抬起头颅，目放凶光，吐口血沫，嘶声骂道："贱人！"

皮鞭立时落下，蛮舞由女痛极而呼，叫声惨不忍闻。牧云冶漠不动容，说道："如果不甘与反抗能改变你此时的处境，你尽可诅天咒地。可惜，这些都没用。如今世上没有人能救你。"

蛮舞由女盯着她，恨声道："上天有眼，你这贱人将来必会死无全尸，受尽折磨，比我惨百倍千倍！"

牧云冶一笑，轻描淡写道："人，总在对现世绝望之时，才会寄愿望于上天——你现今不企求幕后主使你的人来解救你，是对他已然绝望了么？"

蛮舞由女被她说中，冷哼一声，扭过头去。牧云冶又道："好，我们换个说法：只要你将那秘密说出，我可赐你一死。"

蛮舞由女凄声大笑："这也算恩赐？哈，一对狗男女！这么想救你那奸夫，死了这份心吧！"

牧云冶道："你当年捏造这谣言离间我与先王，这是女人争宠，女人稳固自己地位的手段，虽然阴毒，但我还不屑与你计较；但是通敌叛国、篡权谋位，这一点绝不可恕！"

"不可恕又如何？"蛮舞由女冷笑，"贱人，就算你此刻仗着奸夫势大将我囚禁，可我仍是小王子的生母，你呢？未育子嗣，不过是个孤家寡人罢了！待这场战乱平息，诸位别乞那颜便会扶我子袭位，那时你还想保住现今的权位？我为龙格生下了嗣子，你敢杀我？"

牧云冶神色不变，仍是淡淡道："做人不可太自信。"

话音未落，便听得靴声渐近，龙格豪的独生子龙格炽被几名侍卫带入帐中。后头另有几名侍卫抬了个铁笼进来，牵出笼中母狮，绑在一旁木桩上。

蛮舞由女面色大变，不由厉声叫道："牧云冶！你好狠毒！"

龙格炽刚满四岁，陡然看到生母这等模样，害怕得面若白纸，全身发抖，向后便躲。牧云冶将他揽在身前，抬起他的脸蛋，缓缓说道："看到这孩子，我便依稀看到先王幼年时的样貌。不过杂入了蛮舞的血统，小王子未免过于柔美。对于草原狼来讲，这样的脸最易招致祸端。"

[9]火凤流云：端朝皇室专享的徽记。

蛮舞由女颤声叫道："你……你有什么手段，冲我来就好！放开他！"

那边桩上所绑母狮饿了整天，此时爬起，低声咆哮。牧云冶抓住龙格炽后颈，令他挣扎不得，顺势向狮口推去。龙格炽吓得哇哇大哭，手脚乱挥，声嘶力竭哭叫道："不要！不要！我怕，我怕啊——"

眼见越离越近，母狮人立前扑，利爪落处，距龙格炽的身躯只有寸许。龙格炽忽然哭道："姆妈！我要姆妈！"

蛮舞由女早已被狮子那一扑吓得魂飞魄散，这声"姆妈"叫得她心胆俱裂，泪水溃堤。明知这时妥协，必然逃不过一死，仍不由呼道："住手！我说，我都告诉你……"

牧云冶当即将那孩子向后扯过，直在生死关前走个来回。蛮舞由女泣道："牧云冶，你当真比豺狼更狠心！我认输就是……先王曾透露，那样东西被藏在鸠驼谷下黄岩大石中。其他的，我就真的不知道了。"

牧云冶点头，"我信你。没有哪个母亲会拿自己孩子的性命来试探仇敌的底限。"

"狼取计都真正可悲。"蛮舞由女冷笑，"你只看到我从中作梗，殊不知先王本就忌惮他的能为，早想下此毒手，我不过是将一点火苗拨旺而已。可我万万想不到，那种时候，你明知先王意图，竟然也听之任之，不发一语。外人道你与狼取计都彼此有情，依我看，你根本就是彻头彻尾地利用他而已！"

牧云冶笑道："随你如何说。要知世上除了你，还有其他人会为达目的不择手段。否则，在这豺狼当道的世上，我怎会活到如今？"

蛮舞由女啐道："冷血！"

牧云冶不予理会，径自步出帐外。侍从忙上前询道："大阏氏，这对母子如何处置？"

牧云冶头也不回，冷冷道："祸患不可留。"

狼取计都旧患突发，直到夜间方才醒来。他昏昏沉沉躺了许久，四肢方渐渐回暖。睁目只见帐下一灯如豆，便缓缓坐起身。四顾未见牧云冶人影，倒有一名侍女端端正正跪在面前。

计都定了定神，问道："大阏氏呢？"

侍女小心翼翼答道："公主说夤夜之间留在狂言王帐中，恐蜚短流长，有干物议。吩咐奴婢待狂言王醒来后好生侍奉。"

"借口。她将自己当众所说的话全然忘记了么？"

"公主说，当日她曾承诺，她的人任凭狂言王予取予求。"侍女颊上晕出一片胭脂，"婢子……婢子身为公主贴身侍女，自然是公主的人……"

计都这才恍然大悟。原来牧云冶当日那般慷慨承诺，是文辞上玩了花样。他不怒反笑，

“女人的小聪明。”

他挥手屏退侍女，正好一人入帐来报，戈雅羌部新君摘心王祖尔旌来书，欲面会和谈，所约地点正在繁城和胭脂山间中点地段。计都思忖：和谈是假，借机互探虚实是真。但这“摘心王”既为“新君”，戈雅羌部必是遭了政变，何不一往而观究竟？

火头掩映，祖尔旌刀削般的面孔半明半晦，神色难以捉摸。夜风轻拂，柴草噼啪作响，旷野却寂寂无声。挨过一刻又一刻，碧空银月幽深寥落。祖尔帜立在兄长身后，虽则等得甚为不耐，仍挺立得如同标枪一般直。他脸上几道新创未愈，更添三分凶狠。

远山一声孤狼嗥，啸荡八方。月华流照，白发、黑铠、锋芒、凶影，数骑踏过黑夜，向这未卜之途潇洒驰来。

祖尔旌独眼中瞳孔收缩，问道：“就你一人前来？”狼取计都身后只有数名随身侍从，并不见牧云冶人影。

狼取计都道：“多余的问题——难道你看到这里还有别人么？”

祖尔旌冷哼一声：“龙格大阏氏不到，这场会面便毫无意义。”

“本来就毫无意义。再说，狼取计都怎么可能让自己的女人来赴这种不可靠的约会？”

“龙格豪尸骨未寒，她就成了‘你的女人’，你下手倒是不慢。”

计都一哂，回道：“祖尔恭尚未瞑目，你们二人不照样改弦易帜，自立为王？”

祖尔旌不禁大笑，双方这才下马，在毡毯上席地而坐。两人针锋相对，心下却是各有暗谋。仆从捧杯而献，计都接而不饮。祖尔旌道：“狂言王是怕我在酒中下毒？”

“正好相反，我可以确定这杯酒里绝无剧毒，因为你将伏兵设在别处。”

祖尔旌“喔”了一声，计都朝后一指，道：“那人的杀意即便相距甚远，我也能感觉得到。若猜得不错，那便是昨日胭脂山下狙击我的人。”

祖尔旌道：“明知有埋伏还要来，这是愚蠢，或是骄傲？不，是愚蠢的骄傲。”

计都目中杀机闪动，一字一字道：“你要有十二分的自信，那就动手。不过我提醒你，倘若一招不能致我于死，后果自负。”

他此话出口，绝无虚张之态。祖尔旌既被识破，便打个手势，令对面山崖上的伏兵不可妄动，缓缓说道：“现在我们可以切入正题了。简单地说，我手中有你想要的东西，而且我也并不想继续留在繁城，打这场旷日持久的拉锯战。不过，想让戈雅羌退兵，就要付出代价。”

“什么代价？”

“我父手刃善慧王，血洗繁城，两部仇怨已然结下，短时间内不会解开。要想两部相安无事，惟一的方法，就是让龙格大阏氏入质戈雅羌。”

他这个提议，以偃旗退兵做条件，实则欲废牧云冶之权。龙格新失汗王，独子年幼，胞弟亦少历练，王族近支中并无可主大事之人；现今龙格部为数不多的几个能掌大局且难缠的对手中，大阏氏牧云冶首当其冲。另一面，戈雅羌人一路打到繁城，深入敌腹，战线拉得过长，时间拖得越久越不利。虽然戈雅羌部退兵乃早晚之事，但以龙格部臣民之心，自然盼着他们越早离开越好。祖尔旌首先承诺退兵，再提出交换条件，这算盘却是打得恰到好处。

狼取计都反问："你凭什么以为我会答应？"

"不过是个女人而已。她一走，龙格汗王的位子除你不做第二人想。试问龙格部内论武功，论兵法，论才能，论威望，还有人能与你相争吗？就算是朝廷，也没有禁止各部自立新君！"

计都想也不想，断然道："想要她，领兵来取。"

祖尔旌料不到他拒绝得如此干脆，不免一怔，又道："威震瀚北的狼取战神，为了一个女人，连自己性命都要弃之不顾，哈！我当真高看你了。当年蟾璃王将蛮舞由女送与龙格豪，借她之口离间你等。龙格豪对你心存忌惮，又无胆识杀你，于是窃了你的兵刃'渡黄泉'，用秘术将你与此物关联，然后将此戟藏起。牧云冶一向参议部中政事，不但龙格豪视其为膀臂，亲贵中也不乏她的耳目，这些事她有可能事先不察吗？"

计都轻描淡写道："知道又怎样？我不在乎她的做法。"

祖尔旌不由长声大笑，说道："不过是个反复无常的女人，你却看得比性命还重要。我看你蛰伏太久，早已不复当年雄心啦。不肯交出她，'渡黄泉'的下落你休想得知，你身上秘术便不可解。你如今已是半残之躯，还能坚持多长时间，我很好奇。"

"不用好奇，你会亲眼见证。"

此时牧云冶已自蛮舞由女口中得知"渡黄泉"下落，只是这个消息，计都和祖尔旌都还不知道。祖尔旌见胁迫不成，离间无用，只剩相杀一途，便道："如果这是你的挑战，那我接下了。"

计都目中露出一丝笑意，道："狼取计都无敌太久，但愿你们兄弟能让我尽兴。"

一言不合，战端重开，一念之差，杀意毕露。眼看和谈破裂，狮虎争锋，那远在山头的羽人二度引弓对准狼取计都后心，侍立在乃兄身侧的祖尔帜右手也慢慢移到鞭柄，两明一暗，就要前后夹击。狼取战神以一敌三，俨然七分傲慢，三分嚣狂，并无半分惧色。

正当此际，焰光忽明。有人声若晨钟，徐徐说道："摘心王、狂言王，不请自来，穆如虑冒昧了。二位请了。"

祖尔旌与狼取计都闻声，面色皆是一变。祖尔旌立时站起，狼取计都却安之若素。那不

速之客缓缓走近，身着常服，未携刀兵。他年纪早过而立，鬓带微霜，鱼纹深刻，身形略高，气度儒雅，观之既觉平和，敬畏又油然而生。他身后还跟着一名少女，十三四岁模样，是个美人胚子，只是眼睑始终下垂，好像羞涩得不敢抬头。

祖尔旌对这意外之变未有准备，说道：“龙武将军的消息好生灵通，这么快便赶来了。”

原来来人非是别人，正是辅助申王牧云瞻[10]掌理瀚北事务的瀚北折冲府卫将军穆如虑。穆如虑出身尊贵，秉性又沉着机敏，颇擅与人交际，是以牧云瞻年岁渐高后，瀚南事务交给了长子牧云承愚，瀚北事务则大半都交在这位内弟肩上。穆如虑的官职虽然不过二品，瀚州钱粮军马却多半由他经手，甚至各部汗王要拜见申王，都须由他引见，所以王公贵戚莫不争相与之往来，在北瀚州，他俨然便是天子与朝廷的象征。因他之前在龙武营供职，故都称他“龙武将军”。同来的女孩儿是他幼女，名叫穆如熔。

“你我俱为蛮族，同出一脉，追本溯源，原为兄弟。兄弟有隙，穆如虑身为调停者，怎可坐视？”穆如虑说着，向祖尔旌和狼取计都行了礼，也在毡上坐下。

狼取计都道：“你来与不来，说与不说，对结果都没有影响。”

“每次见到我，你都一定要这么不留面子么？”穆如虑笑了笑，换上郑重之色，“你们继续相争下去，天启岂会坐视？倘若陛下当真出兵戡乱，对大家都没有半分好处。戈雅羌固然会被目为反叛，龙格也难免受池鱼之殃。”他目视计都，“我想，睿徵公主也不想看到这种结果。”

他话里虽带三分警告，但亦是实情，令人不好反驳。见二人默然，穆如虑趁势道：“戈雅羌入侵龙格乃是蟾璃王之过，如今祸首已死，相信摘心王亦不反对撤兵。不过此战对龙格造成的损失，戈雅羌部亦该有所弥补才是。”

祖尔旌脑筋转得甚快，立时抢道：“珠宝食粮倒好说，不过，‘渡黄泉’所封之处在两部边界，不完全属于龙格，更离狼取远矣。此兵器现在无主，我可不会承诺自己绝不抢夺。”

计都转向穆如虑道：“你都听到了？这件事，我没有与他妥协的理由。”

穆如虑沉吟许久，长叹一声说道：“既然你们互不退让，而我又实在不能坐视你们厮杀下去，那么我来提出一个方法，也可说是一个赌局：摘心王不再隐瞒封印‘渡黄泉’之地，你们各出一人，在距离封印地三里之遥处同时动身，不论用什么方法，最先到达封印地者便赢

⑩申王牧云瞻：文帝第十子，是文帝诸子中平安活过“卅年乱世”的两个人之一。此人其貌不扬，沉默寡言，但乱世期间瀚州能始终保持稳定并为武帝提供了大量讨伐幽帝的兵马，牧云瞻功不可没。他是牧云冶和恭帝（牧云承烈）、幽帝（即龙昌帝，牧云承宇）、武帝（牧云承则）的亲叔叔，他的夫人穆如妓是穆如虑的堂姐，所以后文说穆如虑是他的内弟。穆如氏在端朝地位尊崇，不在朝堂时牧云氏与穆如氏之间只以亲戚辈分相互称呼。

得此戟。如此既可免两部战士无谓伤亡，又可保公平，谁也占不到便宜。二位意下如何？”

这般建议，尽管不是祖尔旌预先所想的结果，毕竟也算此种情况下可争得的最大利益。真与计都冲突，祖尔旌也没全胜把握。他颔首道：“龙武将军妙策，祖尔旌无异言。狂言王，敢接阵吗？”

狼取计都微微冷笑，“有何可惧？拭目以待吧。”

第三章 鸠驼山

驰名九州的名驹——倏马，产于雷眼山。此马通体雪白，额生银角，毛片卷曲，奔驰起来疾如闪电，因而以“倏”字为名。它倏忽而来，倏忽而走，似飘风骤雪难以捉摸。加之数目稀少，最是世间罕有之物。

昔年善慧王龙格豪为笼络狼取计都，张榜为其收觅骏骑，遍寻瀚北皆无中意。后来部将献策，道是雷眼山中产此名种，可遣壮士入山一试。然而世人都知此马生性远人，行动敏捷，倘稍有不慎惊动于它，一旦逸去便再难得见。大阙氏牧云冶苦思后想得妙计，亲自从部中良马内甄选百匹雌马，百匹内再选十匹，十匹中优中取优，独挑一匹。这匹良马令驯师精心调教，驯得极通人性。圈套设好，龙格豪命一队卫士入山，苦守月余，机缘巧合下当真碰到一小群倏马出没。卫士们放出雌马，终于诱得一匹倏马，趁机捕获。计都得此马如虎添翼，自然十分珍爱。从此瀚北民间戏称龙格豪与狼取计都为“马上德诸⑪”，传为一段佳话。

计都策骑，那白马步履轻快，不见它如何奋蹄，就将跟从之人远远甩在身后。一气奔上山崖，放眼俯瞰，前方鸠驼山果如其名。山脊隆起双峰，仿佛驼背，整个山体则如鸠雀展翅欲飞。此山甚是荒僻，两部以之分野，寻常少有人迹。难怪龙格豪会将“渡黄泉”藏在这里，确实令人不易想到。

穆如虑已至多时，他的女儿穆如熔亦在。她见到计都乘马前来，一对长睫立时微颤，总不抬起的双眸也匆匆向对方瞥了一眼，眼瞳清澈如水，瞬了一瞬复又垂下，似将言而又止。

计都目光如电，怎会注意不到？向她招呼道：“你也是来为我助威的吗？多谢。”

穆如熔听他主动来与自己搭话，“呀”了一声，像只兔子般跳到父亲背后，脸蛋顷刻红如

⑪德诸：蛮语“兄弟”。（出自今何在《九州·海上牧云记》）

苹果。她这娇俏害羞的模样，令在场之人无不莞尔。穆如世家的女儿向来以贤能闻名，不知怎么穆如虑的这位闺女竟全无乃父半点风采，倒像深闺中情窦初开的小丫头。

穆如虑挡在二人中间，向计都笑道："你一来，熔儿便被吓成这样，你该当何罪？"

计都也觉好笑："是我失礼，抱歉。看来今天这场非赢不可，否则太辜负小侄女一片心意了。"

计都刚满三十，与三十六岁的穆如虑以平辈论交，穆如熔年方十三，因此计都称她"小侄女"。不过，穆如熔心中爱慕之意明眼人都看得出，是以她颇不喜欢这个称呼，总觉矮了一辈，过于见外陌生。她本想纠正说"睿徵公主是我平辈姐妹"，话未出口又觉无味，终于还是只把樱唇轻撅，神色十二万分不悦。

眼前长坡顺势而下，两旁为两部亲随人马。摘心王祖尔旌、其弟祖尔帜自要到场，睿徵公主牧云冶也驱车亲至，在视野开阔的高处设座观望。赛跑夺宝定两部胜负，这般豪赌在牧云、穆如雪炽原会盟[12]后便再未得见，是以随来观望之人都呐喊助阵，止不住地兴奋。

计都将马勒住，众人正疑惑另一位出赛者为何还不现身，一阵风过，羽人穿云而落。她手挽劲弓，体态矫捷婀娜，真正天生尤物。众人目光大亮，连小姑娘穆如熔也不禁低声赞道："好美的姐姐。"

羽人朝计都斜睨一眼，道："你就是狼取计都？真是见面不如闻名。"

计都一哂，"喔，如果没猜错，你就是那日战场上放箭之人。真是闻名不如见面。"

这羽人女子名为娑罗烈娜，平生最厌别人称赞她的容貌，将她当作徒有其表的花瓶。计都这话分明是讽她的箭术不如美貌，正戳中痛处，娑罗烈娜神色立时一变，道："那你可要好好记住我的面孔，我将取你代之，再造北瀚传奇！"

计都笑道："是吗？美女索战，总令人格外期待。"

娑罗烈娜见他嬉嘲，冷哼一声，再不理睬。

穆如虑看看日影，向侍卫点点头。侍卫敲响夔鼓，顷刻声传十里。当下只见倏马摇辔追风，羽人展翼擎虹，一陆一空，难分轩轾。

秋风萧飒，天广地阔。如海的青苍中，单骑追电，似长驱滚雪飘六出，寂寞江山一点白。

⑫雪炽原会盟：晟仁康十三年九月，瀚州最强盛的牧云、穆如两部在雪炽原决战。由于伤亡过大，十月初二日，两部汗王牧云雄疆和穆如天彤停战会盟，约定各率精锐，兵取东陆，先攻入天启城者为帝，另一部认输称臣。这是一场以天下为注的豪赌，牧云雄疆和穆如天彤带领大军夺取天下并践行了赌约，被后世传为佳话。

万里骏骨开龙川，分锋碧浪逐鹭来。他疾，娑罗烈娜亦不逊色，双翅伸舒，时高时低，翻覆间潇洒自若，目力不能捕捉。

双方对赛况的预估皆大为不足。牧云冶本道凭着倏马，足可轻易取胜，想不到祖尔旌竟会找个羽人来代阵；祖尔旌亦同样，他虽知计都有一匹倏马，但想着倏马总快不过羽人两翼，以为有娑罗烈娜便可策万全，哪想此马竟如此神骏。一时坡上人声鼎沸，都为自己这方呐喊助威，连祖尔旌也站了起来。

穆如熔忧心忡忡，附在父亲耳畔说道："倘若那位羽人姐姐从空中攻击，可大为不妙。"

话音未落，果然一支流箭劈空直堕。娑罗烈娜乃前朝羽皇之裔，天之骄女，箭法超群，一招直取计都咽喉。她居空临下，四周荡然无遮，自然占尽先手。

狼取计都不闪不避，长戟反手甩起，轰然巨响，散星四溅。匹马只影尽碎烟火，穿尘而过。娑罗烈娜见对手这般神勇，张紧弓弦，珠箭连发。但听铮铮不绝，光芒不息，金蛇逞威肆虐，箭箭直取眉睫。计都银戟回旋而舞，吞吐间疾箭或拨或隔，或挑或削，一支也莫得能近身，一路披荆斩棘，愈战愈见从容。

转眼行程将要过半。娑罗烈娜的悼弓忏箭都曾由大师以秘术加持，例无虚发，在宁州令人闻风丧胆，这一路更番连射却未建尺寸之功，祖尔旌兄弟看在眼中，神态益加阴沉凝肃。

离山越近，地面便越觉崎岖。那鸠驼山表层附着黄土顽岩，虽非寸草不生，却十分破碴陡峭。山体正中若天兵所劈，裂出一线高崖壁立的深谷。一团岚气氤氲封住谷口，看不清谷内情形。到谷口的一带必经之地石堆嶙峋，颇不易行。

娑罗烈娜本想于途中取计都性命，计都一死，戈雅羌部自然胜了。如今眼见完胜无望，心道无论如何也得阻住他。她五箭齐压银弦，满弓厉啸，明焰勾光，忏箭如泣如诉，如魑魅长叹、魍魉号哭，携云雷裂碑之力，开五芒陷戮之阵，直钉入地，正好圈住计都坐骑。倏马受惊，人立站起，悬蹄乱踢。狼取计都稳住鞍缰，凝神以待，手中长戟高挑，蕴蓄劲力，终于引动了雄狮之威。

牧云冶心弦紧绷，不由站起身，手中杯水打翻在地。穆如熔则捂住双眼，担心得不敢目睹。

娑罗烈娜第六箭，箭尖闪光交迸，一箭欺近，电走连环，将五芒箭阵重重锁住。顿时火里带电，电中有火，罗网交织，闪烁飞窜，哪里还能睁目正视？

就在众人以为计都必输无疑的当口，忽听一声傲啸，振臂纵戟乱云流，蔽日收光。狼取计都一招斩开雷火，反冲箭阵。五箭当不起荡岳之威，顿时折作数段，白驹奋足跃出。

娑罗烈娜失手，一声怒叱，纤腰轻折。众人尚未缓过神来，倏马也已疾掠数丈。终点近在眼前，二人齐头并进，仍胜负未分。计都疾提缰绳，坐骑上了岩桥。所谓岩桥非是窄径，而是大石耸盖地面接连叠进。此地风向四时不同，这些巨石下部削蚀得尤其厉害，上宽下狭，远观犹如浮空，令旁观者都觉心旌动摇。

此刻不若先时敞阔易行，所幸倏马极具灵性，奔行高跃，避开岩缝，仍十分神速。娑罗烈娜振翅拔起，空中回身搭箭。她心中念头忽闪，箭尾上提数分，不瞄计都，反倒对准脚下岩桥。只听雷音震耳欲聋，流星过处岩桥一字横断，乍然现出两丈许的沟堑。

倏马奔驰何等迅疾？前方陡然崩塌，待到醒觉，脚下已无法收步。就见计都毫不慌乱，调过戟柄往马臀上重重一抽。倏马负痛长嘶，后足一跃急起。这一跃，凌空步骤红尘扰，随风歌鼓紫电惊，以万钧之势纵过渊谷。众人的心随之高高提起，又稍稍落下，都出了一身汗。

娑罗烈娜按翼直下，悼弓弹出边锋，欺近挥出。羽族不擅近战，是以这一招又远出众人意料。倏马刚刚越过岩桥，借力前冲，竟向着那雪亮锋刃撞去，眼看避无可避。狼取计都在马上暗运气力，倏忽间银戟一收一翻，使出绝学“废世之杀”。这一击裂石崩云，一道绚光凄厉夺目。弓戟相交，金声大作，半晌不绝。娑罗烈娜双臂剧震，只觉一股无形巨力撞在胸口，半身几乎麻痹，精神一涣，羽翼登时零落，竟自半空重重摔下。

计都长兵回圈，扣定悼弓，内劲忽吐。娑罗烈娜这时哪里还经得住这等刚强的正面攻击？身躯被顷刻甩开，一口鲜血喷在石上，只觉浑身骨头都要散开。狼取计都前招未息，后手杀着源源而至，长戟即刻递到。娑罗烈娜拼尽余力，举弓挡架。计都手内轻折倒勾，欲夺对手兵刃。羽人身随势走，错步让开。

二者对招，一个强，一个巧。计都长戟纵横开阖，领尽风骚；娑罗烈娜身姿轻盈，伶俐曼妙。论身手，娑罗烈娜在羽族可居一等，无奈近战格斗本非羽人所长，今日对上的又是北瀚战神，终是技差一筹。不过几个来回，娑罗烈娜疲态尽露，败局已成。计都银戟斜甩，将之逼退，笑道：“还不认输么？”

娑罗烈娜抹去唇边血迹，冷然道：“未至最后，得意什么？”

“好气魄，我喜欢性子烈的女人。”

“住口，我可不是任你言语轻薄之人！”羽人眉立，将弓一摆，又猱身攻上。

计都不欲与她缠斗，轻提长戟，左手一掌拍出。这下力出沛然，避无可避，娑罗烈娜身形顿挫，颓然跌倒。她反应倒也甚快，立即拈弓搭箭，然而咽喉发凉，长戟已点在脖颈。

娑罗烈娜面无惧色，反微微冷笑：“狼取计都，此战让你一尝失败的滋味。”

说着弓弦轻响，箭走如流星，擦过计都直奔身后。计都诧异回头，只见那支忏箭没入青空。接着便听得鸠驼山山头乍起闷响，岩层自高而下骤然垮塌。那“鸠”的头部本就多处风化，摇摇欲坠，为忏箭一击斩首，顷刻剧变连环。只听得一阵隆隆，尘土弥天，再开眼时，谷口已被巨石封得不留一丝空隙。

狼取计都被她一招所算，竟至功亏一篑，登时怒上眉山，兵刃离手掷出。娑罗烈娜自忖必死，不料银戟擦过面颊，直入石内，崩出的碎石块撞在她背上，不禁又是一口腥甜。计都虽怒，但追本溯源是自己过于自信，错估情势，故而虽懊恼至极，仍忍怒不杀。

穆如虑斟酌情势，起身道："山谷被封，谁也未能到达封印之处，只能算打和。摘心王认为呢？"

祖尔旌道："听凭将军裁决。"

鸠山争戟，平局收场，所有人始料未及。加之穆如虑出面施压，祖尔旌不日便自繁城撤出。戈雅羌表面看似劳师动众，一无所获，实际却是得利最大的一方：暗杀龙格豪，剪除了首要大敌；一路挥师横扫龙格部，所掠甚丰；见好就收，免去了其他夙敌的觊觎；卖了端帝一个情面，祖尔旌弑父自立之罪自然也免于追究，正是一石四鸟。他先扬后抑，明哲保身，审势得当，进退自如。反倒是龙格，遽失其主，内政动乱。种种暗流交汇冲击，牧云冶只得采取守势，步步为营，哪里还有精力趁势追击报复。

其实穆如虑代申王出面，其中立场便有微妙之处。牧云冶乃元帝牧云忱之女，但在她七岁那一年元帝便被如今的龙昌皇帝牧云承宇毒杀，皇后穆如婵以身殉之。牧云承宇扶立元帝元配皇后冯鸾所生的长子牧云承烈为傀儡，待自己羽翼丰满后便逼令牧云承烈"禅让"，终于如愿以偿，登基为帝，改元龙昌。牧云冶是嫔妃所出，父兄皆死在牧云承宇手上，空有帝女身份，却无人护持。龙昌帝令她远嫁北陆，她只得依从；但她这"公主"不过是个名头，何尝能自皇帝处得到半分庇护？倒是申王牧云瞻与元帝兄弟相知，托穆如虑照应侄女。故而龙格有难，穆如虑虽有许多顾虑，也终于赶来。

倘在昔日，有天子亲军坐镇北陆，哪个部落敢贸然启衅？戈雅羌部所以大胆，不过是看准此时朝廷无暇北顾。龙昌帝暴虐无道，肃帝嫡长子牧云承则传檄讨伐，如今两下里正在中州决战，杀得如火如荼。除了东部边界监视羽族的两万端军，瀚州其余的兵马粮秣已尽数被牧云瞻调往中州。这时不要说牧云冶，便是牧云瞻自己遭厄，也只得力求息事宁人，不能让瀚州由此变乱。所以穆如虑纵然明知是非，仍不得不压伏龙格部，让戈雅羌部从容逸去。

祖尔帜立于繁城城楼，见三军鱼贯出城，来时张扬，走时却颇低调。他面带不愉，一手触到面上伤痕，不由忆起那日战场上与计都交手的情形。不论领兵、实战、谋略与心计，皆这般无懈可击的强敌，是他生平从所未遇。他心感挫败，难怪像娑罗烈娜那等骄傲的女人，也会沉迷于打败计都的游戏。超越顶峰，总是每个强者不可救药的毛病。

他正沉吟，忽听祖尔旌道："德诸，还在留恋这里的景色？"

祖尔帜道："我在回想当日杀死祖尔恭的快意。将来或许很难有什么感觉能比得上那一瞬间了。"

"没想到你有这么恨他。"

祖尔帜双目灼灼，"每个人都有自己的底线，即便是豺狼，也有一生所顾念的情感。对于我来讲，除了我自己，没有别人可以杀你。自他将你放逐时起，我就已经决定取他性命。"

祖尔旌叹道："所以我才说，看到你就像看到自己。如果我不是我，大概会成为另外一个你吧。"

祖尔帜冷哼一声，不置可否。过得片刻，他才道："我们当真就这样退兵了么？"

祖尔旌微微一笑："懂得放手一搏的人很多，懂得适时收手的人很少。两者兼备，才能顺势而作。今天的隐忍，为的是异日重来。何况，我们手中至少还有一个半的好筹码未曾用过。"

祖尔帜皱眉道："一个是指'他'吗？还有半个是谁？"

清露生凉夜，迢迢银汉。钗钿云霄分南北，一夕永别忆流年。

牧云冶南望天际，烟沙渺渺。天启二字如今听来何其遥远？想不到血统来于草原，虽生于中州，最终仍要在瀚州无垠的草场上终老。或许只有这等自由而残酷的天空下，牧云氏血脉中原本的狼性才会真正显露，天启高墙内又哪里得见如许壮阔的风景？

她在帐外徘徊至中夜，终于大合萨[13]来禀，称众人已照大阏氏吩咐分批返回繁城，未曾惊动狼取人马，更刻意瞒过狂言王。牧云冶思虑周密，她想到以计都的性情，必不会轻易就放自己离开，或逼婚，或另提其他条件，都大有可能。倘若与他在台面上翻脸，一则自己免不了"过河拆桥"的议论，二则此时与部中大那颜闹得太激烈，于稳固龙格部有害无利。所以干脆安排众人悄悄先走，她自己多留一段时间，好叫计都放松警惕。

近来征战过频，疲惫劳乏，狂言王一直未离大帐。牧云冶备妥车马，临行前心头忽然一软。这次别后，将来恐怕就再无友人相见的立场，甚至可能终生没有见面的机会。她暗道冤孽，转至大帐下想再瞧上他最后一眼。掀开一角帐帘，果见一焰将残，狼取计都在毡毯上独卧。她凝睇良久，终于回身。

⑬大合萨：合萨为蛮族语"上师"之意。蛮族将合萨视为盘鞑天神的使者，所以合萨在部落中非常受人尊敬。一部中地位最高的合萨被称为"大合萨"。

那随身侍女低声道："公主当真就这么走了吗？"

"如果我是牧云冶，我会留下来。如果我是睿徵公主和龙格大阏氏，我会做对所有人都最正确的选择。"

最正确的选择，往往也是最无情的。

轮毂辘辘，车行不急不徐，胭脂山距繁城路途非遥，但此刻牧云冶却觉这条路实在长到没有尽头。每走一步，都十分艰难，十分辛酸。她对自己告诫道：只可向前，不可回头，不可软弱！王者之路，瞬息的回顾，便是万劫不复。

就在此时，"咄"的一声，一支弩箭钉透车壁，坠于车内。牧云冶大惊，掀帘朝外望去。只见一队弯弓执箭的轻骑如龙卷风般掩近，顷刻两边交手，杀在一处。

牧云冶见对方个个蒙面，暗道："定是祖尔旌心怀不甘，暗中派出人马偷袭。"

正念及此，大车陡然向侧边一歪，原来是不慎滑入沟中，车轮卡住石缝，移动不得。牧云冶心念电转，她倒非是不够警惕，只是想不到穆如虑尚在繁城，计都所屯兵马也在附近，戈雅羌就敢这般明目张胆地劫人。然而，摘心王目的究竟为何，是杀是擒？倘若意图行凶，敌众我寡，以有备算无备，今夜断无脱险的可能；倘若是擒，或许还有转圜余地。

就在这思忖的短短片刻，龙格部的叶护[14]侍从已抵敌不住，被打得七零八落，马车顿失庇护。蒙面人中有人抢近，牧云冶正欲开口，不料那人破开车门，伸手将她用力拽出。大合萨见大阏氏被劫，立时高叫道："护驾！护驾！"

那蒙面人将牧云冶置于鞍后，打个唿哨，众骑齐齐策马而退，如同风卷残云。龙格众人欲追，哪里追得上？两下里距离越拉越大，不一会儿那些蒙面人便隐没于夜幕之中，失了踪迹。大合萨冷汗浃背，忙命从人分作两路，一路入繁城禀告消息，再一路返回胭脂山请狂言王速速出兵。

事情来得太过突然，牧云冶空有千般机智，碰到这等强盗行径也使不出来。这些人时而向东，时而向西，时而绕个大圈子。走了好长时间，方才放缓脚步。

只见远远一片空场，生着火堆，搭了几个简陋帐篷，有人出来接应。那些蒙面人勒缰下

⑭叶护：蛮语"勇士"。（出自潘海天《九州·白雀神龟》）

马，牧云冶亦被劫她那人一把扯落，径向帐下拖去。进到帐内，那人猛地摔开手，牧云冶踉跄两步，险些跌倒在地。

她稳住身形，定一定神，冷冷说道："玩够了吧，这种游戏我没兴趣！"

那人摘下蒙布，果然是狼取计都。他将手中弯刀掷入地下，道："想走，有那么容易？"

牧云冶斥道："身为狼取那颜，为私情而废大局，你不觉得自己的行为幼稚任性，一意孤行，全然没有居上位者的觉悟吗？"

计都"哈"了一声，反问道："什么是居上位者的觉悟？"

"国之大益在先，儿女私情在后。审时度势，知分寸进退，不恃功骄，不以业宠。你，一条都没有做到！"

计都摇头，"如果这是你的衡量标准，那再过一千年，我也还是一条都做不到。"

"这是不以为耻，反以为荣吗？"

"错，能达到这种标准的都不是人。因为只要是人，就会有情感，有情感就会有所偏向。就连将话说得大义凛然的你——也不例外。"

牧云冶只觉这人已不可救药，决然道："我与你无话可谈。"

"你敢看着我把这话再说一遍吗？"

"我若做到你会让我走么？"

"当然。"

牧云冶直视计都，一字一字说道："我是大端公主，龙格阏氏，善慧王龙格豪的遗孀。今日是这身份，明日是这身份，至死亦然。狼取计都，我与你道不同，我们无话可谈！"

这番话无一个字不刺人肺腑。计都目中冒火，忽然一把将她按倒。若论武力，牧云冶哪会是他对手？二人四目相对，她想起方才意气用事，言辞过于伤人，心内既涩且痛。如若不是处在这等身份，这等地位，她又怎会如此绝情。

计都看了她好一会儿，忽然说道："下次再讲这种话时，神情记得装像一些。"

说罢，回手将她衣带扯落。

叹多情终被无情负，千回百转，柔肠寸结。同样刚强的两个人，走了背道而驰的两条路。一时的意气之词，一夜的意乱情迷。是错？不是错？这等复杂而深沉的心绪，令人相顾无言。

朝霞染迹，东方露出鱼肚白。牧云冶醒来，身畔不见狼取计都。她拾起衣衫穿好，步出帐外。狼取众人见到她，慌忙曲膝行礼。计都独自远远坐在一边，背对着她，看不到脸上神色。

牧云冶沉默良久，低声道："我要走了。"

计都缓缓说道："我说过，如果今天你想法依然不变，我不阻拦。"

牧云冶叹道："不送我一程么？"

“如果现在回头，恐怕我会改变主意。今后你好自为之。”

牧云冶回身上马。犹记那时，恰有朝光撕破长天，喷出朱芒如血。

草原人有俚俗歌谣云：今日来了一只熊，捉走河中大肥鱼。山熊走后来了狼，惟绿草青青枯又长。

歌词鄙俗，不过意蕴贴切。想瀚州各部，今冬无粮你抢我的，明冬无粮我夺你的，走了熊，还有狼，走了狼，还有虎，惟一不变的是牛羊繁衍，青草岁岁枯荣。这歌谣用来比喻戈雅羌走后的龙格倒很合适，尽管战祸曾经肆虐，经过一年时光，渐渐也在恢复生机。

牧云冶独返繁城，整顿旧部。除此前归降祖氏兄弟的人马外，亦有欺龙格如今时运不济、转投别部者。军力削弱则必有外患，此外更有一层内忧。原来，龙格豪死后，独子龙格炽亦被诛，是以王位空悬，一年来都由牧云冶理政。然而善慧王既无嗣子，阏氏当政便不过一时权宜，终究要选立正统。只是龙格部这所谓的正统继承人——龙格豪胞弟龙格靖，早在繁城陷落时便为戈雅羌部所俘，祖尔旌撤军时将他秘密带走。牧云冶数次遣使下书，向祖尔旌要人，对方却次次都借故推脱搪塞，不令龙格靖还族。

龙格靖在如今龙格王族中身份最尊，便是龙格炽还活着，一则年纪幼小，再则生母只是舞姬，龙格豪生前也未立他做世子，故而最终汗位落在叔侄哪个身上实未可知。现今龙格炽已亡，龙格靖更成了唯一的嗣君；而且他既未死，龙格部要从旁支中另推即位之人便难服众。如此上不得下不得地悬着，于部族大为有害。牧云冶代理庶务，众别乞那颜表面上虽无异言，腹诽的却亦不少，都怕她勾结计都，做出什么有损龙格部的事情来。本已涣散的人心，如今愈加惶惶。

这一日适逢邻邦来贡。这草原相邻部落间的献礼纳贡又与向端帝的朝贡不同，并无尊卑之分，纯为互通友谊，利于将来借粮借兵打交道。龙格终究是大部，尽管去岁元气大伤，今年周遭各部来贡的车队仍是络绎不绝，蔚为壮观。

牧云冶一眼看到戈雅羌部的车队，押队的乃是摘心王的兄弟、大那颜祖尔帜。她忙吩咐从人将祖尔帜引入别室，设宴款待。察言观色片刻，牧云冶开口探他口风道：“先王惨死异乡，我龙格部众惟一记挂者，便是先王幼弟龙格靖大那颜。不知他如今可安好否？”

祖尔帜淡淡答道：“那颜居我部，汗王一直奉为上宾，礼数无缺。只不过战火方熄，那颜恐贵邦杀气太重，因此不愿还族。”

他这般说，明里推脱，暗里却是讥讽龙格豪才死，牧云冶就杀了他的宠姬与独子，手段过于狠辣，龙格靖怕遭残害，所以才不回来。牧云冶倒不动怒，答道：“如此，是大那颜多虑了。如今我部局势安定，臣佐用命，民心归服。部民皆翘首期盼大那颜能早日回归，以慰先王在天之灵。”

祖尔帜顿了顿，回道：“这也正是我部汗王的意思。大那颜终究是龙格部的人，迟早总要回来的。”

牧云冶早猜到他此来定有所图，绝不会轻允放人，不动声色追问道：“不知迟有多迟，早又有多早呢？”

祖尔帜一笑，“这便要取决于大阏氏的回答了。”

他盯着牧云冶，继续说道：“龙格靖那颜深明大义，在我部暂居期间尽力弥合两部裂痕，实为仁厚之主。王兄为两部臣民计，愿亲自将那颜送还龙格，并与龙格订立睦邻盟约。不过，大阏氏你，才是这盟约的关键。”

“此话何解？请那颜明言。”

“只要大阏氏嫁入我部，两部即可修好，约为姻眷之邦，互为倚助，永不言犯。”

牧云冶冷笑道：“你的王兄当真好聪明，好算计。”

“大阏氏的答案呢？”

“我要考虑之后才能答复。”

穆如虔驻守瀚州多年，各部汗王、那颜的居所多有出入，惟沥泉城首次涉足。想起临行前女儿穆如熔缠了半日想要随行、自己坚不肯允时，女儿可怜兮兮的神情，心中实在有些不忍。他这女儿虽然年稚，心性却极敏慧。这样的姑娘，本应在天启过着锦衣玉食、平静如水的日子，只因先头朝局动荡莫测，才跟着自己在北陆共历十多年的苦寒。或许因为就生在瀚州，女儿的心性更像蛮族姑娘，不喜诗书倜傥的东陆男儿，倒更青睐骁勇果敢的草原狼。

狼取计都正在府中相候。瀚州众多贵胄豪杰，计都没一人看得上眼，只对这位穆如将军有所例外。据他所言，若以兽喻，他自诩为狮，穆如虔可称虎，瀚州各部叶护或有七八人配称狐犬，余者不足论。

二人自上次鸠鸵山争载后已经年未晤，见面后计都便问：“穆如将军有何公干？”

“没有公干，单纯来看看朋友。”

“你是男人，我也是男人，一个男人无公务在身，跋山涉水不辞辛苦地来看另一个男人，这种情况，容易使人产生不当联想啊。”

“可能成为岳父的人，探望自己的准女婿，为何会使人产生不当联想？”从前穆如虔曾戏言要将穆如熔嫁给计都，但一来穆如熔尚未到婚配年纪，二来穆如氏之女身份尊贵，她的终身大事须请端帝裁夺才算数，何况二人年龄相差也太大了，所以都只当这话是玩笑。

计都听他又以此打趣，笑道：“若我当真要娶，你老人家可当真舍得给么？”

“假如真有那一天，我一枪捅死你的可能性更大。”

计都哈哈大笑：“‘父亲最贴心的情人就是自己的女儿’，说这话的人真有先见之明。”

穆如虑笑罢，却话锋一转，说道：“说到先见之明，据闻祖尔旌近日又将有所动作：原本扣在他部里的龙格靖最近就要返回龙格了。”

狼取计都何等人物，听到这话面色立变，问道：“他提出什么条件？”

“两部联姻，睿徵公主下嫁戈雅羌。”

计都抬手掀翻桌案，厉声道：“荒唐！这等交易百害无一利。龙格靖才能平庸，就算回来，也不过是个毫无作为的汗王。以牧云冶换他，无疑是弃明珠而取鱼目。届时王廷若有变乱，部中无人有力弹压，祖尔旌正可趁虚而入！”

穆如虑双眉紧锁，道：“我忧心的也是这个。”

“她答应没有？”

穆如虑望着计都，缓缓点头：“这正是我百思不得其解之处。以睿徵公主的才智，你我能想到之事，她没有理由想不到，那为何还要允可这桩婚事？莫非——她别有所图？”

万里征尘恨未平，萧萧白草卷边声。玄黄四野龙犹战，金鼓夕阳气纵横。

牧云冶下嫁摘心王之弟祖尔帜，便似在盛满滚油的锅内扔了火种，顷刻炽焰熏天。龙格靖甫还繁城便被狼取计都截住请战，自请亲提一旅，誓败戈雅羌。狼取计都非但武艺超群，手内还握有精兵，威凌瀚北，众人无不服膺。这样的臣属，龙格豪在世时都要让其三分，何况龙格靖这惊弓之鸟？且计都一带头，王廷内外也多有附议。蛮族彪悍刚勇，敌对部落诱杀自家汗王，践辱自家王帐，抢掠自家部民，扣押自家嗣君，这数桩大恨未雪，现又逼娶大阏氏，龙格部实已尊严丧尽，哪个血性男儿还能忍得？龙格靖眼见众意难违，只得首肯。

后世将摘心王与狂言王这一仗称作“北长廊之战”。计都率兵北出繁城，越过鸠驼，沿着俗称“北长廊”的北陆商道一路杀过去，直取戈雅羌。两个都是瀚北强族，皆以擅战闻名，数度遭遇，杀得难分难舍，惊天动地。狼取计都兵分两路，成犄角之势轮番推进，仿佛一柄快利的匕首直插敌方心脏。他所亲率的左路军大捷连连，势如破竹。北长廊叠尸万千，鬼灵悲哭。尽管祖尔旌转取守势，轻不与之交战，奈何计都步步为营，作风甚是稳健，数次识破祖尔旌的诡诈，应对裕如。眼看将近隆冬，计都兵马进逼接风峡。只要将这处咽喉要地拿下，开春长驱直入便是手到擒来。

火烧眉睫，祖尔旌每日愈加沉默，自各地送到的战报，常常看也不看便扔进火堆。祖尔帜从未见过兄长情绪这般低落，不由激他道：“若愤怒，就该在战场上找他讨回。当年蟾璃王将你扔进‘死人穴’时，也不见你如此神情。一个狼取计都，你便畏惧了么？”

祖尔旌冷笑一声道："死过一次的人，不懂什么叫畏惧。"

当年祖尔旌言语犯上，被祖尔恭残损一目，弃于死地。所谓"死人穴"，是在地下挖一个捕熊的深坑，将犯人丢进，只遗小块生肉，尔后便不再予以食物。每隔一段时间，便会投入新的死囚或战俘，内中的人无食可吃，饥饿难耐，只得互相厮杀，生者食死者尸骸以苟活，旁人在坑外观看取乐。常人在"死人穴"里最多活十几天，祖尔旌却活了三个月之久，毅力惊人。最后祖尔帜甘冒奇险将他救出，兄弟二人共同订下弑父夺位的计划。

祖尔帜道："既然不是畏惧，那又想到了什么？"

"我在想，计都驱兵来犯不出意料，倒是那牧云冶，我错估了她的想法。当初我想龙格靖乃温厚之人，若为汗王，对咱们并没威胁；反而是牧云冶助龙格豪理事数年，论奸狡，论狠绝，都非龙格靖可比，一日不除，一日都是心腹之患。所以我才迫她以自身交换龙格靖，她在龙格甚得人望，又是端帝之女，有她为质，龙格必然投鼠忌器。想不到反被她利用这次联姻激起民愤，本已离心的各方势力因此再度联合，加之有狼取计都统兵，自然胜算大增。这个女人刻意放低的姿态，反成为出兵的口实，好高明。"

祖尔帜经他一说，方想到个中关节。祖尔旌微微一笑，道："不必懊恼，她懂得放低姿态，我也知道如何以退为进。荒野遇到孤狼，最好的方法是割鲜以遗，先使对方放下警觉。龙格部想要回牧云冶，还给他们就是了。"

见祖尔帜神色极不赞同，祖尔旌口气一缓，道："你先请她过来，我有话与她商谈。"

接风峡以戾风肃杀得名。崖壁之高目力难测，有如两支蜡烛耸于平野，十分奇特突兀。此处北接大块山峦草场，借天险修成要隘，进可攻退可守，横纵可通邻疆。立于其下，闭目耳听凄风呼吼，一化十，十化百，啸荡八方。

狼取计都行至崖下，按住鞍缰观看，此地地势高峻，攻取殊为不易。所幸路径直来直去，转眼之间甲士已至关前。过得数刻，城头忽射下一支哨箭，箭尾附信言称汗王祖尔旌有意和谈，为示其诚，愿于关前送还睿徵公主，请狂言王暂撤部分人马，车轿稍后即至。计都认出此信确为祖尔旌笔迹，便命众军稍退，撤下夹道弓弩手，中间留出一方敞地。

龙格军后撤后，果然关上打起旗语，关口须臾洞开，内中缓缓走出一行人马。队中有一乘轻车，四周仆从环卫，显是牧云冶所乘车驾。狼取计都目光不离马车左右，将兵刃顺在身后，纵骑迎上前来。领队之人跪于马前，双手捧定一只镶珠缀玉的金盒，诚惶诚恐道："我主愿以赤诚之心，与贵部结百年兄弟之盟，永息干戈。"

狼取计都"喔"了一声，道："趁人之危，逼娶邻部大阏氏，如今给人杀到地头讨要才被迫送还，这等行径，叫我如何相信他的赤诚？"

那人额前渗出冷汗，道："大阏氏在我部依旧金尊玉贵，衣食住行，较之我部大阏氏还要高出一等。稍后狂言王一见便知。"

计都料知牧云冶毕竟公主之身，虽为人质，谅还不至受虐待凌辱。听他这么说，便道声退下。不料那人以身躯挡住计都坐骑，将金盒捧过头顶，大声道："此乃汗王亲自挑选的礼物，请狂言王一并收纳。"

狼取计都顺手接过，掂得一掂，或许镶金的缘故，入手颇有分量。他漫不经心地将盒盖掀起，看了一眼。

内中所盛，赫然竟是牧云冶的头颅。

顷刻天地俱黯，山河饮泣。

金盒坠地，旁侧卫士慌忙拾起，看到其中所盛之物，无不大惊失色。

忽闻一声咆哮，摧裂肝胆，懑怒如狂。

狼取计都只觉神魂剧震。他挥师远征，一路血战才来到此地，怎想到所见的竟是心上人的首级！他一时只觉目中所见皆失原色，耳中只闻万籁俱寂，心中惟剩一个念头：

——杀！！！

寒芒沥，霜色短，长戟欺冷电，惊翻风云，再造无间杀劫。

狂言王纵骑前驱，似一道闪电，又似一泓融雪，更似一头伤狮，爪牙毕现，狂态已不能制。长兵起落间血肉横飞，银光耀人眼目。这已不是愤怒，不是悲切，而是失心后恐怖的屠戮。

计都御戟如风，使动起来身畔一丈之地近者必死。招快，快过思绪，快得不容迟疑。倏忽数人肌骨相离，身首两断，僵仆尘埃。马蹄所踏，鲜血汇流，将谷口染得鲜红。关上守将看得脊背发冷，眼前人到底是魔是怪？

杀——

血花凄艳，红珠顺戟而下，没入壤内。多少尸骸，多少血腥，不能平息此刻复仇炽火。

惟有杀遍瀚北，灭尽敌酋，方雪此百年之恨！

杀——

关外尸骸遍野，关门紧锁不开。栅前弓手按弦，只要再近一步，就万箭齐发。

狼取计都甲衣浴血，长兵斜提，瞳孔发赤，厉声道："今日阻我者，有死无生！"

刹那箭落如雨。岂料计都不退反进，拍马直向木栅冲去。龙格部兵将大惊，欲抢上卫护主帅。然而计都长戟连舞，只听脆声不绝，流箭仿佛萤虫遇骤雨，纷纷疾弹崩射，哪里伤得他分毫？不过转瞬，便被他独自抢到关前。

计都单手持戟，向外荡开，周遭乱流席卷，枯草急旋，正是"废世"之式。轰然一响，那巨木所垒的关门竟也被震得簌簌直落泥尘，大有累卵之危。

狼取众叶护看到本族那颜以身犯险，都大为焦急。奈何快箭一轮过后又是一轮，城楼上两批弓手轮番交替，狼取部众一时被射住，难以近前，只能放声大喊，望主帅即刻抽身退回本阵。

计都拔出长戟，门上孔洞突然掀起，数支矛枪自内穿出。计都早有所备，仰身让过，双手一分，抓住矛枪，两臂反送，手中兵刃倒插而入，内中数声惨呼，登时数人透胸毙命。

正在此刻，计都猛觉头晕目眩，血液自颅中尽都流向脚底。第二击停在空中，难以落下。

戈雅羌众军士一阵欢呼，有人大喜道："起效了！"

原来金盒内外涂有剧毒，挨到这时终于全数发作。此药好生猛烈，计都只觉气血翻涌，眼前许多光斑乱晃不止。他勉力提气，银戟举起一半，"当啷"一声脱出掌心。

狂言王身形晃了晃，眼前发黑，斜身栽下马鞍。

第四章　黄泉之邀

龙格大营内愁云惨雾。

自得知牧云冶死讯，又逢计都阵前中毒陷入险境，若非死士舍命相拼将他救出，这时只怕主帐中所停放的尸骸就不是一具，而是两具了。

眼看一日日拖延，接风关久战难下，天亦一日冷似一日。倘再这般僵持，待到严冬，大雪封山，绝了粮草，拿什么充饥？除非杀马果腹。然而蛮人没了马匹，等于没了半条性命，总不能靠双脚走回繁城。

龙格靖接到讯息，亦进退两难。接着打下去，结果殊难预料；可若要撤兵，又恐狼取计都不允。他想来想去，尽管念及王嫂以身相代的恩德，心有所愧，但身为一部之主，毕竟当重大局。于是急函数封，劝计都暂且搬师，待来年休整停当，再图大计。众军离乡已久，亦不免有思归之心，况且当时是为讨还大阏氏举倾族之兵，如今牧云冶既死，此战的目的也随之不在。

这天，大营中来了两名不速之客。他们一前一后，身披围麾，裹得严严实实。侍卫正欲盘诘，当先一人忽然取下兜帽，原来竟是穆如虑。众人都知穆如虑身份特殊，且与计都关系非比寻常，不敢怠慢，忙将他延入。

穆如虑不令近侍通报，自行向大帐匆匆行来。眼看到得近前，却忽然停步。身后穆如熔走得太急，一头撞在父亲身上。她揉着鼻尖，不禁嗔怪。穆如虑沉吟半晌，说道："熔儿，你先进去探探他情况如何。"

穆如熔奇道："爹爹怎么不和我一同进去？"

"我想他现在必定不好过。似他那样好强争胜之人，刻下未必愿意见外人。"

穆如熔颊泛桃红，轻声道："什么外人内人，这么说，难道我就不算'外人'了？"

穆如虑微微一笑，"你是小姑娘家，他一个大男人，再怎样不开心，也不会拉下脸来凶你。他既然不赶你，你就陪他说说话也好。"

穆如熔"嗯"了一声，点头便欲举步。穆如虑又道："别忘记咱们此行的目的。"

穆如熔立道："爹爹放心，我见机行事。"

她行至帐前，踮着脚尖，将门帘掀开一线向内望去。里边没有灯烛，昏黄惨淡，满帐都是青阳魂的辛辣气味。狼取计都半身斜倚棺椁，看来已经喝了好一会儿酒，不甚清醒的模样。穆如熔见他黯然伤神，心中十分难过。

计都自斟一杯，涩声道："第一杯，敬你有勇有谋，力挽狂澜于危境。现在龙格靖已承袭汗位，号'平川王'。龙格部内乱已消，自此再无倾覆之虞，你功不可没。"

他第二杯又道："第二杯，敬你智高一等，算无遗策。访沥泉，下繁城，入质戈雅羌，以性命换取最优厚的政治利益。无论对人对己，你都做到了绝情二字。对于这一点，狼取计都无话可说。"

第三杯他端在手中，思忖良久，沉吟道："这第三杯……第三杯……"

他想了半天，终是神伤，什么也没说。穆如熔暗道：往日的狂言王何等意气风发，何等骄傲？可是现在看他的神色，就好像人还活着，心却已经不在这里。唉，倘若我能与冶姐姐换一换，也有个人这样对我，那么死掉也并不是件多可怕的事情了。

她心里沉重，继而又想：穆如熔啊穆如熔，你这小呆子！睿徵公主是何等人物，你拿什么和人家比？计都与她才是无拘无束游戏北瀚的一对猎鹰，你只是养在画檐下的一只不起眼的乳燕罢了。这种小小的喜欢藏起便好，切不可痴心妄想哪。

想到这里，她不由幽幽长叹。忽听计都道："偷听这么久不会累吗？进来吧。"

穆如熔被他拆穿，低头迈入帐中，告罪落座，目光始终不敢望向对方，小心翼翼道："我不是故意偷听，是怕打扰到你，所以才站在门外。我想，睿徵公主倘若知道你如此伤心，必定也会难过。即便是为了她，也请……也请好好保重。"

"你能这么说，让我觉得好像你忽然长大了许多。"

穆如熔不悦道："我已十五岁，早不小了。只是你与爹爹总拿我当小孩子。"

"'小侄女'这个称呼不喜欢？"

"不是不喜欢，是听起来颇有隔阂。譬如若非必要，你也不愿意称'她'为睿徵公主或王嫂吧？"

计都微微摇首，"名字代表了一个人的个性、内在以及过往，而封号只是地位的标记。天下公主与阏氏很多，但牧云冶只有一个。"

“既然如此，当初为什么不带她远走高飞？”

“若真有心，就应当顾念与成全她的想法，不是强迫她妥协改变。”

穆如熔咬住下唇，细细思量这句话良久，柔声道：“我认为，公主的心思与你一般。她也不希望你因为她而选择自己不喜欢的霸王之路，所以才要天各一方避不见面。只是，你若当真顾念她的想法，此时就该听我一句劝告。”

计都看她心慌意乱又强自镇定，勉强装出一副大人口气，不禁觉得有趣，问道：“什么劝告？”

“眼下比起复仇，还有一件更为紧迫的事，就是解开你身上秘术禁制。消除这层隐忧，才更好与敌人周旋呀。”

此事计都也思量多次。龙格豪曾在他和“渡黄泉”之间施以秘术，若此戟落入对头之手，计都性命堪忧。牧云冶之死尽管打击甚大，但狼取计都征战多年，亦非少年意气，几时当战几时当休早有定夺。他道：“鸠驼山通向黄岩石的路径已被完全封闭，除非将山体一半夷为平地，否则难以进入。”

穆如熔自怀中取出一轴羊皮纸道：“当日蟾璃王被诛、摘心王篡位，我父亲趁戈雅羌人心浮动，买通王廷中人，取到这份地图拓本。想来多半是蛮舞由女当年按龙格豪所说绘制，秘密送给蟾璃王。里面所绘通山之路共有两条，一条地上，一条地下。地下甬道直达山腹，里面许多机关，最麻烦的是，其中尚有布下的秘术阵法，根据图上所说，嗯……”

“怎样呢？”

“想要通过，需有一名懂得密罗秘术之人同行。”

“你的意思是说，要雇佣一位秘术师？这也并非难事。”

穆如熔摇头，神色郑重，说道：“我的意思是说，父亲带我来此，便是要让我随你同行。”

渡黄泉，意即引渡黄泉。

《九宇图经》中载，黄泉在云、雷以西，其水如汤，瘴疠毒雾，至者立死。所以“渡黄泉”便是杀人取命。狼取计都“战神”威名，有一半得自这柄凶器。据传千年前瀚州各部混战，游魂饮恨，惨雾上连云霄，数月不散。瀛棘部汗王遂遣河络工匠以精铁铸戟，蟒涎淬火，收遍野亡灵封印其中，出炉时锋刃之利莫能就近逼视。自此野外悲音不复作，而挥动此戟时似可闻咆哮之声，睹人马厮杀奇景，如梦如幻，真假难辨。此物向来被视为北陆神兵，数百年未曾现世，后被龙格豪辗转觅得，送与狼取计都。

穆如熔对这传闻一向半信半疑，她一面小心控马，一面转头问道：“‘渡黄泉’纳万灵，引渡于黄泉之事，究竟是不是真的？”

“你有兴趣？稍后亲眼一观，不就知道了。”

穆如熔心道：我对你所有的事情都很有兴趣。只可惜不能日日陪伴左右，所知实在太过有限。她想了想又道：“你在这里观望良久，还在等待什么呢？”

二人说着，已到了鸠驼山下。计都将大军留在接风峡营地固守，只带了一小队轻骑。恐祖尔旌发兵阻挠，所以战马络辔包蹄，走得悄无声息。

“我在想穆如虑不该让你来助我。甬道里面的情形我们一无所知，凶险殊难逆料，你想好了么？”

穆如熔道：“我父亲暗中查访许久，甬道内的机关阵法应为河络大师空花明火所筑，明火的机关以密罗法术为多。密罗秘术分两派，白衣流作于外物，心源流作于人躯，只未知甬道内会是哪一种。不过无论哪种，皆有破绽可循，只须找到不符常情的罅隙处，术法自然幻灭。”

计都听她说得头头是道，便道：“你倒自信，那就走吧。”

二人下马，徒步走下山丘。按图索骥，果在岩石底端一道夹缝处发现入口。触手冰凉，微有突起。拂开浮土，赫然见到一道四方暗门。因密罗秘术可引发人的幻觉，导致互相攻击，中招的人越多便越麻烦，所以计都令护卫谨守退路，不必随入。

暗道逼仄，仅容一人直行。举火照处，两边墙体一人来高，每隔数步之遥便有一块石牌，下有两支空悬把手。把手内不知装盛什么，散出刺鼻味道。穆如熔指尖轻蘸少许，口中轻声呢喃，果然罩中腾起白烟，暗道顷刻火焰通明。

计都在前，穆如熔跟随其后。这条暗道修得甚为粗陋，却十分幽深，前不见头，后不见尾。走了片刻，穆如熔就觉脖颈凉飕飕的，有种说不清道不明的诡异。按道理论，这等险窄处避无可避，最宜铺设陷阱。穆如熔心内警惕，目光四处打量，生恐遗漏。然而就在她目光逡巡时陡然发现，壁上所挂石牌雕刻的竟是一张人脸。最初只是粗粗数笔，随着路径深入，那脸的轮廓愈来愈清晰，分明是张女子的面孔。

这面孔，正是她自己。

穆如熔立时止步，心道：方才走了那么久，按地图推算早该到达山腹，但这条通道看样子尚未及半，原来我们已经进入幻术之中尚不自知。她念头才动，眼前好像骤然有层透明纱网被揭下，转头再瞧那人面石牌，花纹又恢复成原先模样，根本不似人脸，而是猿猴面孔。猿猴有喻狡诈智慧之意，有时工匠会铸造些动物头像，以为留记。

计都生平首次遭遇密罗秘术，如若不是穆如熔谙悉其理，他恐怕就要莫名其妙永困在这古怪迷宫中。他心中暗道：难怪昔日听人言到密罗术神妙，让人陷入其中，感觉却与真实毫无二致；倘若当真遭受火焚刀戮，受术者因信其为真，亦会因而丧命。他看了穆如熔一眼，小姑娘正凝神行走，丝毫不觉。

幻象既破，通路尽头现出一方洞窟。二人迈入，内中豁然开朗，强光刺目，灯烛浩如繁星。穆如熔深吸一口气，举目四顾，周遭亦有千千万万个穆如熔同时抬头。想不到这里从地面到屋顶都铺满了镜子，镜子中影像延伸，将本来的密室扩展了数十倍。灯光互相反射，自然极为耀目。

穆如熔心中忽生怯意。她自至此地，总觉得几乎未遭阻难，未免太过平顺，反倒让人心跳不安。先是走不到尽头的长廊，现在又是望不到边际的镜子，好像布置之人有意让人感到诡异，但真正的危险却始终未曾降临。她紧跟计都，横过敞厅，脚下有方水池，其水漆黑如墨，偶有涟漪，看上去深不可测。池上悬一道窄梁，对面却是一根笨重石柱，柱上刻有重重叠叠的古怪符文，如灵蛇似蚯蚓。计都的兵刃“渡黄泉”嵌于柱内，幽芒流转，映衬得那些文字像是活的，不断地在柱上乱窜，细看却又只是光影之下的错觉。

狼取计都问道：“这里有秘术法阵么？”

穆如熔闭目凝神。过了会儿，她轻轻“咦”了一声，睁开眼睛，诧道：“怎会如此？此地原有的封咒似乎已经消失，但还残留着些许痕迹。莫非……因封印时间太长，所以自然失效？”

见计都目视，她又解释道：“河络法阵不靠人力，单凭阵法驱动，因而对环境要求极高，些微变动都可能将其破坏。去年那位羽人姐姐射落山顶巉岩，山谷巨震，或许就可引发法阵失效。”

计都点点头，一面戒备，一面伸手取戟。不料手指才碰到“渡黄泉”，立时嗡鸣大作，所有镜子一起震动，火焰暴起数尺。神戟所发幽光中忽然走出一个人影。狼取计都不禁一怔，穆如熔则大惊失色：面前这人白发黑铠，乌瞳似墨，不是狼取计都又是谁？

那人冷冷道：“擅闯禁地者，留下性命。”

计都反问道：“你的还是我的？”

二人目中杀机毕现，同时拔剑在手。同样的速度，同样的身形，几乎难辨彼此，然而缠斗在一起时往复招数却各自不同。穆如熔暗叫一声不好：看来确是密罗幻术，但这幻影极为逼真，连细节都刻画如生，仿佛自有一个灵魂，比她所知所料可高明得多。

狼取战神一生逢敌无数，此回对手却是自身。

那幻影横剑挡在“渡黄泉”之前，便连手中剑器形制都一模一样。计都因想地下空间必窄，所以未带银戟，只带了随身宝剑。他设想过种种险恶，唯独不曾想还会碰上“自己与自己放对”这种令人啼笑皆非的状况，输了是狼取计都输，赢了还是狼取计都输，无论输赢都讨不了好。他料想这一关必有暗招在内，当下气息暗运，要放手一搏。

计都率先发难。这一动猛逾风雷，招数未出，已闻一声爆响。双锋争胜，劲道令平地扬起半丈狂澜，穹顶数面大镜轰然崩裂，无数碎片当头坠落。穆如熔惊呼一声，远避到角落。

就看狼取计都身形纵掠，幻影仗剑相迎。计都长剑寒芒一瞬，宛若流星，径取上三路。幻影刃尖高指，以守制攻。交招不过一式，两人手臂皆感震痛，实力不差毫厘。计都不等招数用老，中途急速变招，改刺为劈，劃向幻影左肩。幻影好似早知计都剑路，身随势转，倏忽转向，白刃反手横递，架开一剑。计都提气轻喝，光芒陡灿，二人同时回身，双剑未有或离，一者绞刺，一者回环，双剑同时划弧，气劲荡出。穆如熔尽管立身处甚远，亦觉粉脸生疼，额前几绺发丝被疾风削落。

这时她已全然分不出哪个是计都本体，哪个为幻影。同样的面庞，同样的穿戴，同样的矫健，又同样都杀气腾腾。穆如熔心中大急，暗道：这般缠斗下去，幻影虽无妨，他却未必不会受伤，还是早早分开他们为好。看这里的布置，是密罗秘术无疑，说不定我用秘术能找到方法控制“渡黄泉”。那幻影无非要护住这件兵刃，只消我们拿到手，幻影多半就会不见。此处非久留之地，我们要尽快回去，不能任由他与自己的幻象无谓相斗。

忽听计都道：“这样打下去你不觉得奇怪吗？既然你就是我，何苦自残？”

幻影还了一招，断然说道：“你是你，我是我。不要混为一谈。”端然是计都素日口吻。

计都快剑连发，反问道：“你不是我吗？”

“我由你脱胎而出，已有自己的意识。只消杀了你，我便是狼取计都！”

计都一哂，喝道：“口气很好，胆量不错。”

话音未落，二者同时发力，其一身形倒纵，掠出丈余。经方才初试身手，全然勘不到破绽所在，计都虽然对敌无数，但与自己的幻象对战，自己的优点也是对方优点，自身缺点亦是对方缺点，想不到什么破解方法，惟有硬拼一途。那幻影眼观六路，追击计都之时瞥到了穆如熔的小动作，即刻反手一挥。穆如熔只感呼吸顿窒，不禁踉跄后退。

狼取计都居高临下，三尺秋水泠泠。两人略一凝神，身前身后起了微妙变化，明镜咯吱咯吱响个不绝。双方之间无形威压之力，使得本已十分脆弱的光滑镜面裂如蛛网。

计都喝道：“一招定高低！”

幻影亦道：“一招决胜败！”

霜刃长击，天地废毁，星辰湮灭。穆如熔只感周遭剧震，目不能睹。两边使出的都是计都另一成名绝技“灭世之玄”。双剑交汇，都遽然脱手，没入墙体。穹窿难承战神之能、灭世之威，灰土顷刻塌落。

然而这一招许进不许退。使出之后巨大惯性冲带，已不容收手，后招连环继至。但看两道光影破空，是舞非舞？华艳璀璨，似冰雪倾九天，银汉下三界。两人各自腾身，抢下长剑，招走飒爽，气劲涤荡。他们身躯连圈数圈，长剑半空频接，锵音密集入耳，如催急鼓，更将残墙如切豆腐般划得七零八落，一时杀得难分难舍。

计都身形坠地，回过手一剑送出。幻影身躯斜过，挥刃迎上，“当”的一声，此招走空。幻影冷笑，道：“原来你也不过如此而已。”

狼取计都手下加力，剑身向前逼压数分，左手前欺。幻影昂然无惧，交手一合，其劲浑厚，与计都不分轩轾。哪想就在此刻，幻影背后墙体骤出几缕冷风，正是方才落空的剑招，冲入墙壁后竟又反弹回来。幻影猝不及防，后心中招，透胸而过。

计都微微一笑道：“我的招数你都了熟于心，不过这一招，从前没有见过吧？”

幻影形体渐趋虚化，口中犹道“狡猾”。石柱遥生感应，柱身訇然中开，神戟流霞大作，自石槽内缓缓脱出。狼取计都急忙抢上，拔出“渡黄泉”，顺手抓住穆如熔，一同向外闯出。穆如熔只感头上土石不住坠落，眼前烟沙弥漫难以视物。才离洞窟，轰然一响，内中已然崩毁，倘若少迟片刻便要遭活埋。她定了定神，回头张望，除却被泥土堵死的大门什么也看不到。穆如熔手抚胸口，暗自道：奇怪，方才跃过水池时，好像看到了什么东西从眼前飞过。难道除了我们，这里还有别的活物？

不过洞窟既已被废，多想也是枉然。穆如熔念头转瞬即逝，两人不虚此行，便沿原路走回。计都拿回渡黄泉，心中自是放下一件大事，看看穆如熔完好无伤，长出一口气，暗道这一趟虽不算十分顺利，倒也没有想象中那般危险。

穆如熔的心事可就微妙得多了。她既为计都免于困厄高兴，更高兴自己帮了他一点忙。她虽是穆如氏之女，却自来文静少言，不曾习武，又自认不够美貌出众，无论比之天启仪态万方的贵家千金或是瀚州英姿飒爽的蛮族郡主，都多少有些自惭形秽。这次能稍尽心力，而不是坐等别人保护，自然心中欢喜莫名。走出暗道来至外面，轻风白云，天清地朗，阴霾与压抑一扫而空。

就在两人皆已放松戒备的当口，穆如熔忽觉背心剧痛，低头一瞧，箭尖贯胸而过。她脑中发懵，怎么也想不到会是这样的结果，身躯向后便倒，正跌到计都怀中。

穆如熔只觉一阵温暖，一阵伤心。她一直想要亲近计都，今天终于实现，却马上就要天人永隔。她身上冷彻骨髓，伤处越来越疼，一手扯住计都衣袖，道：“我……我还有一句话，没有……没有对你说……”

这简简单单一句话，原本是埋藏在心、永不打算说出的小秘密，在这生死关头，穆如熔突然有了勇气。她视线逐渐模糊，口中轻喃道：“我想……我想你记住我……我……我……我……”

她连说四个我字，眼前已是发黑，到得嘴边那句“喜欢你”终于无力说出。

狼取计都观望片刻，说道：“我在想穆如虑不该让你来协助我。甬道里面的情形我们一无所知，凶险殊难逆料，你想好了么？”

穆如熔目光看向前方，似乎神游天外。计都不禁奇怪，唤了两声，她这才“啊”了一声，好像大梦初醒，转头问道：“我……我怎会在这里？”

计都见她神色有异，问道：“怎么一副心神不定的模样？”

穆如熔转头四顾，黛眉紧蹙，齿咬朱唇，沉吟不语。计都本就不甚放心，便道：“你神色不对，若有不适，就不用随我进去了。”

穆如熔忙道：“不可以，你马上就会需要我的帮助了。”

“哈，好自信的口气，那就来吧。”

穆如熔得他夸赞，面上一热。两人落鞍来至山脚，穆如熔也不看那拓图，径直走到暗道旁，拨开浮土，露出暗门。狼取计都不禁诧异，询问道：“这图上都未曾画得仔细，你如何得知是在此处？”

穆如熔蹙眉：“我有种奇怪的感觉，好像不久之前刚刚来过一次。”心中却道：身中暗箭，非但不死反而前事重演，难道方才一切只是我不经意间做了个梦？否则，为何只我一人知道此事，他却全然无知？

穆如熔一路思忖，不得其理。两人走进甬道，依照前法破除幻象，来至尽头的洞窟。洞内果如前番一般，千面镜子，横桥黑水，对岸一根粗大石柱。计都引触机关，幻象自载内脱出，两人一言不合，战得昏天暗地。如此种种，丝毫不差。她愈加确定这是处在一种密罗秘境之中。既知计都结局定然获胜，绝不会有性命之虞，穆如熔心思大定，径直便远远找个安全角落，不妨碍他们相斗。

穆如熔虽然年稚，见闻不够广博，却是冰雪聪明，深思之后，便即豁然。原来密罗秘术的作用效果尽管千差万别，然究其根本都异曲同工：或幻化外物形貌、改变山泽地势，使人迷途不知返；或蒙蔽对方五感，达到变身、隐藏与易容效果。至于原兽⑮，则是用本不存在的幻

⑮原兽：密罗系秘术师可以根据“兽图”召唤出幻兽，其中七张最顶级的“兽图”召唤出的幻兽被称为“原兽”。原兽非常逼真，几乎突破“幻”与“真”的界限，因而是最高境界的密罗幻术之一。原兽伤人其实是幻觉，但受术者会因为相信自己真的被伤害过而丧失相应部位的功能，甚至死亡。

象冲击受术者的感官，由于幻化出的凶兽太过真实，人的心智受到蒙骗，虽只是在意识中受到伤害，却会因确信这幻觉为真，其害仍会致命。

之前在门前所受偷袭，本以为是当真存在伤人的箭矢，现下看来亦并非如此，那仍是一个幻术，只是施术人的目的不是置人于死，而是“倘若有人身死，便一切从头再来”。这里面并非某个单一秘术在作用，而是真真假假，层层嵌套。想刚历一场大战后，自然轻敌不加提防，甚易掉进陷阱；只要她中了幻术，相信自己受伤身死，一切便会回到他们尚未入甬道之前。如此循环，自可保神戟不失。而他们两人则犹如迷宫中的豚鼠，总在原地打转。法阵可以无穷循环作用，人的精力却有限，所以自从踏入那甬道，他们便必输无疑了。

同样的，相较于计都，她对密罗秘术更为熟知，抵抗力也更强。所以她更容易将神智部分脱离秘术作用，但身体仍陷在其中，不能自拔。

想到此处，穆如熔悚然一惊，意识到一件可怕之事：为何第一次幻象之中死的人会是自己，不是计都？倘若此乃刻意安排的结果，是否意味着，她来到此地，今天就已注定逃不过一死？

才想到这里，穹窿大震，灰土纷纷掉落，交手二人胜败已分，计都得回兵刃，返身护她离开。穆如熔心中更为着急的却是另一件事，大声说道：“外面已有埋伏，有人想要暗算你……”

狠取计都听到这句莫名无来由的话，立时愕然，道：“你说什么？”

她正要再说什么，黑水池内陡然一物破水冲出。穆如熔脚踝一紧，被猛地拖入水内。池水登时翻腾若沸，穆如熔既怕又慌，双手乱抓，眼前却漆黑一片，冷水顷刻灌入口鼻。那拽她下水之物身覆钢鳞，顶门两支弯角，眼睛几有银盘大小，原来是条黑水巨蟒。这蟒一旦触到血肉，肌体自然缠紧，不将猎物勒死绝不放松。

计都顾不得其他，“渡黄泉”对准黑蟒头颅，一戟掷出，透脑而过。池内鲜血滚滚，腥气大作。穆如熔昏沉之际，忽感一人将她抓住，向水面浮出。她惊觉是计都，心中只有一个声音，急道：你就不该来救，快走！快走！

头顶数方土石轰然崩塌，两人本已上浮的身形顷刻被压得直沉到底。

穆如熔失去知觉的刹那不禁叹道：想不到这次会死在一起。

过不多久，她耳边便听计都说道：“我在想穆如虑不该让你来协助我。甬道里面的情形我们一无所知，凶险殊难逆料，你……”

穆如熔不待他说完便不假思索接口道：“我想好了，你用不了多久便会需要我的帮助，切不可独自冒险。还有，我终于明白究竟是怎样一回事——这里的秘术阵法，触动的关键就在于我们有没有做‘对’的事。也就是说，它有一个事先已预设好的步骤，如若不按这步骤来，就永远不能走出迷局。”

这次轮到狼取计都一怔，“你今天说话速度好快。”

穆如熔正色道：“你可有种疲惫的感觉？我们明明刚到这里，路程又不算遥远，怎么会突然出现这种感觉呢？”

计都道：“或是路途泥泞颠簸之故。”

穆如熔摇头道：“不是，是我们此刻已经陷入密罗幻境之中。其实，这已经是第三次了。请听我一一说明。”

她将之前两次在甬道中的遭遇说给计都，如何进入洞窟，如何遭逢暗杀，如何溺水，且次次都是自己遇险，从而使得幻象循环，等等过程都说了一遍。计都听罢，大感奇异，问道：“所以呢？”

“所以我想拜托你一件事。”

狼取计都猜到她要说什么，斩钉截铁道：“我拒绝。无论遇险几次，我也不能袖手不救。”

穆如熔道：“你想差了，我并不是要你见死不救。我要说的是：这一次，我会事先对自己施一个可以反转秘术的法术。若我料得不差，只要这次结果相同，我‘死’去以后，就能够摆脱秘术作用。”

“不行，太过危险。”

“可是……”

“你爹爹将你托付给我，我自然要护你周全。冲锋陷阵不适合你，我们再想其他办法。”

穆如熔听他口气坚决，不敢再有异议，不禁愁容满面。

他们此际交谈，并不知羽人弓手娑罗烈娜就在不远的陡坡上，她的视力远胜常人，将他们的唇语读得明明白白。她松开绷紧的弓弦，轻笑一声道：“小丫头真有几分机灵。可惜终究救不了计都的性命。”

摘心王祖尔旌背倚一块山岩，长刀“凶哭”拄地，好整以暇道：“愈见刺激了。静待吧。”

二王子祖尔帜双目微眯，看似神色冷静，实则早就蠢蠢欲动。猎人捕狡狐，所忧者狐不吞饵。而今猎物已入陷阱，尚不明机局何等险诈，猎手岂不喜在心头。

原野萧瑟，秋风呜咽，偌大莽原，寂寥无声。三人各怀心思，这次候了半刻之久，便见他们再度自秘道中走出。娑罗烈娜悼弓斜举，忏箭在弦，箭尖本指向狼取计都，忽而念头微动，慢慢移向穆如熔。铮然一声，冷箭射出。

这次是真正的偷袭，绝非幻象。祖尔旌惊得一跳，暗道不好。他此次布置只想除去狼取计都，并不想伤到穆如熔。如今天启城中正元[16]皇帝已稳定了人心，对穆如氏倚重更胜昔日，休整过的天子亲军重返北陆，穆如虑已不是去年那个空头将军。此时伤了他的爱女，无异于引火烧身。他也知娑罗烈娜这一箭的目的是引计都来救，然而毕竟过于冒险，他想出声阻止，却阻之不及。

星光一点，眼看将中穆如熔的后心。千钧一发之际，穆如熔忽感臂膀被人一扯，不由自主向旁跌去。计都自听她说过暗算之事，一路提防至今，甫听弦响，即刻横身相阻。他眼疾手快，右手拉过穆如熔，杆箭便穿透他的肩头。穆如熔只觉面上溅落几滴血水，尚未反应过来，一柄亮晃晃的阔刀已拦腰扫到。计都不避反迎，银戟翻挂，架开“凶哭”。

“渡黄泉”方起，身后九节鞭劈空甩到。计都顾及穆如熔，无法再退，反手一抓，鞭身攫住手腕。祖尔旌兄弟心意相通，配合何等默契，祖尔帜立时发力回扯，祖尔旌则飞速变招，连环绝杀，攻得不容喘息。狼取计都难以脱身，单手接战。

但看祖尔旌出刀犀利狠辣，劈砍切削，无不猛烈，直如江潮绵绵不绝，一浪高过一浪。计都时守时攻，长戟忽快忽慢，应招之余仍寻隙反击。然而，对方一个牵拖，一个逼压，计都双边都被牵制，又要护住穆如熔，顿感难以施展。娑罗烈娜瞅准时机，悼弓再开，分袭他背心、腰眼、右膝。

穆如熔早在留意于她，才见其执弓起手，立时张开双臂以身躯护住计都。只见三缕清光射来，她从未经历战阵，不禁害怕得闭上眼睛，谁想身上并未觉得刺痛。未及睁目，便听得身后计都闷哼一声，三处被创，单膝点地。原来计都身材魁梧，穆如熔哪里挡得周全，娑罗烈娜微调箭尖，三箭都贴着穆如熔的身体擦过，正中目标。穆如熔伸手欲扶，早被羽人闪身擒住，将之摔出圈外。

三名强敌环伺，前后退路皆绝，带来的叶护勇士也早被祖尔旌灭杀。狼取计都自被禁沥泉后再未遭此大挫，伤处牵动，自忖绝难起身。

祖尔旌淡淡道：“狂言王这一次，打算如何翻盘？”

狼取计都一声冷笑，横过“渡黄泉”，尽力挥出。四下骤然哀声大作，流光过处，景物皆失原色，只余一片灰败。松风低啸，河水扬波，便连草尖露珠似乎都反向天空飞去。祖尔旌骇

⑯正元：端朝第十一位皇帝武帝牧云承则的年号。本文故事发生在幽帝与武帝政权交替时期，所以对瀚州的控制相对较松。

然变色，计都兵刃长扬，一招出手。

戟出未半，计都一声闷哼，身形猛然一晃，似被一股巨力猛击，倒出数步，肋骨寸断，口吐鲜血。“渡黄泉”折为两截，一头被巨力激得戳入岩石。

这一败，败得十分彻底。数番苦战才得到手的“渡黄泉”，居然是仿制的赝品。

祖尔旌长刀抵住计都咽喉道：“遗憾哪，狼取战神传说，到此为止。”

第五章　连环局

穆如熔尚在稚龄，倘是平素在父亲身边，忽遭这等大变，必定惊惶哭泣。但她毕竟不是真正的深闺弱质，心性中自有坚强一面，一旦落入敌手，反倒迅速冷静下来，暗里详思对策。

祖尔旌将穆如熔押于帐下，尽管行动不得自由，不过看在穆如虑面上，倒也未曾以囚徒相待。穆如熔默坐于大帐角落，心里却急如电转：“祖尔旌不伤我，多半没有杀我灭口之意。不错，无论如何，他对爹爹总要有所忌惮。现在看守严密，只好等爹爹得不到我们消息时，亲自上鸠驼山来寻找。我现下不能与他们冲突，只待见到爹爹时，再求他设法援救计都。可是，我能想得到的，祖尔旌自然也能想到。若他抢在爹爹来到之前就杀了计都，那……那……”

穆如熔越想越感煎熬，只盼着父亲快快来到。愁烦间忽听帐外喧嚷不止，原来祖氏兄弟携来的军士正酌酒相庆狂言王被俘。她两手被缚，悄悄用脚尖将帐帘掀开一道缝隙，只见祖尔旌与祖尔帜一坐一立，均在上首。底下从人早开始推杯换盏，放怀吃喝，惟羽人娑罗烈娜独坐角落，正反复擦拭她的弯弓。戈雅羌人慕她艳名已久，却都知她只可远观不可亵玩的脾气，谁也没胆量近前搭话。

祖尔旌兄弟二人时有耳语。过了一会儿，祖尔帜离席向大帐行来，娑罗烈娜亦默默起身跟在后面。穆如熔心中一惊，忙放下帘子，目光低垂，装出害怕惶恐的模样。祖尔帜进到帐内，扫她一眼，将她手上绳索解下，命令道：“来。”

穆如熔警觉，问道：“去哪里？”

祖尔帜十分不耐，抓住她臂膀向外便走。穆如熔就如被铁钳钳住，只得踉跄跟上。娑罗烈娜警告道：“据说你会秘术，路上别耍什么花招。我的箭他的九节鞭，可都比你施法要快得多。”穆如熔哼了一声，不曾答话。其实她习练的并非攻击系秘术，倒也确实不敢轻举妄动。

戈雅羌部的营盘扎在一座高丘南坡，他们一行绕开众人，来到丘后。此地已挖有地灶，起了两处柴堆，点起小火。虽则被擒，狂言王昔日盛名仍令人心存忌惮，此处值岗卫兵全都滴酒不沾，刀不离手，如临大敌。

穆如熔乍见计都，不由喊了一声：“计都，你……你怎样了？”

狼取计都双手被缚，甲衣斑斑点点都是血迹。看她神色焦急，他摇头宽慰道：“无妨。”

娑罗烈娜微微一笑，“狂言王这般可居的奇货，现在还没人舍得让他死。放心吧。”

穆如熔自是不信，想要挣脱祖尔帜上前。二王子手下加力，捏得她手腕生疼。羽人上前一步，将计都上下打量几眼，道：“狼取战神，哈！好荒谬的说法。所谓神祇，不过是下等愚民为企求强者庇护造出的神话，不过假话说了千遍便成真理，就连当初造神之人，恐怕也被自己蒙骗，沉浸在这种愚不可及的想象当中。今日能亲手终结一个传说，真正让人兴奋。”

计都淡淡道：“永远没有挑战的传说，岂非太过无聊。”

娑罗烈娜看他移时方道：“今日一败涂地，没有想问的问题吗？”

计都想了一想，道：“那暗道中的阵法是原本便有，还是祖尔旌另外设计？你们又如何知晓我会临时起意去取‘渡黄泉’？”

“前一个问题，只能说是一半对一半。”娑罗烈娜微微颔首，“摘心王自弑蟾璃王后便开始着手对付你。他先自龙格王帐搜出秘道地图，故意留下一份语焉不详的复本传到穆如虑手中——当然，那时候倒不曾确定要以此对付你，只是留一后手罢了。后来‘北长廊之役’战况急转直下，趁你等心系牧云冶安危时，摘心王便着手破除秘道中的秘术。他手中的是正本原图，一应机关所载甚详，要破解自然不费吹灰之力。进到洞窟，换走‘渡黄泉’，又使人在原本的阵法中嵌入另一重密罗幻术。等到你想起取戟，重重机关早已重新布下，对付你自然手到擒来。”

“你还没有回答第二个问题。”

娑罗烈娜神色诡诈，笑而不答。但见祖尔旌缓步上前，手中提一杆长戟。此戟与断折的那柄假“渡黄泉”形制相同，不过锋锐更甚，流泻银辉中夹带几许金色，更富华彩。摘心王走至两处火堆中央，将戟插入土内。地下立时出现数道影子。这些影子颜色深浅不一，却如活物一般徐徐游走。计都见到真正的“渡黄泉”，人戟交感，头颅中一阵刺痛，栽倒在地，那戟亦大声嗡吟起来。

就在这时，忽听马蹄得得，一人单骑冲入营盘。穆如熔几乎喜极而泣，大声道：“爹爹！”

不等马匹停稳，龙武将军穆如虑便跃落在地。穆如熔奔上前，扑入他怀中，只觉悬起的一颗心此刻终于落地。她疾道：“他们设下陷阱暗算，先是冷箭伤人，继而将我捉住。爹爹，你想法子救救他……”

说到最后一句，声音放得极低，其中哀恳令人动容。不料祖尔旌在她背后开口道：“此番多谢穆如将军鼎力相助。这个人情，祖尔旌日后自会还你。令爱毫发无伤，平安奉还。”

穆如熔如遭雷击，一时难以置信。穆如虑肃容答道：“汗王客套了。如此行事亦非我所愿，只是为了大局不得不为，穆如虑不敢当汗王这个‘谢’字。”

祖尔旌负手道：“放心，等这件事情了结，天子自会见到让我戈雅羌部取代龙格称雄瀚北的好处。”

穆如虑看向计都，漠然道：“威名太盛的人，多少会有难以控制的危害。”

祖尔旌一哂。穆如熔听父亲说话的口气，急得捉住他的衣袖道：“爹爹，你怎可……怎可如此？他虽然平素傲慢一些，说话或有得罪了你，可你也不该设下这等圈套……爹爹，女儿将你视作顶天立地的英雄，你怎能用这种卑鄙伎俩？”

穆如虑行此诓骗之事本就有违本意，“卑鄙”二字戳中痛处，不由恼羞，回手一记耳光，厉声喝道：“你懂什么？”

他从未说过爱女一句重话，这一巴掌，将穆如熔打得心冷半截。她捂住脸，两行清泪夺眶而出。

穆如虑狠下心不去看她，向祖尔旌道：“这便是龙格豪当年使计盗走的‘渡黄泉’？也未见有何特别之处。”

就在这短短片刻间，地下影子逐渐累叠，戟端也如萤火虫般散出点点光斑。祖尔旌“凶哭”出鞘，答道：“‘渡黄泉’当年为镇魂而造，铸造它的河络用了‘化生’工艺，使此戟之于魂识，犹似洪炉之于铁屑。每逢十二主星排列成‘屯萌’之形，戟上封印的魂识便合众归元。今日虽然不逢‘屯萌’，但此戟亦善借谷玄[17]之力，吸尽这个人的精神不在话下。”

秘术“化生”本是用来协助虚魅将不同来源的精神游丝融为己用，在魂印武器上却十分少见。“渡黄泉”已历千年，杀人无算，内中融合的精神强大到难以想象。虽则战阵上威力无匹，但若非胆气足与魂印匹敌，非但不能成为此戟的主人，倒可能反受其噬。当年龙格豪命人在计都和此戟之间施以秘术，只要计都再接近此戟，便要与戟中封印的魂灵角力，不是魂灵被计都压制，再次认下这个主人，便是计都的精神被吸进戟中，即刻毙命。所以计都才急于拿回此戟，免得落于敌手，反遭挟制。祖尔旌行事缜密，若无计都必死的把握，也不会答允穆如虑看这神戟收魂的场景。

众人谁也不说话，静静等待。地上细长的黑影逐渐减少，将近午夜时分，最后两道黑影

⑰谷玄：十二主星之一。谷玄不可能被看到，所以星象家只能根据它对其它星辰的影响来确定它的存在，并认为它和太阳处于大地的两头，以近乎相同的周期和轨道围绕大地转动。谷玄代表黑暗、终结、消亡。

汇成一道，尖针般指向西北。那方天空漆黑似墨，正是星象家所说“谷玄”之所在处。一线光芒忽自半空照下，说弱不弱，说强不强，似断还续，便如天上笔直垂下的灯穗一般。戟旁两团篝火的火焰如被无形之力向“渡黄泉”扯去，不住抖动畸变，眨眼工夫，大火不热反冷，周遭众人非但不觉温暖，倒好像身体中的热量被攫夺而去，迅速流失。

“渡黄泉”尖锋愈加雪亮，戟身却如被一层黑烟裹住，乌蒙蒙无一丝光彩。伏在地上的狼取计都仿佛也感应到了什么，身体微微抖动。祖尔旌长刀出鞘，娑罗烈娜拈弓搭箭，只等万一狼取计都逃过收魂，一刀一箭便取他性命。穆如熔见此情景，绝望地唤了一声：“爹爹！”

罡风大作，星辰匿迹，霹雳一声，烈焰爆起，恍若战鼓再开，烽火重燃。

祖尔旌只觉有异，“凶哭”不由分说劈向计都。他身旁一人倏忽出手拦架，刀枪初交，铿锵悦耳。祖尔旌喝道：“穆如虑！你什么意思？”

话音未落，长戟腾空疾起，给人夹手夺过。祖尔旌立时色变，娑罗烈娜看一眼眼前人，再看一眼伏在地上的“狼取计都”，倒抽一口凉气，惊道：“这……这是怎么回事？”

狼取计都微微一笑，道：“抱歉，让你们白费了气力。穆如虑，多谢你借女相助，才会进行得如此顺利。”

穆如虑收枪退出圈外，既不承认亦不否认。祖尔旌立时明白自己被人将计就计暗算了，切齿道：“两面三刀，果然是端廷走狗的惯用手腕。”

穆如虑淡淡道：“世上没有永远的朋友，只有永远的利益与敌人。”

穆如熔双手藏在袖中，向虚空急速点划。众人忽觉眼前骤然亮了一分，地上被缚的那个狼取计都立失形影。穆如熔长出一口气，倚在父亲身上。她早先以密罗秘术瞒天过海，使祖尔旌等人大意不防，这才顺利钓出原本被祖尔旌盗去藏起的“渡黄泉”。

变生肘腋，局势疾转直下。祖尔帜厉声道：“还犹豫什么？先杀计都，再与他们算账！”

夜色如倾，霜满荒山。

计都目光自始至终未离祖尔旌，说道：“那天接风关下你送我的礼物，今日用你首级偿还。”

说罢“渡黄泉”径取摘心王。祖尔帜兄弟情重，自背后奇袭，欲阻计都攻势。娑罗烈娜纵身后跃，拈弓搭箭。狼取计都长戟一点，中途变招，反手挥洒。银芒斜甩化道匹练，白虹过处，群邪辟易。羽人心知近战非己所长，立时凝出双翼，拔地而起。

计都御戟举重若轻，如虎添翼，锋芒气焰更胜往昔。他一合打散三人围攻，回腕顺势朝下倒挂。祖尔旌手内加力，不想计都劲道透过兵刃，凌厉难敌，祖尔旌被带得立足不稳，长刀险险脱手。“当”的一声，祖尔旌虎口渗血，二人武器扣在一处。祖尔帜长鞭倒卷，缠住银戟，回手反扯。但闻计都一声狂啸，招出连环，快攻迭进。顷刻流萤四窜，绚光直欺眉睫。祖尔旌兄弟不假思索，见招拆招，一气退出丈许开外。每退一步，长刀上的刀芒便弱一分。

他们交战的所在恰在丘陵北面，南坡军士仍在痛饮，并不曾留意这边动静。卫护在侧的戈雅羌卫士仍被穆如熔以秘术困在幻境之中，丝毫不知汗王已经左支右绌，节节败退。

穆如虑自他们交手，便立于旁侧观望。穆如熔却没有乃父的沉着，她见场上四人你来我往斗得激烈，难免关心则乱，拉住穆如虑的衣袖，望他暗中相助一臂。穆如虑无奈，在她耳畔低声道：“这一阵是他为牧云冶报仇，旁人不宜插手。”

转瞬将过百招，狼取计都战双雄，斗羽人，以寡临众，未见颓势，倒越战越勇，越斗越强。步步进逼之间，“渡黄泉”使得得心应手，后继之力源源不绝，出手雄壮精妙兼而有之，攻势更如排山倒海，压得人不能喘息。穆如虑在旁瞧得入神，心道：“此人若早生一百五十年，直可与我圣武王[18]争一短长。南人多道蛮族只凭血勇过人，战法上终归失于粗率，以今观之，此论真乃浅见了。”

计都之威，气吞山岳。祖尔旌之悍，虽处下风亦昂然以对。与另两人不同，祖尔旌正面迎敌，压力最大，且计都一心要报牧云冶之仇，出手招招都是杀招。祖尔帜见兄长境况危急，心中大急，暗想：“如此下去只怕要全军覆没。”他稍有分心，递招略缓，就在这片刻之间，计都手中“渡黄泉”陡然一挑，正中祖尔旌肩胛。祖尔旌撤招回守，慢得一分，右腿便再中一招。不过一合，已五处挂彩，真正险象环生。

祖尔帜再顾不得其他，奋身抢上，九节鞭隔住银戟，足下倒踢，左手直插计都双目。他将空门尽卖给对手，实乃同归于尽的打法。祖尔旌大惊，喝道：“你！”

计都骤见他舍命相援，心中一动，反手震开。他心下却也欣赏对手的举动，横戟道：“袖手者免死。”

祖尔帜挡在哥哥身前，沉声道：“你先走，我断后！”

祖尔旌哪肯独自逃离，断然道：“不可能。”

祖尔帜猛然出手，将他远远推开，喝道：“我若死，你要替我活下去！”

⑱圣武王：穆如氏第一代大将军穆如天彤生前以骁勇著称，死后谥封“圣武王”。除他之外，穆如氏历代大将军去世后只封公爵。

想不到这会是他最后一句话。

狼取计都更无多言，厉声仰啸，银戟长扬，但见魍魉纷出，天地寒彻，莽原低响，星月无光。祖尔帜全神戒备。娑罗烈娜心知此招难挡，蓄弦满弓，倾尽全力一箭射到。

这一箭鸣雷带电，岂料计都全然不理，“废世之杀”轰然击出，忏箭透肩而过。娑罗烈娜得手大喜，弓中藏锋急弹，欺近计都，想一击绝杀。计都戟落掌起，竟是双招合璧，“废世之杀”与“灭世之玄”同时出手。羽人双翼寸折，身躯犹如一具破败木偶飞跌数丈，当即惨亡。穆如熔以手掩唇，别过头去，不忍目睹。

那边“渡黄泉”已直透祖尔帜胸膛，将之刺穿。祖尔帜虽死，尸身仍立得笔直，双手死死握住戟身，不肯轻放。计都油然起敬，拔戟相扶，将他轻轻放在地上。

祖尔旌抢前一把抱过，只感弟弟身上慢慢变冷。他自幼性情狡猾残忍，寡情自私，兼且坚韧顽强，从不轻易服输。直到此刻亲眼目睹祖尔帜之死，才赫然发现原来那层冷酷的盔甲，也敌不过至亲死别。他杀父弑君，放火屠城，俱是漠不动容；然而祖尔帜最后那一推，却令他无法不悲从中来。他惨笑道：“除了你，祖尔旌在世上没有在乎的人。你以为我会独自逃走么？我虽工于算计，却不是贪生怕死之辈。”

狼取计都目光一闪，举长戟向他刺落。穆如虑早在留意，见状挥枪挡开，口中道：“你忘了我们之间的约定吗？”

计都手下未停，与他拆招，道：“只此一次，你不能装作看不到么？”

穆如虑将他攻势一一化解，道：“陛下已有密旨，要将祖尔旌押赴天启，亲自审问。你一意孤行，欲将我置于何地？”

计都本已欠下他父女人情，此时不便威逼，只得罢手，冷冷说道：“你今日救我性命，我就给你这份人情。”

穆如虑看看地上两具半僵尸体，一名末路汗王，不由慨然长叹。

瑞雪无瑕，大荒同作银白。

穆如虑晨起踱至外间，顿感雪映日芒，北风如刀。他双臂抱胸，心中想的却是递解途中的祖尔旌。如今东陆也已落雪，车马行走不便，计其行程，现在想必刚过了菸河，到天启至少还有十几日路程。

戈雅羌部自蟾璃王身死，二子一殁一擒，立时群龙失首，散沙一盘。如今部中王族争立，大为混乱。穆如虑已接到天启密令，待到他们元气大伤，再从中寻找合适人选册封。戈雅羌部内乱，龙格部看得称意之极。平川王龙格靖为人乖觉，早遣使向天启朝贡，天子亦赏赐颇丰，瀚州各部纷纷仿效，故今日瀚州已不战而定。

穆如虑所虑者，只余狼取计都。他亲将祖尔旌的囚车送到嵩辽渡[19]，眼看他上了船还不放心，两明一暗，共布置三队人马押送前行，混淆视听；又派了斥候监视沥泉动静，严防狼取计都截杀钦犯。

他反复屈指计算，始终感到不安。忽听侍从通传，说申王牧云瞻遣二王子勇杰侯来见。穆如虑忙命出迎。几个儿女出来捧茗寒暄毕，知道表兄此来有公务在身，便都告罪，退入后堂。

牧云承庸问了安，穆如虑请他坐下，他方落座说道："我父王言说，此次戈雅羌变乱，端赖舅父从中斡旋，方才解决得如此顺利。现今战祸既平，叛王伏法，舅父居功至伟。"

穆如虑摇头道："我虽出面奔走，奈何终究没能阻住一场血祸。朝廷不问罪已属宽贷，如何还敢居功？说到功劳，保全龙格，变乱戈雅羌，数般变化，全然未脱睿徵公主一番谋算。如今公主虽逝，亦当向朝廷请得旌表，成全她身后荣名。"

牧云承庸笑道："我母亲常说舅父是性情中人，果然如此。睿徵公主之事父王已上奏天子，不日便当有封谥赐下。"他顿了一顿，收了笑容，"甥儿此来，是有一事要禀告舅父。听说舅父与狼取计都熟识？"

穆如虑心中一颤，略一思索，坦然点头道："不错。以性情论，我欣赏他率性而为、不奉权贵于前的秉性；以武技论，我与他齐名日久，相交亦十分投契。在瀚北莽原，这样的朋友，穆如虑只有一个而已。"

牧云承庸听罢眉头微皱，压低声音道："五日前我父王接得青鸾[20]传书，狼取计都半途截杀了祖尔旌。押送囚车的卫队与之格斗，大半殉职。"

穆如虑这一惊非同小可，不由霍然起身道："什么？！"

牧云承庸也忙起身："舅父稍安。狼取计都已返回北陆，我父王命我快马加鞭，就是要与舅父商议此事。"

穆如虑心神大震，后面的话几乎不曾入耳，心内只有一个念头："想不到我多方防备，还是未能阻止。"他竭力克制心绪，沉声道："请勇杰侯上复申王，此事是穆如虑办事不力，愿领责罚。"

牧云承庸忙道："舅父如何这样说？狼取计都私杀朝廷钦犯，戕害官兵，已与反叛无异。

⑲嵩辽渡：瀚州唯一一个天然良港，在雪嵩河入海口处。

⑳青鸾：九州特有的异兽之一，飞行速度极快，人们根据它只在雪桐树上栖息的特性，通过种植雪桐来利用青鸾传信。使用青鸾传递的信息通常都是最紧急的，一般只在军队中使用。

请速速点兵，趁他尚未有其他动作时将之拿下。”

穆如虑一颗心直沉到底，喃喃道：“拿下狼取计都，哪有这般容易？”

“若不能生擒，便当场格杀。”

猛闻屏风背后一声响，穆如虑快步走入，地下满地碎瓷，偷听之人已不知去向。

穆如熔单人独骑，踏雪疾驰。路滑难行，鞍缰不稳，她身形荏弱，走得颠颠簸簸。她不敢停留，咬紧牙关继续西去。冷风不住灌入口中，全身上下的骨骼没一处不疼。她一向养尊处优，哪曾冒着偌大风险吃过这等苦头？然而，只要想到那令她胆战心惊的“当场格杀”四字，小姑娘便不容自己倒下，昏倒前无论如何要向计都报信。

她骑的乃是父亲的宝驹，甚为神骏。一路加鞭，狂奔了一天一夜，身上已没了知觉。隐隐看见前面有座山丘，丘下一彪人马，插有赤色狼头旗。她虽不知自己究竟奔出多远，不过计都的旗号却向来不会认错，策马直冲过去。狼取侍卫见有陌生人闯入，立刻上前阻拦，剑拔弩张。

穆如熔勉力提气，喊道：“我……我乃龙武将军之女，有要事请见狂言王。快……快通传！”

不提龙武将军还好，一提此四字，众人面色瞬变。其中一人喝道：“主上交代，龙武将军派来的人，一概挡驾不见！”

穆如熔面色发白，暗想：他早料到父亲会来寻他，看来劫囚杀人确凿无疑。这可怎么办才好？她鼓起勇气，又道：“我确有紧急之事告知，事关生死，非见不可！”

众人都道：“再不走开，就要动手了。”

她决心既定，脚踢马腹，冒险前冲，起手欲施护身秘术，不料两支长枪又快又疾，先一步递到跟前。穆如熔眼见闪避不开，慌得闭上眼睛。就在将中刹那，远远两团冰雪掷向枪身，将之打落在地。

计都自山丘走下，命众兵士退开，向穆如熔微笑道：“你这种欠佳的骑术，一个人在野外乱走，当心被流寇抢去做压寨夫人。”

小姑娘忙跃下马背，急道：“别说笑了，爹爹带人来抓你啦！”

“所以呢？”

“这次……这次是朝廷的意思，不是治罪，而是……而是治死！你趁现在大军未至，赶快走吧，走得越远越好……走到他们不能到达的所在。”

计都听她语气焦急，说话却又十二万分孩子气，不由笑道："那我岂不是很没面子？"

穆如熔已急得火烧眉毛，对方却无动于衷，她直气得眼眶泛泪，道："我没有开玩笑呀，这次我爹爹真的受命要来杀你。他身为镇边将领，此事身不由已。我不愿看到你们兵戎相见……求你快快离开吧！"

狼取计都一声长叹，收起玩笑之心，郑重说道："我若走，你爹爹怎么办？龙格和狼取剩下的人又怎么办？你想过没有？"

穆如熔一怔。她一心只想让双方避免冲突，但危局已成，冲突哪里能够避免？计都逃了，穆如虑如何向皇帝交代？皇帝又会如何制裁龙格部和狼取计都的族人？何况再逃能逃出多远？即便逃出大端的疆域，难道让他这样骄傲的人从此在羽族的地盘做个低贱的无翼民，或是在殇州酷寒之地默默终老此生？

计都这样的性格，绝不可能不顾朋友之义与族长之责，一走了之。可是他若不走，岂不是……岂不是……想到这里，穆如熔真没有勇气再想下去。

忽听身后穆如虑的声音："熔儿，你不用再劝了。照他的个性，不会独自逃走的。"

雪地上，龙武将军鞍挂长枪，策骑而至。见他并没带扈从兵卒，计都赞道："只你一人？好胆魄。"

"你我换个地方说话。"

穆如熔唤声爹爹，目光中满是哀求。计都向她说道："你该对你父亲有信心。况且这是男人之间的事。你在此等待，不用多长时间便可解决。"

二人并肩默默而行，走出一箭之地，两人同时停步。

穆如虑回身，注目片刻，道："有一个问题……"

计都当即打断，答道："我知道你想问什么。我只问你：倘若小侄女被人杀害，你会放凶手一条生路吗？"

过得半晌，穆如虑方才如实道："不会。我一直竭力避免与你成为敌人，因为太过了解，所以懂得这种立场的无奈。"

"你最好不要因为无奈而手下留情。生死相见时，我不会手软。这是草原狼的本性。"

叹一句无奈，知交按剑，已在殊途。未有退缩犹疑，惟有全力争雄之志，洒血相酬之心。

戟出云岫，枪破岚光。穆如虑枪尖清光遥点，指向计都。狼取计都不退反进，应戟还招。刀兵相接，飚风骤雪，扬起一股气浪。方圆丈许之地，仿佛龙腾玉溪趁流霞，狰咆云麓穷退荒。枪进，招招精妙，挥洒如意，攻时攻得灵动迅疾，守时守得圆转如意，走时雪泥鸿爪，入时羚羊挂角，当真一番烈烈轰轰的堂堂气象。计都银戟随涛翻覆，时作猛禽搏兔，时作长河陨星，时有睨柱斩鲸之威，时现摇笔草书之狂。

他们两人素以“北瀚狮虎”齐名，论技艺或许伯仲之间，论成就难说相差多少。这番拼杀确是两人真正的初次交手，打得意兴风发，毫无保留。穆如氏枪法颇具名门风范，意蕴贯连，柔而带锋，抑而能藏，含辱则反益刚，将长兵优势使到极致。反观计都，云烟横凌，电掣风驰，出手只攻不守，但进无退。

拆到两百招外，穆如虑虽未露颓势，狼取计都却分明更胜一筹。“渡黄泉”搭住穆如虑的银枪两度发力，穆如虑未料他斗了许久还如此彪悍，不愿正面撄锋，只用巧招化开。哪想计都长戟一声厉啸，携雷霆之势直欺胸腹。穆如虑立时后纵，只觉戟未及肤，胸口已是一片凉寒。二人一个退得快，一个追得急，转眼一招用老。将变招再进时，穆如虑脚下忽顿，耍个花枪，猛地足尖挑雪向对方双目撒去。就在计都侧头避让刹那，他身躯微耸，左臂险险夹住银戟。

狼取计都一招受制，反应亦是快到极点，左臂轻舒，也夹住对方兵器。两人同时起脚，踢中对方肋下。计都腕上发力，长戟反挫穆如虑。穆如虑身随势转，只见银蛇飞窜，雪地突现一道两丈长痕。旧力未尽，新力继至，再度翻腕，气走连环，第二招愈加强横，带得冰雪俱裂。轰然一响，两人各自借力纵开。

计都稳住身形，银戟斜挑，缓缓摆下。他长舒一口气道：“做朋友你够资格，做对手你够痛快。我没有看错人。”

穆如虑却道：“再不回去，她只怕要担心了。”

“说得也是，那么这一招，算我对你的礼敬。”

狂言王收神凝息，挥出“渡黄泉”。穆如虑知道这是计都赖以纵横的“灭世之杀”，不敢轻忽，运起银枪，宁神以接。

风雪陡剧，山河无声。瀚北传奇的落幕，草原雄狮的绝响，尽在这一招中。

计都身形瞬动，长击穆如虑。穆如虑摆枪而上，两股剧力顿时交冲。

穆如熔远远望见，心中大恸。耳中只听远山中似有一声崩塌的闷响，抬头瞧时，不知何时天上多了一道彩虹。她再瞧第二眼时，只见一对海冬青越山而过，向北去了。

狼取计都长戟堕地，赞道：“好枪法。”

银枪透躯贯出，血涌如泉。穆如虑摇头，叹道：“你若使出‘渡黄泉’的威力，穆如虑岂能活到现在？”

“若非你予我那块冰玦[21]，我身中龙格豪的歹毒秘术，岂能再制住‘渡黄泉’中的魂印？一月以前便已遭反噬而死。我不能反借冰玦之力伤你。”计都唇角淌出鲜血，神情依旧平和，“端帝所虑者，只我一人。计都既死，龙格部便不成威胁——这件事，拜托你了。”

穆如虑道：“你放心，你的叶护与族裔，我会代你护住。”

计都身形一晃，斜身便倒，穆如虑忙抢上扶住。

只听他说道：“现在，我要去见她了。”

㉑冰玦：即星流石，据说是星辰落在人间的碎片，其中蕴藏着极大的精神力。掌握合适的方法，这些精神力就可以被激发和应用。

最深的是马里亚纳

文/北星　图/霸王兔

这个世界上有许多凡人不知道的秘密，比如51号基地，比如郇山隐修会。实际上，这个世界的运行也许就掌握在少数几个非凡人手里。当然，这只是我的猜想。具体如何，我也不知道。不过，我确实知道一个凡人不知道的秘密。这使得我也成为少数的非凡人之一。

关于我和这个秘密的故事，得从那年在北京举办的奥运会说起。那天，我坐在水立方里看200米男子自由泳的决赛。广播里传来解说员激动而有点嘶哑的声音："运动员们开始冲刺了。加油，加油！破了！观众朋友们，又一个世界纪录被打破了！今天，在水立方里又上演了一幕奇迹！为什么这么多世界纪录会在水立方被打破呢？这其中有个特别的秘密：水立方的水比一般的游泳池要深。我们知道，水越深，浮力就越大。所以运动员们在水立方里都有超常的发挥。我们希望今后能看到更多的世界纪录在水立方里被打破。"

"我们知道，水越深，浮力就越大。"听到这里，我笑了起来。这个我学物理的怎么都不知道？这位解说员的大嘴十分有名。他说的东西，恐怕没几个人会认真对待。我笑了笑，这句话像风一样穿越我的大脑，即将消失在水立方嘈杂的人声中。忽然，我想到了一件往事。

那是我九岁的时候，爸爸带我去海边旅游。旅游项目里，有一项是到深海钓鱼。我们上了一条捕鱼船，开到茫茫的大海里。那是我第一次坐船去海里，我激动得在船上跑来跑去。当我看到爸爸钓上来一条大鱼的时候，我兴奋地扶着船上的栏杆去抓那条还在钓竿上晃悠的鱼。不料，一个浪头打来，船猛地晃了一晃。我一下没有扶稳，翻过栏杆，掉进了海里。我当时还不会游泳，吓得闭着眼睛在水里面手脚乱划，划了一阵，我忽然觉得可以呼吸到空气了。我睁开眼，发觉自己躺在海面上，蔚蓝的海水向前方无限地延展出去，像一张巨大的海绵地毯。我的大半个身子都在海平面上。我伸了伸手脚，居然有一丝惬意的感觉。我感到很迷惑，不知道我为什么会浮在水面上。没等我迷惑多久，爸爸和船员们放下了救生船把我给救了上去。

大难不死，我本应该谢天谢地了。可是，我的迷惑却一直伴随着我。直到那天在水立方，解说员的话使得我如醍醐灌顶，茅塞顿开。水越深，浮力就越大。我们的船那天是在极深的海域里，那里的浮力自然大得惊人了。所以，即使我不会游泳，也能悠然浮在水面上而不被淹死。看来这位解说员不是凡人。显然，他代表了一个秘密的团体。他不是一个人知道这个，他不是一个人！

这个发现使我开始以不同的眼光来看身边所有的人。不知道还有什么其他的秘密萦绕在我们平凡的生活之中。不知道这些人里都有谁知道这些秘密。我下了决心，要使自己从凡人升格为至少掌握一个秘密的非凡人之一。我清醒地认识到，没有谁会帮助我。如果有哪位知道秘密的人是我认识的话，他或她也绝不会轻易给我揭露他们知道的秘密。我也不会信任那些对我隐藏秘密的人。我决定要自己搞清楚浮力的秘密。

我是个很幸运的人，家境不错，大学毕业工作后就投身商界，借着房地产暴涨积累了不小的财富——这里就不说我有多富了，反正我想做的事，一般都是有财力去做的。为了我的理想，我南下福建买了条游艇，并参加了一个月的游艇培训班。那年的八月底，我独自驾着游艇从福建一个小港口出航，向我梦想的地方驶去。

我的想法是这样的：既然我想验证"水越深，浮力就越大"这个结论，最好的方法无疑是到世界上水最深的地方去。而大家都知道，水最深的地方是位于菲律宾以东的马里亚纳海沟。这就是我要去的地方。我要看看在马里亚纳海沟，浮力究竟有多大。

我的游艇有GPS和自动导航驾驶系统。所以虽然只有我一个人在船上，但吃饭睡觉什么的都不影响船的行驶。天气一直很好。我这一生忙忙碌碌，难得有这么段清闲的时光，独自一人享受这无尽的蓝色海洋上的日出日落和晨曦晚霞。

第五天，我发觉我的船吃水越来越浅了。我知道，我已经靠近了目的地。极目往前望去，我看见天际之间仿佛有道细细的白线从海洋直通到蓝天。我擦了擦眼，不知道自己是不是眼睛瞪得太久，产生了幻觉。

又走了一阵，我的游船快要整个露出海面了。我停了船，知道再往前走，恐怕就会搁浅了。我对此早有准备。出航之前，我专门订做了一艘小快艇。那艘快艇的底面是一个光滑的平面，只有引擎伸到底面之下。为我做这小艇的人以为我发了神经。他们哪里知道我的妙用。

我停下游艇，放下了的特制小快艇。果然，小快艇完全浮在了水面上，只有引擎浸在水里面。我带上一些必要的物品上了小快艇，发动引擎，小艇像滑雪板一样飞快地向前滑去。

一路上，我观察着附近的水域。偶然间抬头一看，看见前方有一些黑点在向我这边移动。黑点越来越近，看得出是一些人，每个人踩着一个像滑雪板一样的东西。他们移动迅速，看起来这些"滑水板"是马达驱动的。我感到很惊奇。没想到在这茫茫大海里居然会见到这么些人。我脱下外衣，向上挥动着，跟他们打招呼。等他们快到我这里的时候，我猛然发现，他们每个人手上都拿着一把冲锋枪。想起那些关于索马里海盗的新闻，我感到不妙，这些人只怕是海盗啊！我手忙脚乱地掉转船头，准备掉头逃跑。忽然，几梭子子弹从我耳边飞过，溅入我的小艇前面的水面。我的后面有人喊话了："赶紧停船。否则的话，下一梭子子弹就不会这么客气了！"

我虽然惊慌，但并没有失去理智。我想我还是相信这海盗的话为好，人家是吃这碗饭的，拿个冲锋枪要打我恐怕比打天上飞的鸟要容易点。我停下了船，等着他们。到了这个地步，只好听天由命了。

海盗们看起来都是东方人，穿着不同颜色的短衣短裤，露出被太阳晒得黝黑的胳膊。他们每个人的肩上都挂着一只冲锋枪和一条子弹带。如果没有这两样东西的话，他们看起来就像是老实巴交的农民，一点也不酷，比加勒比海盗差远了。

不酷是不酷，要起命来大概都是一样的。一个头目模样的家伙滑到我的小艇前，轻轻一跳，就上了我的小艇。看不出，这么一个壮汉，身手居然这么敏捷。我暗暗叫苦，这下算是自找苦吃，自投罗网了。头目的手下将他的滑板挂到了我的小艇上。头目拿着冲锋枪对我一指说："走吧！"

"往哪走？"我小声问道。

"那边。"头目用手指着远处那道海天之间的白线说。

我默默地启动引擎，向他指的方向开去。他的手下滑着滑板跟了上来。那些滑板果然是机动的，每个滑板下都装有小型马达。

一路无话。我心里虽然有无数个问题，但是我觉得现在不是Q&A（question and answering的缩写）的时候。远处的海平面上渐渐出现一些凸起之物。我从不知道这片海域有什么海岛，也许那是海盗们的船？不过它们看起来太大了点。

距离越来越近，我终于看清楚了——那些凸起之物原来是些楼房啊！这些楼房从海平面上拔地而起，sorry，是拔海而起。在茫茫大海上，鳞次栉比，俨然形成一座海中的城市。那条白线，就从这座城市的中部升起到空中，看起来像是一个水柱子。不久，我们就停在这座海中城市的边上。我看到，这些楼房都是直接建在水中，高低错落，高的居然有二十层左右。我终于忍不住回头问海盗头目："这些房子下面有个看不见的岛吗？"

海盗头目一枪托打在我脸上。"少废话！"一股鲜血从我嘴里喷出。我感到脸上一阵火辣辣的剧痛，不知道骨头有没有受伤。我暗叫倒霉，心里想我真蠢，怎么会以为海盗会好心回答我的问题？海盗头目对我喊道："下去！"

我看了一眼海水，一只手捂着脸跳下了小艇。我另外一只手伸展开来，准备游泳。哪知道我的双脚在水面上一震，一屁股跌坐到水面上。海盗头目哈哈大笑起来。他从小艇里轻轻一跳，站在我边上的水面上。“笨蛋，起来吧！”

我明白了。这里是马里亚纳海沟，世界上水最深的地方。这里的浮力是如此之大，以至于人都可以站在水面上！我看着不远处的楼房，恍然大悟：这里没有什么水下的岛屿。这些楼房，完全是浮在水里的！我是对的，那位解说员是对的，水越深，浮力果然是越大。我终于掌握了这个世界上的一个巨大的秘密！我看着站在我面前黑塔一样的海盗头目，不知道自己是应该高兴还是应该悲哀。我挣扎着站了起来，我的双脚几乎完全浮在水面之上。我试着走了一步，感觉好像是走在海绵地毯上，软软的，非常舒服。我在海盗们的枪口下，向着海上的城市走去。

走到城市边缘，我看到水下不太深的地方，有一块巨大的金属板，向前方和两边无限地伸展出去。我明白了，这整个城市都是建在这块漂浮的金属板上。整个城市就像一座浮岛。这样，这些房屋就不怕海里的风浪了。

我们穿行在这座水上城市中。城市的街道实际上都是些水道。街上行人不多，有的走路，有的踩着滑水板。在一个街角，我居然还看见几个小孩在玩水嬉闹。

我被押到一栋黑乎乎的楼房的一个黑乎乎的房间里，关了起来。脸上的剧痛使得我的头脑有些发昏。我躺在墙角，昏睡了过去。

不知过了多久，我听到门开了。有个什么人被推了进来。门随即哐的一声又关上了。

那人摸回门边，在墙上拨了一个开关。天花板上一盏昏暗的灯亮了起来。那人回头看到了我，吓了一跳：“你是什么人？”

他说的是广东话。我因为有广东的朋友，所以听得懂这句。我回答道：“新来的。”

他听我说普通话，转而用带广东音的普通话问：“你是新来的？”

我点了点头。他疲惫地靠着墙坐了下来。这人看起来四十左右的年纪，个子不高，面黄肌瘦，脸上胡子拉碴，身上一件脏兮兮的T恤已经看不出原来是什么颜色。他问我是怎么来到这里的。我详细地告诉了他浮力的秘密是怎样把我带到这个海盗窟里的。他默默地听完我的话，不时点点头。讲完我的经历后，我问他：“你是怎么来这里的？”

“跟你一样，被海盗劫来的。”他简短地回答了一句，便不作声了。我正想继续追问，门边的墙上忽然打开一个小口。一个盘子，托着两碗饭菜递了进来。“晚饭到了。吃饭吧。”他端起一碗饭和一双筷子给我。

我们默默地吃着。饭很难吃。干瘪的海带皮吃起来像是吃树叶一样。不过，经过这一天的惊吓，我还真是饿坏了。我正在那里狼吞虎咽着，他忽然抬起头说：“我姓连，叫连启来。你贵姓？”

我咽下一口饭，说："免贵。我姓尚，叫尚荃。"

他忽然眼睛一亮，说："你是北京尚荃房地产公司的老板？"

"是啊。你怎么知道我？"

他笑了起来："哈哈。我的弟弟叫连启发，跟你是北大物理系的同学。"

哦，连启发，我脑海里立刻浮现出那位个子不高、话特别多的同学。原来这位是启发的哥哥。看起来还真像。真是太巧了！知道了我的名字，连启来一下子像是变了一个人。也跟他弟弟一样话多起来。他说："启发老是跟我提起你。说像我这样当教授的没什么出息，要我像你一样下海经商。你可是他的偶像啊。不过我这个脑瓜从来对经商什么的不感兴趣，只好专心做我的穷教授了。"

"你在哪里当教授啊？"我问。

"我是中山大学的气象学教授。我被他们劫来的时候，正在海上做气象学考察。"

"你知道这个城市是怎么回事吗？"

"你知道多年前的印尼骚乱吗？当时有不少华人逃出了海。这些人里面显然有人知道浮力的秘密，带着大家来到这里，建起了这座海上城市。"

"这么说他们不是海盗啦？"

连启来叹了口气说："是不是海盗看你怎么说了。这城市除了大海，没有任何资源。为了维持他们的生活，他们只有靠打劫了。"

"你在这里多久了？"

"两年多了。我的家人一直都不知道我的消息。我想他们大概以为我已经死了。"

这话题越说越沉重。我转移话题道："那个连到天上的水柱子是怎么回事？"

"那个水柱子啊，"他的表情轻松了起来。"那是因为在下面的海沟里有一个无比深的洞。这洞里集满了水。这么深的水所造成的浮力自然巨大无比。所以在这个洞的上面，连水都浮了起来。这个水柱是浮力造成的！"

"哇！"我惊叹了一声。原来浮力可以这么大，居然将水抬到了天际！我终于觉得，浮力的秘密已经完全展现在我面前了。我的心里一阵激动，简直快忘了自己的处境。我瞑目遐思着，仿佛看到了那翻腾的水花，欢快地向天际飞去。我睁开眼睛，看到四周黑黑的墙壁，顿时跌回到现实之中。

"你有没有想逃出去？"我问他。

他笑了笑说："这里不是那么容易逃出去的。这城市周围都有监视器。海上有点什么监视器都能看到。这茫茫大海，你跑出去不多久，马上就会被抓回来。我以前的室友偷了一艘快艇想逃出去，结果被海盗们几炮给炸掉了。可怜的人啊，说是要回家看老妈的。"

“那么我们只能待在这里至死了？”

他打量了我一眼。沉思了一会说：“你要想逃的话，我倒有个主意。”

“哦？什么主意？”

“那个水柱子。”

“什么意思？”

“我们通过那个水柱子浮上去。”

“这……这怎么可能？我们即使能够从柱子那里浮上去，可我们到了天上又如何逃生呢？”

“别忘了，我是气象学家。这里是太平洋台风的生成地之一。我们到了上面，可以借助台风飞到菲律宾甚至中国大陆！”

“可是如果我们离开了水柱子，那不就会掉下来？”

“哈哈，你忘了你刚刚学到的知识了。”

“什么知识？哦，水越深，浮力越大？”我疑惑地问。

“是啊。这个原理不光只适用于水，也适用于空气啊。”

我恍然大悟。等我们到了高空，空气的浮力就会将我们浮起来！我想我明白了飞机为什么能在天上不掉下来的真正的原因。

“不过，天上很冷啊。”我忽然想到。“我们到了天上大概还没落地就会被冻死吧？”

“这就是我的计划里最危险的一步了。我们每天都得出去给他们建房子。在建筑工地边上，有个储藏室，里面放着一些潜水服。我们得进去偷两件潜水服出来。这潜水服附带着氧气，不光能防冷，而且还有一个推进器，可以使我们在高空大气里自由移动。如果台风不能把我们带下来的话，我们还可以借助推进器从天上安全落地。”

科学家就是科学家，难得连启来将一切都考虑得这么周到。他说，要逃跑的话，明天是最好的机会，因为明天将有一个巨大的台风在附近的海面生成。我们接着又讨论了一些逃跑的细节，然后各自睡觉，等待天明。

天亮了。早饭之后，我们被带到建筑工地上，开始了繁忙的劳动。连启来和我的活是砌砖。我虽然开着房地产公司，但自己从来没有建过房子。好在这活技术性也不强，连启来教了我一阵子，我就掌握了个大概。这活不算重，但干久了还是很累的。午饭时，我已经是腰酸背痛了。我们从房子上下来吃饭。海盗们自己聚在一起吃饭去了。他们知道我们跑不了，所以管得也不很严。我们俩人蹭到一个没人的地方，踏着水路迅速往储藏室跑去。

连启来在这里待了两年多，早就探好了路。他知道在储藏室后面，有一个倾倒垃圾的小口可以进去。我们溜到那里，没有人注意到我们，我们从小口里钻进了储藏室。连启来显然来过这里。他带着我直接找到放潜水服的地方。我们一人拿了一件。他简要地教了我一下怎么迅速地穿上潜水服，以及怎么操纵。然后，我们从原路溜出了储藏室。

中午的水道上没有多少行人。我们尽量显得很镇定地向水柱方向走去。好在街上的人都在忙自己的，没有人注意我们。大概他们看惯了拿潜水服的人。

我们终于到了水柱边上。只见在一个街心公园的中心，一个直径大概有十来米的巨大水柱冲天而起，笔直地升到天际。一道阳光从云层里射了下来，将水柱照得晶莹透亮，像是一座水晶的通天塔。水柱的外面围着一圈不高的铁栏杆，栏杆外面是一圈水道。不少青少年在圈道上用滑板滑水。他们有的笨拙，有的灵敏，时不时有人摔倒，欢笑声此起彼伏。如果不是在水柱一侧的那个拿着冲锋枪站岗的守卫和满街的水，这里看起来就像一座普通的城市。我和连启来走到守卫对面的一侧，将潜水服扔过栏杆，纵身爬了上去。

“有人翻栏杆了！”一个滑水的红衣长发女孩惊叫了起来。我们心知不好，赶紧从栏杆上跳了进去。捡起潜水服，开始往身上穿。

“喂，你们两个，出来！”守卫闻声跑了过来。边跑边大声喊道。

“快跑！”连启来叫道。我们一边穿潜水服，一边绕着水柱子跑。突突突！一梭子子弹从我们身后射过。好在我们是在内圈，转得比守卫快。水柱子挡在了我们之间，使我们免受挨枪子之苦。守卫见追不上我们，便也翻过栏杆，跳了进来。因为我们行动不便，守卫和我们之间的距离越来越短。

又是一梭子子弹从我们身后呼啸而过。我回头一看，看到守卫拿枪的身影已经在水柱子的边沿，离我们大概只有五米远了。形势非常危急。我的前面，连启来已经穿好了潜水服，只见他往水柱子里一钻，迅速向上升去。这时我的头盔拉链还没有拉上。子弹几乎从我的耳朵边上飞过。我知道，我没有时间管拉链了。我一转身钻进了水柱子里。顿时，一股巨大的力托着我向上急驶。

我一下子感到透不过气来，身子在水里翻腾着。我拼着命拉上了拉链。一股新鲜的氧气灌进潜水服。我大口吸了几口气，慢慢调整我的身体。我感到有只手拉住了我，帮我稳定了下来。我抬头看到连启来正透过潜水服的面罩向我微笑。

我们的逃亡成功了。我们在水柱里迅速地上升着。透过水柱，我看到海上的城市变得越来越小。

我不知道怎么形容乘着浮力在水柱子里上升的感觉。飞速上升的过山车大概是最接近的比喻了。只不过，在这个四周空无一物的水柱子里飞速上升比过山车感觉恐怖多了。刚才的翻腾转得我的头晕晕乎乎的，像是喝醉了酒。

到了半空的时候，我不那么头晕了。这时因为周围没有了参照物，我已经没有了坐过山车的感觉。往外望去，我觉得自己好像静止在空中。海面已经远去，我能看出远处弧形的地平线。往上望去，天上的白云离我们越来越近，水柱子笔直地插入白云里面。我不知道我们的上升什么时候是个尽头。倏忽之间，我们已经置身于白云里了。水柱子在牛奶一般的云里穿过，丝毫没有停下来的意思。我底下海沟里的那个洞不知道是不是个无底洞。如果是这样的话，我们的上升会不会没有止境啊？

穿过了白云，我们还在继续上升。我们的上方是空无一物的蓝天，瓦蓝瓦蓝的，像一片巨大的罩子，将地球上的万物罩在里面。我们的下方，白云连接成一片云海。极目远望，我可以看到一个巨大的云的漩涡在云海里缓缓地转动，漩涡中心是一个空洞。那就是台风了。不过，它看起来那么优雅，那么宁静，像是一个跳华尔兹的少女。

我们的上升终于到头了。水柱在空中散成无数的水花，我们也随着水花冲入虚空之中。

连启来说得对，浮力的原理也适用于空气。离开了水柱，我们并没有掉下去。不过我们也停止了上升。看来，这里空气的浮力正好适中。跟水不一样，空气越往上越稀薄，所以虽然这里很高，但浮力也不会增大许多。连启来跟我打了个手势。我点了点头。我们打开潜水服上的推进器，向远处的台风驶去。

以后的事情，大家都知道了。我们借着台风，飞降到了菲律宾的吕宋岛北部。那个新闻在菲律宾和中国都曾经轰动一时。我跟连启来都不想透露浮力和海中城市的真相，海盗固然可恨，但那里的人们却过着自由自在的快乐生活。如果大家都知道了这个城市的存在，那里的人现在的生活状态估计就要结束了，等待他们的将不知是什么样的命运。在落下来之前，我们将潜水服脱下来扔到了海里。我们对记者们说，我们在一个荒岛落难，一阵龙卷风将我们卷到了天上，然后，台风将我们带到了吕宋岛。

其实，直到现在我还不知道我们当时的决定到底是正确还是错误。不过，我算是理解了那些知道浮力秘密的人们为什么会保守这个秘密。他们一定也跟我和连启来一样，有着各自的理由。我既然隐藏了海中城市的秘密，当然也不会说出浮力的秘密。我不会犯那个著名解说员所犯的错误。那位解说员因一时激动泄露了浮力的秘密，但是，结果呢？没有人相信他。直到现在，解说员那句“水越深，浮力就越大”还在遭着人们的耻笑。

惠胜

文/九哥儿 图/[南宋]刘松年

一

惠胜和师父惠遵到达三危山顶的时候，太阳落下去了。天上布满鱼鳞云，一片一片，映得通红。

他们的身后，是一片广袤的沙漠，最后一阵微风有气无力地吹动了一下，抚平了他们的脚印。空气中充满暮春的宁静，风住了，就能听到水声。惠胜往下一看，原来山脚下流淌着一条宽阔的大河，河边长满芦苇，夹杂着硕大的野生牡丹，有人把河水引到旁边的空地，种出了一池芰荷。

“师父，这便是莫高么？”他们在宕泉河畔濯足洗面的时候，惠胜问师父，可是师父从鼻子里哼了一声，惠胜便不敢言语了。他低头看看河水，水里有一个枯瘦的老和尚，那么老，似乎白衣上的褶皱也昭示着他的年轮。还有一个他，圆圆的脸，紧紧的眉，水波流动，他的脸上也长出了许多皱纹。

师父带他走入二层的一个洞窟，那窟正中是宽大的立柱，东西壁上各有一间小室，正好供他和师父冥想坐禅。白泥已设好，佛龛也已开完，就等着惠胜往上画画了。

惠遵蠕动了一下干瘪的嘴巴，便无声地坐入小室中，开始打起坐来。惠胜呆呆站了一会儿，洞窟里充满草泥味，他的心空空的，便想尿尿，于是他走了出去，暮色是紫的，波光粼粼，像一层银箔。

他尿尿的时候，侧头一看，洞窟旁攀着一枝忍冬，一朵银花已开，像他纯洁的阴茎。夜的白光四下流淌。一只幽蓝的蜻蜓飞在白色野牡丹之上，仔细一看，却不是牡丹，而是塔林下埋葬的死去僧人与工匠的头骨。

天地是这样的宁静，这样的美丽，叫惠胜秀气的双手都颤抖了。他回到窟内，点起油灯，便猴子一样攀到窟顶，开始作起画来。

平綦上他用红色颜料先描出第一个藻井，水池莲实，双叶忍冬，人字披上画五瓣莲花，他一朵接着一朵地描着，也不知自己画了多久。他只知道待穹顶快要画完的时候，他感到如此的疲倦与渴睡。恍然之间，他像是回到了南朝的家乡，于是他便在四角画下垂帐纹，帐幔垂下，遮住了他少年安详的梦境。

二

下午的时候，炎热的空气忽然起了一阵骚动。窟外响起了零乱的脚步声，便听有人兴奋地压低声音说：“东阳王来了，元大人来了！”

这是七月的敦煌，太阳毫不留情地倾泻下炎浆，但是窟内却依然保持着凉爽。惠胜小心地每日汲水浇那枝忍冬，现在它显得茂盛而茁壮，依稀搭建出一个阙形龛顶。惠胜十分高兴，他打算也用忍冬花纹来装饰他已描好的佛背光——此前没有一个僧人这样想过，他们的佛光，千篇一律地呈现出单调的土红色。

他将脸贴在粗糙的墙壁上，闭目沉思，忽然窟外传来恭敬的低语："惠遵师父在么？"接着洞口暗了一下，有几个人走了进来。为首的一个戴高冠，穿大袖丝袍，系博带，那丝袍是那么的长，以至于他身后还须跟一个侏儒，专门为他托起袍摆。

此人正是瓜州刺史、东阳王元荣。他大约四十岁年纪，身材瘦削高大，面容十分隽秀，只是却有一个红通通的鼻子。他身后还跟着一个同样神气的年轻人，戴皂巾，着窄袖衣、小口裤，手里拿着一只镶玉马鞭，正不耐烦地在软靴上敲着，接着又进来一个女子。惠胜害羞地垂下头，没敢多看。

惠遵师父便从冥想中睁开了眼睛。

"听闻惠遵师父修行精深，信士元荣特来讨教一二。"元荣开口说道。

惠遵摇了摇头："东阳王并不是不通佛理，有什么需要我老和尚教的呢？且坐而论道，又如何能入兜率天宫？不如多做些功德罢。"

"正是，正是。"元荣点头道，"弟子功德倒是做了不少，前日我已命造《无量寿经》一百部，《摩诃衍》一百部，《内律》五十卷，并《贤愚》《大云》等若干，惟愿元祚无穷，帝嗣不绝，四方附化，国丰民安；也愿弟子自己所患永除，四体休宁。只是……只是不知为什么，弟子心中仍然不安得很。"

那老和尚便道："这些功德自然是好的，只是却不够——东阳王可有常观想念佛？"

元荣又点了点头。惠遵却说："除去口诵佛名，亦要心念佛光明、佛神力、佛智慧、佛本愿，才可达到菩萨境地。我听说东阳王您好美酒，亦爱美色，想来没有多少时间能禅定观佛罢？"

东阳王的鼻子似乎更红了，过了半晌，他才含混嘟囔了一句："嗯——这个……"

惠遵便垂下眼睛，不再言语。

元荣回过头，对身后的一对男女说道："法英，阿彦，你们可有什么要问惠遵师父的？"原来身后跟着的是他的女儿与佳婿。

那女子在窟内随意走了走，她脚步沉重，窟内回响起阵阵回音。惠胜忍不住偷眼看了看她，原来是一个丰腴的女子，水滴一样的脸庞，面颊上停着两朵红云。她丰厚乌黑的头发绾成一个大髻，垂在脑后，坠得她的头微微后仰，平添一种骄傲的神情。她走过惠胜身边的时候，他闻到香汗温热的味道。

她撅了撅嘴："父亲，我饿了，天又热，我们还是快些回去罢！"

元荣看了看他肥胖的女儿，这是与他的审美完全违背的另一种生物。"倘若在南朝，长成这样，真要被人笑死了……"他这么想着的时候，就叹了一口气。

黄昏的时候，像往常一样，莫高窟的外面刮起了一阵狂风。这些风倒灌进洞窟，这些洞窟就变成了巨大的埙，发出呜呜的悲声。惠胜走到洞口，流云旋转，他看到宕泉河上一朵又一朵的白色牡丹，就好像那女子一样，怎么可以这么轻盈，却又如此沉重。忽然这些牡丹花被风撕碎了，花瓣在天空飘散，他想起小的时候，母亲告诉他，风神叫飞廉，飞廉的背上有翅膀，飞廉掠过竹林，就好像弹起了箜篌一般，会发出美妙的乐音。

此地的飞廉，想必太强劲了罢！惠胜这么想着，便走了回去。他把自己重新悬在顶上，在藻井的一角画了一个兴高采烈的飞廉，飞廉鼓着双颊，吹了一口气，于是满墙风动，天花乱坠。

然后月亮就上来了。月亮一上来，风就收了。

老和尚惠遵忽然睁开了眼睛，他爬出小室，对惠胜说："你跟我来。"便走了出去。

月光把他们的影子拉得长长的，他们趟过河水，走到对岸的塔林之中。

他命惠胜捡起一只头骨，问道："惠胜，惠胜，我来问你，这是何人骷髅？是男是女？为何命终？"

惠胜低头看着那只骷髅，在他赭红色的、布满细小裂口的手里，那只骷髅显得莹白如玉。他出神地想着："若附有肌肉，这该是一个英俊的胡人，或许可以画一幅胡人驯马图，再给他一撇墨黑的胡子，像汉隶一样……"他这样胡思乱想的时候，便听到惠遵咳嗽了一声。

他赶忙道："师父，这是男人骷髅，并非女子……再多的，我……我就不知道了……"

惠遵接过头骨，握了一会儿，便低声道："善哉，善哉，他是饮酒过多而死的啊。"

惠胜不明白为什么师父带他来此，又为什么有此一问，可是他不敢多嘴，只双手合什，低声颂了一句佛号："如汝所言……阿弥陀佛。"

青蛙起劲地叫着，像一部鼓吹。

他们走回洞窟的时候，惠遵便不叫惠胜画画了。他命他坐在另一座小龛里，禅定观想。惠胜的脸有些红，他想这段时间他确实太沉迷于画画了。但是就像师父说的，功德是一样，倘若自己不禅修，将来又怎能入兜率天宫呢？于是他闭上了眼睛，可是他的眼中仍然不断出现一朵一朵的水纹云纹，依稀有美妙的香气传来，叫他有些面红耳赤。他只好睁开眼，惠遵坐在他对面，结跏趺坐，他觉得师父有些像那些退相的天王，神情悲苦，皮缓意弛。这使他忽然想到：西天的仙人也并非不死的，那么，寂灭之后又会怎样呢？他不敢想下去，闭上眼睛，也不知过了多久，便迷迷糊糊地睡了过去。朦胧之中，似乎师父的大手摸了摸他的头，原来他的头发已经长出来了。

三

元荣死了。

他的死是这样的：据说有一天，他的宫里来了一个神秘的道士，那个道士有八百岁，曾在始皇帝的宫里炼丹。元荣虽不崇道，对长生不老术却很痴迷，于是便高兴地与他宴饮。道士喝两盅，他也喝两盅，道士喝一壶，他也喝一壶，可是道士总是不醉。元荣喝啊喝啊，就把自己喝死了。

据说那道士在喝死了元荣之后，就变成了一个大酒瓮。又据说，那道士原来是元荣的女婿邓彦送到宫中去的。

这些事情也不知是不是真的，反正现在的情形是瓜州没有了长官。惠胜有时候能看到骑兵远远掠过，又有一次，还看到一百对白衣的挽郎领着巨大的棺椁，缓缓前行。他们的衣服在空中飘飞，好像羽人一样，要引导东阳王的灵魂进入极乐世界。

但是这一切并没有改变惠胜的生活。他仍然细心地照料那蓬茂盛的金银花，现在荷花也开了，他长时间凝视着它们，观察花瓣是怎样的倒垂，花蕊是如何的轻薄，莲实又有几个突起。然后他便开始自己画荷花。他画的荷花叫人惊异地高挑、纤弱、单薄，像是它们本身投在地上的影子。他还画了一个执花的比丘尼，她也像南朝的幻影，神情娇怯，面颊上停着两朵红云。

唯一的改变是，他不再在晚上作画了。现在他白天画画，每到晚上，师父都要他禅定观想。他长时间地坐着，有时能迷迷糊糊地进入空灵的境界。在这个时候，他便惊奇地发现自己飘在空中——不，自己不在空中，可是自己又在空中。他看到飞蛾扑动着翅膀穿过他的身躯，便想，师父是否也在这洞窟的某一处，盯着自己看呢？于是他赶忙抬头四望，却只见师父的肉身，于是惠胜又想，他和师父就像两个透明的水泡——那么当他们碰撞的时候，灵魂会不会碎裂呢？这个想法让他吓了一跳。下一刻，他就发现自己又回到了肉身之中。

然后有一天，元法英又来了。

父亲的死似乎并没有对她产生太大的影响，她甚至更丰腴了，肤色晶莹，只是脸上失去了笑容。这次她依然穿着轻薄的大袖襦裙，手臂上挽着的飘带被风吹动，肉色隐隐透了出来。她的身后跟着三个侍女，每人的手里都捧着一个宝钿盒子，其中两个小巧玲珑，另一个却显得异常沉重。

她愁眉不展地对惠遵说："师父，此次是为我父做功德，愿画弥勒佛一尊，并二菩萨、二弟子及供养菩萨二十区，愿亡父神游净土，永离三途，往生妙乐，还登正觉……"她说到这里就叹了一口气，然后转头道："阿健，你过来。"

就有一个粗壮的侍女捧着那个大盒子放到惠遵面前。打开以后，惠胜看到里面满满的银钱，也不知有多少，法英瞥了惠胜一眼，问道："这是三千钱。小师父，够了么？"

惠胜的脸突然红了，他慌乱地点了点头，阿健抬头看看他，掩口偷笑起来。

元法英却没有注意到惠胜的失态，她只是无精打采地训斥道："你又傻笑什么！"她看了看惠遵，可是他仍如佛像一般，一动不动。等了一会儿，她才叹了一口气，对惠胜低声说道："那么便拜托小师父了。"说着不再停留，直接走出了洞窟。

惠胜很好奇另两个侍女的盒子里装着什么，他的疑问很快得到了解答。元法英的嗓音从外面传了过来："——阿丑，我的糖酥酪呢？……阿媚，酒梨子你莫要碰洒了。"这叫惠胜忍不住莞尔一笑。

晚上，当惠胜打坐的时候，他便在心中默默盘算该怎样画这些图像。他要将弥勒佛造成一尊秀骨清像，像东阳王那样风姿纯粹，他还要把胁侍的菩萨造成……造成什么样子呢？他不知道。他胡思乱想着，过了好一会儿才发现原来他其实是在想象中一件一件地剥落元法英的衣服。这个发现叫他又是惶恐又是激动，可是他无法停止自己的想象，于是一个美丽的女子出现在他面前，一个半裸的菩萨，下溜的肩膀，像元法英不胜飘带似的怯弱，乳房，他要画两个美丽丰厚的圆，还有她微微鼓起的小腹，像春水中的漩涡，她的圆润的腰肢，她的随风飘摆的羊肠裙，然后是她骨骼秀丽的一双长脚，她的天真的脸和低垂的眼睛，他要为她的长眼长鼻馋唇饰以最纯粹的莹白色，她的三珠冠，她的瓔珞，她的飘带，她的长耳，她举手起舞，从腋下散发出的迷人的香气……这尊菩萨似乎在走向他，用她野蜂般毛茸茸的嘴唇挨擦着他的肉体。惠胜感到心烦意乱，却又意动神驰，似要坠入地狱，又似乎正在走向天堂。

四

一枚星星镶嵌在幽深的天空里，洞外传来模糊的低喊："惠胜——惠胜小师父在么？"

惠胜睡得迷迷糊糊的，过了好一会儿才清醒过来。他答应了一声，从温暖的洞窟走到外面，不禁打了一个寒战。

他的面前站着三个影子，惠胜闻到她们身上的清寒之气，不禁有些迷惑，便往后退了一步。

正在此时，那个格外胖大的黑影瓮声瓮气地笑了。“阿健，怎么是你？”惠胜失声叫了起来，“难道是公主……公主有甚么别的吩咐么？”

阿健摇了摇头，道：“咦，奇怪，我们便不能来找你么？”

惠胜感觉自己的脸红了一下，像一颗红染料滴入黑水之中。所以没有关系，没有人能看得见。

“伸出手来。”阿健道。

“什么？”

“你伸出手来。”

惠胜不知道该怎么拒绝，所以只好温顺地伸出了左手，随后他感到自己的手被一双妇人的手抓住了，那双手又粗糙又柔软，正不停捏弄着他，叫惠胜觉得恼怒和害怕，又有些……他的脸将东方染红了。

“啊哟哟，你这个风流的小和尚！”那健妇低声笑了起来，随后惠胜感到自己的手中落入了三块钱币。

“给我们三个，各画一幅供养人像罢。”阿健身后跟着的阿丑说道。

“啊……”

惠胜觉出一阵巨大的失望，他没有意识到自己其实是在想原来她们真的不是公主遣来的——可是公主又为什么要在清晨遣自己的侍女过来呢，所以其实并没有什么值得失望的。他这么想着的时候，几个女子也沉默了，过了一会儿，阿丑怯生生地问：“可是……可是不够么？”

惠胜摇了摇头。他从阿健的手里抽出自己的手，施了一礼，斯斯文文道：“姐姐们嘱托，小僧自然不会不画，便请姐姐们先回去罢，等画好了，姐姐们再与昌乐公主一同来看。”

阿媚颤巍巍问道：“然则惠胜师父不须看清我们再作画么？”

惠胜抬眼看看她，想来她是侍女中最美貌的，今晨她也打扮得最漂亮：大袖衣服，头发绷得紧紧的，眼角口腮俱是厚厚的胭脂，因为害怕掉色，她说起话来面部显得十分僵硬。惠胜赶忙敷衍道：“看清了，姐姐们快请回去罢！”

太阳快要出来的时候，惠胜还能看到沙漠里三个踽踽独行的影子。惠胜打开了手，他的手里原来是三枚波斯银币，因为用得太多，年代太久，银币已经发黑模糊了，依稀能辨认出上面刻着星月，还有一个鼻子高高、神情讥诮的王。

“所以并没有什么是值得失望的。”他失望地想着。

惠胜跑到宕泉河里去洗澡，因为他觉得周身有一股太柔软的倦怠。河水太清澈，逝者如斯夫，不舍昼夜，可是冲不掉他隐秘的欲望。

然后师父就来了。“惠胜，你随我来。”随后他们趟过河水，走到对岸的塔林之中。

他命惠胜捡起一只头骨，道：“我要看看你的修为精进了没有——我且问你，这是何人骷髅？是男是女？缘何命终？”

惠胜凝视着骷髅的双眼，他出神地想着：“若附有肌肉，这该是一个英勇的战士，或者应该画一幅狩猎图，他扬弓搭箭，而一头美丽的花鹿，正举目哀哀望着猎人……”于是他对惠遵说道：“师父，这是一名骑兵，他是在战争中死去的啊。”

愈发苍老的惠遵道：“善哉，善哉，如汝所言。然则他将往生何处呢？”

骷髅意味深长地凝视着惠胜，似乎是在叫他闭口，于是惠胜摇了摇头。惠遵接过头骨，握了一会儿，低声道：“此人生前持戒完备，当投生在人道之中啊。”

惠胜仍旧不明白为何师父有此一问，可是他不敢多嘴，只双手合什，低声颂了一句佛号：“阿弥陀佛——如汝所言。”

他们走回洞窟的时候，惠胜在壁脚画起了画。他画了三个供养女子，都穿着宽身衣裙，好像三枚随风飘来的苍耳。惠胜到底没有想起来她们的五官眉目，因为歉疚，他郑重其事地在白壁榜子上写下了她们的名字。他转头的时候，发现师父正盯着他作画，又或者师父并没有盯着他，他的严厉的双眼只是穿过他，盯着往世与来生。惠胜的脸红了：“师父，我画完便去禅修——马上就去。”他大声说道，可是惠遵并没有回答他。

五

元荣死了两个月之后，他的儿子元康也死了。

据说有一日他与邓彦同去狩猎，一支吐谷浑人的暗箭要了他的命，敦煌人又一次失去了自己的长官。但是没有关系，他们仍有昌乐公主，以及她漂亮的丈夫邓彦。朝廷内宇文泰忙着收拾自己的政敌，无暇问及遥远的边疆，邓彦便这样顺理成章地当上了下一任瓜州刺史。

过了不久，便有一群天竺人来到敦煌，这群人引起了大家的注意，因为他们的骆驼上并

菩提本无树，明镜亦非台。
本来无一物，何处染尘埃？

没有琉璃与珠宝，他们的身后也没有大象和孔雀，他们无声无息地进了城，在多宝寺前的空地上搭起了帐篷，随即便宣称他们是瓜州刺史请来的，即将奉献给大家整整三日三夜的狂欢。

狂欢的时候，惠胜也去看了。那是九月的一个大风天，他走了整整一夜的路，才赶到敦煌城。他的白衣上落满黄沙，可是大家见到这样一个俊俏的沙门僧，都向他合什敬礼。

兰若前的广场上人山人海，有一个天竺人将脚弯到头顶，再把头从两脚之间伸了出去，就这样用双手站着，据说已经坚持了两天一夜。译语人说，这个天竺人宣称自己不过是一枚法螺而已。他见惠胜好奇地盯着他看，便神情轻松地朝他扮了一个鬼脸。

然后惠胜便在空地旁的高处见到了宝车内的元法英。他一见到公主，便明白自己实在并不是来看戏的，而是来见她的。他很想告诉元法英，佛陀已经画好了，而在所有的菩萨当中，她元法英是最美的一尊。

但是公主并没有理会他，她斜倚在锦垫上，点了点头，一个天竺人便被带到了她面前。他双脚交叠，坐在地上，随后点起了一只巨大的烟斗，他吸啊吸啊吸啊，浓烟蜷缩在他的身体里面，使他渐渐飘了起来，随即他用腰带将自己绑在树上，整个广场都安静了，数百双眼睛齐齐盯着他看。

他用浓烟画了一场天宫盛宴：巨大的莲花宝池，池中渐渐长出一朵莲花，弥勒佛站于其上，手结根本印，随后亭台楼阁筑起来了，那些楼阁上站满了菩萨，或欢喜起舞，或凝神谛听。他不断向外吐着烟，于是停留在空中的飞天也被画出来了，有的手捧莲蕾，细腰丰臀，双脚像那天竺人一样垂在脑前，这是西域的折腰伎；有的反持琵琶，长裙裹脚，身材修长，这是中原的乐舞伎——她们是这样的逼真，以至于空地上观看的人都大声鼓噪起来："佛祖显灵啦！佛祖显灵啦！"

这是真的，因为从天空飘下了馥郁的香花。

弥勒佛说法正到欢喜处，忽然天竺人嘴里吐出一道火星，直射入图画当中，一场大火随即烧掉了所有的幻象，那些飞天像黑蝴蝶一样，而大火里的弥勒佛——他的珠髻上冒着火苗——面目很快模糊了，转眼之间他檀木一般的尸体便从空中掉了下来。

觉悟世间无常。国土危脆。四大苦空。五阴无我。生灭变异。虚伪无主。心是恶源。形为罪薮。如是观察。渐离生死。

——《佛说八大人觉经》

众人哎呀一声大喊，这喊声是如此巨大，以至于广场上扬起了一阵狂风，这阵风带来了铺天盖地的巨浪，淹没了大火，在众人头顶上不祥地晃动。人群开始惊骇地喊起来，那些黑压压的、不见天日的、阴险的水，空气像透明的薄纱，逐渐承受不住水的重量，忽然裂帛一般巨响，所有的水都翻倒下来。

人们发出绝望的喊叫，惠胜一定也喊了，他的恐惧是如此真实，以至于他的脚像生了根，一动都不能动。他吃力地转头看看元法英，发现她也如众人一般在仰头看着天空，不同的是她的脸上没有惊慌，她只是神情专注地凝视着，似乎是在渴望那水将她淹没。广场上的风吹起她绣着百子的飘带，使她像一只巨大的蒲公英球。在惠胜闭眼之前，他觉得她马上便会被飘带托起，被那些婴孩带去遥远的天宫。

“公主……”惠胜叫了起来，他的喊声像一支箭，射向元法英，她抬起头，朝人群里投过迷惑的一瞥。

众生寂然。

然而他们等待的灭顶之灾并没有发生——当人们渐渐睁开双眼，母亲松开被她们搂在怀里的孩子的时候，他们才发现他们的四周不过是阵阵下窜的烟气而已。广场的四角零零落落有了欢呼之声，逐渐汇集成巨大的鼓噪，那个天竺人被声浪震翻在地上，一边咳嗽，一边咯咯咯地狂笑起来。

六

现在洞窟里充满了流动的线条，包括莲花忍冬飞天供养以及佛陀说法胡人百戏的所有画面，都被惠胜细细描摹在墙壁上，于是便到了收割颜色的季节。

无须一一说明他是怎样采集那些丰富而绚烂的色彩的——施于肌肤上的淡粉色，饰于指尖的银白色，以及敷在飘带上的金箔。他像拨动琴弦一般拨动那些幽蓝的蜻蜓，于是蓝色粉末纷纷落下，这些高贵的颜色正适合填入他画的莲花之中，而霞光是佛祖右袒的袈裟，菩萨的眼眉口鼻则用白垩重笔描画，她们个个显得妩媚风流。

他还需要青色，并且很快就找到了这种颜料：在深秋最后一朵迟开的荷花中，他看到了一枚沉睡的莲实——或者说，那并非莲蓬，而是已半化成小童的化生：他只有一个圆圆的头颅，总角结束，眉目疏淡，黑色的阔嘴露出狡黠的微笑。

惠胜走了过去，轻轻扑住了这枚化生，他被惊醒之后，便不高兴地在惠胜的手里挣扎起来，并且发出吱吱的叫声。

“惠胜！”惠胜听到师父叫他，便回过头去，将双手别在身后。

惠遵显得更加衰弱了，他所有的毛发似乎早已停止了生长，唯一不断长出来的，是他的皱纹。他颤颤巍巍地朝惠胜走了过来，逐渐走到水流中央。惠胜叫了起来：“师父，天寒水冷，我们还是快回岸上去吧。”

岂料惠遵却摇了摇头：“无妨，这怕是我最后一次沐浴了。”

惠胜感到非常难过，可是他不知道应该如何安慰师父——或者毋宁说，他不知道应该怎样安慰自己。师父坐了下来，清澈的流水荡涤他的白衣，惠胜出神地看着白衣上的涟漪与光圈，他同时也在水中看到了自己，他惊奇地发现仅仅半年功夫，自己已变成了一个瘦削的青年。

那么半年前，暮春里，那个圆睁眼睛的少年——以及那个少年的时代——就这样被流水带走了。惠胜的心中感到恍恍惚惚，似乎是一阵痛苦，以及怅然若失，以及空虚，以及不知如何自处，以及羞耻与憧憬。为了隐忍，他抿着双唇，嘴角便显出了两条纹路。

惠遵叹了口气：“惠胜啊惠胜，你且和我说说你手中之物的来龙去脉罢。”

“啊……”

“便是你手中的化生啊。”惠遵提醒道。

惠胜闭上了眼。现在那个小东西猛烈地撞击着他的手掌，像一颗惊慌的心。他不明白为什么师父要问他一个如此浅显的问题，可是他不敢不回答，便张口道：“化生既非男女，亦无始终，无生老病死，无嗔怒思觉，无……”

“那么往生西方极乐，是化生在何处呢？”惠遵打断了他。

惠胜的脸红了，过了好一会儿，他才勉强答道：“师父，便是托生于莲花之中。”

师徒二人不再言语，下午温煦的阳光照耀着他们，远远可听到翠鸟的啁啾。惠胜闭上眼，一下一下地感受着那莲花化生。他忽然觉得自己的感官和命运也像手里的小恶魔一样，无法被自己左右——可是师父却可以，慈祥的师父。于是对孩童年代的张望结束了，他的心里第一次起了成年人的情绪：委屈与嫉妒，羞愧与不服，敬爱与憎恨，渴望教诲却羞于启口——以及另外两种冲动：捏死他，或者放了他。

——“放了他罢！”惠遵叹了口气，打断了他的怔忡。

惠胜没有回答。过了一会儿，他松开了手，那枚化生便像受惊的蚂蚱一般，弹跳向天空，随即便扑回了水面。

七

“师父……”惠胜羞愧地开了口，可是他的话却被惠遵打断了，后者轻描淡写地摆了摆手：“没有什么大不了的——现在你过去，卜最后一次休咎。”

那是因为在化生落水之处，慢慢浮起了一个骷髅。它在水中浮沉，似乎有些犹豫，也许因为羞耻，或者因为遗憾，碧绿的水草如卷起的衣袖，遮掩住它的面目。

惠胜走了过去，将骷髅抱在手里。惠遵问道：“惠胜惠胜，我来问你，此人是男是女？缘何命终？”

惠胜道：“师父，这是一个女人啊，她是在生产的时候死去的。”

惠遵点了点头：“善哉，善哉，如汝所言——那么她又将往生何处呢？”

惠胜仔细摸了摸那个玲珑而胆怯的头骨：“师父，她当投生于畜生道中。”

“惠胜，为何如此？我不明白。”

惠胜用手指在雪白的头骨上叩了叩，她发出空空的响声，似乎在说：“空空，空空，虚空的虚空……”他抬起头，注视着师父，而师父也注视着他。

“现在，你扶我上岸去吧，我有些冷了。”惠遵道，于是小沙弥温顺地抛下了骷髅，向师父伸出了手。他们走回岸边，让金灿灿的阳光晒干衣服和身体。远远传来麦子的香味，在此期间，老人躺了下来，他要惠胜将他的头抱在怀里。过了一会儿，惠胜无声地哭了，他的面前，芦花开始四处飘扬起来，在最后的一刻，惠遵扬起手，将徒弟的头顶轻轻地摩了一摩。

“阿弥陀佛。”他说。于是天色渐渐暗了下来。

八

野水交山根，一只寒鸦缩在芦苇上，一动不动，雪簌簌地落着。

因为天色太暗，惠胜在洞窟里点起了油灯。他将师父平日打坐的小龛填了起来，于其上画了一尊白衣佛。这是以惠遵为蓝本的一尊美丽的佛像：长而尖的双耳，额上白毫，眼目低垂，眼睑上亦打上白翳——这使得师父的双眸显得空濛而深邃。师父还有年轻的胸膛和方大的脸庞，惠胜想师父在兜率天里一定就是这样的：伟岸，肉质而宁静的嘴唇吐出的话语都会变成摩尼宝珠。

他揉了揉眼睛，往后退了一步，打量着眼前的洞穴。现在一切都做完了——尽管他一再拖延，反复修改——洞窟里充满浓重而纯粹的色彩，一不留神，你会觉得这些色彩会像蝴蝶一般，轰隆一下，全部飞走。

那么现在一切都做完了，这叫惠胜觉得茫然。他垂着手，呆呆凝视着洞外灰白的天空，天空像一块画布，忽然画布的一角出现了一张大脸，这张婆罗门似的扁平苦恼的脸叫惠胜吓了一跳。

“惠胜……”那张脸轻轻地叫着他：“……惠胜小师父，是你么？”

“啊，原来是阿健……”惠胜仔细端详了一下才认出她来，“怎么是你……难道公主她……”还没有说完，惠胜便难过地停住了口，因为他忽然意识到其实元法英在几个月前就已经难产而死了，据说是因为她太肥胖，而婴儿也太巨大。但是大家私底下都这么传说，那是因为羞愧与遗憾：大家说元法英早就知道父亲与兄长为什么死，她却没有出言阻挡，这样，她的父兄便来找她索命了。

阿健像一只毛发凌乱的狗，她抖着身上的雪，踟蹰在洞外。惠胜感到一丝振奋，虽然阿健是丑的，但是他已经几个月没有说过话，也没有碰到认识的人了。并且阿健是从元法英身边来的，也许她的身上还带着她的印记，于是惠胜开了口：“阿健，进来吧！”

阿健于是走了进来，她的神情也像那些被主人逐出家门的犬，胆怯而温顺。

“我，我来看看我的画像——你还记得吗？我们三个请你为我们各画一幅肖像。我，阿丑，还有阿媚——你还记得吗？”她呆呆地说。

妇人很快便找到了墙角她们三人的画像，于是走了过去，蹲下来仔细看着。她们排成一排，侧着身子，由一个比丘尼引导。阿健很高兴地看到阿媚并没有更美，而她自己也不见得比阿丑更丑，所以当她回过头来的时候，紧绷的嘴角终于露出了一丝笑容。

“那么，这个是公主罢！”她指着供养人像上面的菩萨问道。

惠胜点了点头。这几个月来他一直避免注视这尊美丽的菩萨。他曾经用颤抖的双手画她的血肉，在师父死了之后，他便赎罪——或赌气一般不再与她四目交接了。如今他重新打量起她，这让他觉得温情脉脉，仿佛隔着琉璃看到的青色树林。为了不使自己再次陷入感伤，他问道：“阿丑和阿媚怎么没与你一道过来？”

阿健愣了一下：“你不知道么？她们都殉了公主了。”她压低声音说道。

“啊，那你怎么……”

洞窟的温暖让阿健打了一个哆嗦，她眯着眼睛看了看惠胜：“因为我机灵啰……”说罢她就咯咯地笑了。过了一会儿，她凑近惠胜，推心置腹地说道：“小师父，还因为我不是处女，而那边是需要纯洁的处女去侍奉的——你懂么？”

惠胜没有躲避，他盯着阿健，阿健也看着他。在火石电光的一瞬间他像是与她达成了一项密谋，而两人都对此缄口不言。他不知道为什么。可恶的成年，让一切都埋藏在心底任其发酵散发出微妙的腐烂气息的成年。

很像是一只终于缓过气来的乌龟，阿健开始试探着伸出了四肢。她摸了摸惠胜的脸：

“夏天的时候见到你，你还是个白胖的小和尚，现在你倒像是老了三十岁。”她说道。

惠胜垂下了眼睛，没有动弹。奇怪的是，仅仅一刻钟前，他还以虔诚的手描绘师父，他认为红尘里没有什么是值得他抬眼的，因为他早已发誓将用青灯与苦修来忠于自己的爱情，然而现在他的心里竟怀着愉快而恶意的激动。他不知道哪个他才是他，或者其实这些不过都是他罢了。

天渐渐地黑了。

惠胜觉得极度地愉悦，又极度地罪恶。他极度地憎恨自己，而这反而增添了他极度地快活。所有发生过的一切都是极度地粗鲁的，而在他的生命之中，他早已习惯了极度地淡雅。那些喃喃自语的佛经与永不停止的雨滴，在南朝，僧衣中含蓄的水分，那些沉吟的佛像与师父平静的目光，在边疆，夕阳下婉转的沙漠。他以为这就是快乐，而这也就是生活。那么原来生活中存在另一种快乐，隐秘的爱情在几个月前已经教会了他品尝某种钝痛的快乐，而现在他体会到了另一种快活，说不出的快活，舍弃道德与戒律，违背初衷与誓言，在上空愉悦地盯着自己如此轻易受到诱惑，心底的轻颤：停止吧，停止吧，而肉体加倍享用盛宴。一个声音说：你背叛了她，另一个声音却在反驳：这等小事如何称得上背叛？一个声音说：师父教你怎样？另一个声音说：那么在这一次之后罢！快乐，快乐！越绝望，越快乐！

而当一切都停止时，敦煌仍在下着寂寂的大雪。天已经完全黑了，白雪反照出微弱的银光。阿健坐了起来，这个刚才仍在耀武扬威的妇人收起了自己的爪子，安静地靠在惠胜胸前。她的乳房像累累垂下的瓜果，散发出甜熟的香味。

“让我带你看看我画的图画罢。”惠胜突然说道，随后他抓起阿健的手，强迫她站了起来。两个赤身裸体的人站在穹顶之下，在他们的头顶是天堂。

“这是什么？”阿健懒洋洋地问道。

惠胜只需瞥一眼便能将那幅画的来历说出来。“鹿野苑初转法轮，”他说道，“说的是释迦牟尼涅槃之后第一次说法，在鹿野苑——你能看到他脚前卧着的两头母鹿么？”

“那么这一幅呢？”

“这是须达努太子本生故事。”

“这个呢……”

“这是五百强盗成佛图。”

“啊呀，他们的眼睛被剜去了么？”

“正是！”

这是微妙比丘尼缘，这是睒子本生，这是西王母与东王公，这是力士，是飞天，是药叉，是射鹿的猎人，是驯马的胡人，是野猪带着六子嬉戏，是天鹅在湖中浮游，是水纹，是云天，是生机勃勃的人世，是风流快活的天堂。

“而这是降魔变。”惠胜闭着眼睛，指着东壁一角说道，“魔女试图引诱佛陀，她的头发，我画的是蛇，你能看清么？”

阿健走了过去，仔细看着，随后她笑嘻嘻地回过了头：“与我长得有点像呢！”她骄傲地宣布。

惠胜闭着眼睛，无声地笑着。现在，他对自己说，我们来到了最后一幅。

“那么这一幅呢？”阿健问道。

“你说的可是降魔变旁的那一幅？”

“嗯。”

惠胜缓缓答道：“那是沙弥守戒自杀图。”

“啊……”

在阿健开口阻止他说话之前，惠胜极快地接了下去：

“沙弥的母亲，在荠菜生长的春天，送他去剃度，他的师父为他说法，他以为天花乱坠了，而那不过是暮春的柳絮而已——多么迷人的天堂哟！他想，而师父说：‘惠胜，你若敬三宝，持八戒，便能与佛共享兜率天。’随后他们师兄弟一个接着一个出去化缘，在富贵人家的门口这个年轻的比丘遇见了一个少女，美丽而淫荡的大家闺秀说：‘我父我母都出去了，小师父，你进来罢，让我们共享无上的快乐。’……”他的声音像一阵香烟，袅袅消散在空寂的洞窟里。

“……那么后来呢？”阿健问道。

“后来……后来这个小沙弥感到如此的失望，以至于他用刀切开了自己的胸膛。师父火化了他，最后，他的尸体变成了一块散发着香气的紫檀木。”

在他们俩中间，出现了这样长的沉默，长得足够惠胜回忆自己短暂而平淡的一生。当他做完这样庄严的事情以后，他的目光重新落在了阿健脸上。在微光里，他觉得她的脸像智者一样高深莫测。她清了清嗓子，发出谶言一般的问语：“那么，这是你么？你享受了无上的快乐么？你也将守戒自杀么？”

惠胜没有回答，他只是望着她，望着她，望着她，望着她，望着她。

“我不知道。”他终于说。随后他闭紧了嘴，嘴角显出两道深深的纹路。

而或许下一刻，他的身体便会像昙花一样，消散得无影无踪。

童言无忌·妖言惑众

文/夏茄　图/黑白工厂·安妮

一

每个人都有最喜欢的季节。如果你要问我最喜欢哪个季节，我一定回答："夏天！"

夏天可以穿裙子，可以吃西瓜、吃冰棍，可以去游泳，可以在草丛里捡蝉蜕，可以光脚穿凉鞋在雨地里走，可以追着雨后的彩虹跑，可以玩得一身大汗去洗澡，可以喝冰镇的酸梅汤，可以去池塘里捞蝌蚪，可以摘葡萄、摘无花果，可以晚上在院子里乘凉、看星星，可以打着手电筒去捉蟋蟀。总之，夏天的乐趣，一两句话说不完。

如果你问我最喜欢哪个月份，我一定会说："六月！"

因为啊，我是出生在六月的。

六月，天气刚刚热起来，却又不像七八月里那么热，早上晚上还挺凉快。不管白天再怎么晒，太阳一落山就刮起凉风，吃完了饭可以出门散散步，吹吹风，听草丛里的蝈蝈叫。晚上睡觉，也不冷也不热，盖着一条薄被子，很快就睡着了。

六月的天空是最晴朗的，蓝得透亮，好像游泳池里新换的水，蓝天上面飘着白云，一团一团，被风吹着慢慢跑，一会儿变一个形状。傍晚，云就堆在天边，被夕阳染成红的黄的橙的粉的紫的，这么多种颜色，什么样的笔都画不出来。

六月里也经常下雨，突然间云就铺满了天空，黄豆大的雨点噼里啪啦砸下来，砸得满地尘土味。紧接着雨就下大了，甚至打起雷，亮起闪电，整个世界昏暗一片。下大雨的时候，最好就呆在家里，蒙着被子看小说，或者搬一把小凳子坐在屋檐下，看着雨哗哗地落到院子里来。树木都在狂风里拼命摇晃，晃得人有点害怕，生怕眨一眨眼，它们就被卷到天上去。但是很快，雨就变小了，停了，太阳又出来了，照着一整个亮晶晶的大地。雨后的空气变得很透明，各种花草味、泥土味、露水味，还有阳光的味道，混在一起，让人觉得什么都是崭新的。

六月，能吃到新鲜的樱桃和草莓，都是红艳艳、亮晶晶的。吃这两样水果的时候，我总会想起妈妈，因为妈妈身上的味道就是这样香甜。妈妈总是把它们买回来，洗干净，放在冰箱里冰着。吃的时候用白瓷盘子摆好，满满的一盘，光是看一眼都很幸福。

六月里还能吃到桑葚、杨梅和荔枝，不过这些都是南方水果，要等人从老家捎过来。捎到家的时候总是一大箱，连枝带叶，还有露水。吃荔枝的时候，妈妈就教我念诗："长安回望绣成堆，山顶千门次第开。一骑红尘妃子笑，无人知是荔枝来。"吃一颗荔枝，念一句诗，吃完了诗也就记住了。

六月里我最喜欢的花是石榴花。我家的后院里就有一棵，一到夏天，墨绿的叶子中间就冒出红玛瑙似的花苞。石榴花的花苞又硬又厚，里面的花瓣却像火一样红，像蝉翼一样薄，像丝绸一样光滑。这么轻薄的花瓣，却能把这么厚的花苞顶破，像蝴蝶从蛹里挣脱出来一样，开出最美最艳的花。

六月里，最开心的事就是过生日了。可以跟爸爸妈妈去游乐场玩，可以吹蜡烛，切蛋糕，还可以收到生日礼物。以前妈妈总是在生日前一天晚上，把一个许愿瓶放在我床头，我对着瓶口悄悄说出我想要的东西，再把瓶子盖好，第二天醒来，愿望就会实现。

妈妈走了以后，我就不能开口说话了，不过我学会了写字，所以爸爸还是每年都把愿望瓶拿出来。我把愿望写在小纸条上，叠成一颗小小的幸运星放进去，一边看着瓶子里的小星星，一边满怀希望地睡去。

今年我写下的愿望是："我想要一台时光机。"

有了时光机，就可以像小叮当一样，回到过去，或者去往未来；可以看到小时候的自己，长大的自己；可以看到妈妈还在的时候，我们一家三口在一起的时光；甚至到我出生以前去看一看，看看没有我的世界是什么样子的。

我把愿望写在一张细细长长的粉色小纸条上，小心翼翼地叠成幸运星。"咚"的一声，星星掉进玻璃瓶里，发出风铃一样好听的声响。

等明天早上醒来，我的愿望就能实现了吧。

二

夜里，我突然醒了。不是因为听到什么声音或者做了什么梦，就是莫名其妙地，一下子睁开眼睛醒过来。

周围黑漆漆的一片，我刚想开灯，看一看现在几点了，却突然感觉到，旁边有什么东西在发光。仔细一看，是愿望瓶，里面那颗小小的幸运星，正在黑暗中发出幽幽的粉红色光芒。

咦，难道那种纸是夜光的吗？

正想着，小星星突然"嗒"的一声，在瓶子里跳了一下。

我吓了一跳，再睁大眼睛仔细看。星星不动了，却依旧发着光。我犹豫了一下，小心翼翼地打开瓶盖，把里面的星星倒在手心里。

星星在手中，几乎感觉不到重量。突然间，它又"嗒"地蹦了一下，险些要从我手里掉下去。我连忙伸手去抓，指尖碰到星星的一瞬间，它突然散开了，变成一条长长的、长长的纸条，一圈一圈盘旋而上，像牵牛花的藤，把我绕在里面。

难道，我是在做梦吗？

黑暗中，纸条闪着神秘的粉红色光芒，上面依稀能看见小小的字迹，密密麻麻地把纸都写满了。但是，我却不认得那些字，好像那并不是我自己的笔迹。我刚想再看仔细一些，纸带又再次散开了，袅袅地盘旋，落在地上。

嗒。

低头看看，躺在脚边的，依旧是那颗小小的幸运星。

我把星星捡起来，攥在手心里，抬头向四周看，发现这里并不是我的卧室。面前似乎是一条黑漆漆的走廊，没有灯，只能隐隐约约看见墙壁和地板的轮廓，走廊两边有椅子，空荡荡的，一个人影也看不见。

突然，一串急促的脚步声从背后啪啪啪地传来，打破了死一样的寂静。我还没来得及回头，一个高大的人影“呼”地从我旁边跑了过去，我只能看见他的背影，急匆匆地跑远了。

咦，那个背影好眼熟。

好像是……爸爸？

我不由自主追了上去，却怎么也追不上，背影越跑越远，拐个弯，消失在走廊尽头。

那个人真的是爸爸吗？

这么着急，是要跑到哪里去？

我现在，到底在什么地方？

我稀里糊涂地往前走着，走着。走廊细细长长，每个拐角都通往其他一模一样的走廊，好像迷宫一样。两边黑洞洞的门里，隐约传来奇怪的叹息声，仔细听，却又听不见了。我记不清自己走了多久，拐了多少个弯，好像永远也走不出去似的。

脚边，许多小小的黑影在沿着墙角移动，发出微弱的吱吱声。

是老鼠吗？

走过去仔细看看，并不是老鼠，却又说不清是什么。那些黑影是扁平的，紧紧贴在地上，好像一团一团黑色的墨迹，却又会动，从地上移动到墙上，又跑到天花板上。

我伸出手，想试着戳一戳墙上的黑影。

“别碰。”

耳边突然传来一个冷冰冰的声音。

听到那两个字，我的手突然就停在半空中，再也无法碰触到墙壁，好像那声音里有某种魔力似的。

前面不远处，有个穿黑衣服的人正坐在走廊旁边的椅子上。刚才大概就是他在跟我说话吧。

“不想得病的话，就别碰那些脏东西。这里是医院。”黑衣人又开口对我说。

医院吗？怪不得有点眼熟。只是，我从来没有在这么黑的夜里来过医院。

“过来坐好，别乱跑。”

我乖乖地走了过去，坐在黑衣人旁边。黑暗中，隐约能看清他的脸，又白又瘦，像蜡像一样，黑色的头发很长，几乎要把眼睛遮住了。他的手里拿着一本打开的书，似乎正读到一半。

奇怪，周围这么黑，他能看清书上的字吗？

正这么想着，就看见黑衣人用他又细又长的手指，从书上扯下一页纸，慢慢地撕成一小片一小片，放到嘴里嚼着。

呲啦呲啦的撕纸声和咯吱咯吱的咀嚼声，在黑夜里听得格外清晰。我听着那样的声音，觉得浑身难受，好像有很多小虫子正趴在身上咬我一样。

这个人，怎么跟老白一样，喜欢吃书啊？

黑衣人不理我，只管专注地把书上的纸页一点一点吃下去，仿佛美食家在用心品尝食物一样。这时我注意到，书上的字并不是用油墨印出来的，而是用淡蓝色的墨水写成的。

是一本什么样的书呢？我不禁有点好奇。

这时候，一小片碎纸从黑衣人手指缝隙间掉下来，正好掉在我的手心里。我低头仔细看着，淡蓝色的字迹有点潦草，勉强能看清“森林”、“少女”、“王子”几个字。

是一本童话故事书吧。

我学着黑衣人的样子，把纸片放到嘴里，慢慢地用力嚼。纸片被浸湿了，嚼软了，有一股咸咸涩涩的味道。

呸，不好吃！我把嚼成泥状的纸团吐了出来。

黑衣人突然抬起头，向着走廊尽头望去。这一瞬间，我看见他藏在头发下面的眼睛是金色的，好像半透明的琥珀一样，黑暗中闪闪发光。

我也顺着他的视线向远处看。走廊尽头，有一个人影慢慢向我们走来——确切地说，不是走，而是像鬼魂一样，一动不动地飘过来，甚至听不见一点脚步声。

我吓得紧紧抓住黑衣人的袖子，心在胸口怦怦直跳。

“别怕。”黑衣人压低声音说，“坐在这里不要动。”

我一动也不敢动。

人影慢慢地近了，我逐渐看清他的样子，个子不高，脸上戴着面具，面具上什么都没有，像鸡蛋壳那样光滑。他的身上穿着一件式样有些奇怪的、深紫色的袍子，上面绣着两条蛇，一条黑，一条白，缠在一起，从领口一直延伸到下摆，姿态栩栩如生，好像随时会爬到地上来。袍子下摆一直垂到地面，把脚完全遮住了，双手也笼在袖子里。这样一来，完全猜不出他多大年纪，是男还是女。

那个人影飘到我们面前，停住不动了，虽然看不清面具后面的脸，我却感觉他是在看着我们。一瞬间，我的身体又冰冷，又无力，好像掉进一个很深很深的噩梦里，永远也爬不上来似的。

面具后面传出一个飘渺的，好像叹息一样的声音。

“我们又见面了。”

黑衣人回答：“是的，好久不见。”

面具人说：“这次你又想阻止我吗？”

黑衣人说：“我没有这个本事。”

面具人说：“那你为什么在这里？这不是你该来的地方。”

黑衣人说：“我在给这孩子讲故事，免得她一个人坐在这么黑的地方害怕。”

“讲故事？”面具人问，“什么故事？”

“这世界上任何一本书上都没有的故事。”

面具人沉默片刻，突然吃吃地笑了。

“我明白了，上次你试图阻止我却失败了，所以这次想换一种方式，对不对？你想用故事吸引我的注意力，好拖延时间，对不对？”

黑衣人说：“那你到底想不想听呢？”

面具人又笑了。“好吧，今晚我有很多时间，就先听听你的故事吧。听完以后，再动手也不迟。”

于是黑衣人就用他冷冰冰的声音开始讲故事。

“这个故事的名字，叫做《高塔里的公主》。”

三

很久很久以前，有一个古老而美丽的王国，王国里有一位国王与一位王后。国王英俊而强壮，王后温柔又美丽，他们两个生活在一起，过着幸福平静的日子。

唯一的遗憾是，他们一直没有孩子。

国王和王后都很喜欢小孩，有时候，看到园丁或者厨娘带着自己的小孩在外面玩，王后总会忍不住说：“要是我们也能有个儿子或者女儿就好啦。”

国王说：“别担心，我们会有的。”

王后说：“哪怕只有一个也好，不管是男孩还是女孩，我都会像宝贝一样疼爱。”

国王说：“我们的孩子，一定会是这世界上最聪明、最可爱、最幸福的。”

他们就这样希望着，日子一天一天过去。

有一年春天，国王去外面打猎，捉到一只会说话的画眉鸟，乌黑的眼睛，雪白的羽毛，嘴巴像血一样红。国王很高兴，命令工匠用黄金和玉石做了一只鸟笼，把画眉鸟养在笼子里，送给王后做礼物。王后很喜欢这只鸟，给它喝玫瑰花瓣上收集的露水，喂它蜜糖与胡桃做成的点心。可是，不管她怎么精心照顾，画眉鸟却始终不吃也不喝，更不肯开口说一个字。

王后看见画眉鸟一天一天消瘦下去，终于心软了，她打开笼子，放它出去。画眉鸟重获自由，便抖了抖翅膀，飞到花园里的橡树上，张开血一样红的小嘴，用金子一样明亮的声音唱道："王后会生一个女儿。"

唱完之后，它就飞走了。

王后听了画眉鸟的歌声，心里又快乐，又悲伤，一个人慢慢走回宫殿里，把鸟笼用一块丝绸手帕盖起来。

第二天早上，王后起床，听见窗外的鸟儿都在叽叽喳喳说着："王后会生一个女儿。"

她吃了一惊，以为自己听错了。

王后洗脸，听见井水用低沉的声音说："王后会生一个女儿。"

王后走进花园里，花园里的玫瑰都悉悉索索地悄声说："王后会生一个女儿。"

连花园里的大理石雕像，也张开它光滑而冰凉的嘴唇说："王后会生一个女儿。"

听到这些声音，王后心中渐渐充满了希望。果然，很快她就发现自己怀孕了。这一年冬天，下第一场雪的时候，王后生了一个小公主。

小公主聪明又美丽，健康又活泼，国王和王后都非常高兴，把她当掌上明珠一样宠爱。公主每天喝花蜜，用牛奶洗澡，睡玫瑰花瓣铺成的床，穿丝绸和羽毛做成的衣服。就这样，她一天一天长大了，长成一个人见人爱的小姑娘。

公主喜欢听故事，于是王后经常讲故事给她听。有一天，王后给公主讲了一个金苹果的故事。公主很喜欢这个故事，又跑去给园丁讲，园丁讲给卫兵，卫兵讲给小丑，小丑讲给乐师，乐师讲给厨娘，厨娘又讲给每天来宫里卖水果的女人……很快，整个王国的人都开始兴致勃勃地讲这个故事，吃饭时也讲，睡觉前也讲，在田里休息的时候也讲。

住在宫殿里的国王和王后并没有注意到这件事，不过，几天之后的一个早晨，当国王走

进花园的时候，突然发现园子角落的一棵老苹果树上，结满了金色的苹果，压得沉甸甸的枝条一直垂到地面。一阵风吹来，熟透的苹果噗通噗通地掉在地上，国王捡起一个，用剑劈开，发现苹果是纯金的，跟故事里讲的一模一样。

又有一天，王后梳妆的时候，发现自己最喜欢的珍珠发卡少了一只。她把公主叫来，问她有没有看见，公主天真地回答，是地底下的小精灵把发卡偷走了，她亲眼看见的。王后笑一笑，并没有当真，以为公主只是想逗她开心。

很快，整个王国都开始流传会偷东西的小精灵的故事。一夜之间，从王宫的大理石地板下面，钻出许许多多巴掌大的小精灵。它们穿着树叶做成的衣服，戴着尖尖的小帽子，偷偷摸摸地爬上柜子，钻进抽屉，偷走袜子、剪刀、丝带、项链、蛋糕、彩笔、蜡烛、茶杯……连公主本人最珍爱的一副兔毛手套，也让它们偷走了一只。

国王和王后渐渐发现，公主身上有一种不可思议的魔力：她说出的每一个故事，都会像感冒一样传染给周围的人，当整个王国的人都开始重复公主的故事时，故事就会变成真的。越是不可思议的故事，流传的速度越快。

公主说，生日那天会收到仙女的礼物。于是在生日的晚宴上，几百个长翅膀的仙女从门和窗口飞进来，把各种各样的礼物扔在桌子上。大部分礼物都奇形怪状，不知道是用什么东西做成的，也不知道有什么用。国王不得不让人清理出一个专门的仓库，用来存放这些礼物。

公主说，雨后的彩虹，是天上流下来的瀑布变成的。大雨之后，人们惊奇地发现有一条七彩的瀑布从云里面哗哗地流下来，把下面的田地都淹没了，变成一个深深的、七彩的湖泊，湖水里有七彩的鱼在游动。天晴之后，瀑布渐渐地变细，消失，七彩的湖泊却留了下来。人们用湖里的水来染布，画画，还可以做成五颜六色的糖果，每一种都有不同的味道。

公主说，冬天最冷的时候，会有北方的巨人来这里过冬。几天之后，巨人们身披熊皮，手拿石斧，赶着山一样巨大的六角牦牛从远处走来。他们面容粗野，但心肠并不坏，会打着手势，用兽皮、腊肉和珍贵的雪莲花跟这里的人们换酒喝，晚上就住在村庄周围的森林里，点燃篝火，边唱边跳。春天到来之前，他们把许多沉甸甸的麻袋留在村子附近，赶着牛群离开。村民们打开麻袋，发现里面装满含有金沙的矿石。

随着公主一天天长大，她的故事越来越离奇，也给这个国家的人们带来越来越多的麻烦。冬天还没过完，突然就变成了夏天；夏天却又下起冰激凌一样又凉又甜的雪来；天上的月亮会变成两个甚至三个，星星会掉到地上变成银色的小兔子……总而言之，这个国家里的一切，都变得越来越离奇，越来越没有规则。

人们终于无法再忍受这样的混乱，他们来到皇宫周围，要求国王采取措施来解决这一切。国王没有办法，只好找来大臣们商量。大臣们讨论了三天三夜，最后一致认为，最好的办法，就是禁止公主跟周围的人交谈，这样她的故事就没法散播开了。

于是，国王命令工匠们在森林深处修建了一座高塔，让公主搬到塔里面去住，随她一起住进去的还有二十个仆人，都是聋子和哑巴。公主一辈子都不能离开这座高塔，外面的人也不允许进入森林，这样，公主所说的任何一句话，都不会流传出去了。

森林的深处十分寂静，只能听见风声、雨声、鸟叫声、流水声，还有花开的声音、种子发芽的声音和熟透的松果落地的声音。公主再也不讲故事了，她甚至不再说话，就在这寂静的森林深处，寂静的高塔上，一个人寂静地长大。而外面那个曾经被她的故事所扰乱的古老的王国，渐渐地把她遗忘了。

黑衣人讲到这里就不讲了，他的声音慢慢在黑暗中消散，仿佛一场梦逐渐醒来似的。过了很久，他才用低低的声音说："这个故事，到这里就讲完了。"

这样就算讲完了吗？我有点不相信。

后来呢？

"后来呢？"面具后面的那个声音也问。

"后来发生的事，就是第二个故事了。"黑衣人说，"你还要听吗？"

"继续讲吧，我还有时间。"面具人回答。

于是黑衣人继续讲第二个故事。

"这个故事的名字，叫做《远方来的王子》。"

四

许多年过去了，这个古老的国家，渐渐恢复了原来的样子。偷东西的小精灵被猫和狗抓住吃掉了，仙女和巨人也不再回来，彩虹的湖泊一年一年干涸，变成浑浊的沼泽。冬天冷，夏天热，天上只有一个太阳，一个月亮，太阳白天出来，月亮晚上出来，老老实实规规矩矩地在天上走着。

在寂静的森林深处，寂静的高塔上，小公主已经长成了一位美丽的少女。没有人知道她过着怎样的生活，甚至没有人记得她的存在。人们甚至传说，那片禁止人进去的森林里，住着一个老巫婆，会把路过的小孩子抓起来，吃他们的心肝。

直到有一天，有一个放羊的小孩子不小心闯进了这片森林。他是一个个头很小很小的孩子，总穿着一件拖到脚的绿色外套。看守森林的卫兵大概把他当成了一丛灌木或者一堆草，没有注意到他走了进去。放羊的孩子走了很久很久，一直走到最寂静的森林深处，在这里，他意外地看见了一座高塔，塔上爬满绿色藤蔓，几乎要和森林的绿融为一体。

放羊孩子走到近处，看见高塔顶上，有一扇窗户打开着，窗户里面坐着一位美丽的少女。孩子吃了一惊，因为他想象中的老巫婆并不是这个样子的。

他抬头问少女："你是谁？"

少女说："我是一位公主。"

孩子问："你在这里多久了？"

公主说："我也忘了有多久，大概十年了吧。"

孩子问："你为什么不出去？"

公主说："他们不让我出去。"

孩子问："谁不让你出去。"

公主说："我的父亲和母亲。"

孩子问："为什么？"

公主不回答，眼睛里面突然掉出两颗大大的眼泪。

孩子又问："你还要在里面呆多久？"

公主说："不久了。三天之后，会有一位王子从很远很远的地方来到这里，把我带走。"

很快，整个国家都开始流传关于很远很远地方来的王子的故事了。

三天后，果然有一位王子来了，但他长得一点不像个王子。他的个子不高，相貌也不英俊，穿着粗羊毛的上衣和麻布裤子，骑着一匹瘦弱的灰色小马，背着鼓鼓的行囊。他就这样慢慢悠悠，沿着大路走来，走进这个古老的国家。没有一个人认出他是一位王子。

王子径自来到皇宫门前，请求面见国王与王后。尽管对这位王子的来历充满怀疑，国王还是让卫兵带他进来。王子跳下小马，一个人慢慢走进皇宫大门。他长着一张孩子一样圆圆的脸，脸上总是挂着喜气洋洋的笑容，看到这样的笑容，再忧心忡忡的人也会忍不住展开眉头。

国王问："年轻人，你从哪儿来？"

王子鞠一躬回答："尊敬的国王陛下，我从很远很远的地方来。"

国王问："你来见我，有什么事情吗？"

王子说："我来带您的女儿离开这里。"

国王吃了一惊，立即想起那位住在森林深处的公主。他问："你怎么知道我有一个女儿？"

王子说："您的国家是这样古老而伟大，您又是这样的英明神武，自然也应该有一位美丽善良的公主，才能与之相配。"

国王觉得王子很会说话，脸上露出满意的笑容。但王后不愿意把自己的宝贝女儿交给这样一个既不高大又不英俊、一副穷酸相的王子带走，于是她从珍珠帘幕后面走出来说：“年轻人，我们的确有一个女儿，但你必须做到三件事，我才答应让你见她。”

王子又鞠一躬说：“尊敬的王后陛下，请告诉我是哪三件事。”

王后说：“东边的冰山上，有一只金翅的太阳鸟，每一千年它会产下一只金色的鸟蛋，还要再孵一千年，才能把小鸟孵出来。你要先用迷雾森林里的迷迭香做成香囊，让太阳鸟昏睡；再用朱骨木做成的笛子吹出乐曲，引诱它离开巢穴；最后用吐火罗人织成的不怕火的锦缎，把金蛋包在里面，带到这里来。这是第一件事。”

王后又说：“西边的大海里，有一条暴躁的蛟龙，它守护着一株会发出美妙的音乐声的珊瑚草，任何人或者动物靠近这棵珊瑚草，都会惹怒蛟龙，引发海啸。蛟龙最喜欢吃的东西，是红色没有鳞片的鲤鱼，你要去香芒湖中寻找这种鲤鱼，再把七脚蜈蚣做成的毒丸子塞在鲤鱼肚子里，喂给蛟龙吃。趁它疼痛难忍的时候，你再用墨羽铁锻造成的宝剑，砍下蛟龙的头，摘下珊瑚草，带到这里来。这是第二件事。”

王后又说：“北边的山谷里，有一座休眠的火山，从火山口下去，可以一直通往地心。地心里有熔岩汇成的河流，河流中央有一座小岛，岛上有一种非常古老的猴子，它们没有眼睛，耳朵却非常灵敏，可以知晓世界上发生的任何事情。你要深入地心，渡过岩浆河，穿上用七尾雪狐的毛皮做成的鞋，静悄悄地上岛，不能发出一点声音。因为地心里一点光亮都没有，你要收集一千只萤火虫做成灯笼，依靠它们的光芒，找到猴群里面年纪最小、耳朵最灵敏的一只，趁别的猴子没有发现之前把它抓走，带到这里来。这是第三件事。”

王子听完，默不作声地低下头，转身离开了皇宫。王后在心里暗暗高兴，以为有了这三件事作条件，王子再也不会回来了。

没想到，王子刚刚出去没多久，又转身回来了。他把肩头的包袱放在地上，深深鞠一躬说道：

“尊敬的王后陛下，我在到这个国家之前，曾经路过东边的冰山，看见金翅鸟刚刚睡醒，它离开巢穴出去觅食的时候，不小心把一枚金蛋掉在地上，幸好没有摔破。我把它捡起来，装在铁皮做成的盒子里，一路用它照明，取暖，烧饭。现在它就在我的包裹里。

“我又乘船渡过西边的大海，救了一只被渔民捉到的海龟。它告诉我说西海的蛟龙因为消化不良，已经在半年前病死了，现在珊瑚草无人看管。为了报答我的救命之恩，海龟把珊瑚草取来给我，我一路听着美妙的乐声走来。现在它就在我的包裹里。

“因为时间还很充足，我又顺路去了北边的山谷，不小心掉入一个洞穴中，随着地底的河流飘了很久，最后稀里糊涂地上了岛。说实话，我也不太清楚岩浆河的事，不过岛上的猴子很友好，用各种美味佳肴欢迎我的到来，它们还告诉我，遥远的南方有一位高塔里的公主，正等着我去见她。我于是下定决心不再耽误，立即上路。年纪最小的猴子不仅自愿带我回到地面上，还跟着我一路来到这个国家。现在它就在我的包裹里。”

就这样，王子轻易地完成了王后提出的三个条件，再也没有人能阻止他跟公主见面了。

他骑着小灰马，慢悠悠地走进森林深处，走到寂静的高塔下，公主正坐在塔上，像一轮明月一样美丽。

王子跳下马，深深鞠了一躬，问道：“尊敬的公主，你愿意离开这里，跟我一起去很远很远的地方吗？”

公主回答：“我愿意。”

于是他们一起骑上小马走了，离开这个国家，去了很远很远的地方，再也没有回来。

“这个故事，到这里就讲完了。”黑衣人又说。

“后来呢？”

“后来的事，就是第三个故事了。你还要听吗？”

面具人迟疑了一下，说：“继续讲吧，我要听。”

于是黑衣人继续讲第三个故事。

“这个故事的名字，叫做《国王与王后》。”

五

公主和王子骑着小马，翻过高山，渡过大河，穿过森林，走过沙漠，一直走了整整三年时间。三年后，他们终于来到一个从来没有人来过的国家，这个国家的名字叫做“很远很远的地方”。

他们走到这里停了下来，这时候王子和公主各自又长大了一些，他们已经不是少男少女，而是一对青年男女了。连他们骑了一路的小灰马，也长成了一匹又高大又健壮的成年马。

三年的旅途中，王子和公主在路上说了许多话，尤其是公主，她把关在高塔上没有人可以说的话都讲给王子听了。因此，当三年的旅途结束时，他们已经不再是陌生的王子和公主，而是一对无话不谈的好朋友了。只是，公主一直没有讲过她童年时候讲过的那些故事，她深深记得当年的教训，害怕再惹出什么麻烦。

他们也在路上吵过架，像很多冲动的年轻人一样，不过吵架之后很快又和好了。这些小小的争执反而加深他们对彼此的了解，让他们的友谊更加稳固。

这一天，他们终于抵达了目的地。王子扶着公主跳下马，拉着她的手说：“亲爱的公主，这里就是我的国家，从今天开始，它就属于我们两个人了。这个世界上，几乎每个人都听说过这个地方，但只有你，是第一个，也是最后一个到达这里的人。在这里，你说的每一个故事，都不会流传到你父亲和母亲的国家去，所以你想说什么就可以说什么。”

公主看着王子，眼睛里突然掉出珍珠一样透明的泪水。从这一刻起，他们不再仅仅是亲密的好朋友，公主深深地爱上了王子，并且知道王子也深深爱着她。

王子和公主在这里住了下来，他们结了婚，过着幸福的生活。整个王国的人们都爱戴这对年轻的夫妇，他们把两个人的故事编成诗歌，写成小说，排演成戏剧，在田间地头，在街角巷尾，在酒肆茶坊，在泉水边与广场上流传。

变成了王后的公主，不再像小时候那么喜欢讲故事了，她现在更喜欢普普通通、规规矩矩的生活。偶尔偶尔，她也会在睡梦之中，把一些梦话不小心讲出来，如果这些梦话刚好被她的丈夫听到，年轻的国王又告诉了他的朋友，朋友再告诉朋友，最终这些梦话还是会实现的。不过，这些梦话，大多是一些很小很普通的愿望，想要夏天不那么热，冬天不那么冷，希望花园里的栀子花早一点开，或者久旱之后能下一场雨。

日子一天一天过去，国王与王后一直过着幸福而平静的生活，他们的国家也一直繁荣昌盛。国王每天早起，与大臣们商量政事，然后用午餐；下午他出去骑马，打猎，或者去王国的某一块地方视察；晚上国王回到宫中，王后已经摆好了丰盛的晚餐等候着，他们一起吃晚饭，饭后在花园里散步、聊天，或者去看一场新上演的戏剧。

日子久了，他们渐渐感到这样的生活似乎有点单调，好像缺了点什么。有一年夏天，他们参加完一场舞会回到家，外面正在举行盛大的庆典，天空中升起大朵烟花。王后挽着国王的手，两个人一起走到露台上，仰头望着被五彩烟火照亮的夜空。

王后突然对国王说：“你想要一个孩子吗？”

国王几乎没有犹豫，立即回答：“当然。”

王后问：“你想要一个儿子还是女儿？”

国王说：“不管是儿子还是女儿，我都会给出我全部的爱。”

王后回答：“我想我们会有一个女儿。”

一年后，王后生了一个美丽可爱的小公主。公主降生的那天刚下过一场大雨，雨后天边出现两道彩虹。整个国家的人们都赶来王宫，献上他们的祝福。

小公主的到来，给国王和王后的生活增添了很多乐趣。当然也有麻烦的地方，他们必须花费很多时间和精力来照顾和陪伴公主，让她健康长大。

公主三岁那一年，有天早上，突然有一只白色的乌鸦飞到国王卧室的窗前，开口对国王说道：“如果你能抓住我，你将获得青春不老的生命。”

国王吃了一惊，从床上坐起身，看着白乌鸦展翅飞走，消失在晴朗的天空中。

几天之后，一个下午，有一头白色的牡鹿走进花园，对正在喝茶的国王说："如果你能抓住我，你将获得统治整个世界的权力。"

国王刚要叫卫兵把他的弓箭拿来，白鹿就身子一闪，跑到树丛里不见了。

又过了几天，国王和随从亲信们去森林里打猎，自从有了女儿以后，他已经很多年没进行过这样的活动了。正当他们在溪边休息时，一条白狼出现在溪流的另一边，对国王说："如果你能抓住我，你将成为最有智慧的人，通晓宇宙、生命以及一切的秘密。"

国王跳上马，踏过清澈的溪水去追那只白狼，并且下定决心，不找到白乌鸦、白牡鹿和白狼就不回家。

一个月过去了，国王没有回来。

两个月过去了，国王没有回来。

半年过去了，国王还没有回来。

国王不在的时候，小公主经常问王后："爸爸什么时候回来？"

王后总是回答："快了，爸爸就快回来了。"

然而国王总是不回来，王后的脸上，渐渐蒙上一层雾一样的愁容。虽然她心里知道，国王这次远行是谁也阻拦不了的，就像你不能阻拦一个男孩去很远很远的地方冒险一样。但是这么长时间过去了，国王还没有一点消息。王后开始失眠，每天躺在床上想很久的心事，直到天快亮的时候才能睡着。

有一天夜里，小公主哭着闹着不肯睡觉，无论王后怎么哄都没有用，她只管哭着要爸爸。王后又疲惫又气恼，忍不住发狠说："爸爸永远都不回来了！"

话刚出口，她就后悔了，抱着小公主嚎啕大哭，请求她千万不要把刚才听到的话告诉任何人。小公主虽然并不明白发生了什么事，却被吓得止住了眼泪，乖乖地点头答应。

王后把公主和自己一起反锁在卧室里，每天只让侍女把食物和水放在门口就离开。然而话一旦说出口，就没有任何力量能阻止它流传开。一个星期以后，当王后走出皇宫大门时，听到整个王国的人都在窃窃私语，说国王离开这里去打猎，永远都不回来。于是王后明白，自己的丈夫，是真的再也回不来了。

陷入悲痛与自责中的王后，发誓这辈子再也不开口说话。在一个没有月亮的夜晚，她剪短了头发，换上男人的衣服，去马厩里牵出那匹国王当年骑过的小灰马——现在它已经变成一匹老马了。王后骑上马，独自离开这个国家，去外面广大的世界里寻找国王，就像国王当年离开这里去寻找她一样。

年仅三岁的小公主，就这样失去了爸爸和妈妈，一个人在很远很远的地方，寂寞地长大。

“这个故事，到这里就讲完了。”黑衣人又说。

“后来呢？王后有没有找到国王？”

“那是第四个故事了。你还要听吗？”

“别废话了，赶快讲。”

于是黑衣人继续讲第四个故事。

“这个故事的名字，叫做《三个女巫》。”

六

许多年后，小公主也长大了。

虽然没有父母在身边，但仍有许多好心的人照顾小公主，教给她各种各样的东西。就这样，小公主渐渐长成了一个人见人爱的少女，像她的妈妈一样美丽，像她的爸爸一样，脸上永远挂着孩子般愉快的笑容。

有一天，一个流浪的戏班子到皇宫附近来演戏，小公主偷偷溜出宫去，跟那些平民和小商贩们挤在一起看戏。这是一出非常受欢迎的三幕剧，里面有一个王子和一个公主。戏的结局很悲伤，很多人都看得流下了眼泪，发出各种感动的啜泣声。当第一滴眼泪从小公主的眼睛里流出来的时候，她突然明白过来，舞台上演的，正是她爸爸妈妈的故事。

“怪不得我这么多年都没有爸爸妈妈，几乎要把他们的样子忘记了。不知道他们现在在哪里呢？”小公主轻轻地问自己，但是没有人能告诉她答案。

于是，她收拾了一个小小的包裹，骑上一匹小黑马，出发去寻找爸爸妈妈。

小公主走啊走，一路走，一路问遇到的人：“请问，您有没有见到过一位国王和一位王后？他们是我的父母。”

人们都纷纷摇头，说：“没有，我们从来没见过。”

小公主问路边的苹果树：“你见过我的爸爸妈妈吗？”

苹果树沙沙地回答：“十年之前，曾经有一位国王追着一只白乌鸦经过这里，他走后不久，一位疲惫的王后坐在这里休息。现在他们已经走远了吧。”

小公主问深谷里的泉水：“你见过我的爸爸妈妈吗？”

泉水叮叮咚咚地回答：“五年之前，曾经有一位国王追着一头白牡鹿经过这里，他走后不久，一位伤心的王后在这里哭泣。现在他们已经走远了吧。”

小公主问远处的大山："你见过我的爸爸妈妈吗？"

大山沉默地回答："三年之前，曾经有一位国王追着一条白狼经过这里，他走后不久，一位绝望的王后，对着山谷呼喊他的名字。现在他们已经走远了吧。"

就这样，小公主一路走，一路打听，不知不觉，走过了许多地方。

有一天，小公主路过一座森林，突然闻见一阵很好闻的香气，像是樱桃派和栗子蛋糕的气味。小公主已经饿了很多天没吃东西了，这味道让她想起家。她不知不觉顺着香味的方向走过去，看见林子中间有一座糕点做成的小房子，墙壁是巧克力和奶油的，屋顶是刚出炉的薄饼干做的，窗户是五颜六色的水果糖拼贴成的。

小公主敲敲门，走进去，看见屋子里坐着三位女巫。她吃了一惊，因为她一直以为女巫会又老又丑，但这三位女巫都很年轻，比小公主也大不了多少岁，而且她们都很漂亮，长着火红的长头发，穿着灰色的、蛛网一样的裙子。

小公主问："请问，你们见过我的爸爸妈妈吗？"

女巫们一起转过脸来，这时候小公主才发现，她们是三姐妹，其中一个看不见，一个听不见，还有一个不能说话。

看不见的女巫对她说："我们当然见过你的父母，并且还知道去哪里可以找到他们。不过，眼下我们遇到一个难题，如果你能帮我们解答出来的话，我们就把你想知道的事情告诉你。"

小公主问："什么难题？"

女巫说："很多年以前，当我们三个还是小女孩的时候，经常结伴去森林里玩。有一天，我们一不小心走到密林的最深处，在那里遇见了死神。

"当死神出现时，我第一眼看到了他的样子，我的二妹妹听到了他的声音，我的小妹妹忍不住'啊'地大喊一声。因为这喊声，死神发现了我们，这意味着我们也要死，因为死神的秘密是不可以让任何一个活着的人知道的。

"我们三个跪下来，苦苦地哀求他，因为我们还是小孩，本该有很多年可以活。死神禁不住我们的哀求，终于心软了。他说：'好吧，我多给你们每人十年的生命，十年之后，我再来。

“我们算一算，觉得十年虽然比立即死去要好，但还是太短暂了，十年后我们正是最年轻漂亮的时候，要在那样的年纪死去，多少有点不甘心。于是我们又继续哀求他，请他给我们一个机会，能在十年之后继续活下去。

“死神犹豫很久，终于开口说：‘如果轻易放走你们三条生命，恐怕别的死人会有意见。这样吧，这十年之中，你们每人可以有一个机会，让另一个人代替自己去死。’他转向我说：‘记住，第一个被你看见的人，将会替你去死。’他转向二妹妹说：‘第一个被你听见的人，将会替你去死。’最后他对小妹妹说：‘第一个回应你呼唤的人，将会替你去死。’说完之后，死神便消失了。就在那一瞬间，我发现自己看不见了，我的二妹妹听不见了，而我的小妹妹则不能说话了。

“从那一天起，我们三个没有一天不在为死神的难题苦思冥想。我们分头去往世界的各个角落，去找一切有智慧的人请教，却始终没有得到一个答案。转眼间，十年时间过去了，我们渐渐相信这难题注定是没有答案的，死神只不过在跟我们开玩笑罢了。于是我们三个又回到这里，等待约定好的那天一起去死。

“没有想到，就在三天之前，一位住在北方山谷里的仙女经过这里，留下了一枚金色的李子。她告诉我们，这是世界上最后一棵黄金树上结的最后一颗金李子。吃下它，瞎子可以重见光明，聋子可以听见声音，哑巴可以开口说话。现在这颗李子就在桌上的盘子里。

“这三天来，我们一直坐在这里，争论究竟应该由谁吃下这枚李子，又要找谁来代替她死。今天就是十年期限的最后一天，但我们的争论还没有结果。小公主，如果你能拿出一个让所有人都满意的答案，我们就告诉你，怎样才能找到你的父母。”

黑衣人讲到这里，又不讲了。沉默很久之后，面具人像刚刚醒过来似的，开口问道：“完了吗？难道这样就算完了？”

黑衣人回答：“没有完，只是还缺一个结局。”

“结局是什么？快告诉我，公主到底怎么解开这个难题？”

“你想知道吗？”

“快说！”

黑衣人苍白的脸上，慢慢浮现出一丝笑容。

“天快亮了，我要回去睡觉了。你明天这个时候再来吧，到时候我就告诉你。”

七

听到黑衣人的话，面具后面的声音沉默了很久很久，然后突然间，爆发出一声沙哑的吼叫。

“不！”

巨大的怒气从他身上迸发出来，一半冰冷，一半灼热，吹得深紫色的长袍在空中摆动。

“不！不！不！不！不！”面具人连着喊了许多个不，“我受够了！我受够了你们这些家伙跟我讨价还价！受够了你们想尽办法欺骗我！我受够了你们在各种故事里丑化我的形象，把那些骗过我的坏蛋当做英雄吹捧！我受够了你们的贪得无厌！活着的时候不珍惜生命，死到临头又总绞尽脑汁多占我一点便宜！我受够了，彻底受够了！你们以为我愿意做这份工作吗？！没有我不分昼夜辛辛苦苦地干活，这个世界早就变成了地狱，你们能像现在这样坐在这儿讲故事吗？！”

黑衣人站起身想要阻止他，然而已经来不及了。面具人从袖子里伸出一只手，声音嘶哑地喝道：“让开，不要挡我的路！今晚这两条性命，我必须拿走！”

我惊恐地看见，虽然那只手并没有碰到黑衣人，但他的喉咙上，却出现了一个灰色的手印。黑衣人的身体慢慢升到半空中，仿佛被一些看不见的丝线提起来的木偶。我想要冲上去拉他下来，但黑衣人在空中艰难地转过头，用低得几乎听不见的声音说：“小言，不要动。”

于是我坐在那里不能动了。

面具人伸着手，慢慢向前一步，黑衣人就在空中后退一步，面具人再前进一步，黑衣人再退一步，直到黑衣人的身体紧紧贴着墙壁，像一只被大头针钉住的黑色蝴蝶一样。面具人不再移动了，他站在那里，一黑一白两条蛇从他的袍子上面窸窸窣窣地爬下来，沿着地面滑行，穿过黑衣人身后的墙壁，消失了。过了一阵，它们又从墙壁里出来，各自用尾巴栓着一团光芒。白蛇拴住的是玛瑙一样深红色的光，细细长长，有点像人的形状，黑蛇拴住的是橙红色的、小小的一团光。

不知道为什么，虽然身子不能动，我的眼里却突然流下泪水，顺着脸颊噼噼啪啪地掉下来。仿佛有一种非常非常悲伤的感觉，把我的身体撕开了，撕成许多碎片，一片一片落在冰冷的地面上。

黑蛇和白蛇嘶嘶地爬过来，把两团光芒交给面具人，然后爬回他的袍子上不动了。面具人把手放回袖子里，鸡蛋壳般光滑的面具上看不到任何表情。黑衣人噗通一声，从墙上重重地摔在地上。

叹息一样飘渺的声音，从面具后面传来。

“今晚我的工作完成了，谢谢你的故事。希望下次有机会，你能把第四个故事的结局告诉我。”

于是那个身影又像来时一样，悄无声息地离开了。

黑衣人躺在那里一动不动，许久，许久。

周围的墙壁开始倾斜，像融化的蜡一样，地板也皱了起来，它们相互挤压、撞击，裂成一块一块。每一块又变成更小的碎片，好像方糖在红茶里融化一样。当对面的墙壁渐渐消失时，我隐约看见墙后面的房间，房间里依稀有几个人影，但它们也在迅速地崩塌、消散，跟周围的东西一起，化作闪闪发光的碎片。

那些碎片，全都是细小的字。

不到一分钟，所有的字全消失在空气中不见了，只剩下一条黑漆漆的、空旷的走廊，跟刚才的走廊一模一样。

“现在你可以动了。”耳边传来黑衣人冷冷的声音。

八

这是什么地方？

“我说过了，这里是医院。”

那，刚才是……

“刚才我们也在医院里，只不过，是用‘言’造出的另一重幻境。”

幻境？

“那里面的一切都是假的，就像故事一样，编出来骗人用的。”

骗人吗？

“没有那几个故事，那家伙也不会这么好骗。”

可是，我真的很想知道后来怎么样了。想知道公主到底有没有解答死神的难题，有没有找到爸爸妈妈。

“没有后来了。”

没有了？

“那本书上的故事，只到这里为止，连我也不知道后来怎么样了。”

黑衣人在空荡荡的走廊里走着，我稀里糊涂地跟在后面。他的脚步有点虚弱，好像刚刚耗尽了全身的力气。但声音还是冷冰冰的，像冰块一样砸在地上。

真的不知道吗？

难道小公主的故事，真的就到那里结束了吗？

就算是骗人用的故事，也该有结局才对。没有结局的故事，怎么能算故事呢？

“别啰嗦了，跟我走。”

我们沿着走廊走了很久，终于看到前方一点光亮，那是一间亮着灯的房间，里面传来哇哇的啼哭声。我们走进房间，里面有几个穿白衣服的人，像是医生和护士，正忙忙碌碌地走来走去。奇怪的是，他们都像看不见我们两个似的。

在房间中间，有一张床，床上那个人，好熟悉。

妈妈？

妈妈也像看不见我似的，只管低着头，看着怀里的襁褓，里面露出一张红红的、皱皱巴巴的小脸。爸爸也在她旁边，跟她一起低头看着，两个人脸上又是笑又是泪。

这是……

“这是你的生日。”黑衣人说。

生日？

“这是你妈妈把你生出来的那个夜晚。”

所以……妈妈怀里抱的……是我吗？

没过多久，医生就把孩子抱走了，紧接着爸爸和护士也离开了。房间里光线暗下来，只剩了妈妈一个人躺在床上，苍白的脸上没有一丝血色，像一个刚刚死去又活过来的人。

黑衣人立在床边，低头看着妈妈，许久才冷冷说一句。

“辛苦了。”

妈妈笑了，用虚弱的声音回答：“你也辛苦了。”

“哼，何必呢？差点把命搭进去。”

妈妈还是笑，说：“你不懂。”

又沉默片刻，妈妈问黑衣人：“你怎么样？”

“我很好。”

“我的故事怎么样？”

“哼，瞎编乱造。”

“我的女儿呢？”

“她就在这里。”

“来，让我看看她。”

黑衣人让到一边，于是我与妈妈的目光碰到了一起，心怦怦直跳。

妈妈的眼睛似乎更加湿润了，她问黑衣人：“她现在多大了？”

“刚满十岁。”

“我真的不能跟她说话吗？”

黑衣人摇了摇头。

“祸从口出，你自己也知道的。”

“好吧。”妈妈又笑一笑，“我不该太贪心，我明白。”

妈妈又仔细看了我一阵，然后说：“就拜托你了。”

黑衣人冷冷地哼了一声。

窗外，依稀传来零星的鸟叫声。

“不早了，该走了。”黑衣人说。

“走吧。”

黑衣人低头对我说：“走吧。”

虽然很想留下来，虽然很想再多看妈妈一眼，很想抱着她，听她叫我的名字，但我还是乖乖跟着黑衣人走了。

妈妈在背后轻轻地说：“再见吧。后会有期。”

那声音像最后的梦境一样，渐渐消散在空中。

睁眼醒来的时候，发现自己还在卧室的床上，床头依然放着那个小小的许愿瓶，里面的幸运星却不见了。

我的愿望，实现了吗？

九

爸爸关上客厅的灯，对我说：“许个愿吧。”

蛋糕上跳动的烛光，像一盏金色的花冠。我双手交叉，闭上双眼。

吹灭这些蜡烛，我就又长大了一岁。

隐隐约约觉得，从九岁变成十岁，对我来说，有非常重要的意义。

会知道这个世界上更多的秘密吧。

会遇到更多我还不能明白的事情吧。

也会有陷入危险和困难的时候吧。

一个故事讲完了，还会有另一个故事在前面等着我吧。

许什么愿呢？

虽然有点分不清是现实还是做梦，不过，这个十岁生日，我最大的愿望已经实现了吧。

我睁开眼睛，深吸一口气，把蜡烛吹灭。咔嚓一声，爸爸举起照相机，把这一瞬间拍了下来。

“小言，来看看你的生日礼物！”

爸爸说着，走出客厅，然后带着我的礼物一起进来。

是……一辆崭新的自行车！

“这个周末，爸爸就带你去公园，教你骑自行车好不好？”

我使劲点头。

好！

吃完晚饭，爸爸去厨房洗碗，我一个人走到院子里面。六月的晚上，月亮又圆又亮，光芒像水一样洒向四周。夜空是深蓝色的，那么晴朗，甚至能看见一团一团云浮在那里不动，像硬纸板剪出来贴上去似的。

夜风有点凉，草丛里能听见吱吱的虫叫。我搬一把小凳子坐下，手里拿着一本薄薄的练习册。

过了一会儿，老白走进院子里来了，就像它平时进出一样，不发出一点声音。它走到我面前趴下，金色玻璃珠一样的眼睛却看着别处，好像没看见我在这里似的。

老白老白，问你一个问题。

老白懒洋洋地“喵——”了一声。

你的生日是哪一天？

老白眯着眼睛，一副不想理我的模样。

没关系，如果你忘记了，就跟我一起过生日好了。

“喵？”

我也送你一份生日礼物。

我把练习册打开，递过去，上面有我用淡蓝色墨水笔写的，工工整整的字迹。

这可不是难吃的小学生作文哦。

这是我自己写的，第四个故事的结局。

老白犹豫了很久，终于慢慢地走过来，把写在纸上的故事一点一点吃了下去。

女巫们给小公主提出了一个难题，并且答应她，只要给出让所有人都满意的答案，就告诉公主她父母的下落。

小公主想了又想，最后说：

“金李子只有一个，不管给谁，都会有另外两个人死去。而且，要让一个无辜的人代替自己死去，这是多么残酷呀。既然如此，不如让我吃掉算了，正好我现在很饿。”

说完，她把盘子里的金李子拿起来，一口就放在嘴里吞掉了。

她刚把李子吃下去，死神就来了。死神是一个跟公主差不多大的小男孩，披着一件又长又厚的黑斗篷，从来没有人见过他的脸。

死神对女巫们说：“十年的约定到了，你们准备好了吗？”

女巫们又沮丧又愤怒，一边撕扯头发，一边大哭大叫着说：“这十年里，我们想尽了各种办法，好不容易有了一线希望，却被这个小姑娘给毁掉了！如果你要把我们带走，也把她一起带走吧！她也看到了你的样子，千万不能放过她！”

死神说：“这个简单，我不在乎多带走一个人。”

他正要动手，公主却说：“请等一下。在我临死之前，还有最后一个请求。”

死神问：“什么请求？”

公主说：“我曾经听别人讲过三个全世界最好听的故事，如果带着这三个故事死去，未免太可惜了。我想在临死前把它们讲出来。”

死神有一个弱点，就是他很喜欢听故事。听到公主这么说，他立即说：“好，你快讲，讲完再让你死。”

公主说：“我还有一个请求。”

死神有点着急，问：“又是什么请求？”

公主说：“我想用这三个故事换三个女巫的命，如果你喜欢这些故事的话，就请答应我，不要把她们带走，并且恢复她们的健康。”

死神说：“你太贪心了。不过，我允许你先讲故事，如果真的是全世界最好听的故事，我就答应你。”

于是公主就讲了起来，她先讲了《高塔里的公主》的故事，又讲了《远方来的王子》的故事，最后讲了《国王与王后》的故事。

死神听完故事，眼睛里不知不觉流下泪水。他忍不住问：“后来呢？”

公主回答：“那是第四个故事了。不过，第四个故事是我自己的故事，还没有结局，你要听吗？”

死神说：“我要听。”

于是公主又开始讲第四个故事，《三个女巫》的故事。当讲到公主给死神讲故事的时候，她停了下来。死神又急切地问：“后来呢？结局到底是什么？”

公主回答：“结局是什么，这要由死神你来决定啊。你喜欢什么样的结局呢？”

死神想了很久很久，最后回答："我当然喜欢大团圆的结局。"

于是他不仅放了三个女巫，而且命令她们去把公主的父母找来。女巫们跑得像风一样快，不到半天时间，就带着国王和王后出现在公主面前。

虽然很多年没见到父母，但是全家人见面的一瞬间，大家还是立即认出了彼此，三个人抱在一起又是哭，又是笑。

当全家人相认完之后，死神对公主说："公主，你想要的结局，我就当做礼物送给你吧。不过你也要答应我一件事。"

公主问："什么事？"

死神说："以后每个月圆的晚上，我都要来找你听故事。只要你继续讲故事给我听，我就答应，不碰你和你的家人。"

公主答应了。

就这样，公主和国王、王后一起回到了他们的国家，过着幸福的生活。每个月圆之夜，人们都会看见一个穿着黑斗篷的影子坐在公主窗前，听她讲故事。

故事到这里，终于可以结束了吧。

老白慢悠悠地把我写的故事吃完了，直到最后一片纸彻底消失，它才抖着胡须，用冷冷的声音说一句："哼，瞎编乱造！"

就算是瞎编乱造，就算是骗人的，那又怎么样？

有人喜欢听不就好了嘛！

后记：

这一次的故事原本很简单，但因为加入了四个童话，又变得有点复杂。

写这四个故事，是非常非常开心的，好像陪伴我长大的所有故事都活了过来，像被施了魔法的玫瑰藤密密麻麻生长，编织出一个语言的幻境。结果写着写着，字数又爆棚，与语言自身具有的蓬勃生命力相比，作者就像一只可怜的小花盆，随时会有"压力好大要崩溃"的感觉……

现在想起来，小时候我反复读得最多的书，除了《基督山伯爵》和《十万个为什么》之外，大概就是《格林童话全集》了吧。与安徒生的诗意忧伤，或者《天方夜谭》的浪漫旖旎不同，格林童话中的故事，全部是从农夫与猎人们那里搜集来的，字里行间，真正有一股属于黑森林的气息扑面而来。有吃人，有碎尸，有荆棘，有血和肉，当然也有勇敢的公主，善良的王子，实心眼的傻儿子，蹦蹦跳跳的小裁缝，在这阴郁森严的世界里披荆斩棘，逢凶化吉。

八岁那年的暑假，我每天都要跑到最好的朋友Q家里去，一起看书，看漫画，也一起在纸上涂涂抹抹地搞创作。我们画过一套机器猫的四格漫画，一部以曹冲他们父子作为主角的战斗英雄漫画（这部漫画一直没有完结，大概在第三部的地方夭折了），我们还写了十个短篇童话故事（一人写五个），以及一篇叫做《稀奇古怪国历险记》的大约有两三千字的故事。

现在想起来，那样的日子真是快乐，面对白纸，各种故事就自己变成文字与图画，哗啦哗啦地顺着笔尖流淌出来。窗外知了叫得响亮，从早上到中午，又从中午到晚上，记忆里最美好的夏日时光，像天上的云一样悠悠飘过，永不再回来。

《稀奇古怪国历险记》，后来被一位在文学期刊做编辑的亲戚拿去投稿，发表在一本叫《延河》的杂志上。现在想想，那大概是我这辈子第一次、也是唯一一次在主流文学杂志上发表作品吧。

2011年的夏天，我和另外一位朋友J结伴去土耳其旅行。为了消磨坐车的漫长时光，我开始给J讲故事，我读过的故事，我写过的故事，我还没有写出来的故事。那也是很幸福的时光吧，车窗外爱琴海的蓝色闪烁起伏，我们两个像小孩子一样头顶着头，J总是问："后来呢？后来呢？"那些字就像魔咒，每说一次，就有一个新的故事，像熟透的苹果一样噗通一声掉下来，掉进我们怀里。于是，《童言无忌》最初的十二个故事，就这样一一成形了。

刘慈欣在《三体Ⅲ》里，也写了三个童话故事来拯救人类。即使人类没有被拯救，这三个童话本身也非常非常精彩。喜欢故事的人是人类的拯救者与希望，我始终这样相信着。

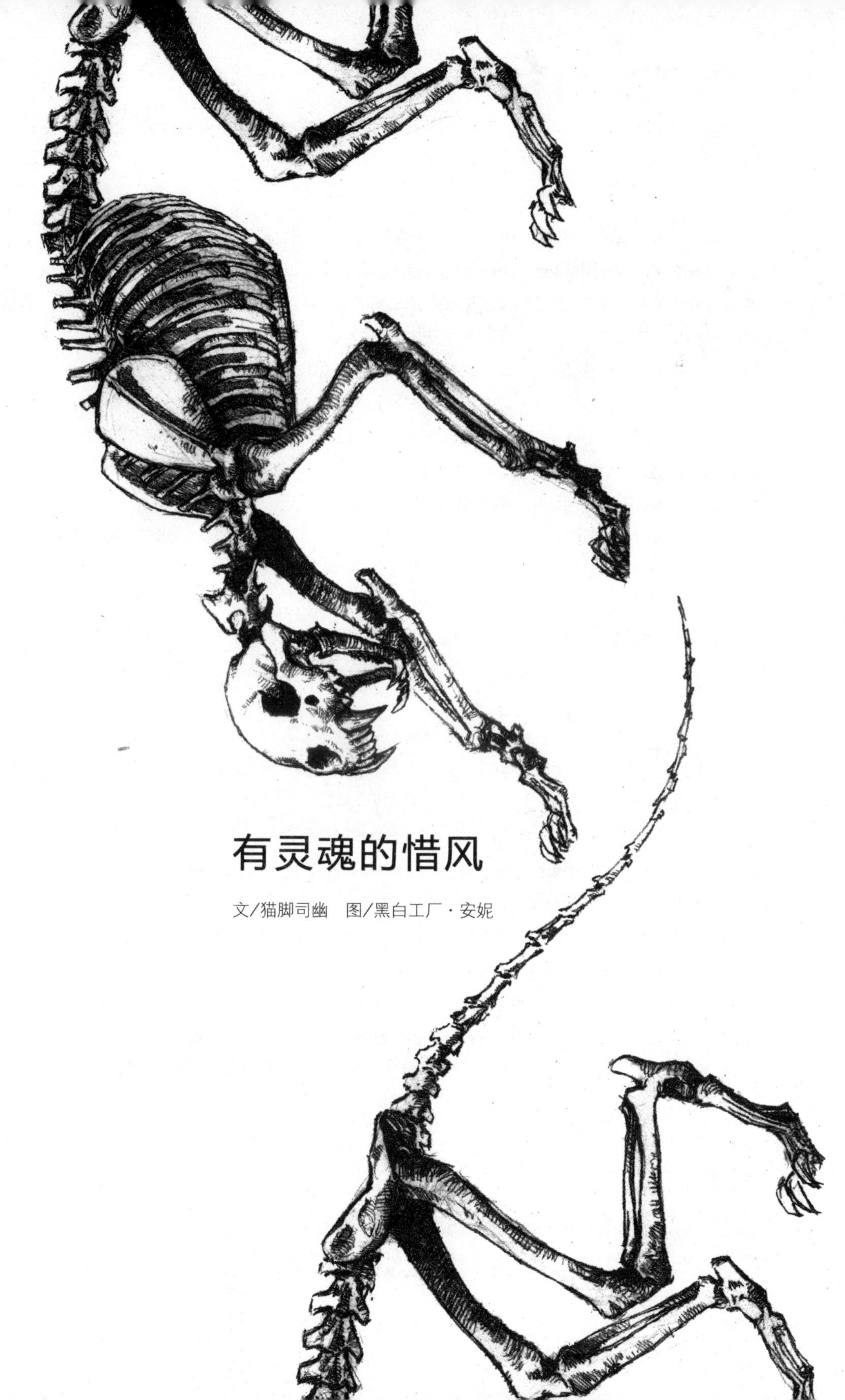

有灵魂的惜风

文/猫脚司幽　图/黑白工厂·安妮

“惜风[①]没有感情没有智慧……见习书记官，学习要点是速记，记得把字写整齐。”

旁边我的同伴兼好学徒听着教习苏行[②]的指导一边点头一边认认真真地记着笔记。我手里抓着石板和炭条，却在东张西望：这里没有什么很特别的东西，只有许多许多的骨架，残缺的堆成小丘，完整的排列整齐，也有小学徒学着将骨头分门别类。苏行指挥着学徒们穿行在其中，忙碌地搬运着透绿的营养液，这些营养液和培育菌类的没多大差别，只是没有咕嘟咕嘟地冒泡。为什么没泡泡？我一边想一边在本子上画圈，一个又一个。这已经是我学得最有耐心的课程，因为一个月下来居然能跑遍地下城，而且是连我都没到过的地方——还有那么多猫脚[③]都没到过的地方！

苏行稍稍提高声音：“看那边，那些就是惜风的幼体了，”

我顺着苏行的手指望去，原来那些水胆玛瑙似的瓶子里装的是小惜风啊！我不禁伸出手想上去摸一下，仿佛看穿我心思似的，宛央苏行一口气说下去：“不过记得不要太靠近，否则小惜风就会被你们的精神力吵醒了。”

近处浸泡在油里的是一具刚从地底更深处液矿里发掘出来的骨架，脊柱、四肢、尾巴、头上的小骨头，都变成了黑色球状物的透明的水晶体——所有一切都在这里，按照它们天然的排列，只是少了一样东西：血肉。

“哇，这是传说里的龙的骨架吗？”我开心地大声问道。

“别傻了，龙只是传说而已。”我的同伴冷静地回答，“是一种蜥蜴，不过骨架结构很奇怪，待继续观察。宛央苏行刚才讲了的。你又走神了？”

对这个问题我只是吐吐舌头表示回答，然后就继续四处打量了。不单是第一次来这里的缘故，即使是苏行，也很少来这里做记录，所以绝对得抓紧时间多看看！要知道我只在小时候路过采矿场时远远看过一个将风，一副硬甲使它的躯干免于损伤，柔弱的关节被细心地加上了保护以免被摧垮。它的鼻眼上安上角便于钻洞，它的前爪装上钢指甲来挖土，后背上铺满奇异漂亮的鳞片，上面有着花样繁复的雕刻和纹章，脖颈多刺而中空，头部可以方便地缩到里面去，使御者的安全有着很好的保障。但是那时侯那大个子和现在看到的骨架完全不是一回事：肌肉是怎样附在骨头上的？外面的硬甲又是怎样加上去的？我们怎么告诉它我们要干的活？为什么它的行动那么自然？然而指导苏行并没有给我们说这些，她忙着做记录，

---

①惜风：惜风一种半动物半植物，可以依附于死亡生物骨骼渐渐长成形状，河络族选择合适的骨架将惜风培育成各种形状，这种培育出来的个体仍被称为惜风。惜风没有头脑和灵魂，河络将其当做座骑或外壳，通过建立灵魂联结来控制惜风完成各种动作。河络与惜风的结合体叫做“将风”。

②苏行：河络语，指“知识的传授者”，地位极高。

③猫脚：河络以符合自身特性的绰号而自豪。绰号叫“猫脚”的一定是个喜欢到处跑的小家伙。

认真向其他苏行和学徒提问，偶尔给我们强调一些小细节，例如营养液的配比、骨头的分类：都是些书上的知识。

“为什么就我们不能靠近小惜风？为什么小惜风就不会被其他学徒的精神力吵醒呢？”我冒失地打断苏行，招来同伴责备的目光：愚蠢的问题。

“这个问题，问得很好。”苏行难得这么认真地回答我，“等你可以进入那个‘房子’，将风苏行自然会教你的。不过你现在整天想东想西……”说到这里她摇摇头，“这样不稳定的精神力有一定难度，我不推荐你向那个方面努力。再说，总是三心两意可不好呀，小猫脚。我想想，你已经试过采集食物和种植，也试了木工和铸造，虽然我觉得，有些事情更适合男孩，都试试当然也不坏，只是如果能认真持续地做一件事就更好了。”

“哈哈哈哈！猫脚跳来跳去也是可以理解的嘛！”大家笑得很开心。除了我。想多知道一些东西也有错吗？我咬咬嘴唇，决定不去理他们。

“好了，接下来，我们要去看一下那个快做好的惜风。”苏行挥动着手臂，示意学生们都跟好别掉队。

“今天存在的事物会告知我们过去的历史，我们河络，不仅仅依靠书本。”我落在后面，垂下头去低声地念着，是藏书阁的叔叔告诉我的，想亲手确认的好奇心不是坏事。“不过记得小心别把人家的作品弄坏啦。”然后他那么补充道。走着走着突然撞到一个少年身上。“对不起！”慌张地抬起头来，我可不想再被发现走神。

那个少年约比我高半个头，头发乱蓬蓬的，神情俨然是精神高度集中后的放松，小小翘起的鼻子上还冒着汗，可今天不很热啊！他显然很想安慰一下有点慌张的我，却不知道说什么好，憋了半天，原来红红的圆脸更是涨得通红，接着没头没脑地冒出了一句：“嘿，你看到那个惜风了么？他是我的伙伴哦！”

“哦。”我不很关心地回应了一句。所谓快做好，是指精神联系已经很稳固了么？在我看来，那个惜风还是半成品，当然已是非常漂亮的创造了：原来发黄的骨骼被还原成雪白，外面包裹着一束束晶莹的肌肉，里面透绿的液体载着一些绿松石似的小球缓缓流动，原本有内脏的肚子被改成了空腔，大概要用来装工具吧？总之，这个大个子正安安静静地沉睡着。

“嘿！普通的娃娃看到惜风不都是很兴奋的吗？你的反应太冷淡了！”他很是不满，仿佛对羡慕和崇拜的期待完全落空了。

“我可，不是，普通的！”我白了他一眼。也许我以后能成为苏行，也许我以后能做出翅膀像羽人那样飞上天空，也许我能游遍九州，在每个角落都印上一个属于河络的足印，也许我还能逆用星焚术把囚禁在魂印里的灵魂都解救出来，即使要被丢进地火深渊里，我还是觉得故事里那些灵魂好可怜：总之，我肯定不会成为“普通的”，还是娃娃！

“嘿哟！还挺厉害的。”他揉揉鼻子，“你不去摸摸那个大家伙么？那是真神赐予我们的礼物啊！”

老实说，一旦有这么盛情的邀请，对亲手摸一下的热情倒减淡下去了，于是我一本正经回答：“一切都是真神赐予我们的礼物，我们应该珍惜。”如果我了解将风是如何培育的，那么它和冰尘菇一样都很值得我去赞叹。“你参加了它的培育吧？”

“当然了，因为我是御者。”少年点点头，“苏行只和你们略略说了一些皮毛吧？”

“因为宛央苏行总是很忙的。指导苏行是指导的啦！答案必须自己用心去寻找！”我不屈不挠地问下去，真像个好书记官，“你很厉害呢，能进去那房子。我一直都很想知道为什么小惜风只有在那里才能长好。”

“那房子？你说的是冥想小屋么？”他很不好意思地挠挠头。

“反正就是不让进的那个呗。”我撇撇嘴。

“其实里面真的什么都没有，真的。”他诚恳地解释着，“将风苏行把小惜风放到骨架的颅腔里，然后我和惜风就一起待在那屋子里，可以避免其他精神力的干扰。我所做的只是按照大家讨论的构想来冥想，还有低声吟诵，虽然闭上了眼，却能看到那团淡绿从头部慢慢地弥散开来……骨架罩在一团柔和的绿光里……耳边响着窸窸窣窣的细小声音，那个……就像春天地下河泛滥时竹子快乐地拔节。小惜风就那样开始蜕变了。”他慢慢地回忆着，最后又加上一句，“总之真正厉害的是大家啊！”

“蜕变”这个词怎么写？我咬咬笔头挠挠脑袋，不过听着他的描述我似乎也看到了小惜风的生长，值得记录，于是又插嘴问，“靠大家七嘴八舌？”

“对呵，大家都参加了惜风的培育的！呵呵，等调试完了还要加上大家给伊诺打造的钢爪和铁甲呢！”

“伊诺？很好听啊！叫它钢爪伊诺怎么样？”神总会加倍眷顾按部就班认真做事的河络，至于我，老是不够专心，也许要更加更加的努力才能让神荣耀。

“好啊！”他不再在意羡慕的目光，只是微微笑着，“钢爪啊，伊诺，你是我们的伙伴喔！一起努力呀！”

“喂——萝卜尹一！宛央苏行要你去给她的小学徒讲讲将风！”戈咯大叔永远急得像冲撬。

“我不要去，那里人太多了！”尹一的脸唰地变白，快得连最好的粉刷匠都比不上。

“有一个已经在听了嘛。”

戈咯大叔摸摸我脑袋，转头继续和尹一说，“你这不跟小猫脚说得好好的么？宛央苏行这么和蔼你怕什么！嘿！你这小砸灰包的，回来！这次怎么又想逃！”戈咯大叔好像特别在强调“又”。我迷惑地眨眨眼，骗人的吧？他就是传说中的萝卜么？没错他的技术确实是很好啦，可是，那个害羞到因为人太多而没有出席成年礼的萝卜尹一？真神在上，这家伙这么活泼……可没来得及去问，就在这眨眼间尹一已经溜远了，他这时的脚步完全不输给野猫噢！

“苏行是苏行，猫脚是猫脚。这小娃娃这么好掰的样子自然没关系——”

“你说什么！谁好掰了！”我不甘示弱追上去，“喂！不许逃！”

反正，跟在这么能逃的家伙后面一定不会被逮到。

“到这里大概差不多了吧？”跑在前面的尹一一个急停，我跟在后面刹车不及，又“扑通”一下撞上，“哎，在想什么呐！”

“明明……”我捂着鼻子委屈地反驳，“你干吗突然站住啊！”

“这里有个绝妙的躲藏地点哦！”他神秘地笑着，“顺道正好解开你的疑问。不过，就怕你不敢去。”

这么吊胃口哪有不去之理！“去就去！”我拍着胸口保证，“没有我不敢去的。”可是这里哪儿有可以藏起来的地方呢？

“这边，这边呀。”尹一拽着我的袖子，指指旁边的冥想小屋，“走这里，跟着我。”我顿时露出鄙夷的表情：你个灰包，躲屋里关上门苏行就不会开么？虽然那么想，我的好奇心还是让我跟上去。

“千万记住，待会儿别胡思乱想，要安静，我们要去的，可是正在制作将风的小屋！”

“真神在上，萝卜你不怕干扰到别人么……”在吓一跳以后，我开始碎碎念。

我一直觉得在冥想小屋里只有装配好的骨架和将风的培育者，其实不然，为了避免意外，大苏行会亲自在旁指导，同时做好防范措施。我们河络的精神力一般不会特别强大，因为河络脑袋里会有各种乱七八糟的创意，所以秘术师不常见。不过这些稀奇古怪念头正是我们创造的源泉，何况不用秘术我们也可以把活干得漂漂亮亮。话说回来，要制作将风必须长时间集中强大的精神，这种情况下一旦有干扰而导致失控，会有大危险！嗯，书上就是那么说的。

“少来长篇大论了。”尹一促狭地笑笑，“河络不仅仅依靠书本是谁说的来着？”

“不是我……不怕干扰别人集中么……”

“笨啊，第一天很重要，所以我才要来看。并且，御者确实有特别之处，知道吧？”

“不知道，哼，就是不知道才问的嘛。可是，你居然一直躲这里，就不怕干扰别人么！”

“你当学徒多久了，那么能念的？肯定有办法我才来的嘛。而且我这叫学习，我也想知道我闭着眼睛时苏行在忙活啥。”说着把手指竖在嘴巴前，“嘘，小声点儿，大苏行待会儿可就在我们对面，虽说隔着这么个骨架。因为冥想小屋对称的，既然有一个死角可以把大苏行的干扰减到最小，一定也还有一个留给我们。”于是我们窝在一个小角落里挤来挤去，透过石缝看到一具半大的山猫骨架。

“小了点，不及伊诺大，不晓得要来做什么。”尹一眯着眼睛评价道，“快开始咯，好好看着。”

是它！是它，一定是它！我拼命深吸一口气，双手用力揉揉眼睛。绝对不会错！

“虎魄！”即使努力压低声音，仍然把尹一吓了一跳。

“你、你怎么了？”

我还能怎么了？我一定是双眼发直，急促喘气：“是我的虎魄兰若！”那样半大的山猫，那样的坐姿，那样稍稍歪头似笑非笑的模样，就算是变成森森白骨我也能认出来！

“别胡思乱想！”尹一捏着我肩膀使劲摇着，“山猫骨架一定是从山里挖出来的。”

“不，你看，长那么好一定不是野生的。”

“就算是吧，部落里养着也挺多的。”

“可半大的只有它！”

“也可能……呃，半大的也不少……”他急急抓着脑袋，“总之……”

“右爪上有点损伤，嗯，小时候摔的。”

“它……是你的宠物？”

“是朋友，虎魄是真神给我的礼物。”

“它，死了么？哎呀，现在可不是说这个的时候！”尹一手举起来，不知道该敲敲我的脑袋让我好好冷静下来，还是该敲敲自己脑袋好让主意快点掉出来，“别太伤心，它只是回到真神怀中。”最后他奋力想出一句安慰的话。

“噢，知道么？大苏行也是那么和我说的。”我好喜欢它的，可它最后还是死了。说什么只要不忘记就会回来，假的，大人骗小孩子的话。离开的怎么能活过来呢？

“嘘，要关门了。还好，这次是沉冰。”萝卜大松一口气，可是扔按着我的头。“那家伙的话，应该问题不大。乖乖待着别出岔子，麦司可是准备很久了。”

大苏行也进来了，门慢慢关上。吟唱的声音渐渐响起，先是感谢真神的慷慨，后面大约是对惜风的描述，声音低低回荡。原来御者的特别之处是只有他才可以触碰惜风。沉冰麦司把那团湿答答的绿捧起来，一边跟着大苏行吟唱起来，一边将它放置到骨架上。然后沉冰踮起脚尖伸手够着骨架的头部。

“噢，触碰，头部、躯干、四肢，轮流的。”萝卜满有经验了，“然后大概要站到那里。”指的是惜风正下方的位置。

可惜完全听不进去萝卜的讲解了，我满脑子都是虎魄的事情，有满心的懊悔，从来不曾说起的。“右臂呐，请轻点，拜托了，虽然不疼了，也要记得小心。”在沉冰坐下之前，最后抚摸那处伤痕时，我发出轻到没有任何人听到的提醒。

想知道想知道多说点多说些说吧快说吧。心底兀然升起一种奇特感觉，但这里没有人和我说话呀！没人要听，没人要知道。有的！有啊！我！我我我我我们……我痴痴盯着眼前的骨架，那团淡绿正以惊人的速度生长，并在模糊泪眼里与回忆中的虎魄重合。当它牙齿上那闪耀的寒光渐渐消退，背上原本温暖的毛也失去优雅的光泽时，我知道，它已经不能再睁开那会说话的琥珀色的眼睛安静地看我，或者伸出它那毛绒绒的大爪子来拍拍我的头，即使我在这最后一刻还能抱抱它，它也不会再舔得我的脸上湿湿痒痒了。于是大苏行告诉我："猫脚司幽，不要太伤心，它只是回到真神怀中。"可是，我还是很想哭。我记得我守着虎魄的尸体整整三天，然后看着将风苏行的学徒手法熟练地把皮剥下把肌肉剖开，皮是要保存起来做别的用途，几乎没有破损，肌肉软绵绵，割起来本来费劲，不过似乎也没怎么出血。他们在下刀之前都会和虎魄说谢谢，也会和我说，可我还是想哭。我记得那只仿佛沉睡的大猫在好短的时间里变成骨架，可是姿态依旧。它会回来，我咬咬嘴唇努力把眼泪憋回去，只要不忘记。我记得虎魄在我有危险时会最快地冲过来，虎魄会像对付小猫那样把趴在桌子上睡着的我叼回床上，虎魄会很乖地由着我揪它耳朵……

吟唱声不知道什么时候停下来了。很安静，也许连汗珠掉地上的声音都能听见，反正大家都顾不上擦汗。

"是那样么？"

我记得虎魄的眼睛是漂亮的琥珀色。

"你是谁？！"

我是猫脚啊，虎魄不记得我了么？

"虎魄又是谁？"绷得很紧，跟刚才的窸窸窣窣不同，"不是那样的，这本来、本来……"

但是那样才是我的虎魄，很漂亮吧？

"这是怎么回事？"恍惚间我看到大苏行朝我们冲过来，一把将我俩拎了起来。

"可不可以不这么快又要分开？"我喃喃道。

"够了！猫脚，停下！"苏行似乎从来没有那么生气过，"你看你都干了些什么！"

"好吧好吧，是我不好，不过，我在这里呆过，呃，一两次吧，也没有问题啊。"萝卜还在强辩。

"你不知道小鬼精神力最不稳定吗？尤其是像猫脚这样的！"

"可那是死角……"

"死角！惜风离你们那么近了还死角！"大苏行简直在咆哮了。

"啊——"尹一吓得捂住嘴巴，"我、我没发现……"正对的两个死角，离将风的距离可是一近一远。

“这次恐怕没法子正常默想了，我脑袋里完全是乱糟糟的。”原来是沉冰的声音，现在恢复沉稳了，果然是跟水底的冰山一样冷静的家伙，“可是，惜风的蜕变要怎么停下来啊？”

“没法停，你们没学过么？”苏行铁着脸。“完全被毁掉了。”

“对不起，都是我不好！是我带她来的，所以，”萝卜咬咬牙，“请惩罚我吧！”

“现在不仅仅是擅闯的问题了。”苏行严厉地扫视着我们，“毁坏、抢夺别人的创造，处罚是什么，还记得吧。”

这次真的能听到汗珠啪哒一声了。

“知道，至少，是‘那个’……”

我低着头，抬眼偷偷瞄着那团绿，一点变化都没有。还是想去抱一下。我保证这是最后一下。然后惩罚就惩罚。

就是，管，我，呢！

如果是以前，得让猫蹲下来才够高；不过现在是骨架了，很轻松从肋骨钻到脊椎，然后爬近脖子——像原来一样趴在背上搂住好了——不过实际上只能抱到一个黏呼呼的绿面团，两臂也被划伤了。

顺道一说，我从苏行身边飞速窜过时，苏行没能抓住我，之后他的胳膊就分别被萝卜和沉冰抱住，甩都甩不掉。所以，声音是阻止不了猫脚的，咆哮也不行！停不下来了。

呐呐，大苏行好小气，我们部落又不等着将风用，而且现在中断了也不能让沉冰继续制作了。我清楚地听到他们的对话，脑子里却还一刻不停想着我的猫，我记得虎魄有着漂亮的条纹，虎魄抿着嘴时像在笑。

“对不起，因为我很想看看她的作品，那么毁掉太可惜了。”

“嘿嘿，跟我想的一样，小鬼认真的眼神真可怕。”

“这次太丢脸了，我的集中力居然还不及小孩子。不过她的设想用在这次的材料上太适合了，好像已经见到了活的一样。”

“不是好像，是真的。”

“大苏行，不要紧吧？我们组下次再培育将风吧。呃，这个，萝卜你俩得赔我材料。”

“啊，那是不追究‘那个’的问题了？”

“不是这个问题，也不是那个问题！这小家伙完全陷入幻想里了！”苏行愤怒地打断左右护臂的对话，“你们知道后果吗？”

“啊，后果？”这两个完全没有见过事故的学徒白痴般呆呆反问。

“只有半成机会清醒过来，就是说，很可能会永远这样！”

那也不要紧，虎魄回来了，哦，虎魄来抱抱。

珍惜同伴的心都会得到真神眷顾吧。总之，醒来时我发现自己躺在床上。

“你终于醒了！”

“虎魄怎么样了？”

没等第二个问题出来，脑袋上就狠狠挨了一记。萝卜尹一叉着腰站在我床前，恶狠狠地盯着我看：“难道你不该先问问我辛苦看护你多久了么？”

“我正准备问的呀！我睡多久了？”

“不是这种问法啊……真是的，这两天除了稍微照料下钢爪，我宝贵的时间都耗在这里了。啥都没干成啊！凭什么呀！虽然是我领你进去的，虽然是我抓住大苏行的右边胳膊，虽然苏行说我得看着你直到你醒来那就不用‘那个’，虽然……”

这萝卜，什么时候向宛央苏行学习了？

“也就两天嘛，等等，什么那个，不就是剥栗子嘛？”

“在有无数种剥栗子的快速方法时我们居然还要亲手一颗一颗地剥？”

“可是，荞茏苏行跟我说这样剥的栗子才美味，只有这种才能烧出一流的栗子焖巨鼠。”

“噢，难怪，栗子焖巨鼠总是最好吃的。”

“骗你的。”

“……你！”这家伙开始咬牙切齿了。

由于最后没有导致严重的后果，我们只是被苏行们狠狠训斥了一顿再一顿，顺便成为了短时间里的食堂话题，然后，就没有然后了。不过我的实习作品就拖了好久才完成（当然它们包括了我的记录报告和我亲爱的虎魄）。

“那团绿在尹一的吟唱声中渐渐苏醒过来，然后不断伸展、生长……

“那个绿色的大个子静静坐在那里，像睡着一样，为了不吵醒它，我必须屏住呼吸才敢靠近……

“好伙伴是真神给我们的最大礼物……”

宛央苏行看着我的石板，拿着炭笔不停地戳戳戳，上面本来就被我画了一个圈又一个圈，加上她一路修改圈点，快变成黑糊糊一片。

“小猫脚，你应该最清楚惜风不是那么蜕变的，蜕变的蜕也不是那么写的。一开始只是烙印，而生长是很费时间的。另外，惜风没有感情没有智慧，”苏行轻轻叹气，“惜风没有灵魂。”

书上确实都这样写的。可是，有些惜风会有，当萝卜微笑地说出那个名字时，当我伸出双臂抱住虎魄时，我觉得我分明听到它们都高兴得从心底笑出声来。

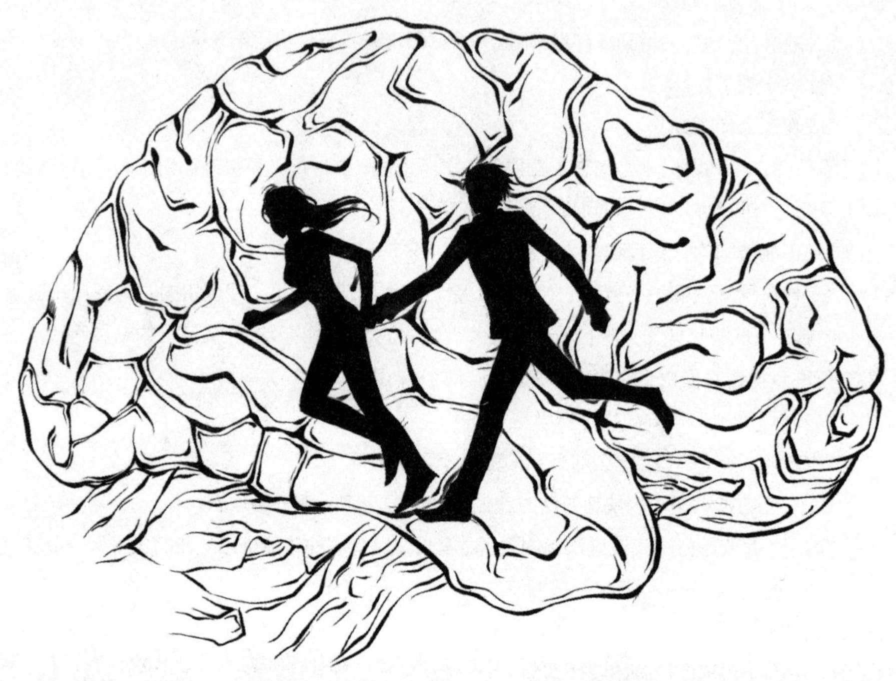

记忆之囚

文/陈茜 图/霸王兔

你需要一段时间休息，否则——

别再说烧掉保险丝那个破比喻。我也想，没时间。

1

躺着，在室外。

这五个字缓缓爬过他的意识。他重新闭上眼睛，仍然能看见暗血色背景里星光闪闪发亮的影子：像撒向视网膜的一把盐粒。一个能在夜里看见星空的地方，不太冷。他的背脊和手臂因压在地下而感到钝痛，胳膊上冷嗖嗖有夜风吹过。好吧，我到底在什么鬼地方？

他翻身坐起，感到体内骨头咯吱直响。左右四顾，一条荒僻的小巷，似乎是某条热闹商业街的后门，隐隐有流行音乐的曲调传来，街灯高悬，四下无人。他双手撑地爬了起来，伸展四肢，拍拍灰，这里倒并不脏。此时他注意到自己的服装：一条印满扶桑花、椰子树和鹦鹉的衫衣，艳丽到了可笑的程度。牛仔裤屁股口袋里有硬邦邦的东西，皮夹还在。他舒了口气打开它，两张大额钞票，一些零钱，插卡处只有一张联通卡。没有驾照，没有身份证，连张高尔夫俱乐部的会员证都没有。难道我遇上了爱好行为主义的小偷？他咧嘴笑了笑，抽出联通卡。背后签名条处光溜溜的。

此刻“那个问题”终于从迷雾里露出脸来，亲切，凌厉，无可回避。孩子，你知道你是谁？

不知道。他向自己承认道，静静等待惊恐的爆发。巷子里仍然空寂无人，街灯在路面划下一系列等距的光圈。他听出了飘渺的歌声是《带我去月球》，一首老歌的电子混音版。空气非常新鲜，带有海水的腥味，拂过他的脸。我在一座海滨小城，他判断道。

伙计，做为一个刚把自我搞丢的人，你的表现非常镇定。他自言自语，吞了口口水，喉咙深处泛出一股金属味。这使他明白过来：那是因为我被人打了一针镇定剂，所以才祥和得像只刚看到殖民者登陆的渡渡鸟一样，他想愤怒起来，却发现这在药物作用下是件不可能的事。站在原地解决不了问题，他认为最好去找警察，很可能自己成了某种新型麻醉药物抢劫的受害者。他应该是个游客，瞧瞧这身衬衫！等药效过去了，他就能回想起来自己是谁——他顺手摸摸上衣口袋，他们连手机都拿走了。

他又站了一会儿，挑了个看上去能通向市中心的方向，慢慢移步走开了。

几分钟后他发现有人跟踪他。

“不要紧张，不要紧张，”事实上，从建筑物阴影里闪出的那个男子看上去比他更紧张，摊开双手，慢慢向他靠近。“你允许我向你解释某些事实吗？注意，我并不要求你接受以后的服务，那些是可选择的。”

对方的语调令他升腾起一种被人当成智力低下者的不快。他在下一盏街灯投下的光柱前站住了，等来人走进亮处：一个小个子男人，平头西服，像刚从某个办公楼里出来的行政人员。

“你身边有二百四十七块五毛钱。对不对？”

他控制住自己，没表现出惊讶。实际上他并没仔细数过，不过这个数字应该相当接近了。

“你是个记忆休假者。”

“嗯？”

“记忆休假的费用不是普通人能支付得起的，你原来肯定是个很有社会地位的人。出于某种原因，通常是因为工作压力过大或者婚姻纠纷，你决定给自己放个为期一个月的长假。他们暂时封锁了你的记忆，以便让你的心智得到休息。当然你的人格不会在此过程中受损。”男子试图去拍拍他的肩，他不动声色地躲开了。镇定剂的效果正在消退，他感到胃里很恶心：“他们？”

“Lethe公司。全国唯一承办记忆休假业务的公司，您大可放心，他们在选择性记忆调整手术上从来没出过事故。”

“最好是这样。”他嘀咕。Lethe，听着有些耳熟，随即他想起这是希腊神话中遗忘女神的名字，不由一乐：好个会装文雅的公司。

“从现在开始您自由了。在以后的一个月里您可以干所有以前由于缺少时间或其他原因不能干的事。忘掉所有烦恼。”男子伸开双臂做了个热情洋溢的动作。

自由——好吧。他双臂抱在胸前低头看着地面，居然会有人认为暂时性的失忆会给我带来自由感。以前的那个“我”的想法真是不可理喻。一个月，30天，等天亮后我便可以在海边租个躺椅看日出日落，让喝空的啤酒罐堆积起来埋过我的头顶。

“带我去找个ATM机。”他说。

“当然可以。”男子喜形于色，“允许我向您介绍一下本地的特色旅游项目么？”

他径直往前走，心里思量着自己以前的身份，以前的“自我”会给他留出多少钱来应付这一个月的开支？

透过ATM机的单向透视玻璃幕墙，他可以看到那个男子笔直地站在一段距离外，同时又表现出一种关切的神态。他就是干这行的，专门接应刚从麻醉状态中苏醒的记忆休假者。等我离开时他会得到一笔小费，他想，抽出联通卡塞回钱包，拉开门走了出去。

“通常像我们这种人，一开始他们会想得到什么？”他问。

“一面镜子。”

他笑出声来，直摇头。过了一会儿他说：“拿来给我，我还真想看看自己的脸。”

在街灯昏暗的光线下，他看见一张中年男人的脸，大约三十到四十五岁之间。普普通通，但没有不雅的皱纹与眼袋，鼻子线条挺直，有个流行的罗马式突起。我还真的是个有钱人，他伸出食指摸摸鼻侧，好的整容术使那儿的皮肤没有紧绷。我是个整过容的男人，这个念头使他感到有些可笑，递回镜子："然后呢，他们一般想去哪儿？"

"忘忧岛。本地最著名的一家夜总会。"那男子加上一句，"本地是全国唯一赌博合法的地区。"

"那我们就去那儿。"他说。

"很好的决定，现在是下半夜刚开始，有个特殊的表演我们也许正赶得上——"

2

忘忧岛和他去过所有的夜总会一样。烟雾缭绕灯光暖昧，前方舞台光柱里有全息女孩的图像变幻。真人秀开场的点儿还没到。他暗自笑自己，好像还真记得他以前去的无数声色犬马之地似的。

他们在角落里坐下，有侍者送上饮料。原来人自由之后第一件事就是把自己灌醉以便忘了这回事，他把高脚杯端在手里转了两圈又放下了，"喂——"

那男子立刻转过头来，他正在跟侍者窃窃私语。"那件事以后再说，"他抽了张百元钞给女招待，女孩立刻将纸币塞进胸衣走开了。"我先问你些事。你是怎么在巷子里发现我的？"

"我们经常看见刚刚开始度记忆假期的人惊慌失措，他们不知道自己身上发生了什么事。所以我们都会跟他们解释一番，而我正好是个导游。所以——"

他挥手打断："Lethe公司就把我们这些人麻醉后放在荒街后巷里？不怕人乘机打劫？"

"其实他们有人监视着你们，直到你们安全离开。"

"而你就专门守在这些地方，等你的顾客上门？"他调侃道，听到对方咽了口口水，语调第一次失去了那种做作的舞台感："我们有各自的地段划分。Lethe的人把休假者放在那里，如果这个人醒来后向我们问路，我们就能为他提供咨询。这是合法的。我们不能趁休假者还未清醒向他强行推销我们的旅游项目，那会丢了执照。"

他点了点头，不出所料，这个地区可以说是专门为记忆休假者准备的一个小乐园，有完整的服务业，让他们舒舒服服地花掉准备花的钱。有机会要多了解点关于那个Lethe公司的事，很有趣。他盘算着明天弄到一台能联入万维网的电脑。

侍者回来了，放下一杯混合饮料。"那边那位女士送的。"她面无表情地向吧台示意，然后离开了。

此刻如同事先演练过一般，DJ的光束正转过来。他微微一惊。她很美，是你不指望在这种场合能见到的美丽，属于那种你会在街头情不自禁地尾随而去，却又不敢上前唐突的女子。被强光笼住使她一时表情有点茫然，他举杯向她微笑，发现她虽然身穿紧绷在腿上的短裤和闪光上衣，却显然不再年轻了。

一场和成熟美丽女人的艳遇，你的第一晚真是完整无缺。他带点自嘲地想，使个眼色让导游离开，男子微微一躬身便消失了。“我们以前肯定见过面。”他说，侧身为女子让出半个沙发，“尽管我刚被洗脑，我也记得你。”他伸指在太阳穴处划了几个圈，笑道。

“我也是。”她说，撩开耳际的长发，露出耳后一块防水胶布，“我下午刚刚登陆。多付一笔钱，他们就能让你在旅馆套房的床上醒过来，也不必被个跟班缠上。”

她也是个休假者，明显比他经验丰富。而且对他有好感。

“噢，那么未来的几天，你教教我如何度过这些失忆的所谓假期行么？我已经觉得乏味了。”

“行啊。”

3

第二天，当他睁开眼睛，发现阳光已经照到了枕头上。他将手臂搁到眼睛上避开刺目的光线，隔壁传来淋浴的水声。这是她的房间。床头柜上立着对空杯子，其中一只杯沿有口红印。他慢慢回想昨夜的情形，朝落地窗转过头去，看到海天交界处的点点白帆。

“醒了？”她走进房间，用毛巾用力擦头发。

他点头，说：“宝贝，借我点钱。”

她挑起眉毛：“为什么？”

听完他的回答她仰头大笑起来，扑倒在床上：“你没给自己留下一分钱？天啊——”她伸手抚弄他的头发，“我真想在你度假以前认识你。你肯定是个够种的家伙。”

“你能借我多少？”他问。

“我怎么能知道你会把钱还给我呢？”她说，“我们30天后会忘掉这笔账的。”

他听出她语气调笑中的认真：“给我解释下记忆休假吧。30天后我们真的对这段时间内发生的一切全然没有记忆？”

“唔，你可以选择。Lethe的医学技师会让你在重新恢复以前的记忆系统时，对这段时间内的经历做个筛选，你可以选择全然忘记，或留下你愿意留下的一部分。”她耸耸肩，“有点像剪辑旅游录像。我以前度过的三次假全部消除干净了。”

“为什么？”

她歪起一侧嘴角笑起来：“有些事做过了还是忘记比较好。”

“比如说疯狂的事？”他也笑，伸手去拉她裹在身上的浴巾。

她躲开了，走到床后捡起外套，从口袋里拿出信用卡，“你可以共用我的账户。但以后你必须得负责记住这件事并把钱打回我的卡里。”

“如果我故意忘掉了赖账呢？”他说，为她对他的不设防感到惊讶。他们只认识了一夜，连互相的名字都不知道。

“我得先做一件事，确保你不是个靠我们这些想暂时忘掉过去的老太太混日子的骗子。”她用一种装出来的恶毒声调说，将他推倒在床，按住他的头。他来不及反抗，便感到耳后一阵刺痛，胶条被揭开了。

“我想没人愿意在头骨上钻一个孔来做饵。”她说，放开他。他翻过身，在晨光中，她的眼角和脖颈处布满了淡淡的细纹，眼睛温柔而黯淡。年轻时她肯定漂亮得惊人。现在她依然很美。

想到她不愿意在这段旅行中记住他，一种模糊的失落涌上他心头。

落地窗向内炸了开来。他看到闪亮的玻璃碎片像人造瀑布一样泼进来，在地板上飞溅开。随即是一声脆响和哗哗叭叭的杂音。有人拖住他的胳膊将他猛拽下床——他事后才觉得她的力气真是大得不可思议——他只感到碎玻璃渣子扎在他赤裸的肚子上。是她，她在将他往床底推，他从麻木状态惊醒过来后自己滚了进去，皮肤和地板间有些滑溜溜的液体，恐怕是流血了。“你没事吧？”他轻声问，此时房间里寂静下来。

“没打中我。你呢？”

“应该没事。”他看着眼前离脸部只有一寸来高的粗糙床板条，小范围活动了下四肢。肚子上火辣辣的，被割破了。“怎么回事？”

“不知道是冲谁来的。”她说，语气冷静，“可能只是个找乐子的小混混，不过通常他们准头没这么好。”

他艰难地侧过头去，能看到地板上散落着暗黄色的弧形玻璃碎片和片片羽毛。床头灯和枕头。差一点就打中了，他背后一冷。刚才的脆响是灯泡破裂的声音。一把远程消声枪，他回想起窗外的景色：游人如织的沙滩，海岸线。目力所及之处似乎没有与这个房间楼层高度相仿的建筑物。狙击手？她以前，或我以前，还真是个人物。他迟疑几秒：“你那边能够到电话线么？我们得报警。”

她轻声笑起来：“这儿的警察管不了我们的事。休假者得自理其事。”她边说边往床外挪动身子：“出去吧，我们恐怕得换个地方住了。”

他想了想，既然对方有办法远程瞄准他们并送来两发子弹，藏在床下也无益：世界上能炸穿一张木板床的弹药太多了。

半小时后，他们坐在海滩边的饮料店里。他用在旅馆楼下商场里新买的手机给他的“导游”打了电话，让他来海滩，为他们今天安排些节目。他身上的泳裤也是新的。

梅回到那个满地碎玻璃的房间收拾出了自己的衣物。他先进去拉上了窗帘，至少那个偷袭者看不到他们。从她短暂而神经质的微笑里，他看出她也是恐惧的。“叫我梅吧。”她一边往箱子塞杂物一边说，“你也得有个名字，至少在这几天我该知道怎么叫你。”

他目光掠过墙上一排装饰性的精装书封皮，随便挑了个作者：“歇夫。”

“你刚才说，这儿的休假者得自理其事。”他说，将崭新的刚从包装纸里拿出的膝上计算机联上网络，进入搜索页面，输入：Lethe公司、记忆休假。

“每次记忆调整手术的费用——”她说出的数字使他轻吹口哨。

“小网兜不住大鱼。”他笑。能为一个月的“神经放松”而付出如此巨款的人，自然不会对一个小县城治安部门的保护或威慑能力感到满足。更令他感到讽刺意味十足的是，这帮人付出金钱并冒着脑子上动刀的风险，依然甩不掉一身麻烦。

她玩弄着饮料杯中的吸管：“另一个因素是如果我们去报警——有人企图在酒店暗杀你，或我——第一个会向你提出的问题是：在你过去的经历里结下什么仇，使人想要你的命？”

“我们只能说：我们不记得了。”他快速阅读搜索结果，“而记忆手术一旦完成，中途做强制改变是件危险的事。你不能提前结束休假，除非冒着大脑永久性损伤的危险。”

Lethe公司的官方网页上有对于“选择性记忆调整术”的详细说明，他一目十行地翻了过去，为这家公司写文案的是些泥鳅一样的家伙，大段文字里充满了令人安慰的统计数据与医学术语，却没涉及到任何实质技术内容。Lethe保证他们的客户能在几处绝对安全的，风景如画的小岛上享受“摆脱了生活重负，童年一样的假期”，而度假结束后能选择保留下“具有纪念意义的片段”。

“你不会在记忆调整手术中失去长期记忆，被暂时封闭的只是对于具体事件的回忆。所以性格和知识技能在此期间不会丧失，只是潜藏——”他回味着“潜藏”这个词。

“休假者向警方寻求保护的后果，是剩下的日子里只能在指定的旅馆房间里呆着，外面有两个便衣看守。”她咯咯笑起来，“这里的警局被炸掉几次后，他们甚至不会留你在局里。”

他眯起眼睛望向四周，白浪一线一线从天边推向沙滩，留下一道道迅速消失的泡沫。南方的强烈日光将沙子晒得滚烫，还是有些人挟着冲浪板走向海水。孩子很少。他觉得自己也能辨认出哪些是记忆休假者：皮肤白惨惨的像刚被拖出甲壳的螺肉，戴着防水浴帽以保护耳朵后的手术伤口，且面目端正得无可挑剔——Lethe公司为他们的休假附赠了短期整容术。

没准占了我左边桌子的三个男人是中东石油三巨头呢。邻桌发现了他的注视，明显紧张起来。他举了举杯，亲亲热热地大声打了个招呼，表现得像个在上午就喝多了的人。他们瞪了他一眼，又转头自顾自交谈。

有人要杀我。他接受了这个事实，就像呼吸一样自然。实际上这使他感觉很兴奋。目标不可能是这个女人，否则他们完全可以在她独处时下手，而她“登陆”已经三天了，在没有任何保护的情况下四处乱逛。休假者们可不是能随便碾死的小虫子，暗杀者不会随便冒多牵连另一个休假者的风险。或者那个女人“梅”非常重要，而我相对只是个一般人物，也许情况相反。而他们了解我们俩的底细。

无论如何，找出那个放冷枪者是必要的。他感到一种贯穿脊髓的兴奋感，他也许可以提前知道谜底：他是谁，而不是等大脑里那个外来的植入栓在30天后自动降解。他一点儿都不喜欢失忆，并知道现在的“自我”将在一个月后被擦除，让位给一个陌生人的境况。在明亮的白天讨论这件事是不可思议的，但在深夜，他躺在床上，恐惧如潮水袭来：他是个只能活30天的人。载他回程的飞机必将坠毁，而他无处可逃。

如果能知道他原来的身份，状况便不同了。他就可以将“他”的背景做为自己的背景来生活，一只船得到了它的锚地。也许他能做出某种努力，使“那位自己”在恢复记忆时选择将这段经历保留下来，这样他就能和原来的自我融合在一起，共同活下去。逃出这30天的时间栅栏。

“你喜欢这种休假方式么？”他问梅。昨夜她睡得很安稳。

“我不知道。我还没来得及开始体验呢。”她回答，伸直双腿将脚插进沙子，晃动脚趾。他觉得她这副模样像个小姑娘。

“那你怎么会对这里了解得那么清楚？”

“有些规定。如果你选择保留休假时间段里的记忆，你就得对它们负责。法律意义上的，这些是写在和Lethe的合同里的。第一次，我醒来后不记得任何事情了。第二次我自己雇了个摄影师，让他跟踪拍摄我休假时的行踪。”她快速地扫了他一眼，“结果他用录像带勒索我。我的确做了些还是忘掉会更好的事。”她表情变得防备，他当然不会蠢到去问她那些事的具体内容。

“但，看到自己真的做过了，感觉居然很不错。于是我又去Lethe登记了一次。这次我带了些文字资料提醒自己，免得干傻事。”她歪着嘴角飞快地笑笑，“看来没用。我第三天晚上还是去了忘忧岛。”

如果你要记住，你就得对它们负责。他反推了一下，暗暗笑起来：这才是记忆休假的精华部分。同时他也理解了所谓“享受自由”真正的含义。

“给我带些东西来。”他再次拨通导游的电话，“要轻便的。”

对方听上去毫无惊讶之感，说只需半小时便给弄到手。

他举起双手，对着阳光仔细转动着，感叹：Lethe那帮人想得真是太周到了。

连指纹都暂时消除了。

4

导游听完他们在酒店里遇袭的经过，问他们具体的房间号与枪击时间。

“有什么关系？”他问。他明白以后一段时间内他们得依靠眼前这条精明的地头蛇了。梅可能记得一些情况，但归根到底她只是个来找过几次刺激的女人，仍然是游客。

“我们得确定这是否是您事先预定的游戏。追杀刺客项目最近很火。如果是您的游戏计划，您还是可以使用真枪，但最后会有个安全词，以防超过底线。”导游解释道，开始打电话。几分钟后挂线，看着他：“很抱歉，我恐怕您真的遇到麻烦了。”

然后他们走进沙滩尽头的临时更衣室查看导游带来的枪支。从下面的再生木板缝隙里，能看到海水涨潮时留下的白色盐粒。他双手抱在胸前看导游从包里翻出支便携式手枪，有点像改装过的柯尔特1911，他接过一支，枪的份量比预期中的要重。枪管上的序列号被细致地打磨掉了。这坨金属在他手里显得笨拙，他甚至对它里面有没有子弹都没有概念。

看来，他以前不是个军品迷。这使他有点泄气。导游示意他们跟着他的动作将专用皮套挎上肩膀，穿上外衣后，看不出有携带武器的痕迹。

梅一直保持沉默，跟着他们将枪藏在体侧。但他能感觉到她暗中的兴奋，如同将要加入一场实弹游戏。

“我要的东西搞到没有？”他问。

导游点头。

一行人向海滨旅馆进发。

他们与经理交涉一番，得以进入他们原先所住房间的下层空房。结构与朝向都是相同

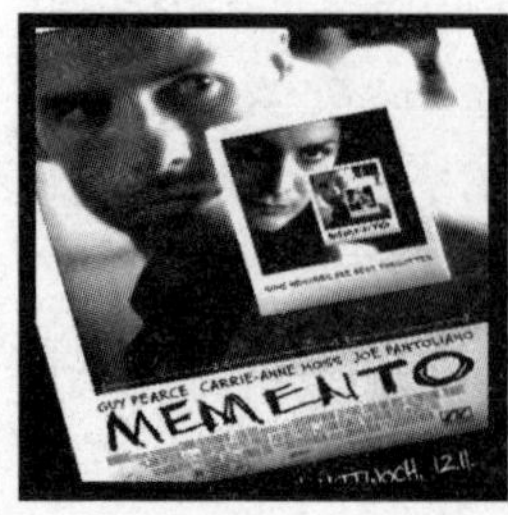

《记忆碎片》（Memento）

《盗梦空间》导演诺兰的早期作品，主人公背负杀妻之仇未报，同时患有短期记忆丧失症，只能依据纹身、纸条、照片等保持零碎的线索不断。

导演：克里斯托弗·诺兰　**主演：**盖·皮尔斯
上映日期：2000-09-05　**片长：**113 分钟
又名：记忆拼图/记忆迷局　**IMDb编号：**tt0209144

的。他架起三角架，拍摄了落地窗上的大洞位置，床头灯原先所在地方，以及窗外的全角度风景。数据运算加上一层的高度。

图像输入后程序显示正在运算中。他衡量着上楼去拍张落地窗碎片飞溅的走势图，这样对子弹矢量的估算会精确得多。等结果出来再说，如果输出结果太模糊，他决定冒个险试上一试。

三种可能性：对面海湾半岛上的景观塔最高层，一架小型飞机，最后一项倒出乎他的预料：由于没有找到子弹，可能爆炸由事先固定在窗上的小型炸弹引发。

这使能先于他们进入旅馆房间的每个人都成为疑犯。

先排除容易排除的可能性罢。他眯起眼睛，隔海相望，景观楼只是个在阳光下闪闪发亮的小点。

5

半岛是块长达数里的、直接从岸底打桩建筑起来的人工陆地。从半空中看，岛的轮廓一定是条在碧蓝海面上划出的优美白色弧线，他想，但对陆上的观光者来说，它只是必须在烈日下徒步走完的几公里沙地。四周的海水不断舔走从别处运来的沙子，结果处处露出水泥路基。岛的尽头耸立着一座玻璃塔楼，每块外墙都反射着正午刺目的阳光。“那里究竟有什么可看的？”他问导游。除了他们仨，还有不少游人兴致高涨地向塔楼走去。

“塔楼的玻璃板墙会不定时地在透明与不透明之间转换。整个建筑物都是用这种材料组成的，在18层高空突然发现自己脚下的地板消失，能看到楼下的人，在视觉效果上很刺激。”

会有人选择在随时随地可能变成敞开空间的地方架设狙击枪么？他自问。但若“他们”能得到这座塔楼的控制权——这又是个绝妙的，可避免怀疑的好地方。“让我们去看看。”他说。

在楼底购票后，他们和一大票穿着泳装的游人挤入一个大水泡式的观光电梯直升顶楼。电梯经过一排排玻璃小隔间，其中半数以上呈银灰色，不时其中一间泛出阳光下油膜似的虹彩，随即转成透明，露出其中一脸呆怔惊异之色的游人，电梯里的人大笑，冲他们吹口哨。

塔楼的电子导游系统请他们离开电梯，去各个隔间“欣赏海景及全息电影”。他们在最高

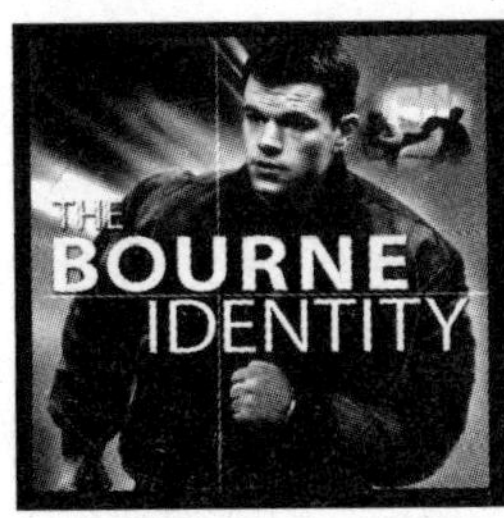

《伯恩的身份》（The Bourne Identity）

很漂亮的动作片，也是关于记忆与身份的。主人公被人从海上救起，不知自己是谁——除了屁股上有一个瑞士银行帐号。当然，再度展开了一场追杀游戏，在这个世界上，金钱、身份证和枪是永恒的电影题材。

导演: 道格·里曼　**主演:** 马特·达蒙
上映日期: 2002-06-14　**片长:** 119 分钟
又名: 谍影重重/叛谍追击/神鬼认证　**IMDb编号:** tt0258463

层转了一圈，呆在某个房间里看了一部五分钟特别设计的短片，在影片最惊险的高潮部分：主人公逃到了悬崖边，所有的影像瞬间消失，他们发现自己悬空站在空气中，脚下是层层叠叠的透明天花板。梅一声尖叫抓住他的胳膊，他也被吓了一跳，承认这种效果的确非常震憾。果然所有房间的“转换”是由塔楼的中心计算机控制的。

根据弹道程序的计算结果，他们找到了子弹可能的来源方位之一，就是处于14层的一个隔间。现在它的外墙是灰色的，门把手上闪动表示“有人使用”的红光。

“我们得想办法进去看看。”他说。

“除非找管理处，里面的人反锁了。”导游说。

最大的可能性是现在里面有几个脚上沾沙子的家伙正看着电影——即使他们曾在里面布置过狙击设备，现场也早已经被打扫干净了。不管怎么样，他都想看一眼。塔楼中包括了复杂的走道系统，占去了大量空间，弹道源点正好处于一个隔间内的概率并不大，足以使他重视起来。

“你看住这个门。”他对导游说，希望今天早上付给他报酬的数额以及未来的另60%能保证他在风险时刻的忠诚度。

“你跟我去楼上。”他拉着梅上楼，同一位置的隔间正好是空着的。“把门反锁上。”他说。梅正在墙上拉开节目单，“你要找个马上使房间转换能看到楼下空间的片子？”

“用不着了。”他跪下，从肋边的枪套里抽出一把电动刀。地板表层很快在旋转的刀锋下开始解件，不出他所料，几阵火花闪过，所谓的玻璃效果便还原成排列整齐的像素点。

他考虑着进入塔楼控制中心的可能性。所谓“转换”效果全由墙体的全息投影所形成的话，每个隔间里一定设有大量摄像头采集图像并及时投射到墙幕上。楼下1405今天凌晨的图像有可能还保存着。但如果“他们”能和塔楼控制中心合作，不管是哪个层面上的，要消除枪击事件的痕迹就太容易了。

他们在房间角落找到了线路盒，将计算机端口联入，屏幕变黑后出现对话框，要求输入管理密码。他十指在键盘上晃了晃，希望自己“潜藏”的能力中包括充当黑客。几分钟后他不得不承认——

“让我试试。”

他回头，看到梅的目光越过他肩膀，定在屏幕上，沉着冷静。

她是个内行。他看着她迅速进入代码界面，输入计算机命令如同用母语与人聊天，明白自己帮不上什么忙。临海一面墙外涛声细弱，他能看到灰白色小点在海面上起起落落。是海鸟。

“如果有故障警报系统，先关掉它。”他说，刚才地面上被破坏的阴影部分现在似乎扩大了，像现实世界中的溃疡。

她点头，继续工作。

“我已经进入了隔间单位的转换控制系统。我现在能做到的是，让我们这一列的房间在五分钟内的四壁布景全部换成1405今天凌晨枪击后半小时的布景。”

“后半小时？”

“枪击时刻正负一小时的影像资料已被替换过了。如果你要看——”

他摆摆手，那没有价值。“你能将半小时后的那段影像文件提取出带走么？”他预感到，他们强行将整整一列的房间布景转换，肯定会打破这座塔楼精巧的协调性，也许会出现某些古怪的场面引起管理部门的注意。

“资料储存区的防火墙我目前破解不了。我需要一些工具，这台计算机里没有。我想我只能做到这步了。”她语气里带着歉意，“而且如果只将文件带走，我们也没有像这里的六面封闭型的全息屏幕来播放它。”

“一列？”

“从上至下的一列。抱歉，我没法把这个房间从串联的线路里解出。至少短时间内做不到。”她看他，扬起眉毛。

“好。播放吧。”

6

他踩在血泊里。

梅尖叫着跳起来，脚踝被数据线缠住，摇摇晃晃，他伸长胳膊一把拉住她，一轮更遥远的惊呼传来，他知道其他隔间里的游客们正和他们同步欣赏这血淋淋的谋杀现场。他倒退两步，虚拟血液并没溅开，强列的真实感随之被打破了一些。

房间中央躺着两具尸体。他们显然是被——不，其中一个胸前没有出现大洞：他意识到那只是自己在全息投影屏幕上划开的故障区。死因是穿脑而过的子弹，他徒劳地想看清其中一人的面目，随即清醒过来：第一，你没法使一具影像人体翻身，第二，他很可能也做了整容。

他强迫自己的目光从尸体上移开。一架狙击枪架设在窗前，将他们的落地窗击得粉碎的子弹明显来自这里。高倍望远镜，一台联线被强行扯断的计算机被踢到墙角，液晶屏裂开了。暗杀者在遭到袭击前，在做跟他们同样的事：入侵塔楼管理系统。

门外响起粗暴的捶门声，他的手机同时震动起来。“开门。”他说，梅靠在墙上，脸色惨白，缓缓摇头。

他一边跨向门口一边接起电话，不出所料，是导游。“开门！外面是我。”

重新将门反锁后，他问：“外面情况怎么样？我们还能从正常路径出去么？”

“全是惊叫乱撞的游客。管理处的人肯定正在赶过来。”

他转向梅：“他们要多长时间才能追查到入侵是由我们这个隔间线路开始的？”

她已经镇定下来，正将计算机折叠起，迅速卷起联线一并塞入背包。“应该很快。”

“我们最好马上离开这里。”导游望向地下的死人。他们血流遍地却不散出一点气味，气氛诡异。“他们的制服就是塔楼保安处的。”

此时四周开始变幻出虹彩色，随即他们发现自己站在一间透明玻璃屋中。走廊里到处是因为穿着沙滩鞋想跑而跑不快的游客，他们跌跌撞撞聚向电梯口。似乎没人注意到他们。

“五分钟过去了。我先前设定的，现在我们可以看见外面，他们看不见我们。”梅迅速解释。他点点头，从她手里拎过有点份量的电脑包背到肩上。从走道那端，一小队黑色制服正逆人流冲他们这间隔间过来。

他抽出枪，拉开保险拴。他明白自己肯定不是个神射手，不过要击中一面数平方米的玻璃外墙，并不需要多少天赋。

闷在密闭空间内的枪声震得他脑袋嗡嗡直响，他又冲墙体一片锋利的残余部分开了一枪。碎片直接掉海里。门外黑衣保安已经在摇门锁，其中一个冲对讲机吼着，他估计门被砸开是几秒钟内的事。

“愿意的话跟我走。”他说，将手枪扔进电脑包侧兜，上帝保佑它真像说明书上所写的那样防水吧。

他跳了下去。最后一个在脑海中闪过的念头是：希望我会游泳。

深层海水即使在正午烈日下也冰冷刺骨，他感到肺里的空气全被猛地拍了出来。向下蹬，仍然是水，踩不到沙地使他慌了一下，但他立即发现自己正本能地划动着手脚向水面亮处上升。我会游泳，他松了口气，将头伸出水面大大吸了口空气，背后的电脑包沉甸甸的防碍行动。他使劲眨眼挤掉眼睛里的海水，一时还看不清四周——此时砰然一声巨响，水花重新溅了他一脸：梅跟着跳下来了。他踩着水靠近她，很快发现她并不需要帮助，她冲他做了个手势后返身朝塔基处游去，那里有道宽阔的水泥檐，上面漆着“游人勿近，维修专用”字样。

水泥檐投下的阴影使海水看上去蓝得发黑，更深处是支撑塔楼建筑的钢筋支架森林。景观塔栖身的人工岛下面居然是架空的，涨潮时水面可能一直要淹到檐边，层层叠叠的白色贝类粘在水泥表面上，看上去像鸟屎。他们游进比较深的地方，拉住钢筋条直喘气。目前塔楼上的人看不见他们，但他清楚这地方根本经不起搜索，只要保安找艘船绕着塔转一圈儿，他们就像被车前灯光笼住的兔子一样醒目。

“我们的导游没跟着下来。”他说，咧了咧嘴。远处是真正的海岸线，一些色彩艳丽的小点儿随着浪头忽上忽下，是些初学冲浪的菜鸟。最起码有三公里。他怀疑即使后头没有追兵，他们也游不回去：他们离体力的高峰期都有些年岁了。

“景观塔的保安为什么要杀你？”她问，呼吸开始平复下来。

他摇头，眼下他不愿去想。他们时间不多了，得先离开这个地方再说。当然底线是他们还可以报警寻求保护，毕竟他除了稍稍修改了下观光塔楼的内部线路，并在地板上挖了个洞以外，什么出格的事都没做。

不对，他直觉到没那么简单，“他们”可能是因为要利用观光塔的地理位置而冒充保安混入，但为何塔楼发现自己的地盘上出现两个死人后没有报警？今天观光塔看上去一副正常营业的平和样子。而警方如果发现一架设好了的狙击枪，难道不会顺着枪口找到梅所在的旅馆房间，看看伤到人了没？

如果塔楼方面想捂住这件事，随便找了个理由，不让丑闻影响营业，为什么他们会保留下现场影像，并放在计算机网络中一个高手凭普通电脑只要十分钟便可找到的地方？

“我们可以报警。”他说，试探下梅的看法。他不想让她牵扯太深，现在事情离玩玩实弹捉贼游戏越来越远了。

她摇头：“我们可以脱掉外套，直接上岸去。外面的太阳几分钟就能晒干皮肤了。我猜他们正在疏散楼里的游客，我们也许能混进去离开。”

他觉得可笑，他们刚从一个装满摄像头的地方逃出来，对方肯定掌握了他们的面目特征。再说那位导游八成因为事情搞得太大而倒戈，从人群中分辨出他们就更容易了。

“好。不过我们先把枪扔掉。”他说。没有别的办法了。等人流散尽，连这条路也堵死了。

在要不要放弃电脑上他们争了几句。她说提着台电脑目标太明显了，他说将电脑沉在这里，几小时后便会被打捞上来，从上面的序列号立刻就能追查到她的信用卡。

她叹口气没再表示反对。他们脱掉沙滩上穿的便装，扎在水面以下的钢梁上，防止衣服顺着水流漂出去。

他发现只穿条泳裤背着电脑包的确太突兀了。她带着嘲笑的意味笑着看他一眼，朝外游去。

7

游出檐区，他们稍稍松了口气，不少惊慌失措的人冲出塔楼后直接跳进了水里。人工岛岸上有几个穿保安制服的人冲他们直挥手，喊叫着安检不会造成伤害之类的话。保安的态度似乎并不严厉，有几个朝远处海岸的方向游去，保安也只不过摊摊手。

他示意梅跟紧，与其他几个浮在水面上犹豫不决的人扯了几句，发现谣言有数种，从恐怖分子在楼里安装了炸弹到发现游客里有人感染第三级病毒。他附和几句，侧面打听楼里的安检。

警察来了，他们封锁了十二层以上的电梯，要求出示身份证明文件才能通过。此时有人尖叫发现了瘟疫病人，于是场面开始失控。不少会游泳的人从窗口直接跳进了海里，他知道自己那两枪可能使塔侧的一大片外墙都破裂了。

不久，拥堵在门口的人群冲破了警卫，一部分人顺着窄窄的人工岛跑向岸边，剩下的全像饺子下锅一样进了海。现在大多数人都回到了岸上并离开了，但向他滔滔不绝地述说的这位中年男人自称“鬼才相信那些警察的话，他们只不过想把咱们骗上岸去验血”。

他与梅悄声商议了几句，觉得现在上岸并不动声色地离开是最好的选择。他们在这种状况下并不显得十分怪异。

“祝我们好运。”他说：“如果我被拦住了，你就只管往前走。电脑的事我会找借口的，不会牵连到你。”

梅湿漉漉的脸在阳光显得苍白。她努力笑笑：“走吧。”

他们在离保安两三米的地方爬上了岸，两人隔开一段距离。太远太近都会显得有点心虚。他站在粗糙的沙地上，电脑包不停往下滴水。活像个刚从汤碗里捞出来的雏鸡，他想。

“身份？”

“我不知道。我是个度假者。”他说。

“那种度假者？”保安加重语气，抬眼看他，额头上涌起三道横纹。

“是的。”

“她也是？”

他没回答，等梅自己开口说：“是的。我是记忆休假者。我可以走了么？”

保安注视着他手里的包，“你们知道我们刚才发生了一些意外情况。影像控制系统出了些毛病，恐慌是不必要的。”他将目光移开了，脸上浮现出笑意，“希望没影响到两位的假期。”

他耸耸肩，然后转身走开了。感觉到梅没跟上来，不由心头一抽。但她的脚步声随即在离他数米处响起，时远时近，并不赶上来招呼他。他放松下来，暗自赞叹道：真是镇定的女人。

电脑包里一阵震动，是手机。他接起：“喂？”

“你欠我——”导游的声音传来，说了个数字，“他们要这么多。你明白情况紧急，我不能砍价。”

他眯起眼睛，海面上闪烁着无数刺目的亮点。这么说是导游在暗地里摆平了这件事，或者似乎是？他回想导游毫无特征的面孔，无论日头多么火辣都裹得严严实实的三件套西服。从第二天遇袭起，他从言语轻浮的市井之徒变成了另一种人，几乎不说废话，能快速把他想要的装备弄到手。他开始怀疑起所谓“导游”究竟是何身份。

他自己究竟是何身份？景观塔的谋杀现场展示明显是个陷阱，是谁想要捉住他，这个用枪击不中五米外目标，玩电脑只会在windows系统中瞎转悠的人？

“给我们弄辆车。我们在码头等你。”他挂线。

游客服务中心。他们重新购置了衣服，他又买了台便携式电脑，防水包的质量没想象中的好。

临海咖啡厅人流涌动，他们点名要了个不临海的座位，服务生离开后，他说：“梅，很抱歉把你拖到这件事情中来。如果你现在想离开，我会记得还给你这两天的费用。我保证。”

她翻翻眼睛：“别说这个。你说是谁杀了想要你命的人？”

“现在已经不是游戏了。”

“接下来，你需要我。”她颇有自信地笑了笑，“我可是个计算机高手。你不想知道塔楼内部发生了什么事？”

“不。那不是最根本的。我需要的是知道自己以前是谁。”他说，向后靠到椅背上。

“这我干不了。”她摇头，“Lethe的数据库防火墙级别不比州核工业基地低。没人可以从外部破解它。”

“为什么？它只不过是个提供娱乐的公司，特殊之处是它有医疗执照，可以往客户脑袋上动刀。”

“如果你看看Lethe的客户名单你就不会说得如此轻巧了。”她探过身来操作鼠标，刚洗过的头发挨近他，散发出好闻的气味。

屏幕上出现的名单令他莫名其妙：“我差不多一个也不认识。噢，他好像是某个小州的副州长？”

“他们都是真正的重要人物。跨国公司的实际经管者，专利买卖家，政客，还有地下组织的头目。”她露出牙齿笑笑，“跟普通的媒体宠儿是两回事。Lethe开业至今五年，有无数这类级别的人物接受过Lethe的记忆度假服务。如果你想暗杀其中一位，只要翻翻Lethe下个季度的客户订单，就可以在某个荒僻的小城，譬如说这里，截住他。没有保镖，没有警察，甚至他自己都不会有防犯意识。Lethe的档案里一定还能找到这个重要人物整形后的照片。所以，你想偷进Lethe的资料库找到自己的档案，是不可能的。如果他们的客户资料对外泄漏，恐怕这个公司就跨了。”

“他们对客户的保护还真严密。”他苦笑，“但现在显然有人知道了我是谁，并举着把手枪一路追过来了。你刚才提到塔楼内部？”

“我退出系统时留了个无线网路后门。”她说，将计算机从他膝上端走，“现在我们有足够的时间，让我看看能恢复出多少数据。”

当导游的车抵达时，梅的工作还在进行中。她已经成功找到了进入塔楼中心数据备份库的路径并成功播放了几分钟视频片段。他看到两个穿保安制服的人进入隔间，在外墙上钻出留给子弹的孔洞，用手持红外线工具进行测量。画面下角时间变成8点整时，趴在狙击枪前的枪手扣动了扳机，他的同伙几乎立刻开始收拾设备。他们动作的利落高效，使他不寒而栗。

视频卡在两名枪手不约而同转向镜头左侧的地方。他估计那是隔间门口方向，使狙击手毙命的人物将要出现了。

她向他解释黑客程序工具发挥作用需要时间，她会使计算机保持运算，等上车后就能看余下的部分了。

码头不大，沿岸拴着一排排传统手划木船，随着波浪摇摇晃晃，船主用草帽遮着脸横在躺椅上打瞌睡。正是一天中太阳最烈的时候，他都能感觉出阳光压在脖子上的份量。四周无人。码头后面的空地上尘土飞扬，停着一溜半新不旧的厢式货车，车顶金属行李架闪着光。他们慢悠悠地走过停车场，直到导游冲他们招呼一声，他的车混在当地人的车阵里毫不起眼。

“事情解决了。他们不会再追究景观塔楼的事。”导游说，拉开货车后门，侧身让他们上车。他“唔”了一声，跳上车，然后拉了梅一把。眼睛习惯黯淡的光线后，他发现货物区已被改装成两排舒适的座椅。导游关上门，绕到前面坐上驾驶座：“你们想去哪儿？”

“先往市区开。”他说。车发动起来，梅打开计算机屏幕，程序已显示处理完毕。

《记忆裂痕》(Paycheck)

华人导演吴宇森的科幻电影，讲述未来的一种保密方式是完成业务后删除脑海中的相关记忆。但主人公在几年后却发现自己留下了若干奇怪的线索，似乎有一个惊天阴谋在悄悄发生。

导演: 吴宇森
主演: 本·阿弗莱克 / 乌玛·瑟曼
上映日期: 2003-12-25
片长: 119 分钟
又名: 记忆裂痕 / 空头支票
IMDb编号: tt0338337

画面上猛然出现一道白光，吱吱声，然后又是一阵闪烁。狙击手躺倒在血泊里，一个细瘦的影子上前蹲下查看，他回脸冲门外的某个人说了句什么，然后直起身离开了。

他们都看清了那张脸。梅伸出双手，指尖颤动得厉害，她在键盘上打出：我们怎么办？他也伸手打字：保持镇定。

他望向前座导游狭窄的肩，盘算着如果动手他的胜算有多大。客观上今天清晨是他救了他俩一命，但为何他又引他们去观光塔陷入危险的混乱？该死的，眼前载着他们向前行驶的这个人，到底是谁？

“到市区中心随便找个商业街把我们放下就行。我们想去逛逛。”他用不经意的声音说，“顺便问一句，你究竟是什么身份？”

就算导游有如实回答的意思，也被从车后传来的猛烈撞击打断了。

8

他不由自主地往前一冲，头撞到前排座位靠背，顿时眼冒金星。梅轻声惊呼，车身半侧着转了个一百八十度弯后横在了路面上。他模模糊糊看到导游使劲打方向盘，轮胎和路面发出一种令人心里发酸的吱吱声，他们从后面被人撞了。他想，从茶色车窗向外望去，一辆加长型黑色面包车几乎紧挨着他们停下，紧贴到他们想开门下车都不行。

“听着：你是Lethe的首席科技官，或者说曾经是。”导游放弃了控制车辆，向后座扔来某个物件，他一把接住后发现是枪，一个小红点飘过车顶，还是带激光制导的，“保险打开了。尽量逃吧，他们扣住你的话什么也别说。如果想活命。”

说话间导游已经快速冲面包车方向直接开了火，火药味和震耳欲聋的声音回荡在车子内部。他不假思索地按住梅的头，大声吼道：“趴下！”她好像已经吓傻了，直愣愣坐在座位上。车后部吹来一阵热风，他明白后厢门已经打开了。“快走。”他拖住她的胳膊向外拉，一脚踢开后排的座椅。

车外站着三到四个穿黑色风衣的人，他扫了一眼，他们都有武器，但当他冲他们射击时居然没有遭到反击，四个人像人形靶子一样倒在地下。他冒出一种不真实的感觉，四周是空旷的高速公路，左边能看到一线窄窄的海蓝色。

“歇夫。”

他愣了一下反应过来是梅在叫他。回头一看她正靠着车门眼睛睁得很大，表情茫然。

“快跑啊。”他慢慢说，舌头在嘴里好像大一了倍。空气变得厚重起来，零落的枪声越来越遥远，他明白他们都被麻醉弹射中了。

从面包车上下来一个明显是头目的人。他慢慢踱过来，看着倒在地上的四个手下皱眉头，“您最好配合一点。对我们双方都有好处。”

他发现导游的车上已经没有响动了。头目左右的两个男子衣侧鼓鼓的，情况到了他必须好好配合的地步。更何况还有梅。他努力点头，发现在药力作用下要做出小动作也十分困难。

“我们会将您带走，在您身上了解一些情况。我们保证不会伤害您的身体。当然还有您的女伴。”头目扁嘴笑笑。左右上前抓住他的肩膀引他向前走。

他是Lethe的首席科技官，“导游”说。如果这是真的，他的确是个重要人物。他回想起梅所说的Lethe掌握着世界许多巨头的记忆休假资料，不由冒出一身冷汗。眼前的准黑帮，不论他们想要的是什么信息，看起来都不惜将他的脑子切片来得到。

他们将他安置在后车厢一张长椅上，梅紧挨着他坐着，表情呆滞。对面是两个怀抱长枪的高个子，面目阴沉。车开动后数十秒，他看到原来枪战的地方升腾起一团火焰。是“导游”的车。

他闭上眼睛。

9

他被安排住在一间没有家具的房间里，四壁有橡皮衬垫。梅在他相邻的房间，他隔着玻璃能看见她。他们没收走他的表。下午三点，两个医生模样的人进来给他检查身体，掀开了他耳后的胶布，其中一个用根长长的探针不知鼓捣了些什么。他看不见，听到背后金属器械碰撞的声音，心里的恐惧像条冰冷的蛇爬过。

然后上阵的是个面目和善的老头儿。

“你想知道些什么？”老头儿自己掮进来把两折叠椅，给自己舒服地安排好座位后示意他在对面也坐下。

他犹豫一下撑开椅子坐下了，颇有些意外：“我原本以为你们扣住我是为了向我提问的。”

“好让你回答你不知道？”老头用指关节敲敲耳后，“我们知道你做了记忆手术。现在你能回答的问题只限于近48小时内发生的，比方说，刚才你是不是想用椅子打扁我的头？”

他点头承认：“的确想过。”

“就算你拆下椅子钢条顶住我颈部大动脉，这里的守卫也不会让你离开的。”老头儿的笑意弥漫了整个脸庞，他有个肌肉松驰、毛发精光的圆脑袋，“让我们先自我介绍下。我代表了贵公司以前服务过的一群人。他们对你们公司目前的状态感到非常不满意。”

他开口想说话，被老头一挥手挡住了，“先让我说完。对外你是Lethe的首席技术官，而实际上公司是你的，你能做主。我想通过这次见面，在Lethe公司与我方间达成一项协议，尽量不伤害到双方的利益。”

“我还是不明白。Lethe难道不是个安排旅行的——如果客户有不满意的地方……”他说着心里一动，明白所谓的记忆度假没有表面上那么简单。

老头儿目光闪动：“你真的不记得了？好吧，那就让我们假设你的手术使你暂时忘记了贵公司的主要业务。我可以提醒你一下：自从五年前Lethe公司成立以来，你们的客户群绝大部分来自于某些需要在公共场合消失一段时间的人物，他们在你们保护严密的旅行区里完成了很多重要工作。比如说会见理应是敌对方的人物，进行某些交易，如此等等。”

他明白了。记忆度假只是个幌子，巨头们在海湾城市里洗钱，进行联络会议。他们根本没有接受过脑部手术。由于“记忆调整手术期间的行为如选择遗忘，当事人不必对此负任何责任”条文的存在，这是个可以掩盖一切黑暗活动的洞穴。他曾为这种条文居然能在州立法中通过而感到不可思议，继而想到可能是因为记忆休假者给当地旅游业带来了巨大好处而导致的结果。

五年前条文的通过者们可能就是第一批受益人，而他本人居然是整个骗局的主使人——一觉醒来发现自己是黑手党教父的感觉。

“Lethe公司发生了什么变故？”他问。他现在理应坐在某个能看见金色海岸全景的办公室里，将脚搁在桌沿上，用手提电话为一伙毒品巨枭安排见面日程。这幅画面在脑海里像张卡通海报，不真实得可笑。他怎么可能是个——

“我们并不清楚你们公司内部发生了什么事。你下面听到的只是些传言。但仅仅这些传言已经使我们觉得不安。”老头儿环抱起双臂。他知道下面将进入正题了。

“警方一直怀疑你们。这不奇怪，他们一直想抓住你们的把柄。其中最有可能被他们揪到辫子的就是：你们的客户实际上并没有做过脑部手术。所以你们开始为客户们在脑后制做一个假伤口。而记忆调整手术的技术内核你们宣称是商业秘密，警察又不能对一个重要人物做开颅检查，只是为了检验一些假设。这几年来你们与警方周旋得非常好。”

“今年6月，一具尸体被冲上公海沙滩，他经过整容和指纹消除。无人认领。是贵公司的一个客户，他的死因我们先不讨论。刚开始警察高层非常兴奋，认为他们终于得到机会能撬开Lethe的门了，但他们没有通过尸检得到他们想到的东西。这件事无声无息，没人再提过。”老头儿语气淡然，“猜猜为什么？”

如果是客户群中的一员摆平了此事，他不会坐在这里接受讯问。无论对方的口气多么温和，他都有坐在一百盏太阳灯下的感觉。

“他们发现了脑科手术的痕迹。”他回答说，从老头儿面部表情的变化来看，他对了。

“接受过你们服务的人都各自接受了体检。从69年7月开始，所谓假伤口不再是表面功夫，你们真的对客户的大脑动了某种手术。他们雇用了最好的脑外科学家来找出你们到底干了些什么。最后得出的结论是：你们真的开始掌握记忆调整手术的技术了。”老头儿直视他的眼睛：“这意味着你们可以读取并保存记忆。”

“使你们感到备受威胁。”他接上去说，那么说他拥有一份现代版的胡佛档案，所以才像只过街耗子一样到处被人追杀。但是威力无穷的档案在哪儿呢，答案是：他不记得了。一种想微笑，直到仰头大笑的欲望直冲进他的脑袋。

“我们聚集起来讨论对策。你很难想象我们这些人会平平静静坐在一张桌子周围而不火拼。不过为了对付Lethe，你的公司，”老头儿加重语气，“我们做到了。你很有可能已经知道了我们的一切秘密，无论是商业上的、政治上的还是私人生活中的。如果你要威胁我们其中的一个，其他人——”

“我很难想象这种协定有多大的约束力。”他冲口而出。他设想自己是Lethe公司的主持人，像角色代入式游戏一般的思考很符合当前的情景，他会用秘密要挟这群客户中最有实力的一个，消灭掉零散老弱病残，然后——当他意识到自己在想什么时，打了个冷战。

双方沉默了一会儿。

“也许你说得不错。我们的联盟并非坚不可摧，但是你自己也不是没有麻烦。”老头儿说。

他知道讨价还价的时刻来了。

“我们在商议采取什么行动的时侯，传来消息说Lethe将进行内部重组。首席科学官，也就是你，会放弃第一把手的位置，隐退到研发岗位上。其间暂停一切对外商业活动。”老头儿停了停，“同时警方开始重新注意你们。”

总而言之一句话，他也有麻烦。

“我们的推测是，你失势了。”

“那你们完全可以一枪毙了我，不用浪费时间跟我在这儿扯淡。”他回答。被人掏空了脑袋里的一切送到海边度假，的确是个倒台前总统的典型处境。但目前形容他处境的最好词语也许是“雪藏”。他还有绝大的利用价值，瘦鹅不会让猎人追着跑。

问题出在他手里的货物是装在匣子里的。他拿不准跟他面谈的老头子知不知道他的失忆程度，先前两个医生的检查说明不了什么，脑外科手术对记忆造成的影响不是一根探针能查明白的。瞎子走夜路，他只能摸一步算一步了。

“也许失势这个词语用得不确切。但你在Lethe内的地位，”老头儿晃晃指尖，“今非昔比了。”

“既然如此，你们想从我身上得到什么？”

“只是一个小小的口头承诺。”

他等着对方说下去。越过老头儿的肩，他能看到梅脸冲着墙躺在地下垫子上。过一会儿她会翻身动动四肢，像个临考前睡不熟的孩子。

“如果你将来有所行动，我们是在一条阵线上的。”

“条件？”

“我们会保护你度过这三十天，提供一切条件让你有机会回Lethe。你也看到了，在这个房间外想要你命的人多的是。”

“早上冲我们开枪的是哪方面的人？警方的？”

老头子哈哈笑起来：“错了。是你们Lethe自己的。警方倒是想保你一命，他们想让你当证人呢。”

导游是警方的探子。他又看到了在火光中模糊的车影，深呼口气。景观楼那场声势浩大的表演是对他的一次测试，警方想瞧瞧他到底失忆了没有。

“你们凭什么相信我会遵守承诺？”他问，梅好像醒了，撑起身子往四周看。他判断她的房间没有双向镜子，看不到这里。

“别担心，我们不会扣下你的女朋友。”老头儿眯起眼笑笑，“我们复制了你的大脑数据。我们目前没有技术解读它，不过所有的资料，包括你们所收集的关于客户的，还有你自己的，全在里面。”

“如果我失约或永远成为在野党，你们就有了和Lethe分裂的另一派谈判的筹码。”他说。

“人人都会做两手准备。”老头儿做出委屈的表情。

他的确不见怪。

10

机舱里凉爽宜人，梅从座位下面拉出毯子来一直盖到脖子。他转头看她，她抓着毯子一角碰碰他的手臂：“唔？”

他端起计算机让她伸手过来用毛毯遮好膝盖，然后她侧过身去又睡着了。他熄掉头顶的灯。

从老头儿的库房离开后，他要求他们护送他到机场，提供两张去其他州的机票。梅迷迷糊糊地跟着他，他一路搂着她的肩。他有点怀疑他们给她的药力更强，好使她在谈判时不捣乱。

去机场的路上似乎有车跟踪，老头子在手机里讲了几句后，后面的可疑车辆消失了。他已经没有兴趣知道那是哪方面的人。反正都想要他的命。

飞机上天后梅似乎清醒了点："怎么回事？"

"我们去九江。在那里你想转机去哪里都可以。"他说，然后告诉她所发生的事，他原先是谁，遇到的是哪种类型的麻烦。

她的手并没从他胳膊上缩回去。他自嘲地想难道女人们真的都爱坏蛋么？

"你打算怎么办？"

"我现在还没有具体的打算。"他承认，"总之先离开云浮再说。"云浮，他从机场标示牌上知道了他呆了两天的海滨小城的名字。GOOGLE对于此地名的搜索结果是零。

"那里人人都知道我是谁，至少对那些想捉到我的人是如此。我借老客户们的东风暂时把他们甩在后面了，"他摇头，"但不久他们肯定会跟上来的。这家伙捅的可是超级马蜂窝。"笔记本屏幕上是一串关于Lethe首席科技官——王怀远的搜索结果。他打开一张附照片的网页，一个男人正与州议员大力握手，相当有技巧地将脸对准镜头。"他"长得不算丑。

梅盯着照片看了一会儿，又审视他的侧脸："你们不太像。"

"整容当然不能像。"他干巴巴地笑笑，隔着液晶屏又看了眼"自己"的脸，突然一阵强烈的绝望感如潮水般将他淹没。

进入夜航时段，机舱里变得昏暗，一部老三维喜剧在前方的幕布上播放，戴着耳机看的人不多。自动巡航小车送过最后一轮饮料酒水后，大多数人都蜷在毯子里睡着了。他已通过几个代理服务器联入了州立科技文献数据库。记忆手术对专业知识果然没有影响，他飞速浏览着最新的神经外科与脑科学论文摘要。一种熟悉感扑面而来，就像回到了离家几条马路的街区。公开性数据库中的资料不多，文后注释多引向做为商业秘密的私有数据库。看到后面发现那些最有价值的文章署名居然正是"王怀远"，他不禁失笑。

他模模糊糊有点理解记忆调整手术的原理所在了：在海马区的神经网络单元中寻找引起特定记忆段的"关键词"，封锁兴奋点，用某种一段时间后自动降解的化学栓控制蛋白质GRIP1在树突上的运动。但联向某一特定事件的通路有千万条，他不知道如何做到拦截每一个涌向特定网络单元的生物电流冲击。如果封锁过多通道，人脑某些更基本的功能难免受到损害。

看来那个"王怀远"是个比他有天赋得多的科学家。他带着几分厌倦的心情关掉计算机电源，机航天花板很低，嵌着只散发出柔和黄色光芒的灯。梅的身体在毯子下轻微起伏，他凝神想了一阵，重新打开计算机，开始搜索另一类型的资料。

11

他拉开房间的实木门，把服务生堆在那里的一叠报纸扫开了。头条标题醒目，头版照片大部分是将他和“王怀远”的脸全尺寸并排在一起。他蹲下身归拢报纸，一个身影投到他面前的地毯上。

他抬头：“你是怎么进来的？”

来人说：“我跟日报不是没有关系。”如果没有脸上近期烧伤植皮留下的地图状白色细纹，他的长相是扔在人堆里都找不到的类型。

导游。

“我们能谈谈么。”

他开门侧身做了个请进的手势：“我跟你们的人谈过很多遍了。我时间不多。”

“我知道，今天是你的第三十天，你的案子法庭要宣判了。”

“你来之前我们正在做准备去法院。”他说。隔壁浴室传来细微的水声。

“说实话你走了很聪明的一步棋。那么多人被你煽动起来，”导游用脚尖指指扔在地板上的那堆报纸，“在网上你的故事被炒得更火。他们把你看成了悔过自新的圣徒，或者说将强行被推进地狱的无辜者。”

近一个月前，他和梅从九江转机来到奥克兰，全球最大的媒体中心。《日报》大厦前游行的男女将街道堵得严严实实，他们抗议正在被州立法机关讨论的一条新法令：关于长期昏迷与脑死亡的病人是否有权利根据事先签下的意愿书被实施安乐死。最新的讨论结果陷在了僵局中，在“二十岁的A是否有权决定四十岁的A的命运，当四十岁的A失去选择能力时”这个命题上民众与官方都分成数派掐得不可开交。

他挤入人群，喊道：“我就是个活生生的例子！”

《日报》记者将他带进了大楼。

“我通过了你们局里安排的测谎。我的确不记得关于那个王怀远的任何事了。”他说。

“你要求法院下达强制性命令，让Lethe为你做永久性的记忆改造手术。”导游捡起一份报纸，随手翻开，“你觉得Lethe的人会在手术台上放过你么？你向媒体批露了他们利用手术偷窥客户记忆的事。”

“我只说，有可能。”他耸耸肩。再说有什么比揭发自己以前的“罪恶”并表示不愿同流合污更能打动人的呢？

“他们只要出一点点小意外，你就会变成植物人。”

“如果今天我赢了，有十四家媒体会直播我的手术过程。”他说。

“如果你输了？”导游扬扬眉毛。

“你们会得到王怀远。”他坦然注视对方，“你们的警车肯定会停在法院门口等着逮他。”

“你有多少把握能赢？”

“天知道。”

在波音飞机隆隆穿过夜空时，他清醒地知道在技术上自己是赢不了的。他没有可能在二十八天内搞明白记忆手术的原理并找到某个地方医院为他做手术。即使做到了，在余生里他也得逃避Lethe新上任的头目、旧客户群，以及警方的追踪。

与预料相反，他对“王怀远”毫无认同感。这种厌恶与“他”是个罪犯无关。想到一个月后自己将消散在此人的意识中，他感到怒火直窜上心头，就像下班回家后发现某个陌生人正占着厨房里他的位子吃饭，膝上坐着他的老婆。

他想保住现在的自己。

王怀远是Lethe公司权力斗争中败北的一方，具体过程他并不了解。可以想象他们将他放逐到云浮城，以便日后利用，但是为何第二天Lethe的新贵们便想将他射杀？

导游是警方的探子，他试图保护他和梅的人身安全。老头儿说是因为想让他做起诉Lethe的证人。这可能是真的。

他已和旧客户们订了合约，他们暂时不会来搔扰他了，但前提是他真的握有好牌：脑外科版的胡佛档案。

这些人都想让他变回去，变回王怀远。那人脑袋里的记忆像黑色黄金一样危险而有价值。

他几乎无路可逃。

直到他无意点开了奥克兰新闻网页。

如果他提出诉讼，要求法庭宣判他是独立于“王怀远”的一个不同的主体，有相同的生存权，那么奥克兰安乐死法令的最后通过肯定会援引他的案件做为辅证，以此来支持反方的观点：当年的签署志愿书者没有权利决定数十年后脑死亡病人的生存权。

在物质层面上是同一个人，但当以记忆为基础的人格发生改变时，无论是由岁月流变还是外科手术造成，他们应该被分别对待。

两个案件的提交时间如此相近，内涵如此近似，没有人会放过它们之间的相同点的。更何况，成为聚光灯下的人物，也许是保障这段时期内他人身安全的最好方法。

《日报》记者一路护送他去法院，并为他提供了一个名气很大的律师。他怀疑律师费是由奥克兰保守党支付的。州大选在即。

他被安排住进一个宾馆的总统套房，接受《日报》安排的采访。同时他也去了警局，同意如果他成为一个独立的人，将尽力配合警方对Lethe公司的调查工作。做这番表示时，四周闪光灯闪个不停。如果他“被迫重新成为一个罪人”，他也将伏法，为“过去的所作所为负起全部责任”。

当场居然响起了掌声。

他不禁感叹媒体为他塑造的新形象力量之大。

导游扔下报纸，“说实话，是赢是输对你来说意义不大。炸我车的那伙人相信你也了解是些什么人，他们不会放过你的，《日报》能保护你多久？大选之后就没人会关注你了。”

“你是劝我恢复记忆然后和警方合作？”他难以置信地笑起来，“然后逃到火星上躲一辈子？”

“我不劝你，这个你。你应该了解记忆度假的程序。当你退出时技师会有一段时间让你选择要保留下哪些记忆，我们的这段对话将会在你脑海中重演。希望那时的你能更加精明一些，抓住这个机会……”导游站起来，走到门边。

“我追踪了你三年。你没有变成另一个人。”

他拉开门走出去。

当梅擦着湿头发从浴室出来时，他还呆怔怔地坐在沙发上。

“我们该走了。”她说，“你怎么还没换衣服？”

12

法庭辩论过程相当精彩，连走道上都挤满了看热闹的人。最后休庭半小时，然后宣判最后结果。

他和梅被警卫护送到休息室。

“你居然睡着了。”梅说。

“你紧张么？”

“那个律师的嘴，天啊，黑的都能被他说成白的，我看你能赢。”梅拍拍他的手。

《不明身份》（Unknown）

一名白人男子，车祸后发现生活被他人劫持，而自己变成无身份的人，重重追击之下，发现事实跟他以为的极为不同。

导演：佐米·希尔拉　**主演：**连姆·尼森
上映日期：2011-02-18(美国)　**片长：**113 分钟
又名：无名杀机(港)/狙击陌生人(台)　**IMDb编号：**tt1401152

他微笑。结果不是通过律师的口才或陪审团的良心或其他诸如此类的东西决定的。他能隐隐看到旧客户群、Lethe现在的头儿、警方，以及奥克兰两党在背后为无数条利益线互掐。他希望他最后引入的安乐死法案争端能使这种局面达到——怎么表达呢，一种平衡。接下来的事他不想去考虑了，也明白自己无力去控制了。

无论法庭的判决是什么，他都将之当做一种形式的“命运”去接受。想到今天可能是坐在此地的这个“自己”的最后几小时生命，他伸手反握住梅的手。

此时手机响了。他站起来去隔壁接听。挂线后他在洗脸池里冲了冲头，一直冲了好几分钟。他不想让她看见他哭过。那样就太软弱了。

“我们离婚办下来了么？”他坐回梅身边，问。

她一下睁大了眼睛，然后平静下来：“你雇人调查我。”

“你在观光塔里跟着我跳下来了。没人会为个只睡过一晚上的人冒这样的风险。当时我猜你是我提前付钱雇来的。”他说，“你为什么要离开他？”

他实际上想问的是：你为什么要在我身边。

“文书是半个月前批下来的。”她垂下眼睛，“我们一直相处得很糟。你永远是对的，你什么情况都想到了。最糟的是你自己知道这点。你像台真空机，把周围的空气全吸干净了。人是没办法在你身边生活的。”她抬起头看他，充满了积怨，“我去度了记忆假期，我在忘忧岛随便找个人背叛你，一次两次三次，我全部记得。可你居然都知道，你他妈的说你理解。”

他无言以对。等她把泪水擦掉呼吸平静下来。

“我，我是说他，以前是个怎么样的人？”

“跟你一样。那个警察说得对，我都听见了。你没有变成另一个人。你紧张时从不让人看出来，喜欢控制感。你把任何事情都当成百米跑的最后十步。而且你一定要赢。”

“我没有——”他无力争辩。

“正常度假者在云浮遇到有人冲他开枪，他会怎么办？肯定会去找Lethe保护。”她笑得很凄凉，“可我打赌你想都没想过。”

过了一阵他说：“但这次我赢不了。”

“不。你依然赢了。”她掠开耳后的头发，揭开胶条，下面的皮肤完好无损。她并没做过记忆手术。胶条上粘着一根纤细的黑色棒状物。微形芯片。

“你请的侦探还不够好。我不仅是你的妻子，我还是Lethe的计算机库主管。我是说在你掌权的时侯。”她仔细地把芯片从胶质中剥离出来，黑棒看上去只要稍稍用力便会折断粉碎。

“他们要扳倒你时我不在场，但后来我拿到了你办公室的摄像头资料。你的医生建议你休息一段时间，你说你没空，然后他们就把你一枪撂倒了。强行休假。他们不敢把你处理掉，因为记忆复制和选择性控制技术的关键只有你一个人知道。他们也暂时不敢动我，Lethe关于客户群的资料收集数据库的密码只有我知道。全部是电子文档，可以在普通计算机上解读。他们枪击你，是因为发现我跟着你一起走了。”

她对着阳光旋转芯片，眼圈又红了，“有了这份资料，即使你不变回王怀远，你也赢了。也许不是你请的侦探不够好，你是想让我自己把它拿出来，毕竟它非常脆弱，一抢一夺就碎了。”

他看着她，她把芯片交到他手中时，低头吻他。然后推开门走了。

尾声

门外响起敲门声，他知道时间已经到了。

如果他输了，他也可以凭手中的芯片与Lethe做私下交易，保留住现在的“自我”。Lethe新头目们一定很乐意看到老竞争对手的消失，而且又能得到旧客户群的档案。

如果他赢了，他能用芯片与警方换取新的身份。到某个小岛，某个像云浮一样在地图上找不到的小城，开始新的生活。

敲门声开始急促不安起来。输与赢都不是属于他自己的，他对自己一笑，你把任何事情都当成百米跑的最后十步。而且你一定要赢。他得到的侦探调查结果的确包括梅在Lethe中曾经的位置。知道自己是个罪犯，与明白自己是个混蛋的感觉毫不相似。

后者更糟。糟得多。

这次我不一定要赢。我跟你不一样。

他站起身来开门，警卫涌进来夹着他走向法庭，他边走边捻着食指与大拇指，一道细细的芯片粉末洒落到深色地毯上。

刺青师

文/goodnight小青　图/霸王兔

刺青师这个行当相当普遍，可以说是司空见惯的一种职业。作为一种源远流长的身体装饰，刺青在各族之中都不罕见，它简单又繁复，便宜又昂贵，古老又时髦。

瀚州草原的蛮族勇士们通常会把它纹在古铜色的、毛发丛生的健壮胸膛或者肌肉凸起的臂膀上，图案大部分是本部落的图腾，有时也会随机记载一些本人生平值得夸耀的事迹，比如端和帝年间公认刀法出众的英雄——朔方原的赫兰铁朵，就曾在一刀斩杀了一头烈鬃熊之后，让人在右膀刺上熊的头颅。

很早很早以前，蛮族与华族之间跨越天拓海峡开始接触，随即带来持续不断的战争，战争在漫长年代中令双方死伤无数，也把刺青的风俗带入华族。有理由相信这种装饰最初是在华族人的军旅中开始流行的，士兵们看到敌人身上的奇异图案，出于对其悍勇气概的向慕或憎恨而试图模仿。但由于华族自古以来风尚的主流是儒雅温文，这种装饰至今也只在某些较为粗豪的非主流人群中流传，例如下层军官、马贼、海盗、地痞流氓什么的。

刺青师这行当可称遍布九州，为各族群众所喜闻乐见——除了鲛族，这些人身蛟尾的智慧生命，陆地上见过他们的人都少得可怜，自然更加无从得知鲛人是否也会刺青以及在大海的深处是否也有干这一行的手艺匠。鲛族的刺青史目前还是一个未解之谜。

但是我祖母对此持相反意见。自从得知我开始写这篇东西之后，年过九旬的她老人家端坐在我背后，命令我每写一行就读给她听，并不停提出指正。作为一名彧彰阁协修，我认为这类民间轶闻顶多只能归于传奇，连野史都算不上；但作为一个孙儿，我决定把老祖母的发言忠实地记录下来，说不定将来我孙儿的孙儿会从某张古老发黄的天启邸报上读到家族的回忆呢。

以下是祖母讲述的故事：

咱们家定居天启快七十年了，你爹，你，你儿子，都是在这儿出生的，你们如今都卷着舌头，一口的天启官话……唉，不过咱家本来是越州人，你可还没忘吧？

对了，越州白沙镇，就是咱们的老家。有一年啊，我记不清了，好像是未平皇帝出生后的第四年，当时我六岁。那几年不分冬夏，总下着好大的雨。有天夜里突然地震，镇上塌了好几座房子，第二天，发现海里升起了一个小岛。

跟着就来了好多的怪物，什么车轮大的螃蟹啊，赛过骡子的龙虾啊，还有水蛇，大水蛇……白沙镇紧临大海，那个岛离镇子只有十多里，大伙儿都说，一定是小岛升起的时候把这些怪物也带了上来。咱们镇为了防海啸一直修着高高的堤墙，怪物进不来镇子，可是在海边码头，无数打渔的和拾滩的都给怪物吃了。我爹——你的太姥爷就是有一天出海，再也没回来。

（这时我轻声背诵：“溥宁六年，南方越州暴雨成灾，饥民流离失所……溥宁九年，海边地震，有岛无端升起，海怪上岸食人……瀛鹿台占星圣哲视为不祥人降世之兆。”）

唔，溥宁么，好像是明皇帝的年号……当时白沙镇是不能呆了，我娘就带着我逃到了依澜郡的郡治泓阳，那算是越州的一座大城。我娘托人引荐，进了郡守汤老爷府里当洗衣婆子，我呢，年纪小做不了什么事，人家就让我帮着喂喂池子里的金鱼啊、小姐养的小白兔什么的。我很喜欢那些小生灵，把它们照顾得很好，人人都夸我细心。

又过了几年，我娘也去世了，当时我已经十五岁，汤老爷帮我发送了我娘后，问我还有什么亲戚可投奔，要是愿意离开汤府，可以不要身价银子，还另外送我一份安家钱。但我不想走，虽说在这儿是当丫头，可一来主人家那么宽厚，二来早已没亲戚了，那些年外头不太平，不是这儿打仗就是那儿造反，跑出去干啥呢？最重要的是我舍不得那些小金鱼小白兔……还有你爷爷。

当然啦，那时他还不是你爷爷呢。他跟我同岁，也是咱们白沙镇人，也是那一年逃难到郡里来的。一进府，汤老爷就让他给府里的少爷当书童。你爷爷少年的时候生得可清秀啊，白白净净的一点儿都不像个渔民的儿子。跟着少爷那几年，也识文断字的，连汤老爷有时都夸你爷爷聪明斯文，比自家少爷更像个读书人呢。

我回头看看祖母，老人家微阖双目，唇边露出一缕微笑，显然沉浸在少年时的美好回忆中了。我不敢吱声，因为祖父是几年前才去世的，我又不是没见过……祖父的模样可没半点符合祖母的描述啊，他老人家长得又黑又壮，一脸的络腮胡子，一巴掌宽的护心毛，蒜头鼻子，蒲扇大手，从我记事起就知道邻居那些不懂礼貌的孩子给我祖父取的两大美名了，其一：赛夸父，其二：黑山大魔王……

想必这就是情人眼里出美人的道理吧，虽然祖父长得那个样子，虽然祖母如今已九十多岁了，可是在她眼里、在她的记忆中，祖父永远都是世上最英俊的男人吧。我不忍打破老人家的梦，于是忠实地记录下了她的描述并写下以上这些注解。

这时候祖母突然说：“你是不是不相信啊？你沙沙沙地写啥呢，是不是在写你爷爷其实是个‘赛夸父’，是我老人家老眼昏花了啊？”我吓得一身冷汗，回头只见祖母睁开了眼睛，微微一笑，“就算我现在老眼昏花了，十五岁的时候可不昏。我那样说，自有我的道理。”

我赶紧赔笑：“哪能呢，奶奶您耳聪目明，当年肯定更加明察秋毫。”这倒不全是拍马屁，老人家望着我的目光十分明亮，毫无老年人的浑浊，其中仿佛还有一丝年轻女孩般的狡黠。

“哼，我知道你不信，你一定觉得我在替你爷爷吹牛皮。不过啊，你有没有想过要是你爷爷是个‘赛夸父’，你们这些孩子为啥都长得那么斯文秀气呢？”

我摸摸头。这四个字愧不敢当，不过我爹、几位叔伯和我自己确实都生得白皙瘦弱，一看就是手无缚鸡之力的书生。和我那位一瞪眼能吓哭半条街孩子的祖父，简直毫无相似之处。

“那是因为我们都随奶奶，”我继续赔笑，“奶奶年轻时一定是位又白净又秀气的大美人。”

祖母呵呵地笑起来。这时我九岁的儿子跑进书房，探头探脑不知想干啥，祖母将他揽到膝前。

“叫太奶奶！嗯，乖……对了，你们这些孩子里，相貌最像你爷爷的就是这小家伙了。有八九分像呢。”

我儿子扁了扁嘴，差点哭了。小家伙也见过他太爷爷，听说自己长得像那位黑山大魔王，不由悲从中来。他的确是家族中相貌最好的孩子，从小我们就常逗他，夸他比女孩子还要漂亮，此时孩子的小小世界估计开始颠覆了。

祖母微带遗憾地说：“要是下巴再尖一点儿，眼睛再大一圈儿，就更像了。”

我儿子想起他太爷爷的大饼脸和眯缝眼，嘴巴一咧准备放声大哭，我连忙威严地喝斥：“爹在这里写文章！找你娘去，不许捣乱！”

儿子被轰走之后，祖母歪在椅上沉默了一会儿，我几乎疑心她睡着了，正在犹豫要不要扶她回房，老人家忽然开口：“你们读书人常说眼见为实……”

我有些摸不着头脑，讪讪地说：“奶奶刚才说，您十五岁，认识了我爷爷，后来怎么了？”

“孩子，记住，眼睛看到的，不一定就是真的。”祖母笑了笑，继续讲她的故事。

我可不是十五岁才认识你爷爷的，都在一个宅门做事，早就认识了。那年我娘去世，你爷爷托人给我送来他多年攒下的十个银毫，又劝我别哭，说他以后会照顾我……这么着，我俩就很亲近了，用你们年轻人的话说，算是定情了吧。

那天就是你爷爷跑来跟我说，府里来了个刺青师，叫我快去看。

其实刺青师没啥稀奇，我早就见过了。小时候在白沙，镇上除了常住的渔户就是偶尔停泊上岸溜达的商船上的水手。大海风波无情，出海的人是提着脑袋换饭吃呐，他们都是些快快活活、吵吵嚷嚷的男人，好酒，好斗，也喜欢在身上刺青。

咱们镇东头住的老王伯伯就是刺青师，当然他不是靠这个吃饭的，他平时跟大家一块儿打渔，不过他会画两笔画。要是有人想在身上刺个什么就去找他，他会拿磨尖了的鲨骨针蘸上松烟和乌贼汁混合的墨水，不消一顿饭工夫就给你刺一个虎蛟头出来，只收三十铜锱。如果是整只的虎蛟，就加二十铜锱。也有人要求在背上刺一头大风，说这样可以震慑海里的毒蟒大鱼，那就得一个甚至一个半银毫了，因为大风是鸟，有羽毛，羽毛特别费墨。

我小时候经常看王伯给人刺青，虎蛟啦大风啦都看过，所以当时觉得一点都不新鲜，可是你爷爷说这位刺青师与众不同，一定得去见见。

第一，刺青师是个瘫子，下半身完全动弹不得，坐在一张带轮子的木椅上，用手摇动木轮来代替走路。

其次，她是一位老太太。众所周知，刺青师几乎都是男的，也不知道为什么，大概是因为会去刺青的多半都是些粗豪汉子，女人家要拿手摸着脱了衣裳的爷们，还给他们肌肤上刺青，总觉得有点害羞吧，总之自古以来的刺青师，就没什么女的。这位看上去慈眉善目的老太太居然操此男人专享的行当，可是从来没见过的奇人。

于是我就被你爷爷拉去看热闹了，府里所有人——不管老爷夫人少爷小姐还是我们这些下人，都早已聚在前院。那位刺青师果然是个又瘦又小、看着总有七八十岁的老太太，笑眯眯的非常和蔼，但总是咳嗽，让人担心她一口气上不来随时要背过气去。

老太太坐在一张带轮子的木头椅子上，从膝上的布包里取出银针和墨水，在众目睽睽下给一位自愿当实验品的护院刺青。那护院褪下一只衣袖，老太太拈着银针，虚眯着眼睛在他健壮的膀子上哆哆嗦嗦地下针。

我们这些女人都别过脸去不好意思看。你爷爷伸着脖子看得可欢，在人群里偷偷拉着我的手。忽然他的手紧紧捏了一下，我听到众人的惊呼。

抬眼一瞧，那护院正冲众人夸耀地亮着胳膊，在他膀头有幅青蓝色的怒狰图。虽然只是巴掌大的一小块，那头狰龇着獠牙，在他跳动的肌肉上活灵活现，好像随时会扑下来咬人一样，大家都不由退后几步。

你爷爷小声跟我说："这几年在少爷书房里我也看过不少名画真迹，可还从没见过如此神完气足的啊，这老太太是个高人呀。"

这时候汤老爷说："夫人技艺高妙，必然深通丹青之道，不敢动问何姓宝眷？"

老爷这么问是有道理的。那些年天下动荡不安，朝廷跟殇州的夸父、瀚州的蛮子杀来杀去，朝廷里头各位大官甚至皇族自个儿也杀来杀去，说不清有多少豪门世家一夜之间家破人亡。谁知道这老太太会不会是谁家擅长琴棋书画的老小姐、太夫人之类流落在外呢。

可是老太太慢条斯理地收起了刺青的一套家伙，笑了笑说："只是个无根无姓的可怜人罢了，小时候学的一点本事倒还没忘。打扰府上了，就此作别。"

汤老爷真是个大好人，虽然不明来历，但眼见这么一位风烛残年的老太太，实在不忍心让她独自流落在乱世，于是就把她收留下来，名义上说是教导少爷丹青之道，其实少爷连书都懒得读，哪有耐心学画画。三年中少爷一次没拜访过老太太，倒是你爷爷和我，在她的小屋里消磨了不少时间。

刺青师老太太就住在我隔壁的一间下房里。我想她孤苦一人，无儿无女，常给她送点吃的，有时也替她洗洗换下来的衣裳什么的。你爷爷见我老往那儿跑，他自然也就老往那儿跑，呵呵。

偶尔会有一两个护院家丁跑去求老太太给刺一个威武的纹身，不过大多数时候，她的小屋里总是寂静无声。老太太仿佛非常心甘情愿地生存在这被世人遗忘的角落里，我和她相伴三年，只记得两件事似乎有点儿不同寻常。

一件是我洗她的衣裳时，总闻到一股咸咸的气味，就像从前我爹还活着时，在渔场出了一身大汗回家来身上那气味。老人换下来的旧衣裳丢在水盆里，泛起一圈圈白色的渍痕，像一个长年不洗澡的脏男人，汗碱都结成壳啦。可是她明明很爱干净，两三天就洗一次衣服啊……我问起这事，老太太总是说人老了，就爱出虚汗。

另一件事就是我十八岁那年，有一天，府里忽然来了一位官爷。我不知道那个官儿有多大，想必比咱们郡守汤老爷大，因为我看见老爷在他面前跪着，头也不敢抬。

“你宅上所有人都在这儿了吗？”那个官儿说，他带着好多顶盔贯甲的兵，这些兵把宅第围了一圈，我们看着他们手里的长刀，都战战兢兢不敢出声。

“下官一门良贱都已在此，请大人检阅。”老爷说，“哦，还有一位年老的仆妇，她不良于行，未曾出迎大人……”

“老太太？那就算了。”那个官儿不耐烦地向我们扫了一眼，“三十岁以下的男子留下，其他人散了吧。上头的命令，这次只查年轻男人。”

老爷当时一定非常愤怒他不早说，白白让女眷抛头露面，给这些官兵看了个饱。不过他也不敢怎样。于是我搀着小姐告退了，临走时看到那个官儿从怀里取出一幅纸卷打开来，走到站成一排的府里所有年轻男子面前，开始挨个对照。

那天晚上汤老爷把我叫了去。老爷的神情非常忧愁，我从来没见过。

“有件事情必须让你知道。今天那位大人带着一幅男子画像前来，查验咱们府中所有男丁，最后发现书童的相貌和画中人几乎一模一样。”他叹了口气，“大人亲眼所见，恐怕这一次我即使有心庇护，也无力回天了。”

我头上如同挨了个炸雷，不假思索地喊：“老爷您是说抓通缉犯吗？不会是他的！他和我同年来到府中，那时才六岁，后来再没独自离开过府邸，他……他决不可能是罪犯！”

“你们两个都是我看着长大的，我自然深知你们是好孩子。今天也不是抓通缉犯。我不能对你说更多，这是这个帝国的一件大秘密。你们两个都是孤儿，我也知道你俩早已私定终身，本打算今年秋天就为你们完婚的。”老爷又叹了口气，“只能说……这是命。我没有能力保护你们，请原谅。”

我呆呆地看着老爷在我面前下拜，我忘记了尊卑之别，怔怔地说：“他们要把他带走了吗？”

老爷不说话。

“他们会杀了他吗？”

“明天一早，他们会派人来带他走。宅第早已被重兵包围，不可能逃得掉。”老爷无力地说，“我想他一时不会有生命危险，但以后的事情……很难说。”

“为什么会这样？”

“这是帝国的大秘密，我不能告诉你。”老爷仿佛在安慰、或者恳求我，“也许他不会死，甚至可能获得极大的富贵与权柄……”

“我不管这些！他们要带走他了，可他什么错都没犯过！”我几乎是在冲老爷嘶吼，“这到底是为什么！”

“要怪，只能怪他为什么天生了这样一张脸……这是没有法子的，谁也改变不了……”

老爷后来的话我没有听到，我哭着跑出上房。我想去找你爷爷，可是宅院里驻守的兵卒们拦住了我，他们说直到明早书童被带走之前，谁也不能去见他。

于是我哭着跑去了隔壁刺青师老太太那里。她听我说完所有事情之后安详地笑了笑，“哦，为这个啊，那也不算什么难事……不过我要问你一个问题：你和书童要好，我是知道的；但你自己是否知道你究竟是喜欢他什么呢？”

“我喜欢他的一切啊！除了爹娘，这世上再不会有人像他对我那么好，也不会有人像我对他那么好了！我不能让他们把他抓走……”

“如果他变得完全不像他了呢——我是说，只是外表。要是他的相貌忽然和从前不一样了，比如说，变得很难看，你还会一如既往地待他好吗？”

“那当然了！长什么样子有什么关系！”我哭着说，“只要他的心没有变，只要能不让他被那些人抓走，怎么样我都心甘情愿！”

“那就好。我现在就去看看他。”老太太微微一笑，“别担心。他们害怕年轻姑娘会挑动他不甘于命运的野性，可是没有人会提防我这样一个老太太的。”

她一边说一边整理那些银针墨水，我听到细微的声音，然后她摇着轮椅离开了我，去了当时你爷爷被禁闭的房间。事情就这样解决了。

“解决了？”我目瞪口呆，“这是什么意思？”

“意思就是第二天奉命来提人的官兵一见你爷爷，立刻发现这个人不是他们要找的人。因为你爷爷的样貌已经完全不同了。”

“不……不同了……”

“嗯。你爷爷变成了一条黑胖大汉。从前他是个文弱白净的少年，可是从那天开始，不管什么人见了你爷爷，都说他是个‘赛夸父’，就连你爷爷自己照镜子，也会这么说。”

“这是为什么啊？”

“我不知道。”祖母说，“我只知道那天早晨官儿来了，看见你爷爷，嘴巴张得有鸡蛋大。可是他也没办法，你爷爷和画像上的人已经一点儿都不一样了。他只好垂头丧气地走了。那年秋天，汤老爷为我和你爷爷操办了婚事。”

“唔……”

“汤老爷真是好人，我和你爷爷本打算伺候他一辈子的，但是我们成亲的第三年，澜州、越州、宛州各地流民作乱，你应该知道，那就是朝野纷传未平皇帝失踪的那一年。”

“是的。”

“越州是个苦地方，流民攻打依澜郡，汤老爷不忍见大端子民自相残杀，冒着掉脑袋的罪名开城投降，然后全家没于乱军，不知所踪。包括那位老太太。你爷爷带着我，跟着那些流民离开越州，一路北上，那时的史书里把我们说成所过之处寸草不生的蝗虫，是吃人的魔鬼。”

“战乱白骨，非民之罪。”我喃喃说道，“青史功过，几人评说？”

“那时我已经生下你大伯。流民穿州过县，一路向天启进发，我们的确像饥饿的蝗虫，可是你爷爷和我，从来没有杀过一个人。我们只是跟着大伙儿糊里糊涂地赶路。我们的首领听说是一个年轻人，不过我从来没有见过他。你知道，几千万人的难民队伍很难说谁是真正的首领，也很难从几千万人里找到他。”

“是的。”

“但是有一天黄昏，队伍在一片荒野上歇脚扎营的时候，你爷爷忽然不见了。过了一会儿他回来跟我说，他见到了首领。他说首领的确是个年轻人，看起来很聪明的样子，他还把刺青师以及我们十八岁那年遇到的怪事告诉了首领。”

“他得到解答了吗？”我急切询问。

“你爷爷也不太清楚。他说首领只是对他笑了笑，说了几句话。”祖母慢慢地说，“他说啊，符号代表一种结构，这世间万事万物其实都是由同样的微小符号组成。当‘它’作为一种符号，被有意识地排列起来，‘它’就促使人们在万物中寻找结构，将思维集中于这些由形式和结构所带来的整体性质，因此忽视了事物的本来面目，也因此导致了各种幻相的产生。”

这听上去太不像我祖母会说出来的话了……我头晕脑胀，迷迷糊糊地说：“意思是一种秘术吗？那个首领、还有那位刺青师，他们究竟是什么人？”

“不知道啊，首领我见都没见过。过不多久，你大伯还没断奶，我们就抵达天启了。从此咱们家就在天启住了下来，以后的事情你都知道了。”祖母说，“至于那位刺青师，自从依澜郡破，我也再没听到过她的消息。不过后来在流亡队伍中有人曾经说起，海中小岛升起那一年，有人捕到了一尾搁浅的鲛人，这鲛人作为珍贵猎物辗转到过许多达官贵人手中，甚至曾被郦王牧云栾买下，他那个好色的世子牧云德曾命秘术师给她服食化生双腿的秘药，把她变成一个美丽的女人以供取乐。”

“她……那鲛人是个女的么？”我茫然，不明白这和刺青师有什么关系。

“可能是吧，我不清楚。”祖母狡黠地说，“但听说鲛人被强迫化生双腿不久，就从郦王府逃走了，后来再也没人见过她。”

“会不会那个刺青师就是她！”我忽然福至心灵地喊道，“也许她一时还无法使双腿恢复成蛟尾，所以她利用刺青……对了，一定是刺青！她用那些符号的排列形式使人们眼中看到的图像和实际不同，就像她对我爷爷做的那样！她坐在轮椅上不走动，是因为她不想让人知道她需要浸泡在装满海水的桶里！她用贯注了秘术的刺青把自己变成一个老太太，躲在汤府等待复原！然后趁乱逃回了大海，一定是这样！”

“我不知道。我要睡了。好了，你继续写你的文章吧。”祖母摇摇头，打了个呵欠，“记住，孩子，不要轻易相信任何事——这世上总有些东西，眼睛所看到的，不是真相。”

祖母唤来我妻子将她扶回房间休息去了。她们离开之后很久，我仍然面对着写满字迹的宣纸发呆，搞不清楚今晚发生的事到底是不是真的。

就在我快要趴在桌上睡着时，我儿子又跑进了书房。

“你要做什么呢？”我抓住探头探脑的小家伙，安慰他说，“太奶奶今天是逗你呢，你长得一点儿都不像你太爷爷。”

“我才不在乎这个呢。”儿子抽抽嗒嗒地说，“今天学里有人欺负我，他们说，从古老的史书中翻到了画像，他们说我长得很像一个坏人。”

我打量着儿子的小模样不禁失笑：“哪个坏人啊？”

“他们说，我长得活像前朝的末代昏君——未平皇帝。”

抱着儿子哭泣的小身体，我一下子呆住了。

窗外的风声如同海潮。我望向天启城黑暗的夜空。在那起伏的呼吸声中，只听到小家伙委屈的控诉。

“未平皇帝就是牧云笙对吗？爹爹，他们说我长得和他几乎一模一样。爹爹，我不要像那个坏人。”

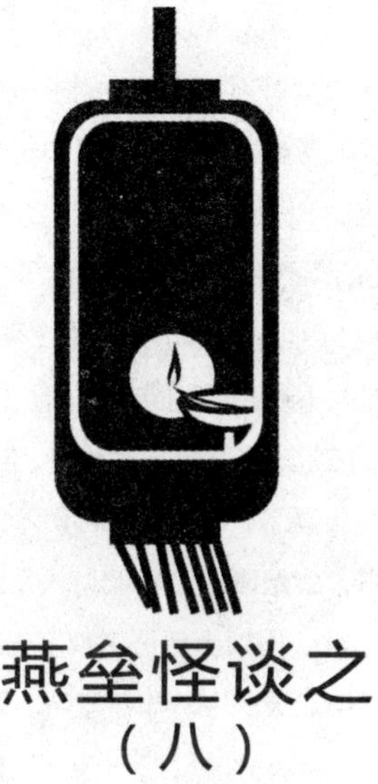

燕垒怪谈之（八）

文/燕垒生

魔画

镇上过去有座大宅院，是最早的欧式房子，听说是清末一个大富商建的。后来这富商家道中落，败得一干二净，房子卖掉后住进了十几户人家。我小时候去那里玩，虽然到处都破破烂烂，但依然看得出当初的奢华。

那富商姓胡，家里有一妻二妾。乾嘉时期，扬州富甲天下，当地的盐商发了财后好附庸风雅，专门收藏名家字画。有一则轶事就是盐商智赚郑板桥，说郑板桥不愿给盐商写字，那盐商就假充文人墨客，装成与郑板桥偶遇，让郑板桥自己写下字画。这佚事里那盐商其实文化水准不低，可以跟郑板桥谈论半天都不露破绽。胡富商虽然也好字画，却没这么有修养，可以说是为富不仁，专门结好官府，强买强卖的事做了不少。他收罗了不少精品，常常和一批同好共同宴饮，各自拿出珍藏的名画出来斗赛。

有一年冬天，他办了个羊羔酒会，顺便将新得的几幅董其昌、王时敏山水挂出来时，有人说起胡富商收集的古今名家已有不少，唯独缺了马仙墨的，殊为可惜。那马仙墨是当地一个画师，名声也不是很大，但据说画可通神，如果能求得马仙墨一幅虎啸图挂在中堂上，家中不用养猫，老鼠全跑个精光。画老虎吓老鼠，听起来好像是个笑话，其实在市井阶层嘴里是种神话式的褒扬。

胡富商听了这话，便夸口说下回定有马仙墨的中堂拿出来。只是马仙墨的性子古怪，一生未娶，也很少画画，倒喜欢炼丹。他的画有千金难求之称，胡富商虽然百般央求，马仙墨却总是不加理睬。开始胡富商还礼数不缺，两三回一过，他也被惹毛了，拿出做生意时的手段，买通了官府将马仙墨硬架过来，说是来了胡宅不画也行，但要留下一只手再走。

马仙墨到了这时候也没办法再硬了，胡富商的名声不太好，这种事他真做得出来，于是只得答应下来。只是他有个要求，就是画画时不能有人看。既然他答应了，胡富商也就不再过分，让他独自在空着的后院呆着，门锁上后每天除了三次送饭，谁也不准开。本来说好三天后开门，可是胡富商等不及，第二天就去偷偷看了看，只见一幅中堂上居然只画了一根大黑柱。见此情景，胡富商大发雷霆，将马仙墨打了一顿赶出门去。马仙墨年老体衰，哪里经得起这般折腾，被打得半死，却只是冷笑了一声，什么话都不说。俗话说贫不与富斗，富不与官斗，胡富商有钱有势，只要没出人命，他想干什么就是什么。马仙墨也知道这里呆不下去，便离开家走了，也不知到了哪里，那张大黑柱则卷了卷扔在胡富商后院。

过了一阵开春，又到了饮宴的时候，那些商人见胡富商仍没拿出马仙墨的画，便有人说起风凉话来。胡富商冷笑说马仙墨欺世盗名，其实什么也不会，画的东西根本狗屁不是。其中有个人却说马仙墨名下无虚，他的画肯定有道理在，非要见识一下不可。胡富商无奈，只好拿了出来。

刚挂起时，众人都哈哈大笑，觉得这东西实在是开玩笑。但那个说马仙墨名下无虚的仔细看了看，却大吃一惊，要胡富商赶紧把这画裱好。原来画上这根大黑柱的顶端竟然有几根芽发了出来，栩栩如生。胡富商见了也大吃一惊，因为当时他明明看到就一根黑柱，别个什么也没有。此时他才明白这幅画果然是宝物，连忙让人精心装裱了挂起来。

随着一天天过去，天气转暖，大黑柱上的芽越来越多，越来越大，越来越长，成了一根根枝杈，到暮春时节，这幅中堂竟然成了一幅枝繁叶茂的大树图，看到的人都啧啧称奇。更奇异的是等天气转凉，这棵大树的叶子也越来越少，渐渐稀疏，等入冬时又成了一根大黑柱，就和树木落叶一样。胡富商却不担心，说第二年仍会长出来的。果然到了第二年，这大黑柱上便又发出了新芽，但不知为什么比上一年少了许多。胡富商十分着急，想不通到底是什么原因。

这一年夏天，树上仍然长着不少树枝，可是比上年却要少得多了。胡富商本来还想着也许画上的树也有大年小年之分，谁知到了第三年，大黑柱上竟然连一根新芽都没发出来。而这时候太平军已开始北上，胡富商的生意大不如前，人们都传说胡富商做人太恶毒，所以遭到了报应。

到第四年，这幅画也仍然纹丝不动，根本没再出现以往的盛况。这时有好几个胡富商开着大分号的城市陷落太平军手里，他元气大伤，加上资金周转不灵，生意也越来越惨淡。找了个号称半仙的算命瞎子算了一卦，那算命瞎子听胡富商讲述了经过，便说那是因为马仙墨画的是幅分枝散叶图，本来可以助胡富商的运气，但只画了两天，其实没画完，只画了树干没画树根。无本之木，第一年第二年还能生点芽出来，第三年就彻底断了生机。胡富商一听急不可耐，想找马仙墨补完，可哪里还找得到这个人。他的生意也越来越差，不但店铺统统关门，收罗来的名画也一幅幅流失，最后竟然沦落到行乞为生。

这件事一直在镇上传说，虽然奇异，但这画也还留存于世。后来我问了一个学画的朋友是不是真有这种事，他笑了起来，说其实说白了一文不值。马仙墨别的画作也有流传，但他作为画师并不算很出色，只是他有一手特别的绝活，就是在调色方面。这位朋友曾用红外线扫描那幅大黑柱画，发现的确有一棵枝繁叶茂的大树的痕迹。一开始想不通，后来觉得，马仙墨很可能发明了一种特别的颜料，受热后显色，遇冷后又无色。他按照不同温度显色的顺序将芽、树枝、树叶画出来，随着气候转暖，这些就依次显现，而天冷下来后又变成无色，看起来就像一棵大树随着季节变迁而发芽长叶落叶了。至于第三年就不再有奇异，那应该是这种颜色易挥发。本来马仙墨还要在画上涂上一层无色的保护层，形成一层薄膜，但胡富商两天就拿走了，没来得及涂。过了两年，这些变色颜料都挥发干净了，画当然也再无奇异。所谓画有关气运，纯粹是迷信而已。那时我听了也觉得他说得在理，马仙墨自号仙墨，又精于炼丹，很可能会发明变色颜料。可是事实究竟是不是这样，也无从得知了。

看走眼

古董热是八十年代兴起来的。虽然收藏古董早已有之，但当初收这个的人极少。到了八十年代，突然间到处传说某家的一口橱卖了上万，某家的一个碗卖了几千，这些数字把人都唬得一愣一愣的，都回去翻翻自己家里的陈货，期望某样东西也能卖出个大价钱来。而经过破四旧后，流失到民间的文物还有不少，因此收古董一时成了一门很赚钱的行当，不少人都做这个。

镇上有个二流子，也没工作，不过人倒挺聪明。有一次有个收古董的让他帮着去乡下收买旧器皿，说不管收来什么，只要是有年头的都好。那一番他赚了几千块，一时间吃香喝辣了好一阵，于是心眼便活动了，想着这事也不难，与其让人赚，不如自己赚。他因为也没大本钱，收买的尽是些小东西，虽然赚不到大钱，但一时间腰包鼓了不少。

有一回他到乡下收货，到一户人家讨口水喝时，发现这家院子里放着个猫食盆，形状很古朴，盆中还有点釉花。他觉得这东西可能会值钱，就和这家人说了一阵，花了十块钱买了下来。回来后洗净了一看，发现盆心是一条鱼，但画得很僵硬，给几个来收货的老板看了，全笑了笑说是民国时候的出品，顶多值两三块。他心想自己都花了十块钱，一气之下索性不卖了，放在天井里，积了点水，养了几瓣大蒜。

过了一阵，有个从广东新来的古董商，因为出的价高，很多人都找他看。赝品哪朝都有，这时候因为古董值钱了，赝品也多了起来，只是这广东人眼毒，真伪一眼就能看出。那二流子也让他来家看了看，但因为他本钱小，结果广东人说他收来的货倒有三分之一是假的，别的也不值钱。

二流子不太服气，把珍藏全拿出来。广东人看了几样都摇头，看到一把壶时因为旧房子太暗，于是广东人捧着壶到天井门口细看。刚看了两眼，突然眼角瞥见院子里那个养大蒜的盆，吃了一惊，说："这盆卖不卖？我出一千。"

一听这话，二流子也大吃一惊，但脸上却什么表情也不露，说这是一个亲戚托他寄卖的，卖不卖得问问那亲戚。广东人无奈，只得让他尽快去问，看样子势在必得，加点价也无所谓。等广东人一走，二流子大喜过望，马上把那盆里的大蒜扔了，盆洗干净，放在一个用棉花衬好的硬纸板盒里。这样一搁，这盆看上去也一下子贵重了不少，二流子觉得这回肯定能大赚一票。一般收古董，有句话叫"实十开一"，也就是开价一般只是实价的十分之一。那广东人一下子就开一千，说明这盆起码值一万。但还价一万广东人也没赚头了，还到八千应该还是稳的。他越想越乐，一晚上都没睡好，生怕这盆砸了，便放到了床边的木箱里。

第二天，广东人果然来了，一来就急急地问他跟亲戚说了没有，东西卖不卖。二流子笑了笑说："问是问过了，我亲戚说，这是祖传的，本来不想卖，但你既是识货人，他说九千块卖给你。"广东人犹豫了一下，说："八千行不行？"这正是二流子估计的价钱，但这二流子深谙还价之道，装腔作势了一会儿，正要答应下来，哪知广东人忽然一咬牙，说九千就九千，只不过要把昨天看的小东西给他挑几件。平时一件东西能卖个两三百就相当不错了，二流子已是千肯万肯，于是从衣箱里掏出了那个盆。

一见他打开衣箱掏出了一个硬纸盒，广东人一下就变了脸，等他拿开来，广东人已是捶胸顿足，眼泪鼻涕都是。二流子吓了一跳，问他出了什么事，广东人才唉声叹气地说这盆叫

“月露鱼跃盆”，盛了水放在月下，盆底那条鱼就会在盆里游动，是件极其难得的宝物。但正因为是宝物，所以非要用水养，而且不能是清水，非得有孑孓之类的小虫才行，这样盆里的鱼才能活。他看见这盆放在院子里，里面还养了点大蒜，只道对方是行家，没想到居然擦干后还放在衣箱里，这回盆里的鱼就被干死了，这盆也再不值钱。说着还指指点点，说原先盆里的鱼鳞片片有金光，现在全干了，成了鱼干，一边说还一边摇头。

二流子先前也被吓蒙了，但见这广东人说得绘声绘色，却仍然抓着盆不肯放，心想这些多半是骗人的勾当，盆仍然还是值钱的，于是冷笑着说既然盆里的鱼已经干死了，那这票生意也就算了，说着作势要收回去。这时广东人便说虽然鱼干死了，但盆还在，只不过不值那么多钱了，只能折半。二流子不肯，一口咬定非要九千。最后广东人没办法，说八千，外加一点小东西，不然一拍两散。二流子也生怕最终泡汤，何况八千已是他原来就打算的价格，便同意了。

那时的八千块是笔不小的数目。二流子拿了这笔钱，登时就衣冠楚楚起来。同行见他一下子有了钱，纷纷问他掘到什么宝了，二流子开始不肯说，后来才面有得色地说了这事。一听那个不起眼的盆居然卖了八千，这些同行全都惊呆了，想不通是怎么回事——因为据他们看，那盆别说值八千，八块钱都未必值。可要说广东人不识货，他收别人的东西时全都明察秋毫。

直到几年后乡间古董基本收完，再收就都是赝品了，这些人有的改行，有的就去外面收了，二流子因为干久了这行，便也去了。有一年他从广东那边回来，和旧同行相聚闲聊时又说起当初这事，二流子叹了口气说大家都让那小老广骗了。他去广东的文物交易市场时，还专门问当时市面上有没有出现一个卖出高价、但很不起眼的鱼盆，广东那些同行全都摇头，说根本没听说过有这东西，听他描述也不会是好东西。这一趟他也带了些东西，广东那边一时不敢出手，说要请一个叫“火眼”的前辈来鉴定。等人一来，却见正是那个曾经来收货的广东人。

这火眼名下无虚，一看一个准。事后他偷偷向火眼请教，火眼当时本已忘了他，一说起才笑了起来，说：“小老弟，你那鱼盆根本不值钱，只是，那堆小东西里，有一把是曼生壶。”曼生壶是清代陈曼生作品，向来是紫砂壶中的精品。后来这二流子打听了一下，说火眼前几年去江浙一带收货回来，带了一把曼生壶，卖出了二十几万。到了现在，只怕已经值二十多万美元了。至于为什么还编出那套鬼话，火眼也笑了笑说做生意就是这样，能便宜一点也是好的。而说得越奇怪，当时对方就越一心以为盆值钱，不会想到真正值钱的是那把壶了。

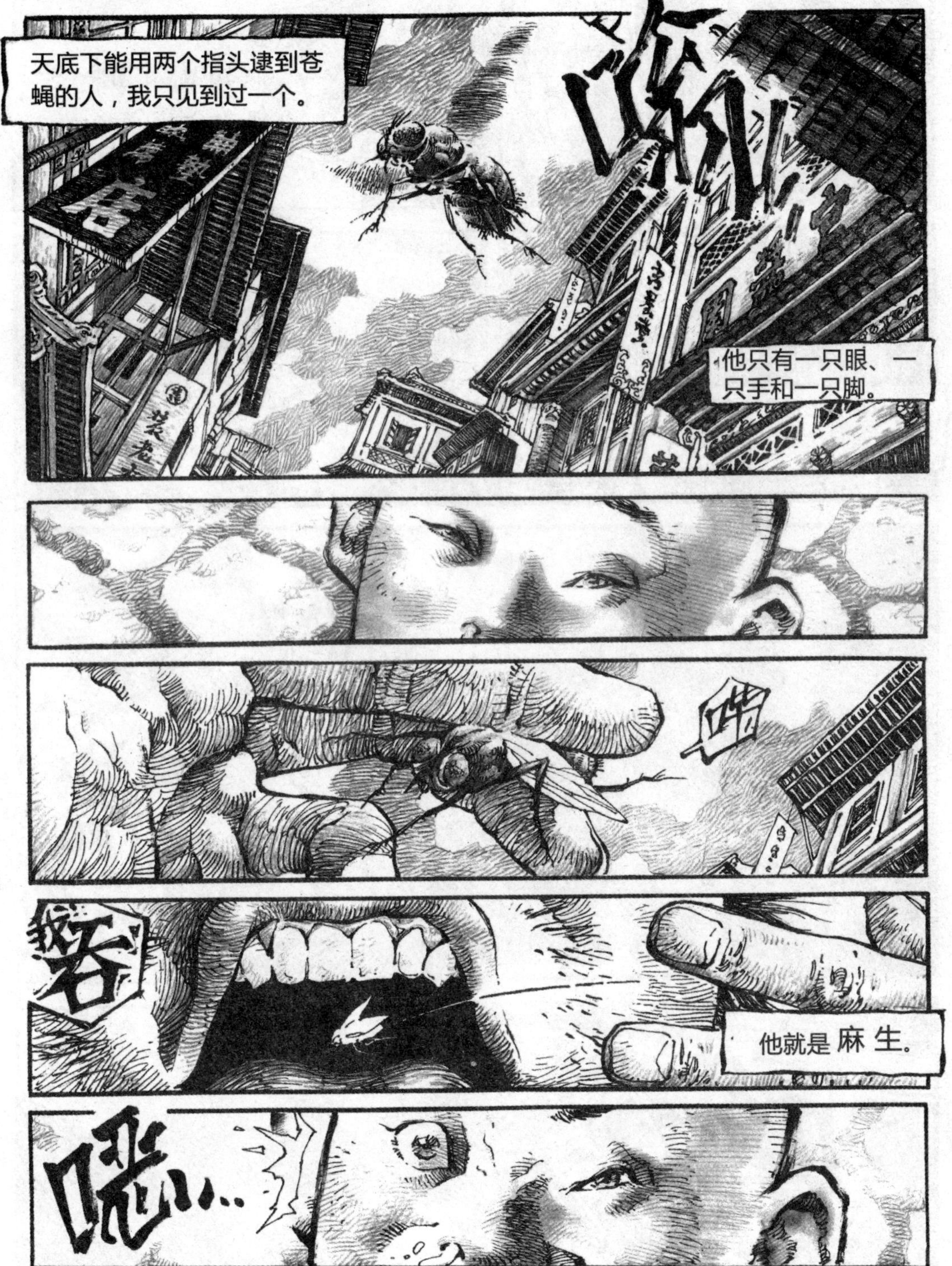
天底下能用两个指头逮到苍蝇的人，我只见到过一个。
他只有一只眼、一只手和一只脚。
他就是 麻 生。

你知道人活一世，
何为强悍？

认识麻生的那一年，
我十岁。
吓？

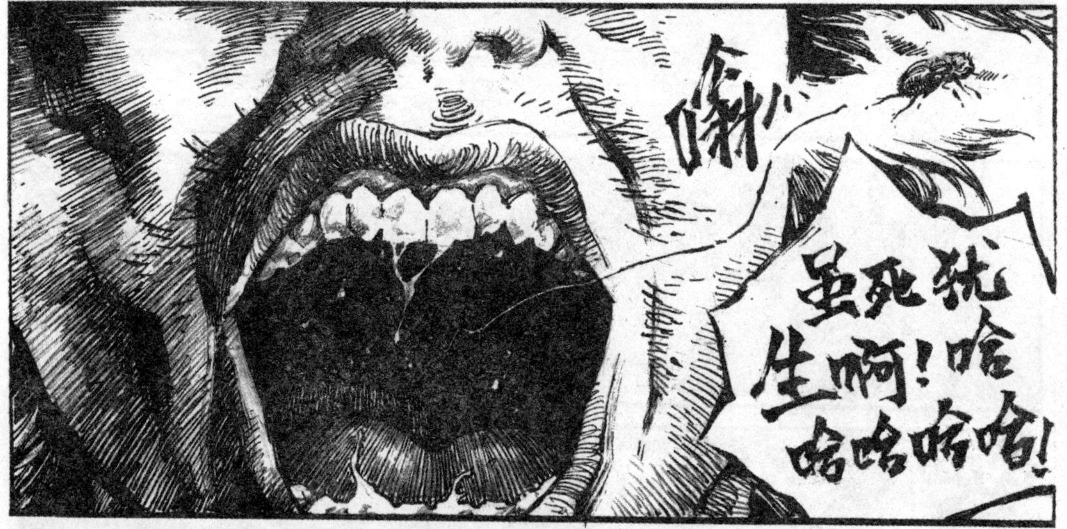
虽死犹生啊！哈哈哈哈哈！

我认识麻生并非因为他捉苍蝇的
好本事，而是因为他的面人摊。

为了镇邪，人们就在城门洞里放了一个一人多高的石头神兽。据说，连鬼也害怕这个叫“石辟邪”的家伙！

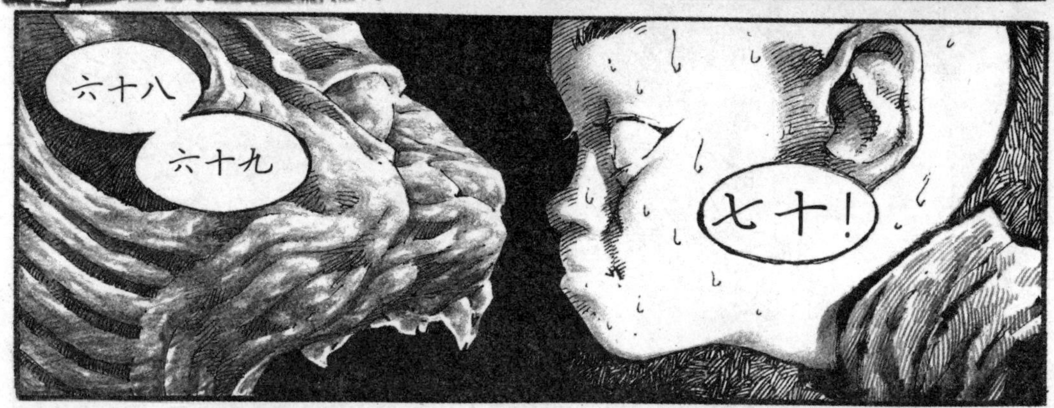

好看的面人我见过很多。
可麻生的面人，是活的。
穆桂英！
弥勒佛！
孙悟空！
岳云！
这个……？
蜀山剑仙？
不对不对……
惊
那是壮士聂政！

壮士聂政！

吓?!

想这聂政，武艺惊人且义薄云天！孤身一人独闯深宅，如入无人之境！一连刺杀数十人，取侠累首级！
更赞他抉目毁容后而自决，只为不牵连亲友。豪侠气度，可敬可叹！可敬可叹！

这样一个大英雄，
你喜欢是不喜欢？
喜喜喜喜喜喜欢。
好！
喜欢就送
与你了！
从那以后，
我和麻生就成了朋友。

打金银

麻面人

少废话！

再给我打半斤去，回来送你个弥勒胖和尚！

要得！

面人

麻生喜欢喝酒，每天都要喝。喝醉了，就喜欢唱戏。
馬連良
全武行
長坂坡
汉寿亭侯，青龙偃月神鬼皆愁！
白马坡前诛文丑，在古城曾斩过老蔡阳的头！他三弟翼德威风有，丈八蛇矛惯取咽喉！鞭打督邮他气冲牛斗，虎牢关前战温侯！
当阳桥前一声吼，喝断了桥梁水倒流！他四弟子龙常山将，盖世英雄冠九州！
长坂坡救阿斗，杀得曹兵个个愁！这一班武将哪个有？
梅蘭芳
貴妃醉酒
皓月当空，恰便似嫦娥离月宫。
啊，水面朝，长空雁，雁儿飞，哎呀雁儿呀，雁儿并飞腾，闻奴的声音落花荫，这景色撩人欲醉，不觉来到百花亭。
哈哈哈哈
要死了！

麻生你家住哪里？你有老婆吗？有孩子吗？
啊？
拿着这个。
来，我带你去看他们。
没底的破酒罐子，拿这个干吗？
这是阴差阳错傀儡秘法！
你、你不是说带我去看你老婆孩子吗？
看秘法别问那么多问题，一会儿你就开眼！

把脑袋贴在酒罐上看这张纸，别眨眼，更不许放下罐子。
切记，切记！
快点快点，拿着这个破罐子好白痴啊。而且臭哄哄的……
哦。
我是仙我是神我是魔师来招魂。左手青龙来请你，赶快出来跪拜起；右手白虎问你话，老老实实来回答！来者所询何事？
咹？
叫你问我话啊！
哦。
你……你家在哪里？
我家九霄云外凌霄殿内！
万丈高楼千里深院！
祥云环绕灵兽齐围！
你你你你你，
你老婆是谁？！
妻我容貌赛仙子，才智比王母！
天下贵妃羞于比媲，历代宫后自叹些微！

你的孩子呢？
我本九五之尊，却弃龌龊身世，化身祥鸟，统管三山五岳，南洋北海！
与天地齐寿，万物同庚！
你怎么变出来的？
哎哎哎哎，说好了不许偷看的！
鬼
"鬼"？"人鬼"？
把这个，把这个秘法教给我啊！

认识麻生以后，我不再和伙伴们满街疯跑，不再恍惚忘世地逗留在拉洋片的摊子旁。木头大刀扔了一边，墙角的蛐蛐笼也积了灰。

麻生讲的故事，比这些更有意思。

今天给你讲个专诸的故事……

呼

最后他想出
了一个好办法，他
伪装成厨师，把匕首
藏在鱼的肚子里，瞒
过卫兵，在上菜的时
候成功地干掉了
对方。
这把匕首和这一次奇特的
暗杀，就是“鱼肠剑”这
个传说的由来。

专诸武功不好脑袋好，虽然是个街上的痞子，但也因此留名青史。
所以还是应该好好读书呢。

书读好了就一辈子都好吗？看来我这辈子要完蛋……

倒也不是，读书好又不如运气好。

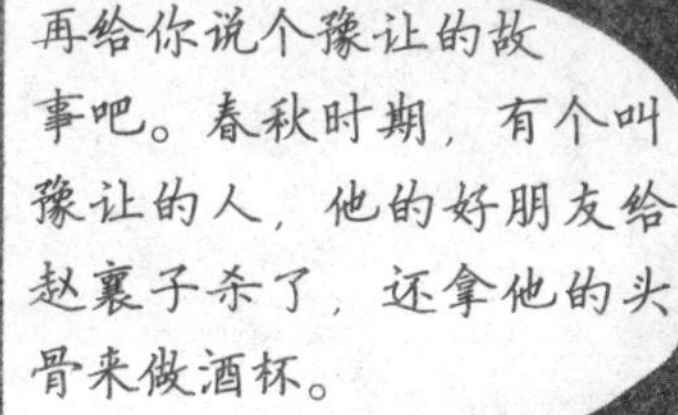
再给你说个豫让的故事吧。春秋时期，有个叫豫让的人，他的好朋友给赵襄子杀了，还拿他的头骨来做酒杯。

豫让就想办法帮朋友报仇去杀赵襄子。可是运气实在是不好，搞了好几次都没成功。

最后一次他被抓住时，
临死前求赵襄子把衣服脱下来，让他在衣服上扎三刀，以了却心愿。

在衣服上捅有屁用啊？豫让是个傻瓜！要是我就死了变鬼去掐死赵襄子！
我掐

……

咦……你咋了？怎么不说话？酒瘾发了？
我、我给你买酒去……

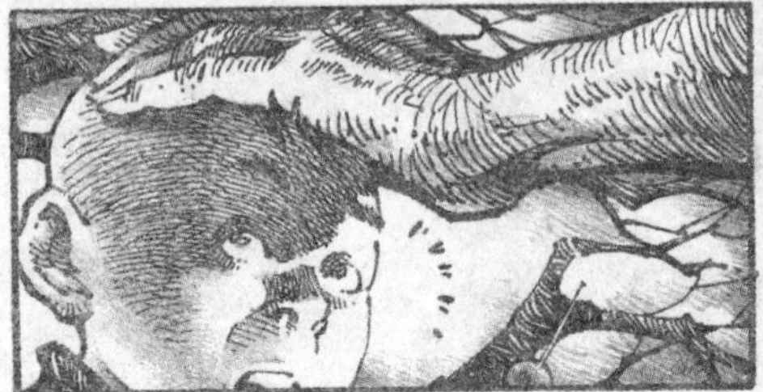

你是个好孩子。

啊嚏
吸吸
面
冬天来的时候，
有一种什么东西都要死掉的感觉……
这天一早，我刚路过城门洞，就闻到浓烈的酒味。

麻生？

呼呼~~~~
呃~~~

一大早你就醉成这样！不卖面人啊？！

呃~~~巡警来说了，明天省上大官来视察，不准摆摊了。

那有什么！等他走了你再摆嘛！
大不了就到我家去摆，我家屋子大，有两个院坝呢！我爹都听我的！

去，再给我打半斤去。

你都不听我说话啊！再喝你要死啦！再说我还要上学呢……

少废话！回来把那穆桂英也送与你了！
叮叮当当

……

等等，
再去药店打一瓶水银来！

水银？你拿那个干吗？

捏面人用的。快去快去！

街上还是像以往一样乱糟糟，卖盐巴辣椒的小贩的叫卖声、漏气的人力车胎的扑噜扑噜声，巡警装模作样的咳嗽声，还有鸽子的咕咕叫，瘸腿狗的呼哧呼哧。我突然想到了麻生，突然有一种奇怪的念头。

觉得麻生似乎并不存在于这个世界上，觉得不管我的脚步如何的快，等我把酒打回去后都再也看不到他，就像他从来就没有出现过一样。

今因接待省
上官员，停课
一日——
噢吔！

♫小嘛小二郎呀
郎，背着那书包
上学堂——
做了芝麻官就
不认那爹和娘♪
♪糟糠老婆
看不上呀，休书
一封呀就去找二
房——
不上课了，我们几个朋友
约了去东大街看热闹。

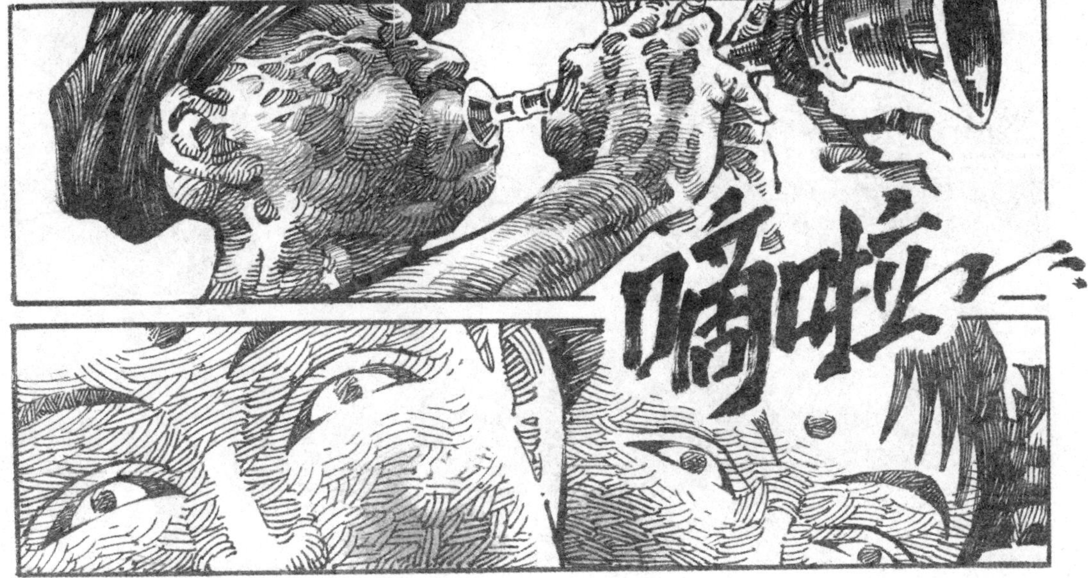
嘀啦

咚咚咚隆
锵啷啷
咚锵咚锵

太平盛世，万物欣颜，大海扬波，日照寰宇……
今日良辰吉日，小城全民，以热忱爱戴之心……
欢迎来自省上的国民纪律委员会检查专员来小城视察……
欢迎黄天富先生！
来了！
噼里啪啦
来了来了！
来了！
哦哟！是雪特龙！黑色的雪特龙！
蒋中正也坐的这种车呢！哦哟~~！

蒋中正是哪个？比这个的官还大？
蒋中正就是蒋总裁。
讲种菜？讲种菜又是哪样？
讲种菜就是专门给别人讲咋个种菜的大官！
放气球了！放气球了！
哇哦~好多好多！

砰

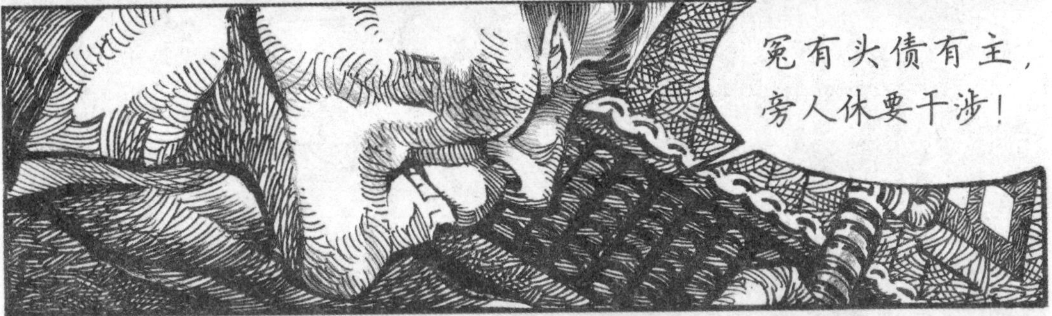
冤有头债有主，
旁人休要干涉！

壮壮壮壮壮
壮壮壮……
壮士聂政！

你这贱人！
当初杀我妻儿老小，我寻仇三次皆败，被你取一眼一手一足！
何其残暴不仁！
而今定要血债血偿！
麻生的声音……
麻、麻生……
救……
救我……

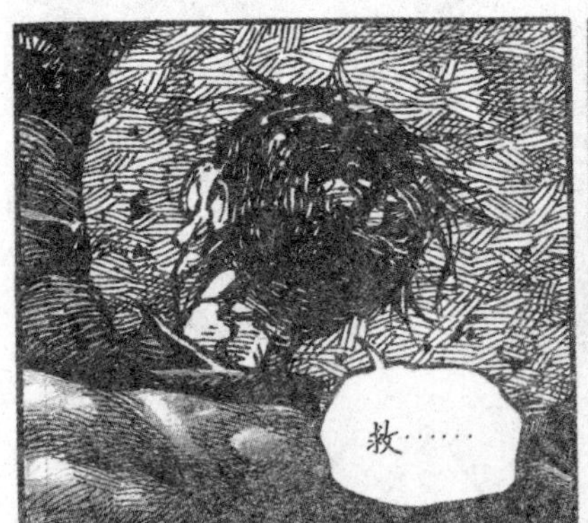
救……

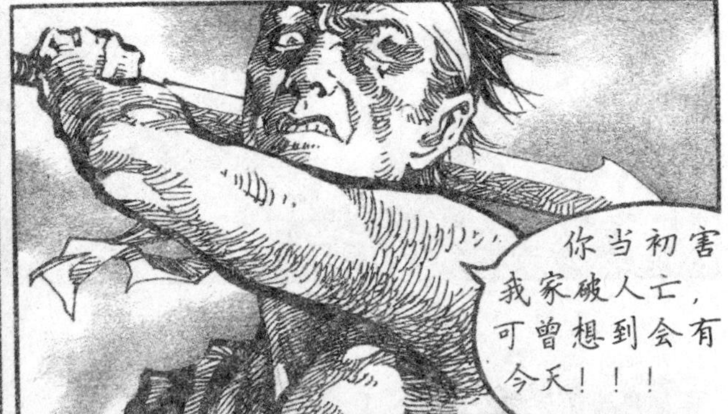
你当初害我家破人亡，可曾想到会有今天！！！

咔

哈哈哈
哈哈哈
哈!!!

哈哈

哈哈
哈！

啊
呀呀~~
杀人啦！
当官的遭
杀了！
小虎虎！小
虎虎你在哪
里？！
妈妈！
妈妈！
哎呀
妈呀！
哎呀踩死
我啦！
打枪啦！
打枪啦！
快跑！！
不要挤！不要
挤！哎哟痛死
我啦~！
啊呀
呀呀~
哎
哟！

嗡……

嗡

麻生独眼圆睁，嘴巴还保持着大笑的模样，却已经断了气。

全城所有人里，只有我一个人相信麻生没有死。

因为只有我一个人知道“阴差阳错傀儡秘法”——是麻生操纵着傀儡去为他报仇雪恨。而这一切，是我们之间不可泄露的天机。

虽然我再也没见过麻生，但在梦里，却常常能看到他。一旁多出的两个身影，大概就是他美若天仙的妻子和化作神鸟的儿子吧。

脸

文/延深

2020年，整形技术空前发达，整容设计师的行当应运而生。人们像换发型或给浏览器换皮肤一般高频随意地变换着面容。也许一觉醒来，你身边人的脸已经叫你无从辨认。

而关于肖像权也有了两项新规定：1.未经公民同意通过整容复制其肖像，应当认定为侵犯公民肖像权的行为（死者没有肖像权）；2.注册过的名人面容即便在其死后也受法律保护。

距离上课还有一分钟不到，我低着头匆匆走进教室，扫一眼讲台边的老师——又不认识了，是哪一位？貌似第一节是英语课——眼光顺势滑至胸牌，哦，果然是盛放。

“等一下。”盛放把径直往座位处溜的我叫住，用全身上下仅剩的显性个人标识——尖细偏高的嗓音说，“你还没验证！”我仔细看看她，削尖的下巴接在一张狐狸脸上，眼睛更细长了，原先的肉鼻子现在变成了一管葱。

“盛老师，我不换脸，大家都认识我，没必要验明正身了吧？”我小心翼翼地问，生怕不小心触动到她纤弱的神经线。

“这是规矩，管你整不整！”盛放不耐烦地指指门口，示意我过去走程序。我只好一脸无奈地回去虹膜识别机旁边，仪器扫描过我的眼睛，发出语音合成的声音：“苏弋，身份编号122407。”

课代表再次捧着一摞作业本一脸茫然地穿梭于一排排“陌生人”中间，只能耗费大量脑细胞凭借记忆去找寻每个同学相应的座位坐标，然后对照胸牌，确认后才能把属于他的本子给他。

“我换了一身红皮肤，你觉得好看么？”同桌笑嘻嘻地凑过来。虽然我怎么看怎么觉得像火鸡，但不好辜负她一脸期待，便忍住笑，佯装严肃地点点头。

“老实说，你是不是对整容有偏见？或者你的宗教教义规定你不能整容？”同桌认真地以探讨的口吻说。

“没有没有。”我吓得连忙摇头，谁这么大胆敢有这种反动念头，那不是公然和全人类作对嘛！

“那你怎么连牙齿也不矫正一颗？”同桌狐疑地看着我，又一脸嫌弃，“瞧瞧你的牙，跟起伏的麦浪似的！”

我心想麦浪起伏多有意境，挥挥手无所谓道：“嗨，我只是不在意罢了，不注重这些。”

“我可是善意提醒一下——你又不是不知道，班上的人一直在开你玩笑。”她说时瞥一眼斜对角的男生。

我顺着她的目光望去，正好和蒋峻的眼神碰上，他龇着大白牙不出声地比着口型嘲笑道：“恐龙！”我狠狠瞪他，表示我不是好欺负的，便转过头来听课。我知道男生在给女生容貌打分排名的时候我永远是倒数第一，也知道他们背地里管我叫“怪物”、“丑丫头”，但我自己才不觉得难看，多和谐自然啊，比他们整过的标准化漂亮脸蛋要独特一百倍。我才不要贴一张假脸，连自己都不认识自己！

放学后陪姐姐去医院——她好不容易联系到一位高级整容设计师帮她设计一张无与伦比的面容。我们坐在走廊的长椅上，等到护士叫我姐姐的名字，便敲门走进办公室。我看到一头海藻般的自然卷伏在桌上，听到声音后抬起头，坐直，拉拉衣角，从眼睛到嘴巴都温和地笑笑：“坐吧。”他的胸牌上用圆体写着“周再也”。

姐姐呱啦呱啦地倒出一大堆要求和希望，他抿着嘴托腮倾听，不时点头。接着他拿出纸笔轻描淡写地画着简单的草图，偶尔小声征询意见，讨论一下。我从头到尾都安静地坐在一旁观察他，他像个上课偷偷画漫画的调皮小孩儿一样，长手臂把画围起来不让人看到，不时抬眼瞧一下姐姐。

最后，他将完成的草图递给姐姐过目，姐姐的眼睛一下瞪圆了，惊喜道："真美！我就是要这种效果！"

他的眼睛又笑起来："你现在其实挺漂亮——那就先这样吧，回头我电脑绘完图再进一步商量。"

姐姐夸张地一把拉住我，像个电视上的广告推销员一样激动道："你不心动吗？你就一点儿也不心动吗？至少把你这张大脸给修小一点吧，老天！"我涨红了脸杵在那里，余光注意到他起身，移步到我身边。

我好像做坏事被逮住一样心狂跳不止，他居然还把我拉近，低头细瞅。"竟然一点儿也没整过呢！"他似乎发现了奇宝，感叹道。

"很难看么？"我忐忑地问，声音小得几乎听不见。

"不不，很可爱。"那么真诚的声音。

姐姐直冲着我摇头叹气，奈何不得，只得拎包走了。我逃也似的跟在后头。一路上姐姐不停地想象着换容后姐夫的表情，我一句没听见，失魂落魄地愣着神。

朋友的父亲去世，我捧一束花去参加追悼会，坐下后才发现旁边坐着周再也，他也认出了我，冲我点点头。逝者不是死于疾病或事故，而是被人蓄意杀害——作为正直的记者，他责无旁贷地报道了一些黑幕，所以被人寻仇。逝者的家人和同事都悲痛欲绝，却又都表示他们绝不会被死亡吓倒，我听了悼词也不免愤然落泪。

结束后周再也提出送我回去，我没有拒绝。我问他和死者什么关系。他摇摇头说："我并不认识死者。是你那名朋友的哥哥邀请我来的，他想让我帮他换一张死者的脸。"

"什么？！"我非常震惊，"那多灵异，别人还当闹鬼了呢！你答应了？"

"是的。事实上如今有不少儿女有此类想法，我专门承接这种业务，而且对此很投入。"他平静地说。

"我可觉得这并不好，活着的人只有完全放下过往，才能继续往前走。"我袒露自己的想法。

再也似乎有点意外，愣愣地盯着我看了好一会儿，神思像是飘到了远处。"他的父亲是个值得敬重的人，他一直想要成为他。"他终于回过神，盯着前面的路，说。

"这话题太沉重，不谈了。"我说，拿起车内的一本书，是《面相学》，"你信这个？"

"客户信，所以得学。"他挺无奈地耸耸肩。

"借我吧。"我晃晃手里的书。

“行。你感兴趣？”他以探究的目光看我。

“我小时候老盯着别人的脸看，经常会把人看毛了，尤其是长得不出众的人。但我其实是出于一种特殊的癖好，每个人的脸都会形成自己独特的味道，一颗恰到好处的痣也可能吸引我的钟情。当然，整过的太标准化的就没那么有看头。”

“哦，对人脸感兴趣。”他突然提议，“周六我去医院的附属学校上课，你来旁听吧？”

“好！”我脱口而出。

那天我到得太早，只寥寥坐着几个学生，他正歪坐在讲台前信手画图，嘴瘪着，戴一副绿框眼镜，镜腿夹住前额一缕鬈发，随性却很认真的样子。一种迷恋的感情油然而生，害我目不转睛。

“看什么？”被发现了，再也走到我面前，斜睨着好像要揭穿我似的，用笔点着课桌问。

“你的脸是原装的吗？”我努力镇静，仰脸问他。

“我说是你信吗？”他很逗地一抹头发，故作潇洒地以炫耀口吻说。

“信啊——”我顿一顿，还是配合他的臭美，“必须原装的才可能美得这么浑然天成！”他反倒不自信了，眼珠子转来转去，以为我讥讽他。

成群结队的学生陆续进来，他背手踱步回到讲台。

铃响，他异常正经地挺直腰，以权威的学术口吻说：“佳片的剧情再扣人心弦，也敌不过烂片里设计了一个颠倒众生的魅力角色更令人着迷，让人一遍遍重温、回味。同理，面容设计最重要的不是美艳，而是找出一个勾人的点。比方，一颗恰到好处的痣。”他意味深长地朝我笑，走下来点我回答问题，“相信很多人都曾喜欢过一个公认不够帅的偶像，只因为其某个面部特征戳中了自己恋慕的点。苏弋同学也有过吧？”

“唇形，我们全家都对嘴角下弯的唇形感冒。我小时候喜欢戴普，姐姐爱E·J。”我直言不讳。

“像我这样的硬朗嘴型深受姑娘喜爱。”再也指指自己的嘴说，引来哄堂大笑。

下课后好多漂亮女生围上去问他问题，特别热情。我远远地默默看着，突然觉得有点儿自卑，空前地想让自己立马变美。再也好不容易从包围中脱身，带我去外头吃饭。我托着下巴沉思，鼻子应该再高点儿，颧骨也要高，要立体……

“想什么呢！”再也粗鲁地推一把我的脑袋。

“你对我的脸有什么建议？”我凑近了问，其实心里期待他告诉我这样挺好，不用修。

“我看看。”他真专心看起来，我脸倏地烧了，“可以稍稍做些修改。呃……下颌骨手术得做。”他的语气严肃得就像医生在瞧病，见我不高兴了，便笑嘻嘻地赔不是：“不好意思，职业病。你不用理我刚才的话，如果脱离专业立场，我觉得其实自然最美。”

“完好地保存了这么久的本真……真的确定要做？”再也担忧地看着我。

我毫不犹豫地点头，坚定地闭眼。

“只整修一点点，小手术，别怕，啊？”真啰嗦，我不耐烦地点头。麻醉很快起效了，我失去知觉。

醒过来，一睁眼就对上再也的目光，他看着我，眼神却让我觉得有点奇怪，有些不安。我推开他下床照镜子。天！确实变美了，但根本不是像原先计划的那样只动一点点，而是完全脱胎换骨成了另外一个人！

“临时……临时有了点想法……”他的语气充满抱歉，“没征求你同意，我很抱歉。”

“别这么说——我爱这张脸！”我捧着脸惊喜道。

他皱眉，垂着头不说话，显然不信。

“真心话。虽然陌生，却一眼就觉得很喜欢。”我弯腰看他，“你难道不是因为觉得这张脸更适合我才这样做的吗？何必道歉，所有人都会觉得它配我！”

他缓缓抬起头，特别、特别温柔地看着我，好像跌进了一个梦里。

我们的交往渐渐密切起来。深入了解后，发现他其实是一个挺内向的人，总喜欢静静地待在一边注视着我打游戏、闹腾，然后面露微笑，一副家长姿态。我每次都喜欢在洗完头发之后带一本课本找他去河边，我拼命背书，他在一边用手指给我的发梢滤水珠。几根几根地滤，直到我把该复习的全都复习完。这时太阳正下山，我们一起抬头看柔和的太阳融化进河水里。

有一次他带了画具去河边写生，画完河景之后突然对正在玩水的我说："给你画张素描吧。”我兴奋地点头，琢磨着要不要笑，笑到什么程度。还没摆好姿势坐下，他就已经画开了，动笔很快。我凑过去看，我的面部轮廓一点点在纸上悄然成形，可他并不看着我画。他的神态专注而安详，眼睛里却燃着狂乱的火。

画毕，我抢过来看——他居然比我自己更熟悉我的脸！

他又一把抢过去，认真看着我说："还差一笔。”他仔细看了看我右眉骨上的痣，微笑着轻轻点在纸上相应的部位。

“完美！”再也把画递给我。我看着画像，画上的人栩栩如生，甚至比我更像我自己！

我也开始越发迷恋他的嘴唇，喜欢拿手指在他的嘴唇上画轮廓，嘴角、唇峰、嘴角。他每次都坏笑着抓住我的手，假装要亲我。

“闭上嘴巴时，呈一线型或乁字型是相当男性化的面相。但如果弧度过高，表示性格孤僻，是孤寡命；严肃，固执古怪；一生运气不太好，有波折。宜多微笑，练习嘴角向上。”我抱着《面相学》在读。

“你想以后算命跑江湖？”姐姐野蛮地抢过书抛到一边，把头凑过来像瞅外星人似的瞅我，“啧啧，都是出自周再也之手，怎么你的风格跟我的这么不一样？这么普通，可又怪招人喜欢的。”姐姐两手叉腰，一本正经地评价说，“比以前的小刺头样儿顺眼多了——你总算还是开化了，肯接受新事物。”

我也死盯着姐姐看，想尽快习惯她的新面孔，“诶，你发现没有？我们的眉毛像是同一款！”我发现了共同点。

门铃响，听到姐夫趿拉着拖鞋跑去开门，我们也立马迎上去——听说小叔今天会带女友来吃饭，全家人都兴奋不已，满怀期待。

我那可怜的把一见钟情当作爱情信仰的小叔都过而立之年了也没谈上恋爱，每次提到这个话题，小叔总是一脸忧郁地告诉我们：“我还没见到那个命中注定。”他又用无比隐忍的肯定口气说，“终有一天会碰上的，那时我一眼就能认出来。我等！”

果然是小叔，旁边还站着个面容清秀的女孩，穿一身紫。我们一边招呼一边好奇地偷偷打量。高挑，窄肩圆身——身形怎么那么熟悉！我悄悄问了声姐姐，她也说是。

奶奶从房间出来，拉着小叔女朋友的手和她聊天，笑得满面慈祥。小叔不时满脸沉醉地插话，告诉我们他们三日前如何邂逅，产生如何如何的感觉等等。问及家庭情况，她也大方坦诚地详细说明，包括家有几口，父母的职业，甚至家住哪里。

奶奶突然愣住了，打断她的话问：“你父亲是六道街的朱孔？”

她也很诧异，点点头问奶奶是不是认识她家。

“嗨！你们一年前不才相过亲吗！我和你爸爸搭的桥！”

“没错！那什么朱小姐，咱们全家都见过她的很多照片！我说呢……”姐姐恍然大悟地一拍脑袋。我也记起来了，好像小叔当时还嫌人长得呆。

“哎呀，这下我终于明白什么叫一见钟情了！”我小声说。

“没想到一年后再见，谁也没认出谁！”姐姐晃着脑袋感慨。

小叔张着嘴愣住，面色凝重得好像自己信任的那个世界猛然崩塌了一样。

饭桌上小叔一直阴沉着脸，特别沉默。我给姐姐使眼色让她别乐了，她清了清嗓子，站起来郑重道：“下周E·J祭典上拍卖肖像拥有权，我们会去LA参加拍卖会。”

姐夫不情愿地点点头。他换上了漂白的肤色和染得火红的头发，却暂时仍配着一张亚洲人的扁脸，要多古怪有多古怪。都是姐姐，心心念念着要把姐夫改造成梦想中的E·J，这回竟真打算让他照着E·J易容，岂不是要倾尽家当去竞拍！

姐姐去了大半个月，期间再也找我找得勤，便没心思顾到姐姐的情况。最后姐姐丧气地回来了，姐夫倒一脸无所谓的样子。当然还是钱的缘故——E·J的肖像可是天价。

再也主动请缨帮姐夫设计比E·J更精致迷人的脸孔，询问姐姐意见，姐姐平淡地说还是尊重姐夫自己的看法吧。姐夫照旧没看法。再也又问我，我捧着脑袋看咖啡厅墙上贴的电影海报，眯着眼睛在脑海里想象，道："唯一的关键点是嘴型要像E·J。其他么，呃，我喜欢墨菲的眼睛……"

"打住！拼出来绝对是个怪胎！"再也打断我，"再说为什么要你喜欢？你喜欢我就够了！"

我冲他翻一个白眼。

出事那天正巧再也约我一起去姐姐家交设计图，我们发现门大开着，屋子里悄无声息。我正纳闷是不是遭贼了，扭头便看见姐夫仰脸躺在地板上，满面的鲜血淹没了五官，而纵横面部的刀伤中还不断有血渗出。我吓坏了，大声叫姐姐，可姐姐显然不在。再也急忙揽过我的头，把我的脸别过去，轻声跟我说："别看。"然后掏出手机打120。

到了医院，医生说姐夫没有生命危险，只是失血过多导致休克，而容貌也完全毁了。我试图联系上姐姐，但她的手机关机，打到单位也说不在。

等姐夫醒了，我赶紧问他怎么回事。他空洞地望着天花板，气若游丝道："在LA的时候，她就和E·J肖像的最终拥有者打得火热……她不要我了，这张脸对我而言不再有任何意义……"

"她走了？"我立刻明白过来，抢道。姐夫再不说话。我还想继续问，再也在一旁摇摇头，示意我不要逼他。

说起他们的爱情，本来就充满误解。姐姐这个人不懂爱不言爱，从来只用"迷恋"这个词。她一度迷633这组数迷得神魂颠倒，乐此不疲地收集和633有关的一切。和姐姐相识的时候，姐夫恰巧在六班念书，学号33，于是姐姐就把这个人也一道收集进了她的生活里。而这次，我也能够理解她。姐姐才不是贪图E·J的外表，而是因为E·J的形象已然潜移默化成她心中的某种神圣象征和标志，或者说E·J情结。这也是迷恋。她到底是个生活在梦中的女子，为了拥抱梦幻可以彻底扔掉现实。或者也有可能，她早就对现实厌倦失望透顶。

再也家离医院很近，照顾完姐夫，我们便直接去他家休息。房子是田园装修，里头收拾得一尘不染，丝毫不像单身汉的家。最奇怪的地方是，我发现有一间房是锁着的，我问再也里面有什么，再也领我去厨房，轻描淡写说："那个啊，工作仓库，保存些重要的客户资料什么的。”但医院不是有档案库么？还需占用私人领地？不过我没打破砂锅问到底，肚子饿了，一见吃的就扛不住。

吃完饭再也看新闻，有一条消息说大明星C易容真人版Kitty，计划接拍动画。画面上，昔日混血美人的五官扭曲成了ET，两眼间距宽得像痴呆。如今美貌人人有，漂亮还真不能当饭吃了，可怜明星只能把自己往怪里整。

我看完花边就跑到卧室去，打开衣柜拉开抽屉想了解他的一切，又抱起他的一摞相册，盘腿坐在地板上慢慢翻看。相册按照时间归了类，上面的都是童年照，我直接跳过，抽出最底下一本。一翻开我就大惊——所有的相片全部都是半张半张的，合照者的部分皆被撕去，阳光灿烂的美好背景中，只有他自己！这是要有多大的仇恨才会将对方的影像痕迹悉数尽毁！笑起来连眼睛都呈弯月状的再也的心里，其实暗藏着无穷的恨意？

我难以置信地愣在那里，突然发现有一张的照片上还残留着一只眼睛，薄眼皮，眼神清亮——怎么有似曾相识的感觉？

背后传来了脚步声，一只手轻轻搭在了我的肩上。我想等再也说点什么解释一下，然而他只是无言地合上相册并收进抽屉，脸色依旧平静。

“吃完饭不用洗碗？”他半开玩笑地拉我去厨房。打探隐私是冒犯的行为，最终我选择什么也没问。

我日复一日地给姐姐打电话，一周后终于通了。“你知不知道家里出了什么事？”我的语气难免责怨，“姐夫把自己的脸都划烂了！而且不接受整容！”

电话那头好一阵沉默。

“我对不起他，帮我好好照顾他吧。拜托了！”姐姐的声音还是那样冷酷无情。

“你疯了，你真的疯了！你谁都不要去要一张E·J的脸？一张脸就能让你忽略其他所有的不合？他又不是真的E·J，早晚你会受不了！”我吼得歇斯底里。没有人会像姐夫那样对姐姐好，包容她的所有怪癖。

“那张脸就是我的少女梦啊，弋。”姐姐的声音飘渺得像梦呓，“光看着就很幸福了。就算他的性格做派我都不喜欢，也无所谓，只当他在扮演角色。”她真是醉得太深了。

我劝不动姐姐，能做的只有多关心姐夫。他脸上的伤口结疤了，便戴着面罩出院回家。姐夫变得沉默寡言，不愿出门，无论我和再也怎么劝说，他也不愿在太阳底下露面。邀请不来，我们只好经常去他家陪陪他。

生活又渐渐平静下来，每天放了学，再也接我去姐夫家一起吃饭，然后再送我回去。我和再也的相处也磨合得越发密切，但就在我以为一切都在往好的方向发展的时候，意外却像暴雨一般来得猝不及防——灾祸降临到了再也头上。

当时是再也值班，一个提供不出任何证件的在逃者于凌晨时分溜进医院，用刀子胁迫再也给他做手术。再也当然不肯，和歹徒扭打起来。后来有其他医生赶过来，一起制服歹徒，但再也的前胸被划了一刀，需要住院治疗。我每天都去医院看他，心疼地看着那半尺长的伤痕和扭曲细密的可怖缝线，问他疼不疼。他咧嘴一笑，嘴犟道："以后有疤可以炫耀了！"

那天我下了课往医院赶，进门的时候里面有女人的声音："你居然什么也不说，还是别人告诉了我你的消息！"

"你……你怎么来了？"再也愣了一下，继而风轻云淡道，"嗨，不算什么大事儿。"

女人有点气急败坏，用责怪的口吻说："我可答应过清菡要照看你！但你从来不主动和我联系，你——"

再也的目光忽然掠过门口，看见我来了，面色蓦地凝重起来。而女人转头看我。

我微笑着伸手说："你好。"可她却愣在那里，仿佛被雷劈中一般，满脸的惊恐和不解。"你好。你怎么了？"我冲她挥挥手。

她恍然回过神来，转脸朝再也怒道："你怎么可以把别人整成清菡的模样！这太不公平了，太不公平了！你忘了清菡当初是怎么对你说的？"再也一言不发，面色阴沉地低头坐着。女人很快冷静下来，最后生硬地说了句："你不能这样下去。"叹口气，走了。

我还云山雾罩，探寻地望向再也，他却痛苦地用两手遮住脸，仿佛有什么事情不敢面对。气氛顿时僵在那里。我心慌意乱，不知所措地站着，心里希望他能够坦白告诉我一切，却又非常害怕他真的说出一个残酷的真相。

终于，再也抬起头望向窗外，似乎陷入某种回忆，嗓音低沉地开口："蒋清菡是我妻子，四年前死于胰腺癌。临走前，她把所有印上她容貌的东西统统烧毁了。就连我们的合照也是只剩我一个人。她不希望我记住她，她担心作为面容设计师和整容师的我会把她的脸复制在别人身上。可是她的脸早就深深刻在我的脑海里了，怎么可能忘得掉！每一张由我设计制造的脸，全都会不自知地抹上她的影子。我根本无法控制，仿佛脑子里只能呈现一张脸的影像。当然，只有你，是完全承继了她的样貌。你静下来的时候，气息很像她……"

那只清亮的眼睛……原来是我现在的眼睛！我蓦然失控，把一罐子温汤直接泼到他脸上，整个手臂由于怒气而不住颤抖。他没有闪避，默然承受，欲言又止地望着我，嘴唇翕动，但最终还是什么都没说出来，最后沉默地阖上了眼。我转身离开。

两天之后，我收到再也寄来的一幅素描，是以前在河边画的那一幅画像。痣的部位有点模糊了，像是因为手指的频繁抚摸而使画迹氤散开来。反过来，背面只写着"对不起"三个字。我当即把画像撕得粉碎——那根本就不是我！

学校已经放假了，我天天躲在家里不出去，谁找我我都不见。极度的封闭让我痛苦不堪，天天捧着脑袋胡思乱想。实在压抑得厉害就只有给姐姐打电话，默默地听姐姐不知疲倦地唠叨近阶段的生活琐事——素不做家务的姐姐居然开始学习做菜，这是她头一次为了讨得某个人的喜欢而努力。

快挂之前她才想到问我一句："你怎么样？"我总是含含糊糊说："还行。"只是终于有一天还是憋不住去向姐姐倾诉了。姐姐在电话里把再也骂了千遍，然后拼命吼我出去活动活动。我每次都"嗯"，但从来不去。

姐姐要是在就好了，她会带着我过日子，总有办法消解我的烦闷。

毕业典礼上，同学们全都打扮成未来想成为的人，只有我还没打算，毫无装扮地去了。

同桌穿一套女战警的衣服，端着玩具枪对准我，佯装严厉："说！为什么会改变心意去整容！"她滑稽的模样让我一下子忍俊不禁。"严肃点！"她装模作样地把枪口往我身上顶了顶。

班长坐在一边笑嘻嘻地看着我说："变漂亮啦。"

我一阵心酸。这不是我的脸，只不过依附、借寄于我罢了。天知道我有多么嫉恨这张脸！

这时穿一身白大褂的蒋峻晃荡过来，咧嘴说："终于不再给我们班抹黑了。"然后取出听诊头，按在我心口。我下意识地往后避，没避开。

"很悲伤很悲伤啊。"他夸张地深吸一口气，"你为什么悲伤？"

他能听出人的心情？我吓了一跳。"你自己听听。"他把耳机塞到我的耳朵里，继续帮我按住听诊头。我果然听到了，是一首忧伤的慢歌——原来那只是一个音乐播放器。

我白他一眼，松了口气。

典礼结束后同学们的兴致越发高昂，于是一起去喝酒。同桌目瞪口呆地看着我一杯接一杯，感慨道："我还一直以为你很乖……真是深藏不露啊！"

我从聚会出来的时候已然喝高了，醉醺醺地步伐不稳。最后还是麻烦同桌的爸爸开车送我回家，但意识混沌的我一直大叫着要去医院，怎么都不肯安静，无奈只好掉头去医院。到了那儿，不知道为什么，走廊里的护士全都以一种忧虑的眼神一路注视我，难道是担心我酒醉的程度？在病房门口，就在我跨步踏入的那一刻，旁边有护士赶过来轻声说："他不在那里。他在……太平间。那个疯子，之前刺伤他的那个疯子被保释出来了——"后面的话我全没听见，一瞬间失去知觉。

打开再也家那间上锁的房间，发现里面都是关于她的画像。我一幅一幅地看过去，虽然头脑里很清楚画像上是清菡，却仍会在一个恍惚间错觉成自己。那天那个突然冲进病房的女人——她是蒋清菡的姐姐——也在，蓦地从我手里抢过画像，像有什么重大发现似的带着难以置信的表情仔细看着，又沿着墙壁，把挂在墙上的画一一看过。

终于，她停下来，神情严肃地观察我，又对比一下画像，然后轻叹一口气，略带宽慰地说："看来，他是真的喜欢你。"

"什么？"我觉得莫名其妙。

"他为你画了很多画像。"她解释道。

"怎么可能是我，他画的应该都是蒋清菡吧。"我勉强挤出一丝凄惨的苦笑。

"不——看到墙角那些落了灰的旧作吗？那才是清菡，而这些新作，画的都是你。"她十分肯定地说，挑出一幅，指出脸上的一颗痣，"清菡的脸上是一颗痣都没有的。想必再也在动手术的时候为你保留了这颗痣。"

我细细一看，果然，我右眉骨上与生俱来的一颗痣赫然纸上。

我还记得，在河边他为我重重点下那一笔，原来那时候他就已分得很清楚了，我是我，蒋清菡是蒋清菡。

我绕着房间再次观看、对比，的确，除了痣之外，画像的风格也是不一样的。我的活泼俏皮，清菡的沉稳恬静，就算我们拥有同一张脸，却仍旧是两个人。

对再也来说，我们是两个人。

对再也来说，我是苏弋。

LA。

"再也？"她打开门，惊奇道，"你怎么在这里？"

"姐姐。"我嘴角向上，露出笑容，"多久没见了，好想你！"

■本期一三七五期 ■售价五铜钿 ■订阅代号中一八七六四 ■刊号天字一号 ■天启皇家报苑 ■苑长易在天 ■总编辑 潘海地

杜撰真实
记载荒谬

天启都市报

硝烟滚滚

文/可可欠

大角迷上了一个新游戏Call of Duty 4（使命召唤4），整日沉浸其中，连稿子也不写了。同时他还大力鼓动编辑部的人一起去玩："可好玩了，比CS好玩哦，你们不要每天下班就去玩CS了，不要每天下班就去魔兽下副本了，以后都来玩COD吧！我跟韩寒约了各带一队人来打对战，大家要用心练习哦！这样吧，明天上班都不许做别的，大家一起熟悉使命召唤，一起打游戏吧！来，老鱼，快拿个移动硬盘来拷下游戏。"

大家："明天是周六……"

大角："周六也要来！明天加班！"

COD的热潮很快席卷了整个编辑部。鉴于从前下班后老鱼等人都会玩几局CS，有此基础，COD也算很快上手。大角玩得不错，于是老鱼总是被虐，直到……小欠也对这个游戏产生了浓厚的兴趣，跃跃欲试地加入了战局。

那是她第一次玩这种类型的游戏，对于一个连CS都从来没玩过的新手，一切都是新鲜的。于是当她进入了游戏界面看到了面前居然有一个人，马上很兴奋地射击射击射击。那个人死了，屏幕上显示："你杀死了队友Perfile。"同时大角在后面喊："谁啊谁啊，谁在杀队友，那个是我，我是队友！"

小欠很忐忑地复活，再次进入了游戏界面，又看到了前面有一个人同时还不是刚刚那个死了的队友，于是又马上很兴奋地射击射击射击。那个人也死了，屏幕上显示："你杀死了队友999。"同时猴子在后面喊："谁啊谁啊，谁在杀队友，那个是我，我是队友！"

再后来，小欠因为杀队友次数过多被T出去了……

编辑部里热衷此游戏的一共7个人，组成了两队，大角领着不太会玩儿的阿豚猴子以及完全不会玩儿的小欠一队，另外一队是老鱼大宽和靖宇。

在此介绍一下靖宇：他是编辑部的美术（虽然刘洋一直认为靖宇应该是周边部的归他统

领），白羊座，《青之界》那期的封三，《火之舞》那期的封二，《夜之岚》那期大角的《地火环城》插图，以及本期的封面，都是出自他的画板。同时他也是我们的僵尸计划的首席化妆师，为人稍有点强迫症，最喜欢的事情就是在看到小欠像没头苍蝇一样来回完全无方向感地跑来跑去时拎把刀过去试图用刀把她解决；但是因为小欠实在是太没方向感了，经常走着走着突然回头，然后对着后面拿刀的那个人一通扫射（其实小欠根本不知道对方是敌是友），靖宇因此死了好多次。

大角的一队有四个人，但还是总输，主要是因为，小欠完全是送分的，她杀的人挺多，里面大部分是队友，于是有时候队友们看到小欠都会直接喊一句："小欠，是我啊！"次要原因，猴子玩得不是很熟练，送分程度仅次于小欠。阿豚评价过，说猴子其实是很有意识的，跑位啊什么的都做得很好，只是技术比较差。嗯，再次要的原因，就是阿豚经常玩着游戏就走神，他特别喜欢跑到一个大家看不到的地方猫着，也喜欢占据制高点之后乱打——以及被敌人打掉。

相比于老鱼一组，老鱼偏谨慎，大宽则是十分敢冲敢跑，这招在对付小欠和猴子时十分管用，大宽经常飞速跑来跑去冲到小欠、猴子的地盘之后就一顿乱射。

大家对使命召唤的爱持续了很久，甚至有一天下班之后在公司玩到了十点来钟才走，门外连黑车都没有了。但是很明显，这只是一个开始，使命召唤之后，编辑部开始玩起了真人版。

在大家都在沉迷射击世界的时候，桶子和苏冰还在孜孜不倦地玩着魔兽。桶子已经成为了一名出色的惩戒骑。从前他还没满级的时候，有次去随机副本，他当奶，队伍团灭过了四回之后，队里有人看了一眼桶子，惊讶道："你怎么是惩戒！"当然，这种事情对现在的桶子来说再也不会发生了……

写这段文字的时候还是2011年11月，上海刚刚开始变冷；这本《九州幻想》我们预计会在明年的2月份与大家见面，那时候也该是最寒冷的时候吧。《铁甲依然》是2012年的第一本，我们终于到了2012年了，希望刚刚度过新年的大家身体健康，天天开心，也希望新一年的九幻像从前的九幻一样，永远都是那么靠谱。

我听说，有这么种动物

文/张佳玮

我听说，有一种猫叫做雨猫。天气温暖时，它就变得蓬松又毛绒绒的，像白云一样上浮，它会变透明，阳光透得过它的身体，你可以拴着它，像放风筝一样走；天气晦暗时，它会变黑，坠在地上，满地乱跑，毛变得硬硬的，像刚刮过的胡茬一样，你得抱着它，等天气晴朗时，再把它放出去，就像风筝末梢放着一团棉花糖。

我听说，有种青蛙，透明洁白，只吃茶叶。吃多之后，吐气如兰。冬天它便僵卧，张着大嘴，眠去一个季节。这时你往它肚里倒热水，水便成茶，馥郁芳香，可以倒在杯子里喝，香沁肺腑。有个女孩子，手头没有杯子，于是捧起青蛙，嘴对着嘴，把青蛙嘴当茶杯口。结果青蛙醒了，变成一白衣少年，说：“哪个公主吻了我？”

我听说，有一种驯鹿，很爱长颈鹿的斑纹和气味，但是太矮，又碍于长颈鹿是哑巴，所以没法谈恋爱。于是它们就长起了杉树一样直拔云天的角，然后到处找一个人，在角的顶端造一个房子住着。每天，那个人负责去高树上摘果子，送给长颈鹿吃，以促成驯鹿和长颈鹿的爱情——虽然见不到面，但灵魂相通的爱情。

我听说，北方有一种松鼠，特别大，毛茸茸的，睡觉时喜欢摊开四肢，露出软绵绵的肚皮。你抓住一只，混熟了，就可以把它当床，睡在它的肚子上，用它的尾巴做被子。但它喜欢梦游，到处爬，所以你睡着前眼睛明明看见天花板的花纹，醒来时就可能看见松树枝、杉树枝、云、麻雀和松毛虫。

我听说，还有一种猫，特别怕冷，一遇冷就全身长起蓬松松软绵绵的长毛，并且开始冬眠，怎么叫都不醒。冬天你把它挂在脖子上出门，就好像穿了件毛大衣。到了温暖的室内，它暖醒了，就喵一声跳下来，自己到炉子旁边去接着睡了。因为冬天很长，它在冬天基本是裘状，所以叫冬裘夏猫。

我听说，有种野猪，睡一觉就长一层脂肪，起来跑一跑就练出一层肌肉，所以他身上肥瘦肥瘦，像夹心饼干。他爱去南方的海边泡澡，泡一身大粒子盐，吹风，然后哼唧哼唧去温泉，一边蒸自己一边吃树叶子。你埋伏在温泉边，射倒它，能吃到现成的蒸火腿。你最好带蜂蜜，敷一遍再蒸，更好吃。

我听说，以前有人喜欢在海蚌上写故事写诗。你走在海边，海蚌会跟你说：我身上有字，可以给你看噢，但有个条件，我不识字，你得念给我听。你答应了，海蚌就张开壳来，让你给它念故事。如果你看入神忘了继续念，或者企图摘抄剽窃，海蚌就会夹你一下；如果你念得好，海蚌就送你颗珍珠。

我听说，南方有种鸟，身材纤瘦，尾羽很长，善吟诗，平时看上去盈盈一握，却筋骨健壮。你和它混熟了，它就会把身体绷直，你可以握它的腰，用它的嘴蘸墨写字，画梅花、打印章时还可以用它印个浅爪痕。可它挑剔得很，墨质差，纸脏，字写得难看，或者句子毫无文采，它就会破口大骂：“居然用老娘写这么烂的文章！”

时尚篇 文/水泡 图/丁丁

大角的白发

水泡一直很羡慕大角能够吸引女孩子们，于是向他请教。

大角很得意，“一般人我是不告诉的。”

水泡点头哈腰，更加殷勤了。

“气质最重要，不是一般的气质，要有这种抽象的、后现代的、很艺术的气质。譬如说长发啊，譬如说瘦啊，这个瘦是很有讲究的，不是普通的营养不良，艺术的瘦就是要瘦得像马来人。”

发觉水泡不是很明白，大角不耐烦地说：“再简单点。你看看自己的白头发，脑袋上一圈，一看就知道是为生活所迫，未老先衰。瞧瞧我额头这缕与众不同的、艺术的、性感的、迷倒众生的白发，知道差距了吧。”

斩鞍的点痣

斩鞍送儿子去上幼儿园，舍不得，痛不欲生。

轩轩在幼儿园里面哭，斩鞍站在外面，扒着铁栏杆，跟着一块痛哭流涕。

来到办公室，今何在看到斩鞍，惊叫：“斩鞍桑，你的眼睛又红又肿，熬夜看欧冠了？觉得埃托奥进球漂亮还是梅西进球漂亮？”

斩鞍很不好意思，只好说：“这是晒伤妆之后现在最流行的彩妆，叫哭伤妆。”

今何在恍然大悟。“斩鞍桑很潮人啊。”他指着斩鞍嘴角上方残留的一粒鼻屎，“真酷，连点痣都点得这么有个性。”

唐缺_九州V："天神啊，请保佑我龙襄成为九州第一杀手吧。""唔？你还不是吗？""不是，有一个叫风凌雪的家伙比我强。""哦，稍等……好了，搞定了！""这么快？您已经把风凌雪干掉了？""不，我让九州分家了，从此你的世界里没有风凌雪了，你就是第一……"

10分钟前　来自新浪微博　　转发（79）| 收藏 | 评论（22）

Q龙衣服又缩水了：光棍节，某小酒馆里。龙襄长叹一声："惨啊，木有妹子啊！"界明城回答说："你有我惨吗，妹子死了啊！"吕归尘："我才惨，妹子变成嫂子啊！"云湛："我更惨，妹子高攀不上啊！"姬承："我最惨，妹子婚后成母老虎了啊！"牧云笙："你们谁有我惨？妹子是在二次元啊！"

5分钟前　来自新浪微博　　转发（100）| 收藏 | 评论（45）

宇镭V："杀掉这些天驱，就可以和荒墟之神对话吗？"辰月教内殿，教主项空月向一个女人提问。"放心吧，天驱都有各自命星，死亡时命星闪烁。拿到指环的200人是我从西门博士星表中选出的，我的人会按时点对点击杀，星辰的闪烁会在宇宙中传递信息，被高等文明察觉。"

32分钟前　来自新浪微博　　转发（147）| 收藏 | 评论（310）

x的后花园：潘大角日夜期盼能穿越到厌火的下城，享受彻头彻尾的无政府主义生活，一直未果。一日大角在街头晕倒，睁开眼时发现身边站着一人身着古装，这人獐头鼠目的不正是厌火神偷辛不弃嘛！大角激动中一把抓住辛不弃的手：我穿越到厌火了啊！辛一脚将大角踹翻，骂：你穿你妹啊，是我穿越了！

10分钟前　来自新浪微博　　转发（20）| 收藏 | 评论（14）

弗蘭克的大脑皮层：小亮拿着刚刚收到的天驱指环兴奋不已，往手指上一套就见一道白光，自己正站在一个祠堂里，眼前的男人抚摸着手中的长枪。小亮连忙举起手大喊"铁甲依然在"，姬承转过头，"在你妹啊，你怎么没交钱就进来了，出去出去！交了钱再进来！"

17分钟前　来自新浪微博　　转发（55）| 收藏 | 评论（48）

《九州幻想》"小白日梦"征稿

长日漫漫。

窗外或风吹柳絮，或雨打芭蕉，或寒蝉悲泣，或雪满江山。你无聊中打了个盹，醒来时有没有感到空虚和怅惘，似乎又过了一生？

幼时最惧午睡，因为醒来时似已换了天地，连父母亦非原来之父母了。

"小白日梦"分两部分，一为微小说，每则不得超过140字，发表即付百元稿酬；一为小小说，每则不可超过千字，发表即付千元稿酬。

内容有趣即可，人生无聊，做个梦岂可再无聊？

收稿邮箱：qitongren@foxmail.com，来稿请注明"小白日梦"。

催稿记

文/於意云

我醒过来，发现自己趴在洁白的雪地上。我晃了晃脑袋，想起来了，我是个编辑，在我被雷劈之前，我正在扣扣上催稿！

我默默地爬起身，顺手从深沉的积雪里抽出一把铿亮的西瓜刀。刀柄镌字："大清乾隆造。"

我微微一笑，直奔城外破庙。在一处四处漏风的破屋子里我揪出了一个潦倒文士。他的牙齿咯咯响，不仅因为我把刀架在他的脖子上了，还因为他穿得太少。

"Mr.曹是吧？"我瞟了一眼摊在桌上的手稿，瞥见"绣房里蹿出大马猴"之句，知道自己没认错人，"上个月底就是截稿的deadline了。你再不把八十回以后的稿子交出来，主编面前，兄弟我也不好替你说话了呀。"

"咯咯咯咯……"他一面磕牙，一面指着桌子，满眼乞求之色。

难不成还没写完？我脸色一沉，用刀柄敲昏了他，再检视桌上那一沓一沓厚厚的稿纸。寒天冻地，砚台里的墨早就结了冰，也无从用"墨迹未干"来分辨什么先写后写了。然而皇天不负我被雷劈，看见最后一页纸上有"全文完"三字，我真是喜极而泣。我匆匆一数，新写的手稿果然如传说中分了四十回。我掏出包袱皮，将稿子一裹……

临走前我没忘记放一把火。

火光熊熊，映着我的大红猩猩毡斗篷。我扛着西瓜刀，将那手稿的包裹挑在刀尖，一路踏雪高歌。猛然间一股宏大的热力自后方轰来，咣叽一声就把我拍在了雪地上。我甚至来不及脱口赞一声"好掌法"就已七窍流血气息奄奄。

一双黑色的靴子快步抢到我面前，一把夺过手稿，又听嘿嘿冷笑："此物若传世，万千红学家岂不都饿死？"

我努力仰起头来，只见那人浑身上下都裹了一层黑布，盖头遮脸，连眼睛也蒙了起来。那黑布颇离奇，一丝一缕都往外散发着浓黑的雾气，那人就站在一团黑雾里，影影绰绰，如神出鬼没。但从方才这一掌看来，其内力雄浑，武功定有渊源，却不知是索隐派，还是考证派？但这两派素来也算光明正大，如何背后偷袭……

我正暗自寻思着，只见那人双手一搓，一股惨绿的鬼火腾地冒起。转眼间手稿便焚为灰烬，蛾子般四下里翩翩飞舞着，被北风一卷，不见了踪影。白茫茫一片大地真特么干净！我悲愤至极，不由得再次吐出一口鲜血，"原来你是……魔怔派……"

听他声音不算太老，若非修炼魔怔邪法，断不能有如此深厚内力；若非走火入魔，也做不出这等毁却真迹之事！

那人哈哈大笑，一脚踩在我的后脑勺，"吾之续书即将付梓，如此紧要关头，杀你也是不得已……"

我沉入一片血腥的黑暗中。也不知过了多久，恍惚听得有人喊我的名字，又摇着我的肩喊"醒来"。我从上眼皮和下眼皮的缝隙里看见了同事的脸，想必是来救我的。我奋起最后的力气，颤巍巍地在雪地上写着血字："杀我者乃……"

然后我就力竭身亡了，至今也不知道他们有没有抓到真凶。

指环到货那一天，编辑部几人欢喜几人愁。

“小欠你的这个编号正好是我的幸运数字哎，咱俩能换换吗？”

“这是炫耀贴吗？这边还坐着没买到的失意者好吗？”

“谁让你手慢来着。”

“我不是手慢，我第一时间就点了‘请人代付’，你们谁也没理我啊！”

“我也是啊，我充了支付宝回来已经卖光了啊……你是说你不喜欢这个号码吗？那不如转让吧！”

“那好吧，谁让你没钱！”

……

26mm

33mm

67^0

32mm

产品名称：九州 天驱指环 扳指

材质：黄铜

净重：52克

包装：陶土盒，总重200g

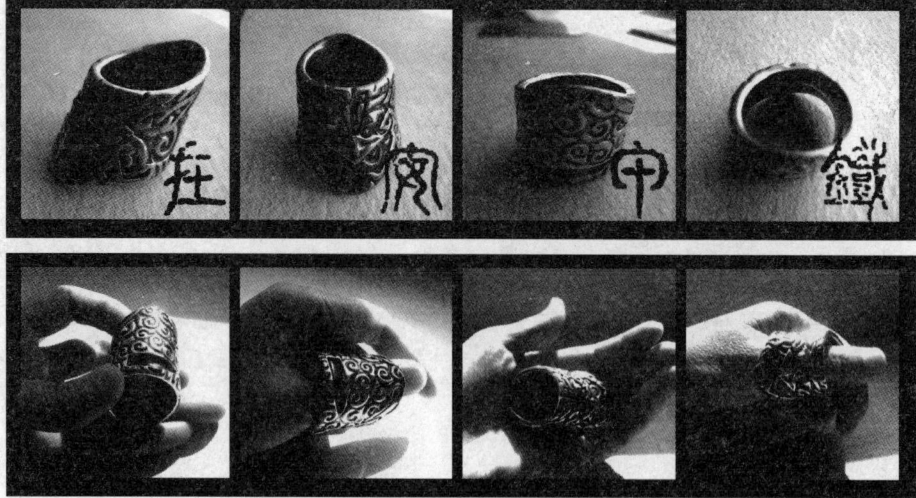

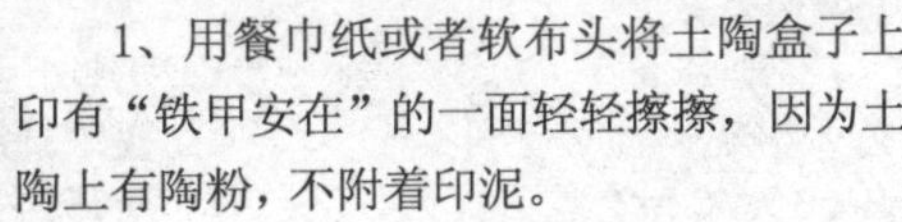

教你用土陶盒子做印章

1、用餐巾纸或者软布头将土陶盒子上印有“铁甲安在”的一面轻轻擦擦，因为土陶上有陶粉，不附着印泥。

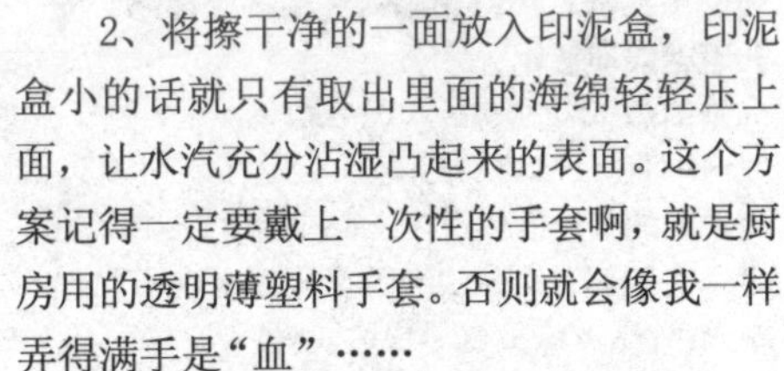

2、将擦干净的一面放入印泥盒，印泥盒小的话就只有取出里面的海绵轻轻压上面，让水汽充分沾湿凸起来的表面。这个方案记得一定要戴上一次性的手套啊，就是厨房用的透明薄塑料手套。否则就会像我一样弄得满手是“血”……

3、用一张白纸，一手托纸，一手拿涂好印泥的盒子，把盒子使劲、稳稳地盖在手心的白纸上，来回转转，注意纸跟盒子不要移动位置，手掌心转。因为土陶盒子是手工制作，不像雕刻的印章那么平整，所以需要用手让尽可能多的面接触到纸张。这样图形就更完整了！

4、然后纸面上就出现正面的“铁甲安在”的篆字印章了！如果要印在书上，因为书有厚度，所以可能会损失些颜色，但还是有很不错的效果的，试试吧！欢迎把试过的效果发网站上呀！

所有人问老鱼栏目征集：
新浪围脖@九州幻想 或@老老鱼 直接提问；
邮件提问：oldfish9@live.cn
论坛提问：http://bbs.9zfun.com/thread-20695-1-1.html

恰好（100006）10：20:10
新版天驱指环我想要的号码没有了，请问怎么解决？
老鱼（123456）10：20:15
你可以要还有的号码。
九州幻想（1[illegible]6）[illegible]30[illegible]
没有刊号怎么办啊……想要个刊号><
老鱼（123456）10：40:12
没刊号你会死么，有了刊号你每月都得出刊，不累啊？也得想想读者买不买得起，报刊老板烦不烦！
九州幻想（120006）10：50:10
我……我……TAT
传说中的文仲的传说（100056）11：10:10
老鱼，我想在有生之年看到猴子写完若星汉2，有什么方法可以尽快达成吗？？
老鱼（123456）11：20:17
把你的《若星汉天空》寄到编辑部，我会让他在标题后面加个“2”，附赠猴子签名一枚，邮费你出，如何？
阿豚（000006）11：30:10
如果有一天你发现你喜欢的是男人，你会怎么办。
老鱼（123456）11：40:05
别妄想了，不会是你。
某水AI–装死中（100010）11：55:25
节操丢了不想捡回来但有人非跟你提节操怎么办？
老鱼（123456）12：05:01
道不同不相为谋嘛，去他大爷的，不过实际上我只是嘴上说说，不敢那么洒脱，具体情况具体分析吧，请问，哪方面节操？
悉茗_秤砣你妹（103006）12：10:03
请用三个词语总结一下今年的九幻……
老鱼（[illegible]2:10
还凑活吧，自己分析句子组成去，正好三个词。
杨素旻（120406）12：20:10
以后生个小孩，太像你好还是不像你好？他有可能超过你的“智慧”吗？
老鱼（123456）12：21:11
这不是智慧，是常识，主要是普及的问题，无所谓超过不超过。像他妈比较好，漂亮可人。
小鱼-o-（103450）12：25:20
老鱼你存款多少？密码多少？
老鱼（123456）12：30:36
见私信。
肖基本_qdc（020056）12：35:02
你那失败的头发在哪家理发店弄的?
老鱼（123456）12：37:10
神仙姐姐亲手推的，我觉得既省钱省事又美观。
碧水天蓝（123000）12：40:04
老鱼嫁人了没？
老鱼（123456）12：54:30
哎呀妈呀，没有及时看到这一条，没嫁！想领证很久了……

尺素难传

文/苏冰

这次要写三尺，我忽然觉得有些无从下手。

倒不是和她不熟，相反，是太熟了，熟到我知道的许多事情，都不足为大众道。但这女人又经常在我眼前晃，不写出来让大家认识一下实在可惜。想来想去，我决定先说说她的这个笔名。

作者的笔名多半都是有些由来的。比如今何在，他是江西人，所以在《滕王阁诗》里选了三个字；比如斩鞍，其实他想叫"靳鞍"来着，不过注册的时候把字打错了，索性将错就错；还有一个人经历也差不多，想注"海豚"，被人抢了，于是他成了"阿豚"；再比如天平，如果你以为她是天秤座，那就错了，她取这个笔名只是因为当初五笔打得不熟，于是胡乱取了一个笔画简单的——当然如果你现在问她，她会说这个名字在简单外形之外还有着象征公正的深刻含义云云；比如迟卉，嗯，其实她本名就叫迟卉，她的外祖母老大人品味不俗，生生把个学名取得疑似笔名。

那么"井上三尺"呢？

第一次看到这个名字，我只觉得一阵森森的鬼气扑面袭来：井，让人联想到贞子；三尺，让人联想到拖着白绫的吊死鬼。起这种名字的人，岂不是阴气十足？

还真不是。她最初也不过就是随便想了一个"和别人有点不同"的名字，完全没想那么多，更没想到这个名字有朝一日会被解释成"比'井'的境界要高上三尺"。井，横竖都是二。比这个境界高三尺，意思就是没有最二，只有更二。

这个解释，是小青给出的。自从我写了《二人传》，小青就开始不甘寂寞，哪怕她真的是独步古今，会当凌绝顶，但没有条件制造条件也得捧出一个能在境界上与己比肩的人来作伴——当然，此举对于改变她处于食物链最底层的地位无丝毫助益。

说起来，发动群众斗群众真是个挖掘八卦的好方法。我刚说我要写三尺，小青就奋勇地跳出来，巴拉巴拉列举了"三尺罪状"一二三四五。三尺说你皮痒了是不是？小青说哼，反正她已经写完我了，你想报复也没机会！三尺说你再哼，我也没你二！小青说呸呸你也迷路过好不，苏冰你把这一条赶紧记上！三尺说我迷路但是我知道问警察，所以最后我找着家了，您哪？小青说那啥，我虽然没有问警察，但是，但是我最后也没丢了！我们一帮旁观的人笑得满地口水。

小青列举的罪状里还真有一条跟贞子有关的：三尺上大学的时候是长直发，大半夜散着头发，披着被单，"飘"到一个洗衣服的女同学背后。只听得惨叫连声，接下来就是三尺拼命央求："别喊了别喊了……"我觉得这故事不完整，要是纪晓岚来写，结果必然是那女同学惊叫着说："你背后是啥？"回头一看，身后真跟着个贞子。纪公的意思是人有装鬼的心是不对的，容易真把鬼给招来。所以小朋友千万不要半夜吓人玩啊，尤其不要找上我这种生来小胆怯空房的。

忽然想起"忆生来、小胆怯空房"这句纳兰词，其实也是联想到了三尺的家世。三尺出身名门，正宗满洲贵族后裔，被我们尊称为"赫舍里井三"。赫舍里，对康熙家那一堆数字儿子感兴趣的都该知道，这是康熙元配、太子胤礽生母孝诚仁皇后（就是《少年康熙》里头的芳儿）娘家的姓氏。我们群里还有老姓是瓜尔佳和叶赫那拉的，正好是鳌拜和苏克萨哈的姓，如果再来个钮钴禄，四大辅臣就凑齐了。不过另一个姑娘要是来了多少辅臣都得退散，因为那姑娘是蒙族，本姓博尔济吉特。（不认识？孝庄啊有木有！）

赫舍里井三晚生了几百年，虽然逃过了选秀，但也没享受到八旗子弟的优待，只能考大学，不甚投入地念了个广告专业，最后应了那句"少壮不努力，老大怕编辑"的古话，成了个被编辑四处围堵的小说作者。这位满族作者（听起来会不会联想到老舍）从文的经历也很曲折。在2000年以前她写的是科幻（写这句话的时候我眼前突然出现了辛追从马王堆坐起来写稿的画面），处女作写的是两只猫游历宇宙……的故事。因为数理化成绩基本空白，耕耘了一段时间后觉得不如投身武侠。刚好那时《魔戒》风靡全球，她的死党酷爱奇幻，向她倾情推荐李永道的《龙族》和萨尔瓦多的《黑暗精灵》，三尺不看的话她就每天上课不停地碎碎念。最后三尺实在听得疯了，只得去看了（多么强大的说服力，不当编辑真可惜啊）。这一看就不能自拔，相见恨晚，于是开始学写。最开始是西式奇幻，后来觉得也可以尝试一下中式风格，于是她写了"宅下怪谈"的第一篇《桃金娘》，发在2007年《九州幻想·十月流金》上。从这个角度上说，《九州幻想》算三尺的半个娘家。这么多年放着闺女没有压榨，由着她天南海北逐爱而居，我深感这编辑当得失职。

不管嘴上说得多么豪放，三尺其实就是个宅女，每天只想在家读闲书，看美剧，刷微博，求八卦。因为所学专业，比之一般的作者，三尺还多了一项技能——她能自己画插图。《桃金娘》用的就是她自己的画。但是现在我不敢约她的图了，因为她有三大爱好：腐、写作画画、旅游。其中对腐的热爱远超其余两项。对于一个养成中的百分百腐女，我可怕她画出什么我不敢收的东西，到时候我再约别人的图显然来不及了。

虽然常常写些诡诈的、凌厉的人物，但三尺自己并不是也不喜欢有心计的人。有时候我觉得，她骨子里有一种侠气，要接触多了，才能领会。

好吧其实我真正想说的是，想要绕开那些搞怪的举止写这个人，真挺难的。

动物农场（节选）①

文/【英】乔治·奥威尔

译/傅惟慈

推荐人/潘海天

第七章 取缔《英格兰牲畜之歌》

这是一个严寒的冬天。一开始凄风苦雨，后来就雨雪交加，大地冻得非常坚硬，直到次年二月才逐渐解冻。动物们各自竭尽力量进行风车的重建工作，因为他们知道得很清楚，外界都在注视着他们，如果这个工程不能如期完成，幸灾乐祸的人们一定会欢欣鼓舞的。

人们出于嫉恨心理故意不相信风车是被雪球②故意破坏的。他们散布谣言说，风车之所以倒塌是因为墙体砌得太薄了。动物们知道这不是事实。话虽这么说，他们还是决定，这次砌的新墙不是十八英寸厚，而是三英尺厚，这就意味着要比过去搬运更多的石头。很长一段时间，采石场一直堆满积雪，工作根本无法进行。在其后的一段日子里天气变得干燥寒冷，工作有了一些进展，但是在这样的日子里干活实在苦不堪言。他们已经不再像过去那样充满信心了。动物们总是感到寒冷，又经常感到饥肠辘辘。只有拳击手和苜蓿③从来没有灰心丧气过。尖嗓④常常发表精彩的演说，给大家讲什么服务的快乐，劳动的光荣等等，但是动物受到的更大的鼓舞却来自拳击手的不知疲倦和他那总挂在口边的话："我要更努力工作！"

一月里，粮食开始短缺了。动物们的谷类饲料定量急剧减少。据宣布说，将发给大家一些额外的马铃薯口粮作为补充。但不久就发现，收获的马铃薯因为在窖里盖得不够严实大部分已冻坏，发软变色，能够食用的已经不多了。有时候一连几天动物只能吃谷糠和甜菜。饥馑已经迫在眉睫了。

最最重要的是，不能向外部世界泄露这个事实。风车倒塌事件给人们壮了胆，他们正在

---

①节选自《1984》（万卷出版公司，2010年版）。乔治·奥威尔，（GeorgeOrwell，1903年6月25日～1950年1月21日），原名埃里克·阿瑟·布莱尔(EricArthurBlair)，英国记者、小说家、散文家和评论家。乔治·奥威尔一生短暂，但其以敏锐的洞察力和犀利的文笔审视和记录着他所生活的那个时代，作出了许多超越时代的预言，被称为"一代人的冷峻良知"。

②雪球是一头成年公猪，他是动物农场曾经的领导人之一，和拿破仑一起组织了起义，并赶走了侵略的人类，但后来他被拿破仑赶出农场，成为了动物农场的叛徒。

③拳击手和苜蓿是两匹辕马，苜蓿是一匹粗壮的中年母马，拳击手是一匹公马，他生得高大健壮，劲头比得过两匹马加在一起。拳击手坚毅的性格和干活时强大的体力赢得了所有动物的崇敬。

④尖嗓是一头成年公猪，他动作敏捷，声音尖细，是个不可多得的演说家。尤其是在阐述某些艰深的论点时，他习惯于边讲解边来回不停地蹦跳，同时还甩动着尾巴。而那玩意儿不知怎么搞地就是富有蛊惑力。别的动物提到他时，都说他能把黑的说成白的。

给动物农场制造各种新的流言蜚语。各地又一次流传说，动物们正死于饥饿和疾病，不断彼此残杀，已经堕落到互相吞食和杀戮幼兽的地步了。拿破仑[①]非常清楚，如果农场里食物短缺的真实情况叫人类知道，后果将如何严重，因此他利用温佩尔先生[②]传播出一些相反的印象。在此以前，温佩尔每周来农场，动物们同他很少有或根本没有接触，现在拿破仑却挑选出一些动物——大多是绵羊，叫他们在温佩尔听得到的距离议论口粮已经增加的事。此外，他还叫动物们把储藏室里的一些已经空空如也的食品箱用沙子装满，只留下最上面点点空间，再用剩下的谷物、食品盖起来。这以后找到一个适当的借口，温佩尔被领到储藏室，让他瞥上几眼那些食品箱。温佩尔果然上当了。他不断向外界报道，动物农场粮食并不短缺。

尽管这样，到了一月底事情已经变得非常明显，动物农场非得从什么地方再弄些粮食不可了。在这一段日子里，拿破仑很少公开露面。他的时间都在农场的住宅里度过，而住房的每扇门都有几只狰狞的恶狗把守。拿破仑偶然露面，也极有威势。六只大狗作为随从把他紧紧围在正中，任何动物如果走得太近，那些狗就咆哮起来。拿破仑常常不参加星期日上午的聚会，他有什么命令要颁布都是通过其他一口猪，通常是通过尖嗓。

一个星期日早上，尖嗓宣布说，从现在起，刚刚又开始产卵的母鸡必须都把生的蛋交出来。通过温佩尔，拿破仑已经同意履行一项每周出售四百枚鸡蛋的协议，用这笔款项购买粮食、饲料。这样的话，农场就能维持到夏季。而一到夏季，日子就好过了。

母鸡一听到这个消息，立刻沸沸扬扬地大吵大闹。其实在此以前，母鸡已被通知要准备好这种牺牲，但是她们并不相信这样的事真会发生。这时候她们已经备齐了蛋，正准备春天孵窝。一听说真的要把蛋拿走，她们抗议说，这简直是谋杀小生命。这是在琼斯[③]被驱逐以后农场里第一次发生类似造反的行动。在三只梅诺卡种小母鸡率领下，全体母鸡决心挫败拿破仑的计划。她们的做法是飞到椽子上下蛋，让蛋落到地上摔个粉碎。拿破仑迅疾作出无情的反击。他下命令停止发放母鸡的口粮，并对任何敢于以粮食接济母鸡的动物，哪怕只给母鸡一粒谷子，也要处以死刑。他吩咐那几只狗监督执行此项命令。母鸡们坚持反抗了五天，最后还是被迫投降，乖乖地回到自己的鸡窝里去了。在此期间共有九只母鸡死掉，尸体都被埋在果园里。对外的说法是，这几只鸡死于球虫病。这件事并没有传到温佩尔的耳朵里。鸡蛋还是按期交付，一辆食品车每周一次到农场来把鸡蛋拉走。

在整个这段时间，再没有谁看到过雪球。谣传说他正隐匿在邻近的两座农场之一，不是藏在狸林就是藏在狭地里[④]。拿破仑同其他农场主的关系这时已经有些缓和了。事有凑巧，十年前农场清理一片山毛榉小树林时积下了一堆木材，一直堆放在农场的院子里，现在已经干燥合用了。温佩尔劝拿破仑把它卖掉。皮尔京顿和弗里德利克都想买这堆木料，两个人同样心切。拿破仑在这两个买主之间动摇不定，始终拿不定主意该卖给谁。大家注意到，每当他要同弗里德利克达成协议的时候，传言就说，雪球正藏匿在狸林农场。而在他倾向同皮尔京顿做这笔买卖的

①拿破仑是头伯克夏雄猪，也是农场中唯一的伯克夏种，个头挺大，看起来很凶，说话不多，素以固执而出名。他悄悄饲养了一群狗，凭借他们赶走了雪球，成为动物农场的领导人。

②温佩尔先生是一名律师，自愿承担动物农场与外界的人类之间的联系任务。

③琼斯是动物农场以前的主人，动物们正是通过起义赶走了他，才获得了这座农场。

④弗里德利克的狸林农场与皮尔京顿的狭地农场是两个距离动物农场最近的农场，他们依旧由人类经营着，并且据说两个农场的主人总是在伺机把动物农场也抢夺下来。

时候，又是在盛传雪球正躲在狭地农场。

刚刚开春，突然发现一件令人震惊的事。原来雪球夜里总是偷偷地溜进农场来。这个消息叫动物们感到惊惧不安，吓得他们夜里都睡不好觉。据说雪球每天晚上在夜色掩护下就爬进来干各种破坏捣乱的勾当。他偷走粮食，弄翻奶桶，打碎鸡蛋，踩坏苗圃，咬烂果树的树皮。每逢农场里出了什么乱子，动物们都已习惯性地认为又是雪球干了一件坏事。如果一块窗玻璃打破了，或者一根下水管道堵塞了，一定会有动物站出来说，这是雪球夜里跑进来干的。如果储藏室的钥匙丢了，所有动物都坚信是雪球把它扔到井里去了。奇怪的是，即使后来发现钥匙是哪个动物错放在一袋粮食下面，大家还是不改变先前的想法。几头奶牛异口同声地说雪球爬进牛棚，在她们睡觉的时候挤走了她们的奶。这一年冬天农场里老鼠猖獗，大家都说老鼠同雪球勾结起来，狼狈为奸。

拿破仑发了号令，要对雪球的种种活动彻底调查一下。在几条狗的护卫下，他对农场的每个窝棚仔细作了一次检查。其他一些动物也跟在后面，但同他保持了尊卑有序的距离。拿破仑每走几步就站住脚在地上嗅一阵，寻找雪球的踪迹。他说他凭气味就能把雪球侦察出来。他不放过每个角落，把谷仓、牛棚、鸡窝、菜园全都嗅遍了。他发现几乎每一个地方都有雪球的气味。他把鼻子挨到地上，深深地吸几口气，便用可怕的声音喊，“雪球！雪球到这儿来过！他的气味我一闻就闻出来了！”几条狗一听见“雪球”的名字立刻发出令人毛骨悚然的狂吠，龇着尖锐的牙齿。

动物们吓得心惊胆战。在他们的头脑里，雪球成了一个隐形的恶魔，渗透到他们周围的空气里，随时随地对他们制造各种祸端。到了晚上，尖嗓把大家叫到一起，满面惊惶地说，他有一件非常严重的事要向大家宣布。

“同志们，”尖嗓神经质地跳了几下说，“发现了一件极其可怕的事。雪球已经把自己出卖给狭地农场的弗里德利克了。弗里德利克正谋划袭击我们，抢占我们的农场。进攻一开始，雪球就替他做向导。但这还不是最坏的消息呢！我们本以为雪球只是出于他的虚荣心和个人野心才参加造反。我们想错了，同志们。你们知道真正的原因吗?雪球从一开始就同琼斯秘密勾结起来了！他一直是琼斯的一名密探。这些事都已经被证明了。他留下一些文件，刚刚被我们发现。我认为很多事现在都能够澄清了。在那场牛棚战役中，他妄图——幸亏他的阴谋没有得逞！——叫我们失败，全军覆没，大家不都是亲眼看到了吗?”

动物们惊呆了。这可比雪球破坏风车的罪行严重多了。但是他们一时还不能接受尖嗓的这个说法。因为他们都还记得，或者说他们自以为记得，曾经看到雪球在牛棚战役中走在大家前头冲锋陷阵的情况，他如何在每个关键时刻重新整顿队伍，鼓舞士气，甚至在琼斯的枪弹打伤他脊背的时候，也一点儿没有退缩。一开始，他们记忆中的这些场景叫他们很难接受雪球站在琼斯一边的说法。甚至很少提问题的拳击手也感到迷惑不解。他在地上卧下来，两条前腿蜷曲在身子底下，闭上眼睛，绞尽脑汁想把思路理清。

“我不相信，”他说，“雪球在牛棚战役里战斗得非常勇敢。我亲眼看到了。咱们不是马上就授予他‘一级动物英雄’勋章了吗？”

“那是我们犯了错误，同志。因为我们现在都弄清楚了——我们发现的秘密文件里什么都写得一清二楚——实际上他是在引诱我们走向毁灭。”

“可是他负伤了，”拳击手说，“咱们都看见他在流血。”

“这也是事前安排好的，”尖嗓喊道，“琼斯的枪弹只不过擦伤了他的皮。要是你识字的话，我可以叫你看看他亲笔写的材料。根据他们的计谋，雪球在关键的时刻发出撤退的信号，把战场让给敌人。他的阴谋差一点儿就得逞了——我甚至还可以这样说，同志们，如果没有我们的英雄领袖拿破仑同志，他们就得逞了。你们难道就不记得了?就在琼斯同他带来的一伙人闯进院子里的那一刻，雪球突然转身就跑，许多动物也就跟着他仓惶逃跑了。还有一件事你们难道就不记得了?就在这一时刻，当所有的动物都惊恐万状，眼看大势已去的时候，拿破仑同志挺身而出，高喊着‘消灭人类’的口号，一口咬在琼斯的大腿上。你们当然没有忘记这一幕吧，同志们?”尖嗓一边左蹿右跳，一边喊叫着。

经过尖嗓这样绘声绘色地一描述，动物们好像的确记起了有这么一回事。至少他们记得在战争的胜负关头，雪球曾经转过身往后逃。但尽管如此，拳击手心里还是不踏实。

“我不相信雪球从一开始就是内奸，”最后，拳击手说，“后来他的所作所为是另外一回事，但是在牛棚战役中，我相信他还是一个好同志。”

“我们的领袖拿破仑同志，”尖嗓缓慢但语气坚定地说，“已经明确地——非常明确地，同志——宣布，雪球从一开始就是琼斯的代理人。是的，早在大家还没有想到过造反之前就是。”

“啊，这就不一样了，”拳击手说，“如果拿破仑这么说，肯定不会是错的。”

“这才是正确的态度，同志！”尖嗓说，但是动物们注意到，他那对炯炯发亮的小眼睛恶毒地盯了拳击手一眼。他转身要走开，但又停下来用严峻的语气说：“我提醒农场的每个动物，一定要把眼睛睁得大大的。因为我们有理由相信，就在眼前这一时刻，雪球的密探正潜伏到我们中间！”

四天以后，已经到了下午的后半晌，拿破仑命令全体动物到院子里集合。动物们集合完毕后，拿破仑佩戴着他的两枚勋章(不久前他已经颁给自己“一级动物英雄”和“二级动物英雄”两个称号)从农场的住宅里走出来。他的九条大狗在身边窜来窜去，喉咙里发出的咆哮声叫所有动物的脊背一阵阵发冷。每个动物都静静地蜷缩在自己的位子上，好像已经预感到这一天一定要发生一桩什么可怕的事情。

拿破仑先是站着，脸色阴沉地扫视了一遍等待他发言的群众，然后才提高嗓门呼啸了一声。几条狗应声蹿了出来，咬住四条小猪的耳朵把他们拖到拿破仑的脚下。小猪又痛又怕，直着嗓子号叫。他们的耳朵被咬得鲜血淋漓。狗尝到了血腥味，一时兽性大发。叫所有动物惊骇万分的是，有三条狗居然向拳击手扑去。拳击手发现这三条狗扑过来，扬起一只大蹄子，在半空中抓住了一条，一下子把它按在地上。这只狗开始哀号起来；另外两只见势不妙，夹着尾巴逃跑了。拳击手看着拿破仑，想知道是否该把蹄子下面的狗踩死，还是饶他一命。拿破仑看上去脸色都变了。他严厉地喝令拳击手把狗放掉。拳击手把蹄子一抬，那条狗嗷嗷叫着，带着满身伤痕溜走了。

骚动很快就平息下来，只剩下那四只小猪还在浑身发抖地等着发落。他们脸上的每条皱纹好像都写着自己已犯了罪。拿破仑这时命令他们坦白自己的罪状。这四口猪就是那次拿破仑宣布废除星期日动物大会时表示抗议的四个。他们没等待更多的逼问就承认从雪球被赶走那天起就暗地里同他接触。破坏风车也是他们勾结雪球一起干的。此外，他们还同雪球达成秘密协议，准备把农场交到弗里德利克手里。他们又补充说，雪球私下里已向他们承认，过去若干年一直是琼斯的特务。当小猪坦白完自己的罪行后，几条狗立刻扑过去，把他们的喉咙撕断。拿破仑厉声喝问，其他动物还有没有要坦白的。

在那次闹事未成的鸡蛋风潮中领过头的三只母鸡这时走到前面来，供认雪球曾在一次梦中同他们会面，教唆他们反抗拿破仑的命令。这三只鸡也被杀掉了。接着又走出来一只鹅，供认自己在去年收割时藏起来六穗谷粒，夜里偷偷吃了。还有一只羊坦白自己往饮水池里撒过尿。她承认这是雪球逼她做的。另外两只羊则供认折磨死一只老公羊。这是一只对拿破仑特别忠诚的老羊。在他正患咳嗽气喘时，他们在后面追赶他，围着一堆篝火转圈子。这几名罪犯都被当场处死。就这样，供认罪行和判处死刑一直继续下去，直到拿破仑脚下积起一堆尸体，空气里弥漫着一股血腥气味。这还是琼斯被驱逐以后从来没有过的事。

一切都过去以后，剩下的动物除了猪和狗以外拥成一团，默然走开。他们个个神情沮丧，六神无主，弄不清哪件事更叫他们震惊——是有些动物同雪球勾结在一起图谋反叛呢，还是他们刚刚目睹的这场残酷的血腥镇压。老年间也常常有这样的流血场景发生，同样令人恐怖，但如今这场屠杀竟然发生在自己同类之间，这就可怕多了。从琼斯离开农场那天起，直到今天，还从来没有一个动物杀害过另外一个动物呢！连一只老鼠也没有被杀害过。这些动物走到那座风车只修了一半的土山前面，不约而同地卧倒在地上。他们你挨着我、我挨着你地挤在一起，好像是为了互相汲取一些身体的热力——苜蓿、穆瑞尔、本杰明，几条奶牛，一群羊和一群鹅、一群鸡——大家挤成一团。只有猫没有来；在拿破仑下令集合之前，他突然就消失了。很长一段时间大家都一言不发。只有拳击手没有卧下。他不安地晃动着身体，一条黑长毛尾巴抽打着身子，不时发出一声表示惊疑的短促嘶叫。最后，他开口说：

“我不明白。我真不能相信这样的事会发生在咱们农场里。一定是因为咱们自己犯了什么错误。我看只有一个解决办法，更加努力干活儿。从现在起我每天早上都早起一个钟头。”

他迈开沉重的大蹄子一路小跑走开。他奔向采石场，在那里连续装了两车石块，把它们拉到风车工地，一直忙到天黑才下工。

别的动物仍然挤在苜蓿身边，谁也不说话。从他们卧在上面的小山上可以望到远处广阔的田野，绝大部分动物农场也都在他们的视野内——一直通到大路的狭长的牧场，种植饲草的土地，小树林，饮水池，耕种过的地上长着茂密的青色麦苗，还有农场的一些建筑物的红瓦屋顶，烟囱里冒着袅袅炊烟。这是一个明媚的春天傍晚。草地和葱茏的树篱在斜阳照射下有如镀上一层金子。动物们好像有些吃惊地突然记起来，农场原来是他们自己的，农场上的每一寸土地都已经是他们的产业了。他们从来没有觉得这块地方叫他们这样心醉神驰。苜蓿眺望着山坡下面，眼睛不由得噙满泪水。如果她能把自己的思想表达出来的话，她就会说：当年他们为推翻人类而斗争，他们追求的目标可不是今天这样的景象。这些恐怖和屠杀的场面绝不是那天夜里老少校第一次鼓动他们造反时大家所向往的。如果她能想象出什么是理想的未来的话，那将是一个动物们从饥饿和皮鞭下解放出来的世界，在这个世界里动物一律平等，各尽所能，强者保护弱者，正像那天晚上少校讲话时她自己曾用两只前腿护住一窝小鸭子那样。可是——她不知道这是怎么回事——现在他们却生活在这样的日子里：人人都不敢把心里话说出来，恶狗咆哮着四处游荡，一些同志被迫招认犯了可怕的恶行，之后就在你眼皮底下被活生生撕烂……苜蓿心里没有一点造反或者反抗的念头。她知道即使像现在这样，他们的日子也比琼斯统治的日子好得多。另外，更重要的是，他们必须阻止人类卷土重来。不论发生什么事，她也必须忠贞不渝。她要努力干活儿，做好交给她的任务，接受拿破仑的领导。虽然这么想，她仍然觉得她同别的动物心中期待的和为之辛苦劳动的并不是现在这种状况。流血流汗建造风车也好，顶着琼斯的枪子儿作战也好，都不是为了这个。这就是苜蓿脑子里的思想，虽然她没有表达这种思想的言词。

最后，她觉得不妨用一首歌代替自己无法找到的言词，于是就开始唱起了《英格兰牲畜之歌》来。坐在她身旁的别的动物也都跟着一起哼唱。他们唱了三遍——唱得异常和谐，只不过比过去缓慢、哀伤。他们以前还从来没有这么唱过呢。

动物们刚刚唱过第三遍，尖嗓就带着两条狗走过来。尖嗓神情严肃，好像有什么重要的事要说。他告诉他们，拿破仑同志下了特别指令，《英格兰牲畜之歌》被取缔了。从现在起，这首歌禁止再唱了。

动物们大惊失色。

“为什么禁止？”穆瑞尔问。

“不需要了，同志，”尖嗓冷冷地说，“《英格兰牲畜之歌》是一首造反的歌。造反现在已经完成了。今天下午处决了几个叛徒就是最后的一幕。内部敌人、外部敌人都被击败了。在《英格兰牲畜之歌》里我们表达了对一个未来的、更美好的社会的向往之情。现在这个社会已经建立起来。非常清楚，这首歌已经失去任何意义了。”

动物们虽然非常害怕，但有几个还想提出抗议，只不过就在这个时候，绵羊又开始像往常那样咩咩唱起“四条腿好，两条腿坏”来，而且一唱就唱了好几分钟。所以这个问题没能够进行讨论。

就这样，在动物农场里再也听不到《英格兰牲畜之歌》的歌声了。代替这首歌的是诗人小不点创作的另一首歌，开头两句是：

动物农场，动物农场

我绝不做危害你的勾当！

这首歌每个星期日上午升旗之后动物都必须唱。但不知为什么，动物们总觉得它的歌词同曲调都远远比不上《英格兰牲畜之歌》那么带劲儿。

课后思考：

1.分析小说中各种动物的性格，思考不同的动物在故事中扮演怎样的角色。

2.阅读课后扩展读物中的《英格兰牲畜之歌》，思考它被取缔的原因。

3.在拿破仑对许多动物施以酷刑之后，拳击手认为应该更加努力工作，苜蓿认为更重要的事情是阻止人类卷土重来，分析他们产生这种想法的原因。

拓展阅读：

寻找一个版本的《动物农场》全文并阅读，阅读完全文之后再开始思考下列问题：

1.如果在动物农场分成两派的时候，胜利的是雪球而不是拿破仑，动物农场的结局会不会不一样？

2.“作者并没有反对最初少校的理想和方针，他只是认为后来的动物们偏离了最初的理想，所以才导致了最终的结局。”这种看法是否正确？

3.整部小说中本杰明的做法你是否认可？如果你成为一只在动物农场中拥有本杰明那样的智慧的动物，你会做一些什么事情？

4.七条戒律的演变，与历史中的哪些事情有相似之处？

围绕以上的问题并结合自己的阅读所得，写一篇文章表述自己对《动物农场》的看法，字数不限，禁止抄袭，禁止无病呻吟。

卮言小语

文/骑桶人

九哥儿和我一样，嗯，或者应该说，我和九哥儿一样，都喜欢写和尚。

和尚是一种奇怪的生物，他们光头、布袍、麻鞋，过午不食，衣不过三……所以我笔下是没有胖和尚的，而且我在现实中，若是遇到了胖和尚，也会敬而远之。

和尚干净、沉静，执着而不执迷，了解欲望而又不为欲望所控制，难道你们不想成为这样的一个人吗？然而我不喜欢和尚的跪拜、崇拜、不能吃肉和不能亲近女人，所以我也就不信佛，我不能跪拜，不愿崇拜，不能没有肉，更不能不爱女人……她们是男人生命中的光与暗，正如男人也是她们生命中的光与暗一样。

我也不喜欢偶像，我觉得佛应该是看不见摸不着的，正如老子口中的道、朱熹口中的无极、黑格尔口中的绝对理念、叔本华口中的绝对意志……非动非静，非上非下，非在亦非不在，所以我到寺庙里去，是不喜拜佛像的，我想佛大约也不会怪罪我不拜他们的像吧？而且他们大约也不会因为我拜了他们的像而欢喜吧？那拜或不拜又有何区别呢？不如不拜，或不如等想拜的时候再拜。

九哥儿和我一样，写起和尚来，都只是外表的干净、沉静，外表的执着而不执迷，外表的了解欲望而又不为欲望所控制，人生短暂，我们内心的渴望是那样地多，我们身上的桎梏又是那样地重——我想起昨夜的一个梦，在一个阔大的石穴里，有我的女人，可是当我再回来的时候，她离开了，石穴亦已被巨大的、大大小小的陶瓷花瓶所充满。它们大的套着小的，小的套着更小的，在石穴内移动着，就如华容道里自动移动的格子，如果我要重新进去，我得跪下，扭曲着身子，在那狭窄的缝隙中如虫子一般地蠕动。

但我是不愿这样进去的，如果真的有来生，有转世，有极乐，我也是不愿这样进去的，何况我爱的女人已经离去了，已经不在那里了。

惠胜那个小沙弥，最后拿起了刀子，在他不再是处男之后。但他的死并不是因为要守戒，至少不全是，而是因为……什么呢？而是因为他生命的意义不过就在于守戒而已，就如我们上线做游戏，就是为了杀怪升级而已。

所以他破了戒之后，他就死了。

人生本虚无，我们所经历的一切，包括我们自己，不过都是硬盘上的数据，既然如此，那就让我们好好地杀怪，好好地升级，以及，好好地相爱吧！然后，死去，"像昙花一样，消散得无影无踪。"

九州幻想
ODYSSEY OF CHINA
FANTASY

九州幻想读者俱乐部

回馈单

读者信息

姓名＿＿＿＿网名＿＿＿＿邮箱＿＿＿＿性别＿＿＿＿年龄＿＿＿＿

联系方式＿＿＿＿＿＿＿＿＿＿＿＿＿＿＿＿＿＿＿＿

从事职业/就读专业＿＿＿＿＿＿＿＿＿＿

本期评点

最喜欢的文章或栏目：

最不喜欢的文章或栏目：

意见建议：

兴趣调查：

喜欢的周边类型（如纸制品、服装、卡牌等等）：

希望九州上出现的作者、题材：

对九州幻想书名方案、封面方案、赠品方案、栏目方案等细节的点子：

回馈单邮寄地址：上海市邮政信箱060-006